JUDITH
FLEMMING

MAX UND FERA

Von der Unabdingbarkeit guter Schuhe:
Barfuß durch die Apokalypse

novum pro

Dieses Buch ist auch als
e-book
erhältlich.

w w w . n o v u m v e r l a g . c o m

Bibliografische Information
der Deutschen Nationalbibliothek:

Die Deutsche Nationalbibliothek
verzeichnet diese Publikation in
der Deutschen Nationalbibliografie.
Detaillierte bibliografische Daten
sind im Internet über
http://www.d-nb.de abrufbar.

Gedruckt in der Europäischen Union
auf umweltfreundlichem, chlor- und
säurefrei gebleichtem Papier.

© 2023 novum Verlag

ISBN 978-3-99146-217-0
Lektorat: Alexandra Eryi it-Klos
Umschlagfotos: Anna Maria Angress,
Francosmphotos I Dreamstime.com
Umschlaggestaltung, Layout & Satz:
novum Verlag

www.novumverlag.com

Climate neutral
Print product
ClimatePartner.com/16547-2201-1002

KAPITEL 1

MAX

„Fuck", stöhnte er, als er versuchte, sich hinunterzubeugen, um sich seine Skechers zusammenzubinden. Skechers mit Memory Foam – Laufsohle mit orthopädischen Einlagen. Einst waren sie türkisblau mit mintgrünen Schnürsenkeln. „Total girly", hatte Marilyn gesagt, als er mit ihnen angekommen war, „jetzt brauchst du nur noch die passenden Neon-Lycra-Leggings dazu und dann kannst du dich sofort in meiner Damen-Aerobicgruppe anmelden." Marilyn ... „Fang jetzt bloß nicht an, dich wieder in irgendwelchen Tagträumen zu verlieren. Das ist nicht der richtige Zeitpunkt", ermahnte er sich selbst, „sieh lieber zu, dass du diese verdammten Schuhe zusammenbindest und weiterkommst!"

Langsam beugte er den Rücken, wartete auf den vertrauten Schmerz in der Lendengegend, biss die Zähne zusammen und versuchte, seine Füße zu erreichen. Ein schneidender Schmerz durchzuckte seine Hüfte und ließ ihn in der Bewegung innehalten. Nichts ging mehr. Er konnte sich weder aufrichten noch ganz hinunterbeugen. „Atme", redete er sich in Gedanken gut zu, „spann deine Bauchmuskeln an. Nimm den Druck vom Rücken." Es funktionierte nicht immer, aber heute war das Schicksal ihm wohl milde gestimmt. „Okay dann machen wir das eben so", sagte er laut und hievte sein rechtes Bein auf einen nahe gelegenen Baumstumpf. In diesem veränderten Winkel war es ihm endlich möglich, die Schnürsenkel zu erreichen und zusammenzubinden. Mintgrün waren sie schon lange nicht mehr, eher ein Camouflage-Schlammbraun – ein Wunder, dass sie überhaupt noch hielten, genauso wie die ganzen Schuhe, die von kleinen Löchern und Kratzern nur so übersät waren. Aber es waren die einzigen Schuhe, in denen er einigermaßen gut längere Strecken laufen konnte – und laufen musste er hier ... laufen, laufen ...

und Ausschau halten nach allem, was eine Bedrohung für die westliche Union darstellen könnte, aber vor allem natürlich nach Spähern der „Macht des Ostens".

Heute hatte er jedoch eine kleine Detour auf seiner Runde geplant. Vorsichtig bahnte er sich seinen Weg durch das dichte Geäst. Obwohl es nicht winterkalt war, hatten die Bäume und Sträucher keinerlei Blätter. Die würden sie auch nicht mehr bekommen. Das Dome schaffte es nicht sehr gut, Jahreszeiten und die damit einhergehenden Temperaturveränderungen zu simulieren. Die Natur war in einem immerwährenden Frühlingszustand gefangen, ohne jedoch Pflanzen zum Erblühen zu bringen oder zum Wachstum anzuregen, was Caspar und sein Team von Pseudowissenschaftlern regelmäßig in den Wahnsinn trieb. Max hatte kein Verständnis für biologische Zusammenhänge. Er hatte sich nie für Naturwissenschaften oder gar Mathematik interessiert. Vor dem „Ewigen Sonnenuntergang" jobbte er in einem glorifizierten Tante-Emma-Laden und studierte Musikwissenschaft und Literatur. Eine Fächerkombination, die ihm schon damals kaum Aussicht auf beruflichen Erfolg verlieh. In einer Welt, in der Musikinstrumente und Bücher Relikte aus fernen Zeiten waren, schon gar nicht. Was ihm zu seiner jetzigen Position verhalf, war vielmehr seine Zähigkeit und natürlich die Tatsache, dass er einer der wenigen „Alten" war. Wenn man jemanden, der sich dem 40. Lebensjahr näherte, als alt bezeichnen konnte. Nun, nach heutigem Maßstab sicher. Alt waren all jene, welche die alte Welt noch kannten.

Ein Rascheln ließ Max aus seinen Gedanken aufschrecken. Behutsam scannte er mit den Augen seine Umgebung nach der Ursache des Geräuschs. Er konnte nichts erkennen, nur die vertrauten Baumskelette, die sich gespenstisch vom nachtschwarzen Himmel abhoben, sowie der ebenso vertraute dunkelbraune, matschige Boden unter seinen Füßen. Doch da ganz oben in einem der Baumwipfel sah er etwas. Es hatte Flügel und die Größe eines Eichhörnchens, obgleich es die natürlich nicht mehr gab, genauso wenig wie Vögel oder Fledermäuse. Doch ehe er genau ausmachen konnte, worum es sich handelte, war es auch schon wieder verschwunden. Er machte sich eine gedankliche Notiz, dem Colonel davon zu berichten. Vielleicht eine neue Erfindung der „Macht des Ostens"?

Unbeirrt bahnte er sich weiter seinen Weg, bis er schließlich die vertraute Blockhütte hinter einer kleinen Anhöhe erspähte. Leise klopfte er an die Tür. Niemand öffnete, doch Max wusste aus Erfahrung, dass die Tür nicht abgeschlossen sein würde. Der Doc hatte einen unbeirrten Glauben an das Gute im Menschen. Einen Glauben, den Max ganz und gar nicht teilte. „Bist du wach, Anselm? Ich bin's, Max, kann ich reinkommen?" Es widerstrebte Max, trotz der verschlossenen Tür einfach so einzutreten. Es fiel ihm schwer, die anerzogenen Umgangsformen einer längst überholten Gesellschaftsform abzulegen.

Als er jedoch auch nach erneutem Rufen keine Antwort bekam, betrat er die kleine Hütte, die lediglich aus zwei Zimmern und einem großen Kamin bestand.

Besorgt sah er sich nach dem alten Anselm um. Wenn Max bereits als „alt" galt, so musste man den Doc wohl als „antik" bezeichnen. Sein echtes Alter kannte dieser vermutlich nicht einmal selbst mehr. Nicht weiter verwunderlich, wenn man bedachte, was er alles gesehen hatte. Der Mensch neigte dazu, Unwichtiges zu vergessen, und für Anselm war das Alter nur eine Zahl. In Anbetracht seiner schlohweißen, gewöhnlich in alle Richtungen abstehenden Haare und dem dazu passenden weißen Rauschebart ging Max allerdings davon aus, dass Anselm bereits viele Jahre in Rente gewesen wäre, wenn es so etwas noch gegeben hätte.

Obwohl er von allen nur „der Doc" genannt wurde, hatte er keineswegs eine medizinische Ausbildung im eigentlichen Sinne absolviert. Nein, sein alter Beruf war etwas gewesen, was ihn in der heutigen Zeit zu etwas viel Wertvollerem machte – er war Apotheker gewesen. Vorausschauend, wie er gewesen war, hatte er bereits in den Jahren der Unruhe vor dem „Ewigen Sonnenuntergang" angefangen, ein gut gefülltes Lager an privaten Medikamenten aufzubauen, das nun nahezu das gesamte zweite

Zimmer seiner Blockhütte in Beschlag nahm. Sicher würde Max ihn dort finden.

Schnellen Schrittes ging er an dem leeren Bett und der Feuerstelle vorbei und trat in Anselms Medikamentenraum. Hier fand er den alten Mann tief über einen dampfenden Topf gebeugt. Sein Kopf war nahezu vollständig mit einem Handtuch bedeckt, was erklärte, warum der Alte ihn nicht gehört hatte. „Anselm, du solltest dich nicht bei unverschlossener Tür in eine derartig verletzliche Position begeben. Du könntest genauso gut ein Neonschild an deiner Tür mit den Worten ‚Raubt mich aus' anbringen!"

Der Doc hob langsam den Kopf und blickte Max aus tiefrotem Gesicht und mit verschleierten Augen an. „Ah, Max, mein Junge", begrüßte der Alte ihn sichtlich erfreut, „was führt dich zu mir? Zwickt dein Rücken wieder, ja? Komm, komm, setz dich, ich bin gleich bei dir."

Anselm deutete in die Ecke auf einen Schemel von fragwürdiger Stabilität. Während sich Max darauf zubewegte und abzuschätzen versuchte, ob er sich aus eigener Kraft von diesem wieder würde erheben können, fiel sein Blick auf eine Tube neben dem immer noch dampfenden Topf. „Anusol" stand darauf. „Hämorrhoidensalbe? Really? Bist du sicher, dass du die Einnahmeanweisung richtig verstanden hast?", lachte Max. „Meiner Meinung nach sollte man die nicht inhalieren ..."

„Die Packungsbeilage habe ich in der Tat nicht gelesen, mein lieber Max, da sie auf Englisch geschrieben ist, und wie du weißt, bin ich des Englischen nur ansatzweise mächtig. Im Grunde bestehen aber alle Salben zu einem Großteil aus Glycerin, und das stellt zumindest bedingt eine Alternative zu herkömmlichen Zigaretten dar, die, wie du weißt, heutzutage noch schwieriger zu bekommen sind als dein heiß geliebtes Ibuprofen." Anselm setzte sich kurzerhand selbst auf den Schemel, wobei er jetzt wieder wesentlich frischer aussah und Max mit aufmerksamen Augen musterte.

Max mochte die Schlagfertigkeit des alten Mannes, konnte sich aber einen weiteren Seitenhieb nicht verkneifen. „Ein Doktor, der raucht ... tz, tz, tz ..."

„Ach Max, wie du ebenfalls weißt, bin ich mitnichten ein Doktor. Wir sind alle nur Menschen und müssen versuchen, diesem erbärmlichen Leben das eine oder andere Positive abzugewinnen."
Max fiel es schwer, in seinem Dasein etwas Positives zu finden. „Und ja, ich bin wegen des Ibuprofen hier", sagte er deshalb nur und ließ das vorangegangene Thema ruhen.

„Du weißt, ich mag dich, Jüngchen, du hast Charakter und Resilienz, das mag ich an Leuten, aber was du brauchst, ist nicht Ibuprofen. Du brauchst eine Alternative, eine Hoffnung, ein ... eine ... wie sagt ihr Angelsachsen immer ... an escape ... Ja, das ist es, was du brauchst."

„Und was soll das bitte schön sein, Doc? Hast du eine Zeitmaschine erfunden, mit der ich mich 50 Jahre in die Vergangenheit katapultieren kann, damit ich mein Leben so leben kann, wie ich es geplant hatte?"

Anselm sah Max aus leuchtenden Augen an und versprühte dabei die Aura eines Sektenführers. „Nein, etwas viel Besseres, ich kann dir eine Zukunft schenken. Vor ein paar Wochen kam ein junges Ding von der nördlichen Grenze zu mir. Periodenbeschwerden, nichts Tragisches. Aber sie erzählte mir von ihrem Bruder, der für Colonel Burns an der Nordwestgrenze patrouilliert, und der soll gesehen haben, wie zwei Männer das Dome verlassen haben ..."

„Aber das ist unmöglich, Doc, und selbst wenn, würden sie sofort sterben", unterbrach Max ihn.

„Lass mich ausreden, Jungchen, hast du deine Manieren an der Tür stehen lassen?", ereiferte Anselm sich. „Besagter Bruder hat besagte Männer zwei Tage später wieder quicklebendig beim Abendessen getroffen. Es ist also möglich, außerhalb des Dome zu überleben, und nicht nur das. Es gehen Gerüchte um, dass es dort eine ganz neue Zivilisation gibt. Oder vielleicht ist die alte gar nicht untergegangen. Weißt du, was das bedeutet? Ärzte, Medizin ... man könnte deinen Rücken heilen. Denn dass das, was du hast, nur Verspannungen sind, glaubst du doch wohl selbst nicht. Du musst nur einen Weg finden, an die Nordwestgrenze zu gelangen."

Max wusste nicht, was er darauf antworten sollte. Er wusste, dass der Doc ein Sucker für solche Altweibermärchen war, immer der Optimist, der Träumer. „Wenn das alles so traumhaft einfach ist, warum bist du dann noch hier, Doc?", fragte er deshalb nur.

„Aber Jungchen, ich habe doch alles hier, was ich brauche", sagte Anselm und deutete auf sein Medikamentenarsenal. „Außerdem finde ich das, was mir wirklich fehlt, auch nicht in einer, sagen wir mal, ansprechenderen Zivilisation." Max wusste, worauf der Doc anspielte. Es war unübersehbar, seine Hütte war voll von vergilbten Fotos von seiner Frau Theodora. Max kannte mittlerweile Anselm und Theodoras gesamte Lebensgeschichte, inklusive ihres Todes vor fünf Jahren in ebendieser Hütte. Und genau da lag der Unterschied zwischen Max und Anselm. Er hatte ein Leben gehabt. Ein Leben mit seiner Frau, einen Beruf, eine Erfüllung. Und er konnte Abschied nehmen. Abschied von der Liebe seines Lebens. Max hatte nichts dergleichen gehabt. Sein Leben wurde ihm entrissen, bevor es richtig Gestalt angenommen hatte. Was blieb, waren Erinnerungen und Tagträume. Marilyn. Nicht einmal dem Doc hatte er von ihr erzählt. Er fragte sich, ob er sich besser fühlen würde, wenn er es täte. Nein. Nein, Marilyn war sein „escape". Etwas, das er nicht teilen würde. Etwas, das ihn verletzlich erscheinen lassen würde. Und es war schon schlimm genug, dass der Doc das wahre Ausmaß seiner Rückenprobleme kannte.

„Na gut, Anselm, ich werde sehen, ob ich etwas in Erfahrung bringen kann", schloss Max das Thema ab. Er wollte dem Alten nicht seinen Glauben an eine bessere Welt zerstören, hatte aber auch keine Lust, sich falschen Hoffnungen hinzugeben. „Und nun bitte, bitte, sieh zu, dass du mir das Ibuprofen gibst", fügte er mit einem schiefen Lächeln hinzu.

Max hatte sich dazu entschlossen, den Rest der Nacht bei dem alten Apotheker zu verbringen. Einerseits, weil er ihn mochte und sicherstellen wollte, dass er keiner Gefahr von marodierenden „scumbags" ausgesetzt war, andererseits auch deshalb, weil Anselm ein überaus bequemes Bett mit einer gut erhaltenen

Matratze besaß, das er selbst kaum nutzte – „zu viele Erinnerungen, Jungchen ...", pflegte der Doc zu sagen –, das für Max' Rücken aber eine wahre Wohltat war. Dies und die Wirkung des überdosierten Ibuprofen – „Nimm ruhig die doppelte Dosis, schließlich sind sie schon ein paar Jahre abgelaufen und wir wollen ja nicht, dass der Effekt geschmälert wird", hatte ihn Anselm mit einem Zucken seiner Mundwinkel angewiesen – führten dazu, dass Max so tief schlief wie schon lange nicht mehr.

Er wusste, dass er träumte, denn Marilyn war bei ihm. Sie waren in ihrem Auto unterwegs. Sie hatte ihren Führerschein noch nicht sehr lange gehabt, was man an ihren waghalsigen Überholmanövern erkennen konnte. Im Radio lief eine Bluesband mit Folkrock-Elementen – eine ihrer Lieblingsbands. „And if you never let me go, I will never let you down", sang sie laut und schief den Text mit. „Warum müssen wir uns immer diese irischen Deppen anhören, wenn wir irgendwohin fahren?", kommentierte er mit gequältem Gesichtsausdruck, um sie zu ärgern. „Weil, mein Freund, diese Songs absolut pure Poesie sind ... außerdem sind sie nicht irisch, das hab ich dir schon hundertmal gesagt", antwortete sie mit Nachdruck und einem gespielt bösen Seitenblick. Ihr dunkles Haar fiel ihr dabei leicht ins Gesicht und die Sonne brach sich in ihren hellbraunen Augen, was sie auf äußerst verführerische Art funkeln ließ. Er liebte sie in diesem Moment und widersprach nicht, als sie das Radio noch lauter drehte. Auch jetzt hörte er den Song noch immer in seinem Kopf, obwohl er wusste, dass der Traum langsam verblich. Vage dachte er darüber nach, wie ironisch die Lyrics waren – denn sie hatte ihn gehen lassen und er hatte sie zurückgelassen –, als ein immer stärker werdender Windzug ihn schließlich gänzlich erwachen ließ.

Einen Moment um Orientierung ringend, sah er sich nach der Quelle des Luftzuges um und fand die Hüttentür offen stehen. Hatte der alte Idiot etwa seine Tür wieder nicht verriegelt? Max rollte sich über die Seite von der Matratze, war erfreut darüber, dass er sich einigermaßen bewegen konnte, und griff vergeblich nach seinen Skechers, die er an der Seite des Bettes abgestellt hatte.

Als Nächstes wurde sein Kopf abrupt zur Seite gerissen und ein allumfassender Schmerz schoss ihm durch den Kiefer. Darum ringend, das Bewusstsein nicht zu verlieren, spannte er jeden einzelnen Muskel seines Körpers an und atmete tief ein. Allmählich klärte sich seine Sicht und er erkannte zwei Männer vor ihm stehen, die provisorische Schlagstöcke in der Hand hielten – das erklärte den Schmerz in seinem Kiefer ... Er hatte keine Zeit, die Situation tiefergehend zu erfassen, denn Gestalt Nummer eins holte gerade zu einem erneuten Schlag gegen ihn aus. Am Rande nahm er wahr, wie der andere ins Hinterzimmer eilte und dabei seinem Kompagnon unverständliche Worte zurief.

Trotz seiner Bewegungseinschränkungen war Max kein schwacher Mann und er hatte gelernt, nie unbewaffnet auf seine Patrouillen zu gehen. Blitzschnell griff er in seine Jeanstasche und zog sein Klappmesser hervor. Er konnte gerade noch sehen, wie der Gesichtsausdruck seines Angreifers von Entschlossenheit zu Panik wechselte, als ihm der Schlagstock aus dem erhobenen Arm fiel und Max' Messer ihn unter dem ungeschützten Rippenbogen traf. Max hatte keine Ahnung, ob er ein lebenswichtiges Organ getroffen hatte oder eine Arterie punktiert hatte, für ihn zählte nur, dass der Angreifer zu Boden fiel und nicht wieder aufstand.

Trotz der besorgniserregenden Geräusche aus dem Nebenzimmer nahm Max sich die Zeit, sich umständlich hinzuknien, um den Puls des Kerls zu fühlen. Nichts. Gut. Dabei fiel sein Blick auf das Gesicht des Mannes – nein, des Jungen, erkannte Max nun. Der Bursche war höchstens 16. „Fuck", dachte Max, hatte aber keine Zeit für Reuegefühle, denn selbst wenn sein Kumpel ebenfalls ein Teenager war, würde Anselm sicherlich nicht allein mit ihm fertigwerden. Außerdem wollte er den Zweiten lebend, um herauszufinden, was es mit diesem Überfall auf sich hatte.

Bereits als er einen Schritt in das Zimmer gemacht hatte, erfasste er jedoch, dass dieses Unterfangen sinnlos war. Junge Nummer zwei – er sah sogar noch jünger aus als der Erste – lag regungslos auf dem Boden. Neben ihm der schwere Topf, den der Doc gestern für seine dubiosen Inhalationszwecke verwendet hatte.

Max drehte sich lächelnd – halb vor Erleichterung, halb im Angesicht der Absurdität dieser ganzen Situation – zu Anselm um. Das Lächeln im Gesicht gefror ihm jedoch innerhalb von Sekundenbruchteilen. Anselm lag ebenfalls auf dem Boden und hielt sich die Brust. Max konnte kein Blut oder andere oberflächliche Verletzungen erkennen. „Was, was ist es, Doc, was brauchst du, sag mir, was ich holen soll!", schrie Max den Alten förmlich an. Dieser versuchte, seine Lippen zu bewegen, aber keine Worte verließen seinen Mund. Max sah, wie sein linker Arm völlig verkrampft abstand, während er den rechten weiterhin auf seine Brust drückte. „Herzinfarkt", schoss es Max durch den Kopf. Verdammt, was tat man in so einem Fall? 999 wählen ... Tja, diese Zeiten waren vorbei. Absolut hilflos kniete sich Max neben seinen Freund – denn das war er für ihn geworden, wurde Max nun klar, vermutlich sein einziger – und hielt ihm seine verkrampfte Hand. Es dauerte nicht lange, bis die Hand schlaff wurde und die wasserblauen Augen des Docs von panisch zu friedlich und schließlich zu leer übergingen.

Ausdruckslos verharrte Max einen Moment über dem leblosen Körper. Er hatte keine Tränen, die waren schon lange versiegt. Stattdessen verfiel er in einen Autopiloten. Er konnte sich nicht die Zeit nehmen, Gräber auszuheben, davon abgesehen gab es in Anselms Hütte sicherlich nicht die geeigneten Utensilien dafür. Er würde dem Colonel Bescheid geben und ihn bitten, ein paar Männer vorbeizuschicken, die sich dann um alles kümmern sollten. Allerdings wollte er vorher sicherstellen, dass er einen guten Ibuprofen-Vorrat abbekam, bevor die Medikamentenkammer geplündert wurde. Auf dem Weg zu den provisorischen Regalen des Docs fiel sein Blick auf eine Art Jutesack, den Angreifer Nummer zwei wohl fallen gelassen hatte – sie waren also in der Absicht hier gewesen, den Apotheker auszurauben, natürlich, was auch sonst? Max hob den Sack vom Boden auf, um hineinzusehen. Darin lagen seine Skechers. „Really,

Jungs?" Jedes Gefühl von Reue verließ Max' Körper. „Einem armen, kranken Mann seine orthopädischen Schuhe klauen!", murmelte er kopfschüttelnd zu sich selbst.

Zehn Minuten später hatte er alles an Medikamenten, was ihm sinnvoll erschien, eingesammelt und in den Jutesack gesteckt, seine Schuhe befanden sich wieder an seinen Füßen und er wollte sich gerade die Kapuze seines Softshellmantels über die kurz geschorenen Haare ziehen, um die Hütte zu verlassen, als sein Blick auf ein Buch in der hintersten Ecke eines der Regale fiel.

Bücher waren in dieser Zeit rar gesät, was sofort Max' Neugierde erweckte. Er ergriff das Buch mit einer Hand, schlug es auf und stellte enttäuscht fest, dass es sich um eine Art Notizbuch des Alten handelte. Undeutliche Skizzen seiner Frau Theodora wechselten sich mit Gedichten und kryptischen Formeln ab. Er wollte das Journal schon weglegen, als eine Zeichnung ganz am Ende des Buches seine Aufmerksamkeit erregte. Es handelte sich um ein Tier, das in etwa die Größe eines Eichhörnchens hatte, aber durch seine Flügel eher an eine Fledermaus erinnerte. Ein Tier, ganz ähnlich dem, was er letzte Nacht auf dem Weg hierher gesehen hatte. Zu diesem Zeitpunkt hatte er ausgeschlossen, dass es sich wirklich um ein Tier gehandelt hatte, da Säugetiere und Vögel schon seit Jahren nicht mehr gesichtet worden waren. Er hatte eher an eine optische Täuschung oder gar an eine Drohne gedacht. Was aber, wenn es wirklich ein Tier war? Was, wenn der Doc es auch gesehen hatte, nah genug, um es zu zeichnen? Hieße das, es gab doch noch Säugetiere oder Vögel unter dem Dome? Flügel, es hatte Flügel – was, wenn es gar nicht hier lebte, sondern von AUßERHALB hereingekommen war? „... soll gesehen haben, wie zwei Männer das Dome verlassen haben ...", gingen Anselms Worte von letzter Nacht Max durch den Kopf. Er hatte diese Gedanken als Tratsch abgetan. Was aber, wenn es die Wahrheit war? Ein merkwürdiges Gefühl von Enge und Schwindel machte sich in Max' Brust breit. War dies Adrenalin, das durch seinen Körper schoss, oder war es Hoffnung, die seine Seele durchflutete?

KAPITEL 2

FERA

Lustlos schob sie ihr Abendessen von einer Seite des Tellers auf die andere. Es war für sie schwer vorstellbar, dass das Stück Fleisch, das da vor ihr lag und frisch aus einem 3-D-Drucker gekommen war, früher aus einem Lebewesen herausgeschnitten worden sein sollte. Sie hatte Kühe oder Schweine nie selbst gesehen. Ihre frühste Kindheitserinnerung war die an eine streunende Katze, die sie vergeblich einzufangen versucht hatte. Ihre Eltern waren ein paar Jahre danach gestorben und seitdem lebte sie im Krom.

Sie hatte keine Erinnerung mehr an ihre Heimat – Finnland hatten ihre Eltern sie genannt. Für sie gab es nur Ost und West, das Konzept von Ländern war ihr fremd. Sie wusste, dass sie sich glücklich schätzen konnte, hier im Schutz des Krom zu wohnen unter einflussreichen Wissenschaftlern und Fürsten. Und sie hatte Vlad. Seine Eltern und ihre Eltern hatten zusammen mit anderen Wissenschaftlern am Dome gearbeitet. Damals hatte sie vieles nicht verstanden, es war ihr alles wie ein großes Abenteuer vorgekommen. Sie waren ständig auf Reisen gewesen, Erinnerungen an Labore wechselten sich ab mit solchen an andere Kinder, mit denen sie Lesen und Rechnen gelernt hatte. Englisch, Deutsch, Französisch und natürlich Russisch hatten sie gelernt. Nicht dass sie die anderen Sprachen heute noch benötigte. Im Einflussgebiet der „Macht des Ostens" wurde ausschließlich Russisch gesprochen, darauf legten die Oligarchen höchsten Wert. Vlads Vater Jaroslaw war ein solcher. Die Wissenschaft hatte er schon lange aufgegeben und war dieser Tage zu einem der einflussreichsten Geschäftsmänner aufgestiegen – Fürsten, wie sie sich selbst nannten.

Nun saß Fera ebendiesem gegenüber, während Vlad neben ihr saß und ihre Hand hielt.

„Also, was sagst du, Fera Sokrovisce? Wirst du den alten Igor treffen und ihm ein paar angenehme Stunden bereiten?"

Fera legte ihr Besteck ab und schluckte schwer. Er meinte es ernst, er meinte es absolut ernst, und Vlad saß nur daneben und sagte nichts.

Sie wusste, dass sie mit Bedacht antworten musste. Menschen verschwanden immer wieder aus dem Krom, einstmalige Günstlinge wurden von einem Tag auf den anderen nicht mehr gesehen. Würde er für die Geliebte seines Sohnes eine Ausnahme machen, sollte sie ihn enttäuschen? Sie glaubte nicht.

Sie versuchte, auf Zeit zu spielen und sagte zögerlich: „Sicher wäre zunächst ein Treffen in der Gesellschaft anderer eine gute Idee. Möchte er mich nicht erst einmal kennenlernen?"

„Aber Fera, Zoika, darum geht es dem guten Igor doch nicht. Wenn er fachsimpeln möchte, geht er zu Juri ins Labor. Alles, was ihn an dir interessiert, ist dein engelsgleiches Aussehen, und das kennt er bereits", grinste Jaroslaw sie aus seinen dicken Backen an.

Sie hasste es, wenn er sie so ansah, sie hasste es, wenn er sie „Schätzchen" oder „Häschen" nannte und sie behandelte, als sei sie nur eine Spielfigur auf einem der alten Brettspiele, die Juri so liebte. Juri – vielleicht hätte er eine Idee. Er war so etwas wie ein Ersatzvater für sie geworden. Wann immer sie konnte, ging sie ihm bei einfachen Arbeiten im Labor zur Hand und hörte sich seine Geschichten von der alten Welt an.

Ein sachtes Rütteln an ihrem Knie ließ sie aus ihren Gedanken auffahren. Vlad. Er schaute sie aufmunternd an und wollte sie damit wohl zu einer Antwort animieren.

„Ja, gut, arrangiere es. Gib mir nur bitte ein paar Tage vorher Bescheid, damit ich mich auf das Treffen vorbereiten kann", brachte sie schließlich hervor. Sie war erstaunt, wie fest ihre Stimme dabei klang.

Sichtlich erfreut klatschte Jaroslaw in seine fetten Hände und lachte: „Aber natürlich, ich weiß ja, wie ihr Frauen so seid. Nicht wahr, Vlad?"

Vlad reagierte nicht auf den Seitenhieb seines Vaters, sondern wandte sich wieder seinem Essen zu. So verlief der Rest des Abendessens in Schweigen. Jaroslaw hatte bekommen, was er wollte, und niemand würde ihm widersprechen.

„Wie kannst du das alles nur so stoisch ertragen? Ich dachte, ich wäre dein Ein und Alles?!", schrie Fera Vlad förmlich an, als sie ein paar Stunden später zusammen in seiner Kammer waren. „Was soll ich denn tun? Du weißt, wie mein Vater ist, und du weißt auch, dass er nicht davor zurückschrecken würde, uns auseinanderzubringen. Ein Wort von ihm und ich bin morgen an der verdammten Westgrenze und patrouilliere im Schlamm."

„Das würde er nicht tun, du bist immerhin sein Sohn und irgendwem will er schließlich seinen ganzen Pomp vererben. Ich dagegen bin absolut nichts für ihn. Das Versprechen, das er meinen Eltern gab, sich um mich zu kümmern, bedeutet nichts im Angesicht von mehr Reichtum und Macht. Als wenn einen das glücklich machen würde."

Glück? Was war das überhaupt? Sie hatte gedacht, es mit Vlad gefunden zu haben. Er war stets an ihrer Seite gewesen, sie hatten als Kinder zusammen gespielt, sich gegenseitig Geschichten erzählt, er hatte sie im Arm gehalten, wenn sie abends in ihrem Bett um ihre Eltern geweint hatte ... Es war ihr nur natürlich vorgekommen, dass ihre Beziehung zueinander sich mit der Zeit in eine Liebesbeziehung entwickelt hatte. An ihrem 16. Geburtstag hatte er sie das erste Mal geküsst. Das war nun über drei Jahre her. Seitdem hatte sie ihre Liebe zu ihm nie infrage gestellt. Gleichwohl hatte sie natürlich auch keinen Vergleich. War es Liebe oder war es einfach nur Gewohnheit, was sie an Vlad band? Etwas Vertrautes, etwas Konstantes in einer Welt, die sie nicht verstand, die ihr Sicherheit vorgaukelte, aber in Wahrheit zu einem Gefängnis geworden war?

Ihre Wut war verraucht. Vlad machte ebenfalls keine Anstalten, die Auseinandersetzung weiterzuführen. Hochgewachsen, aber mit hängenden Schultern stand er da und schaute traurig auf seine Füße. Sein langes Haar hatte sich aus seinem Zopf gelöst und hing ihm ins Gesicht. Auf einmal unendlich müde, schlang Fera ihre Arme um ihn und verschränkte seine in ihrem

Nacken. Sie atmete Vlads vertrauten Geruch ein und spürte, wie ihr Herzschlag langsamer wurde. „Lass uns schlafen gehen. Ich will nicht mehr darüber reden", wisperte sie in Vlads Armbeuge.

„Was in drei Teufels Namen ist dieser Krach?", wollte Fera lachend wissen, als sie das Labor betrat. Jaroslaw sah es nicht gern, wenn sie ihre Zeit hier unten verbrachte. Seiner Meinung nach hatten Frauen hier nichts verloren. Sie fragte sich, was seine eigene Frau dazu zu sagen gehabt hätte, wäre sie noch am Leben gewesen. Von Vlad wusste sie, dass seine Mutter in Forscherkreisen weitaus mehr geschätzt worden war als sein Vater. Hatte das zu den Spannungen in ihrer Beziehung geführt? „Das, Fera-Schatz, nennt man New Wave. The Smiths, um genau zu sein. Eine von Caspars Lieblingsbands. Glücklicherweise hat er seine Tonträger hiergelassen, bevor unsere Zusammenarbeit endete", antwortete Juri. Ihr entging sein wehmütiger Blick dabei nicht. „Beendet WURDE, meinst du?", fügte Fera daher wissend hinzu.

Sie wusste, dass Juri in Caspar einen guten Freund gehabt hatte. Sie waren ein ungleiches Paar gewesen, er der schweigsame Riese, der stets mit besessener Konzentration arbeitete, und Caspar, der schlaksige Kerl mit dunkler Hautfarbe und stets einem Witz auf den Lippen, derjenige, der die Atmosphäre im Labor auflockern konnte wie kein anderer. Und sie wusste, wie sehr Juri ihn nun vermisste. Er sagte es jedoch nie laut, denn das hätte Konsequenzen für ihn gehabt, allein schon das Abspielen dieser alten Musik wurde von den Oligarchen nicht gerne gesehen, woraus Fera schloss, dass Jaroslaw sich vermutlich derzeit nicht im Krom aufhielt.

„Wie lange wird er weg sein?", fragte sie dennoch sicherheitshalber. Sie wusste, dass Juri klar war, von wem sie sprach.

„Oh, sicher ein paar Tage. Er trifft sich mit diesem Igor. Es geht um einen Waffendeal. Wobei mir nicht klar ist, wofür er die überhaupt braucht. Er hat die Menschen außerhalb des Krom ohnehin bestens im Griff. Er muss ihnen nur den Strom abstellen oder den Zugang zum Nahrungskonsortium weiter einschränken."

„Nicht nur die Menschen außerhalb des Krom …", murmelte Fera leise. Juri hörte sie dennoch. „Gibt es etwas, was du mir erzählen möchtest?", fragte er und stellte die Musik nun aus, indem er ein paar Knöpfe an seinem Pult betätigte. Fera überlegte, ob und wie viel sie Juri erzählen konnte. „Ich soll ihm einen ‚Gefallen' tun, den ich nicht wirklich tun möchte", sagte sie daher nur kryptisch.

„Ich verstehe", erwiderte Juri wissend, „hat der Gefallen mit dem alten Fettsack zu tun, mit dem er gerade eine Tour durch sein ‚Reich' unternimmt?" Er bemühte sich sichtlich um einen lockeren Tonfall. Es entging Fera jedoch nicht, wie sich seine Kiefermuskeln anspannten. Er hatte, was sie betraf, einen Beschützerinstinkt entwickelt, von dem sie sich wünschte, Vlad würde sich eine Scheibe davon abschneiden.

Ihr war klar, dass das mit Juris Tochter zusammenhing, die noch vor dem „Ewigen Sonnenuntergang" gestorben war. Er erzählte ihr oft, wie sehr sie ihr ähnelte, von den hellblonden Locken bis zu der langen Nase, die er immer als Aristokratennase bezeichnete. Fera hoffte jedoch, dass er sie auch um ihrer selbst willen mochte.

„Ja", antwortete sie lediglich.

Juri seufzte, dimmte das Licht und ließ sich auf seinen Stuhl mit den Rollen fallen. Für heute schien er fertig mit seinen Aufzeichnungen und Einstellungen. Das Dome funktionierte auch ohne konstante Überwachungen und Anpassungen, aber Juri gab Aufgaben nur ungern ab, traute seinen eigenen Mitarbeitern nur bedingt und machte sich stets Sorgen, da er nicht mehr hundertprozentig überwachen konnte, was mit dem westlichen Teil der Kuppel geschah.

„Wirst du mir sagen, wenn du Hilfe brauchst?", fragte er sie nun und sah sie eindringlich mit seinen grauen Augen an.

Fera verstand nicht, wie er ihr in dieser Sache helfen können sollte, ohne seine eigene Position zu gefährden. Ehe sie etwas erwidern konnte, fügte er hinzu: „Es gibt immer einen Weg … und meistens führt dieser gen Westen."

Sie blickte auf und sah eine Entschlossenheit und eine Überzeugung in Juris Miene, die ihr eine Gänsehaut über den Rücken jagten. Was deutete er hier an? Der Westen war desolat, unstrukturiert, übersät von Vagabunden und marodierenden Gruppen – zumindest hatte man ihr das seit der Spaltung immer wieder eingetrichtert. Aber davon einmal ganz abgesehen, wie sollte sie überhaupt dort hinkommen, geschweige denn das Krom ungesehen verlassen?

„Juri, was …?", fing sie an, als sie von Mikael unterbrochen wurden, der seinen Kopf durch die Tür streckte und sich, ohne Notiz von ihr zu nehmen, an Juri wandte: „Ich bin hier, um die heutigen Daten abzuholen." „Natürlich", sagte Juri und griff hinter sich, um sein Tablet zu greifen. An Fera gewandt, sagte er: „Es tut mir leid, Fera-Schatz, wir müssen unser Schachspiel ein andermal beginnen." Instinktiv wusste sie, dass der alte Wissenschaftler damit keineswegs das Brettspiel mit den eigentümlichen Figuren meinte, das sie so gerne mit ihm spielte.

KAPITEL 3

MAX

Der Rückweg zum Camp dauerte etwas länger als beabsichtigt. Ein feiner, aber stetiger Nieselregen hatte eingesetzt – die Art von Regen, die man kaum bemerkt, bis einem plötzlich die Füße durchnässt sind. Max würde seine Skechers vor dem Heizlüfter trocknen müssen, vorausgesetzt es war genug Strom verfügbar.

Am Außenzaun des Camps kam ihm bereits Felix entgegen. Der Junge war eigentlich viel zu jung, um hier an der Ostgrenze auszuhelfen. Der Dienst war freiwillig, niemand wurde gezwungen hierzubleiben. Viele taten es, um ihre Familien zu beschützen oder um ihre Freiheit zu bewahren, denn die Angst, die selbst ernannten Fürsten der „Macht des Ostens" könnten ihr Gebiet weiter gen Westen ausweiten, war allgegenwärtig. Sie waren klar im Vorteil, hatten die Ressourcen und die bessere Kontrolle über das Dome, schließlich war es dort entwickelt worden. Damals als Meisterstück internationaler Zusammenarbeit gepriesen, war schnell klar geworden, dass sich das Machtstreben Einzelner niemals unterbinden lassen würde, sobald die unmittelbare Gefahr einer menschlichen Apokalypse gebannt gewesen war. Nun kam sie tröpfchenweise, die Apokalypse. Es war Max nicht entgangen, dass die Geburtenzahlen stetig sanken, dass die Lebenserwartung dieser Tage nicht gerade hoch war. Daher war Felix mit seinen zwölf Jahren ein seltener Anblick.

„Max, Max, was hast du gesehen? Was ist in dem Sack da? Wir haben uns schon Sorgen gemacht, du warst viel länger weg, als sonst!", redete der Junge ohne Punkt und Komma auf ihn ein, als er sich dem Tor näherte. „Vergiss das Atmen nicht, Kleiner", tätschelte Max ihm kopfschüttelnd den braunen Lockenkopf, „es gab leider einen kleinen Zwischenfall. Weißt du, wo der Colonel steckt? Ich muss ihm davon berichten. Und ich brauche dringend ein Paar andere Schuhe. Kannst du die für mich zum Trocknen bringen? Hüte sie mit deinem Augapfel, ja? Und sag in der Küche Bescheid, was zu essen wäre nicht schlecht." Felix nickte eifrig und wartete geduldig, bis Max jeden Schuh einzeln von seinen nassen Füßen gezogen hatte – sein schmerzverzerrtes Gesicht ignorierte der Junge dabei geflissentlich. Er wusste, dass Max nicht darauf angesprochen werden wollte. Dann eilte er mit vollen Händen in eines der Nebengebäude. Max seufzte tief und machte sich auf den Weg ins Hauptgebäude.

„Das ist nicht gut, das ist ganz und gar nicht gut", schüttelte der Colonel seinen Kopf, als Max ihm von seiner Begegnung in Anselms Hütte berichtete. „Ich hab dem alten Kauz oft genug angeboten, ins Camp zu ziehen, wo wir viel besser auf ihn hätten achtgeben können. Aber er wollte ja nicht, der alte Freigeist, und ich zwinge hier niemanden, wir sind ja nicht im Osten", witzelte er. Dann wurde er jedoch schlagartig ernst: „Ich werde umgehend ein Team zusammenstellen, wir müssen die Hütte sichern und die Medikamente ins Camp überführen." Max vermied es an dieser Stelle, seinen persönlichen Vorrat zu erwähnen.

„Und was waren das für Teenager, die euch überfallen haben? Bist du sicher, dass sie nicht Russisch gesprochen haben?", fragte der Colonel ihn nun. „Ich kann es nicht hundertprozentig ausschließen, ich war zu dem Zeitpunkt, wie soll ich sagen, etwas abgelenkt", schmunzelte Max, „aber es hat sich nicht wie eine slawische Sprache angehört. Es war auch kein Deutsch oder Englisch, da bin ich mir ganz sicher, aber vielleicht Flämisch oder so etwas."

„Hm", machte der Colonel nur. Er war im selben Alter wie Max und war vor dem „Ewigen Sonnenuntergang" dabei gewesen, ein duales Studium im Einzelhandel zu absolvieren. Er hatte es nicht beenden können, war aber sehr gut im Organisieren von Arbeitskraft und war stressresistent. Außerdem witzelte er gerne mit Max über das Kaufverhalten der damaligen Kunden. Er hatte diese Ausstrahlung, die Sicherheit vermittelte, ob man ihn nun nach der Haltbarkeit von Erdbeeren fragte oder ob es um die drohende Gefahr aus dem Osten ging. Seine Führungskraft wurde von niemandem hier infrage gestellt, obwohl sich unter den selbst ernannten Schützern der westlichen Union durchaus auch ehemalige Soldaten befanden, denen zumindest in der Theorie Kampfhandlungen nicht fremd waren. Bei dem Großteil der Männer und Frauen des Camps handelte es sich jedoch um junge Leute in ihren frühen Zwanzigern, welche die alte Welt nur vage, wenn überhaupt, in Erinnerung hatten. Der Colonel war für sie ein Vorbild und verkörperte Stabilität.

Nun rieb er sich mit beiden Händen erst über die Augen und dann durch die immer schütterer werdenden, kurzen Haare. Auf einmal wirkte er unheimlich alt und müde – Eigenschaften, die Max selbst nur zu vertraut waren. „Es ist nicht das erste Mal, dass ich so etwas höre. Die Jugendlichen werden rastlos, es gibt hier nichts für sie, keine Perspektive. Die Alten sterben uns weg, Max. Hier an der Grenze ist es besonders schlimm. Jeder nimmt sich, was er kann, und wir können nicht überall sein", sagte er bekümmert.

Max dachte kurz an seinen heimlichen Medikamentenvorrat und fühlte sich ertappt. War jeder Mensch doch letztlich ein Egoist?

„Doch was ist die Alternative, frage ich dich, sollen wir hier einen Terrorstaat errichten, so wie die da drüben?", fuhr der Colonel fort. „Der Hauptsitz der westlichen Union erwartet mich in ein paar Wochen. Was soll ich ihnen raten? Max, ich bin hier unabkömmlich, das weißt du. Aber die Kommunikationsverbindungen werden immer unzuverlässiger. Es ist Wochen her, dass ich das letzte Mal mit Caspar sprechen konnte. Die Stromausfälle nehmen zu und ..."

„Ich kann für dich gehen", unterbrach Max den Colonel wie aus heiterem Himmel.

Er wusste selbst nicht, was plötzlich in ihn gefahren war. Das entsprach nicht seiner normalen Verhaltensweise. Er meldete sich nie freiwillig für Einsätze. Er verrichtete, was man ihm auftrug – emotionslos, teilnahmslos, stoisch, verlässlich. Aber nie aus eigenem Antrieb. Hatten die Enthüllungen in Anselms

Hütte etwas in ihm geweckt, das er nicht einmal selbst benennen konnte? Der Hauptsitz der westlichen Union lag im Nordwesten, nicht unweit von Colonel Burns' Einflussgebiet. Anselms Worte kamen ihm unwillkürlich wieder in den Sinn: „Du musst nur einen Weg finden, an die Nordwestgrenze zu gelangen", hallte es in seinem Kopf wider. Die Mission des Colonels bot ihm die perfekte Gelegenheit, Nachforschungen anzustellen, und auf eine irrationale Weise fühlte er sich dem alten Apotheker dazu verpflichtet.

Der Colonel sah Max überrascht an. „Bist du sicher? Ich muss zugeben, das würde mir ein großes Gewicht von der Brust nehmen."

„Ja, wie du schon sagtest, du bist hier unentbehrlich, ich dagegen bin nur einer von vielen", antwortete Max.

Der Colonel sah Max eindringlich an: „Das bist du nicht und das weißt du auch. Ich danke dir nichtsdestotrotz und nehme dein Angebot gerne an. Ich werde dir alle nötigen Daten geben und wir müssen uns die Karten gemeinsam ansehen, um den bestmöglichen Weg zu bestimmen. Du brauchst genügend Verpflegungsstellen und es wäre gut, wenn du zumindest für einen Teil des Weges die alte Bahn nutzen könntest, wenn sie noch fährt ...", abrupt hielt der Colonel inne und sein Blick fiel auf Max' Füße, die immer noch in durchnässten, löchrigen Socken steckten (er hatte sich nicht die Zeit genommen, sich umzuziehen, bevor er den Colonel traf), „... und ein paar neue Schuhe wären vielleicht auch eine Idee", endete dieser mit einem Augenzwinkern und hochgezogenen Mundwinkeln. Max antwortete nur: „Die alten sind absolut in Ordnung. Sag mir einfach, wann es losgehen soll."

Was zur Hölle hatte er sich nur dabei gedacht? Die Nordwestgrenze des Dome war Hunderte von Meilen entfernt. Er befand sich hier im östlichsten Teil von dem, was einmal Deutschland gewesen war, und müsste praktisch in die ehemaligen Niederlande gelangen. Noch dazu müsste er sich erst einmal an der Ostgrenze entlang nach Norden vorarbeiten, um zur alten Bahnstrecke vorzustoßen, die vor der Spaltung eine direkte Verbindung zwischen den beiden Kommandozentralen des Dome im Westen und Osten darstellte. Es sei denn, er war gewillt, die komplette Strecke zu Fuß zurückzulegen. Jedoch würden ihm das wohl nicht einmal orthopädische Skechers ermöglichen.

Was hatte ihn nur geritten? Er war nicht gesund, weit davon entfernt. Jeder Muskel und jeder Knochen in seinem gottverdammten Relikt eines Körpers schmerzte ihn. „Nein, nicht Muskeln und Knochen", verbesserte er sich, „Faszien. Faszien hatte sie es genannt."

Er sah Marilyn lebhaft vor sich, wie sie in ihren Shorts und ihrem Sport-BH, den Kopf zwischen den Beinen, eine neue Yoga-Abfolge für ihre Gruppe einstudierte. Dabei lief Punkrock aus den Boxen. Er würde nie verstehen, wie sie sich dabei entspannen konnte. Nicht, dass er etwas gegen die Musik einzuwenden gehabt hätte – es war nur ein solch eigentümlicher Kontrast. Genau wie sie, Marilyn, der perfekte Gegensatz aus feurig und sanft.

„Weißt du, Max, das Problem ist, die meisten Leute denken, wenn der Rücken schmerzt oder das Knie wehtut, müssen sie sich schonen. Bloß nicht bewegen, Painkiller schlucken und gut. Aber das Gegenteil ist der Fall. Gelenke wollen bewegt werden, Muskeln wollen gedehnt werden. Die Faszien müssen sich lockern", hatte sie ihm endlose Vorträge gehalten, während er nur mit halbem Ohr hingehört hatte, zu abgelenkt von ihren Grübchen, von der kleinen Falte zwischen ihren Augenbrauen, die immer dann erschien, wenn sie sich in Rage redete. Er liebte ihre Begeisterung für das, was sie tat. Beneidete sie gelegentlich sogar. Sie hatte gewusst, was sie mit ihrem Leben hatte tun wollen, während er einfach nur das studiert hatte, was ihm Spaß machte, ohne klares Ziel. Was für eine Verschwendung, dachte er. Und nun war er hier und sie nicht. Was für eine Ungerechtigkeit.

Nun, er würde in seine Schlafkammer gehen, seine Faszien dehnen – was auch immer das war – und auf das Beste hoffen. Vielleicht würde sich Felix auch daran erinnern, ihm etwas zu essen zu bringen. Ohne Frage wäre es ein köstliches Drei-Gänge-Menü, zusammengestellt aus den besten abgelaufenen Konserven, die sich in der Vorratskammer befanden. Früher hatte er versucht, sich gesund zu ernähren, und machte regelmäßig Sport, da er schon damals öfter Schmerzen in seinen Gelenken verspürt hatte. Was würde er nun für eine Pizza geben und einen verdammten frischen Kaffee! Hätte er gewusst, wie sich alles entwickeln würde, hätte er seine damalige Fitnessstudiomitgliedschaft gegen eine Bonuspunktekarte bei Starbucks oder Pizza Hut eingetauscht. „Sorry, Marilyn, Bewegung hilft bei mir auch nichts mehr. Mein Skelett ist beyond help", murmelte er zu sich selbst.

Als er die Tür zu seiner Schlafkammer öffnete, wurde Max von einem wimmernden Felix begrüßt, der in der Zimmermitte auf dem Boden hockte und ein undefinierbares Bündel in den Händen hielt. Bei näherem Hinsehen stellte Max fest, dass es sich dabei um seine Skechers handelte oder, besser gesagt, das, was davon noch übrig war. Er traute seinen Augen nicht. Die oberen Hälften beider Schuhe waren rußgeschwärzt, Schnürsenkel und Schuhzungen nicht mehr existent.

„Es tut mir so leid, Max, die Heizung war ganz schwach, also hab ich sie direkt druntergestellt und dann bin ich los, um in der Küche dein Essen zu holen, und als ich wieder kam, rauchten sie oben dran. Ich hab sie gleich weggezogen, ich schwöre es …", stammelte Felix.

Max sah rot. „FUCK's SAKE", brüllte er den Jungen an. „Weißt du eigentlich, was du da getan hast? Nichts, nichts kann man dir anvertrauen, du bist einfach absolut nutzlos. Wie kann man nur so bescheuert sein??!!"

Felix' Schluchzen wurde lauter und sein schmächtiger Körper schüttelte sich in unregelmäßigen Abständen. „Du solltest ihn nicht so anschreien, er ist ein Kind, und es sind nur ein verdammtes Paar uralte Schuhe", schoss es Max am Rande seines Ausrasters durch den Kopf. Doch er konnte nicht einlenken. Stocksteif stand er da und starrte mit leeren Augen ins Nichts.

Schließlich beugte er sich vor, um Felix die Überreste der Schuhe zu entreißen. Es brauchte nur dieses leichte Heben seines rechten Arms, eine minimale Drehung seiner Hüfte und er gefror mitten in der Bewegung. Er konnte weder den Arm sinken lassen noch die Hüfte wieder eindrehen. Ein Schraubstock hatte sich um seine Wirbelsäule gelegt und das Epizentrum des Schmerzes sammelte sich in seinen untersten Wirbelgelenken, die sich mal wieder ineinander verhakt haben mussten. Paralysiert stand er da, sich der Absurdität des Ganzen bewusst, während Felix ihn mit tellergroßen Augen anstarrte. Er meinte, sie würden ihm aus den Augenhöhlen fallen, wenn er sich nicht bald rührte. Und dann brach es aus ihm heraus, ein schallendes, allumfassendes Lachen. Felix' Blick wechselte von bestürzt zu irritiert und dann fing auch er an, zaghaft zu lachen.

„Komm her, Junge, nimm beide Hände und umfasse meine Taille so fest du kannst, ja?", verlangte Max. Der Junge tat wie geheißen und Max atmete tief ein und senkte seinen Arm ganz langsam. Noch langsamer drehte er seine Hüfte zurück in die Ausgangsposition.

„Ich dachte für einen Moment, du würdest mich schlagen", sagte Felix kleinlaut.

„Nein, never", erwiderte Max. Zögerlich legte er seine Arme um den schmalen Körper des Jungen und zog ihn an sich. Es fühlte sich merkwürdig an, jemanden in den Armen zu halten. Er konnte sich nicht an das letzte Mal erinnern.

„Vergiss, was ich gesagt habe. Es sind nur Schuhe", beruhigte er Felix.

„Nein, sind sie nicht", antwortete dieser trotzig, „ich weiß es, Max. Sie erinnern dich an dein altes Leben, oder? Sie sind wie Mrs Himi." Max wollte gerade fragen, wovon der Junge sprach, als dieser bereits fortfuhr: „Ich hab sie schon immer gehabt. Ich weiß, dass ich viel zu alt für Kuscheltiere bin, und ich weiß auch gar nicht, was sie für ein Tier sein soll, aber ich erinnere mich, dass meine Mama sie mir gegeben hat ... und jetzt ist sie alles, was ich noch von ihr habe."

Frische Tränen rollten Felix' Wangen hinunter, als er ein kleines, ramponiertes Plüschtier unter seinem weiten Kapuzenpullover hervorzog. Max fühlte sich zu gleichen Teilen überfordert und gerührt. Fühlte es sich so an, wenn man ein Elternteil war? In einem fernen Winkel seines Kopfes dachte er, dass ihm diese Erfahrung für immer verwehrt bleiben würde. Dies war das Nächste zu einem Vater-Sohn-Moment, was er jemals bekommen würde, also konnte er sich auch anstrengen.

Vorsichtig wischte er Felix' Tränen mit seinen Handflächen weg und sagte leise: „Zeig doch mal her. Ah, Mrs Himi ist ein Meerschweinchen."

„Ein Meerschwein? Aber sie sieht gar nicht aus wie die Schweine auf den Bildern, die ich gesehen habe ... und wenn, wenn sie im Wasser lebt, dann braucht sie doch Flotten", bemerkte Felix irritiert. Max musste sich ein Schmunzeln verkneifen. „Du meinst Flossen. Und nein, braucht sie nicht, Meerschweinchen sind – waren – Säugetiere. Die Bezeichnung ergibt nicht wirklich viel Sinn, da hast du recht. In meiner anderen Sprache sogar noch weniger – da heißen sie ‚Guinea Pigs'."

„Gieee... was? ... Erzählst du mir von ihnen, Max?", bat Felix nun.

Max wollte den Jungen nicht enttäuschen und war froh, dass sein Kummer der Neugierde gewichen war, aber er spürte nun auch mehr und mehr die Erschöpfung des letzten Tages und seinen Hunger, also erwiderte er: „Okay, das werde ich, aber komm, wir setzen uns jetzt erst mal hin und verspeisen ein paar dieser ‚Köstlichkeiten', die du mitgebracht hast." Er deutete auf die Ansammlung von Konservendosen auf seinem schmalen Tisch, die der Junge wohl zuvor dort abgestellt hatte. „Mit vollem Magen lässt es sich besser erzählen."

Felix hatte keine Einwände, also setzten sie sich beide an den Tisch, um die Dosen zu öffnen. Max' Blick fiel dabei wehmütig auf seine Skechers am Boden. Vielleicht könnte er sie reparieren. Die Sohlen schienen noch genauso gut zu sein wie davor, und darauf kam es an. Die Schnürsenkel hatte er sowieso nie gemocht, er fand es viel zu anstrengend, sich zu bücken, um sie zu schnüren. „Warum habe ich wegen dieser Sache bloß nur so ein Fass geöffnet? Der Junge hat mir in Wahrheit einen Gefallen getan", lachte Max stumm in sich hinein.

KAPITEL 4
FERA

Fera hing mit zitterndem Oberkörper über dem Eimer. Es war das zweite Mal gewesen, dass sie sich an diesem Morgen übergeben hatte. Immer noch spürte sie Igors abgestandenen Atem an ihrem Ohr, als er sich beim Frühstück zu ihr gebeugt hatte, um ihr ins Ohr zu flüstern, dass er sie an diesem Abend in ihrer Kammer besuchen würde. Jaroslaw hatte ihm über den Tisch hinweg zugezwinkert, während Vlad den Blick stoisch auf seine Füße unter dem Tisch gerichtet hielt.

Sie hatte keine Zeit mehr gehabt, Juri erneut zu treffen, um einen Plan auszuarbeiten. Völlig überraschend waren Jaroslaw und Igor bereits zwei Tage nach Feras Besuch im Labor in völliger Eintracht zurückgekehrt. Offensichtlich hatten sie sich viel schneller einig werden können als erwartet.

Nun blieb ihr keine Zeit mehr. Sie musste den Tatsachen ins Auge sehen und diesen Abend irgendwie überstehen. Plötzlich kam ihr ein noch viel erschreckender Gedanke: Was, wenn es nicht bei diesem einen Abend bliebe? Was wenn er immer wieder zu ihr käme? Ein erneuter Würgereiz schüttelte sie und sie schmeckte Galle in ihrer Kehle. „Reiß dich zusammen, verdammt noch mal!", schalt sie sich selbst. „Es gibt Leute in dieser Welt, die machen weitaus Schlimmeres durch."

Doch es half alles nichts. Sie rollte sich wie ein Igel auf dem Fußboden zusammen und ließ ihren Tränen freien Lauf.

Von Vlad konnte sie keine Hilfe erwarten. Er hatte versucht, ihr über den Arm zu streichen und sie an sich zu ziehen. Als sie in seine hilflosen Augen blickte, hatten sich ihre Angst und Verzweiflung jedoch unvermittelt in Wut verwandelt und sie hatte ihn angeschrien, er solle verschwinden. Das hatte er kommentarlos getan und nun gab es nur sie in ihrer Kammer und den Eimer.

Es war weit nach 22.00 Uhr, als sie ein leises Klopfen an ihrer Tür vernahm. Erst dachte sie, es sei vielleicht Vlad. Sie hätte sich gefreut, ihn jetzt zu sehen und Trost in seiner vertrauten Umarmung zu finden, doch als sich die Tür ohne ein Wort von ihr öffnete, sah sie, dass es Igor war.

Es musste Frauen geben, denen er gefiel, die ihn möglicherweise sogar als „stattlich" bezeichneten mit seiner hünenhaften Größe, den breiten Schultern und dem gepflegten Bart. Sie schüchterte das alles nur ein, während sein fassrunder Bauch und das gerötete Gesicht sie einfach nur abstießen. Er schien stets zu schwitzen. So auch jetzt, als er ihr die Hand zur Begrüßung hinhielt.

Sie fasste sie zaghaft und wollte ihre sogleich wieder wegziehen, als er vor ihr auf die Knie fiel und einen Kuss auf ihren Handrücken hauchte. „Was soll dieses Gehabe?", dachte sie. „Warum tut er so, als wäre er kultiviert?" Nichts an diesem Abkommen war kultiviert. Zorn stieg erneut in ihr auf und sie versuchte, sich an dieser Emotion festzuhalten. Zorn war weitaus besser als Angst.

„Wollen wir uns nicht hinsetzen, meine Liebe?", fragte Igor. Fera ging automatisch Richtung Tisch und Stühle, während Igor zielstrebig das Bett ansteuerte. „Gott, er verlor wirklich keine Zeit!", schoss es Fera durch den Kopf. Wie sollte sie sich verhalten? Sollte sie es schnell über die Bühne bringen oder versuchen, Zeit zu schinden, indem sie ihn in ein Gespräch verwickelte? Noch bevor sie sich für eine der beiden Optionen entschieden hatte, zog Igor sie an sich und presste seine schwammigen Lippen an ihren Hals. Sein Bart kitzelte sie auf unangenehme Art und ihr blieb vor Schreck die Luft weg. „Du bist so wunderschön, Fera, milaja, deine Haut ist wie die eines Engels, ich schwöre es", nuschelte der Oligarch in ihre Haare.

„Ich kann das nicht, ich kann das nicht …", rauschte es in einer Dauerschleife durch Feras Kopf. Doch sie rührte sich nicht. Selbst wenn sie nicht vor Panik erstarrt gewesen wäre, hätte sie sich nicht aus Igors Griff befreien können. Seine Arme waren mehr als doppelt so breit wie ihre und er hielt sie fest umklammert.

Unvermittelt drückte er sie aufs Bett. Fera blieb die Luft weg. Was wog dieser Mann? Fera wusste nicht, ob sie lachen oder weinen sollte. Der Anblick dieses ungleichen Paares war sicher unfreiwillig komisch. Doch jegliche kurzweiligen Gedanken dieser Art verließen Feras Geist schlagartig, als Igor mit einer Hand an seinem Gürtel hantierte, während er mit der anderen versuchte, unter ihren Rock zu gelangen.

„Das ist genug!", dachte sie, als sie seine vom Schweiß klamme Hand auf ihrem Oberschenkel spürte. Panisch sah sie sich im Zimmer um, irgendetwas musste doch ... Da sah sie den achtlos stehen gelassenen Eimer genau neben ihrem Bett. Er stand so nah, dass er halb von den Bettlaken verdeckt wurde. Ohne weiter darüber nachzudenken, packte sie den Rand des Eimers und schwang ihn in hohem Bogen über Igors Kopf. Die halb verdauten Bestandteile ihres Frühstücks ergossen sich über den breiten Schädel des Oligarchen. Dieser wusste nicht, wie ihm geschah, schüttelte wie wild den Kopf und gab dabei unverständliche Grunzlaute von sich. Während Igor abgelenkt war, gelang es Fera, sich unter seinem massigen Körper hervorzuschieben und vom Bett zu springen. „Oh Gott, was soll ich nur tun?", überlegte sie panisch. Er würde nicht lange außer Gefecht gesetzt sein. Noch ehe sie diesen Gedanken zu Ende gedacht hatte, packte Igor sie von hinten an ihren blonden Haaren.

„So kommst du mir nicht davon, meine Gute. Ich wollte das Ganze höflich spielen, aber ich kann auch anders!", sagte er bestimmt und dirigierte sie zurück in Richtung Bett.

Feras Kopfhaut brannte und sie spürte, wie Igors andere Hand unsanft ihren linken Oberarm umklammerte. Ihr rechter Arm war jedoch frei und mit diesem griff sie in ihre Haare, die einst zu einer eleganten Hochsteckfrisur geformt waren, sich aber durch Igors rabiate Behandlung fast vollständig gelöst hatten. Einzelne Haarnadeln hingen daran herab. Eine dieser überaus spitzen Nadeln bekam sie nun zu fassen. Sie drehte sich damit blitzschnell um und rammte sie in Igors rechtes Auge. Dieser ließ einen markerschütternden Schrei los und sie konnte sich augenblicklich aus seinem Griff befreien.

Aus dem Augenwinkel sah sie einen metallischen Gegenstand aus Igors Hosentasche ragen. Es war der Griff eines Messers – ganz eindeutig. Unwillkürlich fragte sie sich, warum er ein Messer bei sich trug. Was hatte er vor, beziehungsweise was hatte er nach ihrem Tête-à-Tête vorgehabt? Und warum war ihr das nicht schon vorhin aufgefallen, als er auf ihr gelegen war? Sie schüttelte diese Gedanken schnell ab. Die halfen ihr jetzt nicht weiter. Sie musste sich auf das Hier und Jetzt konzentrieren. Also zog sie das Messer in einer fließenden Bewegung aus Igors Hosentasche.

Ihr Plan war es gewesen, ihn damit lediglich zu bedrohen, ihn zum Gehen zu bewegen. Doch in dem Moment, in dem sie das Messer auf ihn richtete, machte dieser einen Schritt nach vorne, um sich halb blind auf sie zu stürzen. Anstatt auf sie stürzte Igor jedoch auf das Messer. Es machte ein widerwärtiges, schmatzendes Geräusch und sie konnte spüren, wie die Klinge tief in seinem fetten Bauch versank. Fera konnte gerade noch einen Schritt zurück machen, sonst hätte Igors massiger Körper sie unter sich begraben, als er schlapp vornüberfiel. Seine schreckgeweiteten Augen blickten sie an, aber er rührte sich nicht.

Er war tot. Nein, verbesserte sie sich, SIE hatte ihn getötet. Sein Blut klebte an ihrer Hand.

Bevor sie einen klaren Gedanken fassen konnte, öffnete sich die Tür hinter ihr. Es war Vlad, dessen Miene augenblicklich entgleiste. „Oh mein Gott, Fera, was hast du getan?", hauchte er. Sie antwortete ihm nicht. Ein ferner Teil von ihr fragte sich, was er hier wollte, er hatte doch gewusst, dass sie nicht allein sein würde. Hatte er seinen Mut gefunden und war nun doch gekommen, um dieser ganzen Farce Einhalt zu gebieten? Es war egal, dachte sie im gleichen Moment. Es war völlig egal, was ihn hierhergebracht hatte. Er kam zu spät. Sie musste hier weg. Es gab keine Zeit für Erklärungen. Juri. Juri war der Einzige, der ihr aus dieser Misere heraushelfen konnte.

Fera raffte ihren Rock und rannte barfuß an dem immer noch perplexen Vlad vorbei zur Tür hinaus. Sie musste einen katastrophalen Anblick abgeben, dachte sie. Ihre langen Haare hingen ihr wirr ums Gesicht, ihr Oberteil hing von der Schulter und der lange Rock wies eindeutige Blutflecken auf. Hoffentlich begegnete sie niemandem auf dem Weg ins Labor. Glücklicherweise waren die Gänge des riesigen palastartigen Gebäudes um diese Uhrzeit leer. Ungesehen schaffte sie es zur Labortür. Diese war nachts meistens mit einem Code gesichert, den Juri ihr jedoch verraten hatte. Mit zitternden Fingern gab sie die Zahlenfolge ein und fragte sich kurz, ob ihr Freund um diese Zeit überhaupt hier sein würde. „Natürlich ist er hier. Wo denn sonst? Er hat doch sogar eine Schlafcouch in einer der hinteren Bereiche", versuchte sie sich zu beruhigen. Als sich die Tür öffnete, sah sie, dass sie recht gehabt hatte. Juri saß tatsächlich noch an einem der Pulte. Womit sie jedoch nicht gerechnet hatte, war, dass Mikael direkt neben ihm saß. Beinahe gleichzeitig drehten sich die beiden zu ihr um und registrierten ebenso synchron ihren desolaten Zustand. Mikaels Blick blieb an den Blutflecken auf ihrer Kleidung und ihrer Hand hängen.

Vergeblich suchte sie nach Worten, die eine plausible Erklärung für ihr Erscheinen liefern würden. Sie hatte keine. Hilfe suchend schaute sie in Juris Augen, der kaum merklich nickte. Während Mikael sie immer noch anstarrte und gerade den Mund zu einer Frage öffnen wollte, drehte sich Juri zurück zum Pult und betätigte nacheinander einige Knöpfe, die Fera nicht zuordnen konnte. Urplötzlich ertönte ein ohrenbetäubender, schriller Alarm. Mikael drehte sich verwirrt zum Pult um und rief: „Verdammt, da ist ein Feuer in Korridor 7! Wir müssen sofort ein Team zusammenstellen, um den Gang hermetisch abzuriegeln, damit das Feuer nicht weiter um sich greifen kann." Er war aufgesprungen und lief bereits los, als er wie zu sich selbst murmelte: „Ich frage mich, was es ausgelöst hat." An Juri gewandt sagte er lauter: „Was sitzt du noch da rum? Komm!" Fera war für ihn vergessen.

Ihr war klar, dass das Ganze Juris Tun war. Sie wusste nicht, ob er nur den Alarm ausgelöst hatte oder sogar in der Lage gewesen war, ein echtes Feuer zu generieren, ob er das überhaupt verantworten konnte. Das Einzige, was sie mit Sicherheit wusste, war, dass er nichts weiter für sie würde tun können. Es gab keine Möglichkeit, ihm Details von der Katastrophe, die sich in ihrem Zimmer zugetragen hatte, zu erzählen. Es gab keine Zeit, ihn um Rat zu fragen. Es gab nicht einmal Zeit, sich von ihm zu verabschieden. Sie schluckte den Kloß, der sich in ihrem Hals gebildet hatte, hinunter und wechselte einen letzten Blick mit dem Mann, der für sie zur Vaterfigur geworden war. Er hielt ihrem Blick einige Sekunden stand, ehe er aufstand und ihr im Vorbeigehen „Viel Glück" zuflüsterte. Mikael war bereits auf dem Gang außerhalb des Labors. Juri folgte ihm, ohne sich noch einmal zu ihr umzudrehen. Und sie war wieder allein.

KAPITEL 5

MAX

Max hatte in seiner letzten Nacht im Camp noch schlechter geschlafen als sonst. Er wusste nicht, ob es mit seiner Mission zusammenhing oder ob ihn die Begebenheit mit Felix vor ein paar Tagen so emotional hatte werden lassen. Aber er hatte wieder diesen Traum gehabt. Eigentlich war es kein Traum, es war eher eine minutiöse Wiedergabe realer Geschehnisse. Und es war nicht das erste Mal, dass er diese Geschehnisse wieder durchlebte. Das letzte Mal lag jedoch einige Zeit zurück. Und auch wenn Marilyn in diesem Traum vorkam, war es kein schöner Traum. Es war der Tag gewesen, an dem er sie das letzte Mal gesehen hatte.

Marilyn war zu ihm in den Laden gekommen. Er stand an der Kasse und versuchte, die immer länger werdende Schlange an Panikkäufern im Zaum zu halten, ohne dabei von Toilettenpapier und Konservendosen erschlagen zu werden. Aus dem Augenwinkel hatte er sie zufällig an der Vordertür stehen sehen. Das altmodische Glockenklingeln, das normalerweise ertönte, wenn jemand den Laden betrat, war im allgemeinen Lärm untergegangen. Da stand sie nun, umgeben von schreienden Kleinkindern, die von ihren Müttern hinter sich hergezogen wurden, alten Mütterchen, die versuchten, sich mit ihren Gehhilfen Platz zu schaffen, und Business-Leuten, die immer noch den Anschein einer gewissen Normalität wahren wollten. Sie stach aus der Masse heraus, da sie sich am Vorabend die Spitzen ihrer dunklen Haare feuerrot gefärbt hatte. „Wenn wir schon mitten im Weltuntergang stecken, dann sollten wir das wenigstens mit Stil tun!", hatte sie gescherzt.

Er versuchte ihr mit Gesten zu verstehen zu geben, dass er hier nicht wegkonnte. Aber sie drängte sich unbeirrt durch die

Massen und kletterte kurzerhand über die Absperrung zu ihm hinter die Kasse. Er hoffte inständig, dass andere Leute es ihr nicht gleichtun würden und er wie in einem Zombiefilm zerfleischt werden würde. Sie umfasste flüchtig seine Taille von hinten, um ihm ins Ohr zu flüstern: „Ich hab noch EIN Flugticket ergattert. Aber der Flug geht direkt nach deiner Schicht. Ich versuche, dich am Flughafen zu treffen, ja? Aber steig auf jeden Fall ein, auch wenn ich es nicht schaffe. Deine Eltern brauchen dich, hörst du? Ich komme nach, sobald ich kann. Ich bin mir sicher, die allgemeine Panik wird sich in ein paar Tagen legen, so wie die letzten Male, und dann gibt es wieder mehr verfügbare Flugtickets." Sie steckte ihm das Ticket in seine hintere Hosentasche und war bereits wieder über die Absperrung gestiegen, ehe er etwas einwenden konnte. An der Tür drehte sie sich noch einmal um und zwinkerte ihm zu.

Sie war nicht am Flughafen erschienen. Er hatte sie auch nicht mehr auf ihrem Handy erreichen können. Er wusste aber, dass sie es ihm nie verziehen hätte, wenn er den Flug nicht wahrgenommen hätte. Sie musste sich ein Bein ausgerissen haben, um einen Platz zu ergattern. Und sie hatte recht, seine Eltern in Deutschland brauchten ihn. Sie waren beide schwer erkrankt. Also stieg er ein und schaffte es tatsächlich rechtzeitig, um von seinen Eltern Abschied zu nehmen. Sein Vater war Brite gewesen, seine Mutter Deutsche. Er hatte sich immer privilegiert gefühlt, in zwei Kulturen aufgewachsen zu sein. Es war jedoch gerade dieser Umstand gewesen, der ihn und Marilyn an diesem schicksalhaften Tag getrennt hatte. Sie hatte ihn gehen lassen. Er hatte sie zurückgelassen. Und die Tragödie hatte ihren Lauf genommen.

Max versuchte, den Traum und die damit verbundenen Schuldgefühle abzuschütteln, als er sich nun nach einer kleinen Pause auf seinem Weg wieder erhob und seine Skechers richtete. Er hatte die Seitenteile seiner ramponierten Schuhe jeweils mit mehreren Sicherheitsnadeln aneinander befestigt. Das Ergebnis war funktional genug, musste aber hin und wieder nachgezogen werden.

Das vertraute Kribbeln, das sich langsam seine Wirbelsäule hinunter arbeitete, setze sofort ein. Er fühlte sich stocksteif und musste sich wie immer zu jeder noch so kleinen Bewegung zwingen. Er wusste, es würde allmählich besser werden, je mehr er sich bewegte, doch bei Gott, es gab Tage, da wollte er einfach aufgeben. Sich hinlegen und den Kampf aufgeben.

Er nahm die Ibuprofentabletten aus seinem Rucksack und schluckte drei auf einmal. Warum konnte er nicht wenigstens ein Leiden haben, das eine offensichtliche Ursache hatte, ein fehlender Fuß, ein blindes Auge ...? Nein, es musste etwas sein, das er nicht einmal genau benennen konnte. Nun, er war sich ziemlich sicher, dass es kein Bandscheibenvorfall war, denn immerhin hatte er sich noch nicht wahllos vollgepinkelt. Ansonsten war das Spektrum an Möglichkeiten weitgefächert. Unwillkürlich fragte er sich, ob er in der alten Welt hätte herausfinden können, was mit ihm nicht stimmte. Würde das überhaupt einen Unterschied machen – dieses Wissen? Ob man ihm wirklich helfen könnte, wenn Ärzte, Chirurgen und Krankenhäuser immer noch verfügbar wären?

„Warum zerbrichst du dir den Kopf über so einen Scheiß?", schalt er sich selbst. „Selbst wenn du durch irgendein Wunder geheilt werden könntest, würdest du noch immer allein durch eine endzeitliche Einöde wandern, in der nichts wächst, außer Pampasgras." Gott, wie er dieses meterhohe Gewächs hasste! Und wenn er sich nicht durch diese gigantischen, pusteblumenartigen Halme quälen musste, waren es Schlamm und Morast, die ihm zu schaffen machten. Asphaltreste sah man so nahe der Grenze kaum. Aber immerhin gab es hier weniger Geäst als anderswo.

Max hatte es vorgezogen, das Camp ohne großes Aufheben zu verlassen. Mit dem Colonel hatte er bereits am Abend zuvor alle Details besprochen. In seinem Rucksack befanden sich Aufzeichnungen über die Grenzaktivitäten der „Macht des Ostens" in den letzten Wochen, Daten bezüglich der Wirkungskraft des Dome in dieser Region und auch Berichte über Zwischenfälle mit marodierenden Gruppen. Der Colonel hatte eine als zuverlässig geltende Route mit Max ausgearbeitet. Diese würde ihn an bekannten Versorgungsstellen vorbeiführen und baute auch auf die Nutzbarkeit der Bahnverbindung. Sollte diese wider Erwarten nicht mehr in Kraft sein, stand es Max frei, wieder zurückzukehren.

Zunächst musste er sich jedoch zu Fuß mehrere Meilen in Grenznähe nach Norden vorarbeiten. Es war nicht gänzlich ungefährlich, so nah an der Ostgrenze entlangzugehen, half ihm aber, seine Orientierung beizubehalten. Natürlich gab es kleinere Siedlungen im ganzen westlichen Einzugsgebiet, doch Straßenschilder suchte man vergeblich. Der Colonel hatte ihm angeboten, eine der wenigen Handfeuerwaffen mitzunehmen, die sich im Camp befanden, doch Max hatte abgelehnt. Er hätte sie ohnehin nicht gut genug bedienen können. So verließ er sich allein auf sein Klappmesser, das wie immer griffbereit in seiner Jeanstasche steckte, wenn er außerhalb des Camps unterwegs war.

Die eigentliche Grenze war lediglich durch einen tiefen, etwa einen halben Meter breiten Graben definiert, der sich von Süden nach Norden schlängelte. Hinter diesem Graben erstreckte sich eine Art Niemandsland, bis man schließlich an die Grenze kam, welche die „Macht des Ostens" eingerichtet hatte. Max hatte sich nie so nah an das verfeindete Gebiet gewagt, wusste aber aus Erzählungen, dass die Grenze des Ostens weitaus besser gesichert war als die westliche. Eine Einzäunung mit Stacheldraht und dergleichen gab es hier ausschließlich um das Camp, da die Ressourcen für die gesamte Grenze schlichtweg nicht ausreichten, ebenso wenig reichte der Personalbestand aus, um die Grenze komplett zu sichern. Die westliche Union musste sich auf regelmäßige Patrouillen beschränken, die zwischen den einzelnen Außenstellen des Camps hin- und herführten. Eine solche Grenzpatrouille kam ihm nun entgegen.

Max kannte den Jungen, der ungefähr halb so alt war wie er, nicht sehr gut. Er wusste, dass er Deutsch mit einem starken Akzent sprach, vielleicht waren seine Eltern Franzosen gewesen oder Holländer. Inzwischen waren Nationalitäten unerheblich, man war einfach Teil des Westens. Gesprochen wurde überwiegend Deutsch, da aufgrund der günstigen Lage Deutschlands viele Deutsche überlebt hatten und sie etwa 60 Prozent der westlichen Union ausmachten. Briten dagegen waren rar gesät. Nicht viele hatten die Insel rechtzeitig verlassen können.

Max versuchte, sich den Namen des Jungen in Erinnerung zu rufen, als dieser immer schneller auf ihn zueilte. Das war ungewöhnlich, warum rannte er so?

„Du musst kehren um, sofort! Schüsse, viel Schüsse weiter Norden!", stammelte er atemlos, wobei er sich die schweißnassen dunklen Haare zurückstrich und Max nervös ansah. „Ich bin auf Weg zu Colonel!" Max reichte dem Jungen seine Wasserflasche aus dem Rucksack, die dieser dankend annahm und in gierigen Zügen leerte. Zum Glück hatte er zwei dabei.

Auf keinen Fall würde er umkehren. Seit dem frühen Morgen hatte er bereits einiges an Weg zurückgelegt und er war nicht gewillt, die gleiche Tour am nächsten Morgen noch einmal zu vollführen. Sicher übertrieb der Junge nur.

„Okay, okay, Junge, beruhig dich erst mal. Warst du in der Nähe einer unserer Außenstellen, als du die Schüsse gehört hast?", wollte Max wissen. „No, war ich halbe Strecke entfernt vielleicht", kam die Antwort. „Also gut, wir machen Folgendes: Du gehst zurück zum Camp und erzählst dem Colonel alles ganz genau. Er kann ein bewaffnetes Team zusammenstellen. Ich muss weitergehen. Ich werde die Mission, die mir der Colonel aufgetragen hat, nicht schon am ersten Tag abbrechen", entschied Max. Natürlich hatte der namenlose Junge keine Ahnung, von welcher Mission Max da sprach, aber er war jung und unerfahren genug, um Max' Autorität nicht infrage zu stellen. Nach einer kurzen Verabschiedung gingen sie beide wieder ihrer Wege in entgegengesetzte Richtungen.

Max hatte keine Ahnung, was er von der Geschichte des Jungen halten sollte. Waren es wirklich Schüsse gewesen, die er gehört hatte, und, wenn ja, von welcher Seite waren sie abgefeuert worden? Er bezweifelte, dass sie von westlicher Seite abgefeuert worden waren. Die Vorgabe war, nur im absoluten Notfall zu schießen, da Munition viel zu rar war, um sie zu verschwenden.

Die westliche Union vermied jegliches Auftreten, das als Provokation ausgelegt werden konnte. Was hatte es aber zu bedeuten, wenn die Schüsse von Osten kamen? Waren es Warnschüsse, war es ein Angriff oder richteten sich die Schüsse möglicherweise gegen ihre eigenen Leute? Diese Möglichkeit erschien Max am plausibelsten. Vielleicht gab es mal wieder ein paar mutige Seelen, die versucht hatten, Richtung Westen zu fliehen. Nun, wie dem auch sei, Max würde sich nicht verunsichern lassen und planmäßig weitergehen.

Gegen Abend spürte er, wie ihn die Kraft allmählich verließ. Es waren noch etwa zwei Meilen bis zur Außenstelle des Camps, in der er heute übernachten wollte. Wenn er jetzt noch einmal rastete, würde er den Rest des Weges im Dunkeln gehen müssen. Er setzte sich dennoch hin, ließ seine Beine im Graben baumeln und benutze seinen Rucksack als Rückenlehne. Seine Softshelljacke knüllte er zusammen und versuchte sie in eine Art Nackenrolle zu verwandeln. Er aß eine Dose eingelegte Pfirsiche und trank den Rest seiner Wasserflasche aus. Seine Glieder wurden immer schwerer und er spürte, wie sein Kopf seitlich wegkippte und er in eine Art unruhigen Halbschlaf sank.

Undeutliche Schreie weckten ihn. Zunächst dachte er, er hätte einen Albtraum gehabt. Als jedoch das entfernte Geräusch von Schüssen hinzukam, wusste er, dass das kein Traum war. Der Junge hatte recht gehabt. Was zur Hölle ging hier vor sich?

Inzwischen war es dunkel geworden und Max hatte alle Mühe, sich zu orientieren. Hastig zog er seine Jacke an und versicherte sich, dass sein Messer an Ort und Stelle war. Adrenalin schoss durch seine Adern, was er willkommen hieß, da sein Körper so eindeutig beweglicher war. Was sollte er tun? Weitergehen oder dem Ursprung der Geräusche auf den Grund gehen? Noch ehe er sich entscheiden konnte, legte sich von hinten eine Hand um sein Genick und ein harter Gegenstand bohrte sich in seine Nierengegend – vermutlich der Lauf einer Handfeuerwaffe. Max blieb die Luft weg. „Wo ist sie?", fragte eine dunkle Stimme ihn auf Englisch. Das Erste, was Max in den Sinn kam, war, warum die Stimme englisch sprach und nicht deutsch, wie im Einflussgebiet des Camps üblich. Die Antwort auf diese Frage kam ihm im selben Moment – weil die dunkle Stimme nicht zum Camp gehörte und vermutlich auch nicht zur westlichen Union. Die zweite Frage war jedoch schwieriger zu beantworten: Wer war „SIE"?

Doch Max hatte keine Zeit für müßige Überlegungen. Die dunkle Stimme wurde ungeduldig und er hörte, wie die Waffe hinter ihm entsichert wurde. Max bezweifelte, dass er genug Zeit haben würde, sein Messer zu zücken und es dem Angreifer in den Bauch zu stoßen. Also tat er, was ihn selbst am meisten aus der Fassung bringen würde, und trat mit einem Bein nach hinten Richtung der Weichteile des Pistolenträgers aus. Dem darauffolgenden Winseln zufolge hatte er getroffen. Max verlor keine Zeit, griff nach seinem Messer und stach wahllos nach dem Kerl, bekam jedoch nichts zu fassen. Hatte sich der Typ in Luft aufgelöst? Das laute Knallen der Pistole negierte diese Frage augenblicklich. Jedoch schien Mr Gun die gleichen Orientierungsprobleme wie Max zu haben, denn der Schuss traf ihn nicht. Dafür gab das Geräusch Max eine ungefähre Ahnung, wo sein Gegner sich befand. Er stach erneut zu und diesmal sank das Messer in Fleisch. Er versuchte, die Klinge wieder zurückzuziehen, scheiterte aber. Ganz im Gegenteil, es fühlte sich so an, als würde der Messergriff IHM aus der Hand gezogen. Max realisierte, dass er das Messer in die Handfläche des Angreifers gestochen hatte und dieser seine Hand nun um die Klinge geschlossen hatte, um daran zu ziehen. „What the fuck?", schoss es Max durch den Kopf. „War dieser Kerl ein verdammter Cyborg?!" Immerhin schien ihm die Knarre aus der Hand gefallen zu sein, sonst hätte er inzwischen sicher noch einmal geschossen. Max gab es auf, an dem Messer zu ziehen, und kickte und boxte auf gut Glück um sich. Seine Faust traf den Bauch seines Angreifers. Zumindest vermutete Max, dass es sein Bauch war – der Härte seiner Bauchmuskeln nach zu urteilen, hätte es auch Granit sein können. Der Typ war unbestreitbar stärker und fitter als Max. Gerade als er begann, sich ernsthaft Sorgen zu machen, hörte er einen lauten Schlag und der Körper seines Gegners verschwand schlagartig aus seiner Reichweite. Natürlich, schlussfolgerte er, sein Rucksack! Der Kerl war über seinen Rucksack gefallen, der immer noch irgendwo am Boden lag. Max tastete mit dem Fuß den Boden ab, fand Terminator Boy und setzte sich auf ihn. Er legte beide Hände um seinen Hals und drückte so fest zu, wie er konnte. Er spürte, wie der Körper unter ihm unkontrolliert zuckte und die Arme um sich schlugen. Max versuchte, sich davon nicht verunsichern zu lassen und drückte weiter zu. Schließlich wurden die Bewegungen schwächer, ehe sie ganz zum Erliegen kamen. Nach einigen Sekunden, die ihm wie Stunden vorkamen, wagte es Max endlich, sein Messer aus der Hand des Angreifers zu ziehen und sich zu erheben. Weiterhin kein Lebenszeichen. Erleichtert atmete Max aus und konnte dabei spüren, wie das Adrenalin seinen geschundenen Körper verließ. Seine Hände zitterten und sein Atem kam abgehackt.

Gerade als er sich langsam wieder so weit im Griff hatte, dass er seinen Rucksack anlegen wollte, wandte sich erneut eine Stimme auf Englisch aus der Dunkelheit an ihn – diesmal eine weibliche: „Ist er tot?"

KAPITEL 6

FERA

Fera kauerte nun schon seit Stunden im Hinterhof einer der wenigen ihr bekannten Versorgungsstellen. Sie hatte Hunger und vor allem Durst, ihr war kalt und sie war mehr als erschöpft.

Sie hatte es geschafft, das Krom unbehelligt zu verlassen. Der schrille Lärm des Feueralarms hatte natürlich viele Leute aufgeschreckt und auf ihrem Weg nach draußen kamen ihr einige bekannte und unbekannte Gesichter entgegen. Viele von Jaroslaws innerer Riege waren selbst nur halb bekleidet gewesen und sahen recht zerzaust aus, sodass niemand ihren nackten Füßen oder ihrem Aufzug größere Beachtung geschenkt hatte. Sie hatte direkten Augenkontakt geflissentlich vermieden und war ohne Umschweife in den Außenbereich gehuscht. Glücklicherweise waren selbst die Wachen bereits abgezogen worden oder zu sehr mit sich selbst beschäftigt, als dass sie Feras dünne Gestalt in der Dunkelheit bemerkt hätten. Sobald sie die umliegenden Zäune hinter sich gelassen hatte, war sie gerannt und gerannt, so schnell sie ohne Schuhe konnte. Sie hatte gespürt, wie kleine Steine und Äste ihre Fußsohlen aufrissen, war aber nicht langsamer geworden. Hätte Jaroslaw sie zu fassen bekommen, wären wunde Füße wohl das geringste ihrer Probleme gewesen.

Als sie nun jedoch allein in der Morgendämmerung im Schutze einer Art riesigen Mülltonne hockte und die Arme um ihren zitternden Körper schlang, wünschte sie, sie hätte sich die Zeit genommen, zurück in ihre Kammer zu gehen, um eine Tasche zu packen oder sich zumindest umzuziehen. Doch was hätte sie dort erwartet? Möglicherweise hatte Vlad bereits seinen Vater oder die Wachen informiert. Möglicherweise waren deshalb so wenige von ihnen im Außenbereich gewesen und nicht wegen des vermeintlichen Brandes.

Vlad. Sie wünschte sich nun auch, sie hätte sich die Zeit genommen, mit ihm zu sprechen. Vielleicht wäre er mit ihr geflohen. Nein. Sie war sich fast sicher, er hätte versucht, sie zum Bleiben zu überreden. Sie konnte ihn fast schon hören, wie er etwas davon stammelte, dass sie ja alles seinem Vater erklären könnten, dass es doch nur ein Unfall war.

War es das? Wieder sah sie die leeren Augen Igors vor sich. Sie hatte einen Menschen getötet. Ob sie es in dem Moment gewollt hatte oder nicht, war unerheblich. Er war durch ihre Hand gestorben. Sie war eine Mörderin. Ihr Magen krampfte sich zusammen und sie hätte sich übergeben, wenn ihr Magen nicht so leer gewesen wäre.

Vlad hätte ihr nicht helfen können. Er hatte ein sanftes Wesen, aber er war viel zu feige, sich gegen seinen Vater zu stellen. Und dieser musste nun kochen vor Wut. Sein Waffendeal war geplatzt und wer wusste schon, welche Konsequenzen ihm nun durch Igors andere Oligarchen-Freunde drohten. Es war ausgeschlossen, dass Fera jemals wieder einen Fuß ins Krom würde setzen können. Aber wo sollte sie hin?

Sie hatte nur mit Mühe diese Versorgungsstelle gefunden. Zentren wie dieses, wo sich die Bürger mit Lebensmitteln und Hausrat eindecken konnten, wenn sie genügend Marken hatten, gab es überall im Land. Diese wurden ihnen von den Fürsten zugeteilt, je nach dem Nutzen, den sie einbrachten. Fera hatte keine Marken. Sie hatte nie welche gebraucht. Überhaupt hatte sie das Krom und seinen Außenbereich in den letzten Jahren kaum verlassen.

Sie hatte immer wieder Horrorgeschichten von Aufständen gehört, von der Unzufriedenheit der Bevölkerung, und war sich sicher, dass jeder einfache Mann sie verabscheut hätte wegen der Annehmlichkeiten, die ihr zuteilgeworden waren, während sie in heruntergekommenen Wohnblöcken hausten, mit einer unzuverlässigen Strom- und Wasserversorgung.

Ob sie wohl jemand erkennen würde? Fera hoffte nicht. Jaroslaw war natürlich bekannt. Er gab gerne Reden, die auf einem gigantischen Bildschirm auf dem Großen Platz übertragen wurden. Was das allein an Strom verschwendete, wollte sie gar nicht wissen. Sie versuchte, sich zu erinnern, ob sie jemals bei so einer Übertragung mit aufgezeichnet worden war, konnte es aber nicht mit Sicherheit sagen. Die Gefahr, dass Jaroslaw nach ihr suchen ließ, erschien ihr weitaus größer. Vielleicht sollte sie ihr Aussehen verändern. Aber wie, wenn sie noch nicht einmal Nahrung und Kleidung hatte? Fera wollte nicht weinen, sie war nie wehleidig gewesen, aber sie konnte die Tränen nicht mehr zurückhalten.

In ihrem Schluchzen gefangen, hörte sie zunächst nicht die Frauenstimme, die sie ansprach: „Na, Kindchen, willst du hier Wurzeln schlagen oder traust du dich doch langsam mal reinzukommen? Ich beiße nicht, weißt du."

Zögerlich hob Fera den Kopf und blickte in das rosige Gesicht einer jungen Frau. Sie war höchstens fünf Jahre älter als sie selbst. Fera hatte keine Ahnung, warum sie sie „Kindchen" nannte, fand das breite Lächeln und die dunkelblauen, freundlichen Augen der Frau aber sofort sympathisch. „Du musst nichts erklären. Ich habe Augen im Kopf", fuhr die Frau fort, wobei sie Feras Aufzug und ihre wunden Füße musterte, „wir Frauen haben es nicht leicht in diesem Land und in dieser Zeit, was? Ich habe selbst schon die eine oder andere Erfahrung hinter mir, die ich lieber vergessen würde. Aber damit wollen wir uns nicht aufhalten." Sie lachte und streckte Fera ihre Hand hin. „Ich bin übrigens Daria und ich leite diesen Laden zusammen mit meiner Schwester. Also, was sagst du, kommst du nun rein?"

Fera blinzelte die Tränen weg und griff zögerlich nach Darias Hand. „Ich bin Svenja", log sie. Svenja war der Name ihrer Mutter gewesen. Es erschien ihr sicherer, nicht ihren richtigen Namen zu verwenden, für den Fall, dass Jaroslaw Erkundigungen einzog. „Ich danke dir für das Angebot, aber ich habe keine Marken bei mir", fügte sie noch hinzu.

Daria lachte erneut, wobei ihre ausladende Brust vibrierte. „Meinst du, das weiß ich nicht, Schätzchen? Niemand, der so aussieht wie du, hat Marken. Und trotzdem geht hier niemand hungrig raus. Die Fürsten nehmen sich doch nicht die Zeit, hier

24 Stunden am Tag Streife zu machen! Also komm schon. Offiziell machen wir erst in ein paar Stunden auf. Lass uns mal sehen, ob wir vorher ein paar Schuhe für dich finden können und was zu essen."

Fera ließ sich nicht noch einmal bitten und stand auf, um Daria ins Innere zu folgen. Sie konnte sich einen Schmerzenslaut nicht verkneifen, als sie nun wieder auf ihren geschwollenen Füßen stand. „Und deine Füße werden wir auch verarzten", kommentierte Daria, ohne sich umzudrehen.

Das Innere des Ladens war weitaus größer, als es von außen den Anschein gehabt hatte. Fera erinnerte das Ganze an eine Lagerhalle. Mit den Supermärkten, an die sie sich vage aus ihrer Kindheit erinnern konnte, hatte das hier nichts gemein. Der Laden war in etwa in vier Teile gegliedert: ein Bereich für Nahrungsmittel, die zum Großteil aus Konserven, Tütensuppen und vorgetrockneten oder vakuumierten Teigwaren bestanden; ein Bereich für Haushaltswaren, einer für Elektroartikel und einer für Kleidung, den Daria nun ansteuerte. „Warst du etwa noch nie in einer Versorgungsstation oder warum machst du so große Augen?", fragte sie Fera. Doch es war offensichtlich nur eine rhetorische Frage, denn Daria redete sofort weiter: „Unser Laden ist noch einer der kleinsten. Wir haben relativ wenige Elektrosachen. Das meiste ist eh Schrott, funktioniert nicht mehr oder benötigt Batterien, die es kaum noch gibt. Die Kleidung geht gut, vieles wird getauscht. Ist wie ein Flohmarkt aus der guten alten Zeit, was?" Fera wusste nicht, was ein Flohmarkt war, aber sie nickte zustimmend. „Schau mal, die könnten dir passen, du bist ja so dünn wie ein Strich in der Landschaft", wechselte Daria das Thema und hielt ihr nun eine ausgewaschene Jeans mit kleineren Löchern hin. Sie sah jedoch wesentlich praktischer aus als ihr in Fetzen hängender Rock, also griff Fera gerne zu. „Kann ich mich hier irgendwo umziehen?", fragte sie schüchtern. „Du hast bestimmt nichts unter deinem Rock, was ich nicht schon mal gesehen habe", antwortete Daria amüsiert, „aber klar, wir gehen eh gleich hoch und waschen deine Füße ein bisschen. Vielleicht finde ich auch noch irgendeine uralte

Wundheilsalbe in meinem Fundus. Meine Schwester und ich wohnen im 1. Stock, weißt du. Aber lass uns erst noch ein paar Schuhe für dich suchen."

Fera hätte die wackelig aussehende Treppe in einer der Ecken beinahe übersehen, wäre nicht im selben Moment eine zweite Frau darauf heruntergekommen. Im ersten Moment dachte Fera, der Schrecken der vergangenen Nacht hätte ihre Zurechnungsfähigkeit in Mitleidenschaft gezogen und sie würde anfangen, doppelt zu sehen. Die Frau auf der Treppe sah ganz genauso aus wie Daria, die gleichen dunkelblauen Augen im gleichen rosigen Gesicht, die gleiche ausladende Brust und die gleichen breiten Hüften, nur ihr Gesichtsausdruck war das genaue Gegenteil von Darias – sie blickte Fera äußerst missmutig entgegen. „Wen hast du jetzt wieder angeschleppt? Daria, wie oft soll ich dir noch sagen, wir können nicht alles hier einfach so verschenken. Du bist es ja nicht, die die Abrechnungen machen muss und sich mit den Stiefelleckern der Fürstenbrigade auseinandersetzen darf!", sprach sie Daria an, ohne Fera eines Blickes zu würdigen. Daria antwortete ihr nicht, sondern wandte sich stattdessen an Fera: „Svenja, diese reizende junge Dame ist meine Zwillingsschwester Chrysanth. Sie hat mein fantastisches Aussehen, aber leider nicht meine Manieren." Chrysanths Mundwinkel zogen sich nun doch nach oben und sie sah ihre Schwester verschmitzt an: „Tja, dafür bin ich offensichtlich die Einzige in der Familie, die mit Intelligenz gesegnet wurde."

Unten angekommen, nahm sie nun doch Notiz von Fera und schüttelte ihr kurz die Hand. „Hallo Svenja, entschuldige, das ging nicht gegen dich, aber meine Schwester ist einfach zu gut für diese Welt und sie denkt selten über die Konsequenzen ihres Handelns nach. Warum gehst du nicht nach oben? Auf dem Küchentisch findest du was zu essen und zu trinken. Ich würde gerne kurz mit Daria unter vier Augen sprechen, ja?", sagte sie. Fera traute sich nicht zu widersprechen und ging mit der Jeans in der Hand langsam die Treppe hinauf. Am Treppenabsatz blieb sie kurz stehen und konnte ihrem Drang, das Gespräch der beiden Schwestern zu belauschen, nicht widerstehen.

„Es ist doch offensichtlich, dass ihr irgendjemand was angetan hat. Sie saß völlig verstört neben der Mülltonne, als ich aufgestanden bin. Vermutlich hockte sie die halbe Nacht da. Hast du ihre Füße gesehen? Ich kann sie doch so nicht einfach wegschicken, nur weil sie keine verdammten Marken hat! Sie braucht unsere Hilfe. Du weißt, wo ich nun wäre, wenn mir damals nicht jemand geholfen hätte, Chrysanth", hörte sie Daria sagen. Fera fragte sich, was Daria wohl zugestoßen war. Sie machte nicht den Eindruck, als wäre sie leicht aus der Fassung zu bringen. „Ja gut, ich verstehe dich ja, du hast ein Helfersyndrom. Aber du musst auch berücksichtigen, dass wir gar nichts von ihr wissen. Wer sie ist, wo sie herkommt. UND wer auch immer sie in diesen Zustand versetzt hat, könnte nach ihr suchen ... Sie kann nicht hierbleiben, Daria. Gib ihr meinetwegen ein paar neue Klamotten, lass sie sich einen Tag lang ausruhen, aber morgen will ich sie hier nicht mehr sehen." Das war alles, was Fera wissen musste. Sie hatte sowieso nicht vorgehabt, lange hierzubleiben. Aber die Schwestern hatten recht, sie musste sich zumindest einen Tag lang ausruhen und Kräfte sammeln.

„Süße, wach auf, ich hab ein paar Schuhe für dich. Lass uns mal sehen, ob wir sie an deine geschundenen Füße kriegen", weckte Daria sie am späten Nachmittag auf. Fera war beinahe unmittelbar, nachdem sie etwas gegessen und getrunken hatte, am Küchentisch eingeschlafen. Nun fand sie sich auf einer Art Sofa wieder. Sie hatte keine Ahnung, wie sie dort hingekommen war. Ihre Füße waren mit Pflastern übersät und sahen merklich sauber aus. Auch wie es dazu gekommen war, hatte sie keinerlei Erinnerung.

„Danke, Daria, ich kann dir gar nicht genug danken", sagte Fera. Sie fühlte sich schlecht und wollte keine Last sein, besonders nachdem sie Darias und Chrysanths Gespräch am Morgen mitgehört hatte.

„Das ist schon in Ordnung, du dummes Ding. Los, probier sie an!", erwiderte Daria und hielt ihr ein paar flache Stiefel hin. Es war schwer zu sagen, was für eine Farbe sie einmal gehabt hatten, jetzt sahen sie bräunlich-grau aus und wiesen diverse Kratzspuren auf. Fera zog sie über ihre Füße und sog dabei scharf die Luft ein. Sie waren ein bisschen zu weit, was Fera aber nicht störte, da sie so nicht rieben.

„Danke", sagte sie erneut, was Daria nur ein gespielt aufgebrachtes Prusten entlockte. „Was hab ich gerade gesagt? Hör schon auf, mir zu danken. Ich mache das gerne", sagte sie. Dann wurde ihre Miene auf einmal ernst und sie fasste Fera bei den Händen. „Willst du mir nun doch erzählen, was dir passiert ist, Kleines?", fragte sie sanft.

Mit dieser Frage hatte Fera nicht gerechnet. Sie hatte keine Zeit gehabt, sich eine glaubwürdige Geschichte zu überlegen, also schwieg sie. Daria interpretierte ihr Schweigen als Nein und fuhr fort: „Okay, ich verstehe das. Sag mir nur eins: Kannst du dorthin zurück, wo du hergekommen bist?" Fera schüttelte den Kopf und Daria bohrte nicht weiter. „Gut, auch das verstehe ich", sprach sie weiter, „ich denke, du hast mitbekommen, dass du hier nicht bleiben kannst. Die Frage ist nur, wie weit möchtest du weg, vor was auch immer du davonläufst?"

Feras Antwort kam instinktiv: „So weit wie möglich."

Daria nickte und sagte: „Okay, hör mir nun gut zu, Svenja. In ein paar Stunden kommt einer unserer Lieferanten. Er bringt uns Waren, die er hier und dort zusammengetragen hat, tauscht sie gegen Dinge, die in unserem Besitz sind. Dann zieht er weiter an die Grenze und versorgt die Wachleute dort mit Proviant. UND er hat einen Lieferwagen. Davon gibt's nicht mehr viele, wie dir vermutlich klar ist. Was ich sagen will, ist, du wärst in null Komma nix an der Grenze."

Feras Augen wurden groß. „Es gibt immer einen Weg ... und meistens führt dieser gen Westen", kamen ihr Juris Worte in den Sinn. Sollte sie es wagen und versuchen, die Grenze zu überschreiten?

Daria musste ihren verblüfften Gesichtsausdruck bemerkt haben, denn sie sprach weiter: „Du fragst dich bestimmt, was du an der Grenze sollst, wenn die Wachleute dich doch niemals einfach nach Westen spazieren lassen würden? Nun, Schätzchen, auch hierfür gibt es den richtigen Mann. Er heißt Lev und ist ein verdammter Riese. Aber keine Panik, er ist handzahm, wenn man ihm die richtige Kompensation für seine Mühen gibt."

Kompensation, dachte Fera. Was hatte sie schon anzubieten?

„Keine Panik! Ich weiß, du hast nichts von Wert bei dir, deswegen werde ich dir ein paar unserer Elektro-Goodies mitgeben. Lev ist nicht gerade der Hellste, er steht auf diesen Ramsch und uns bringt das Zeug ohnehin nicht viel ein", fand Daria auch für dieses Problem eine Lösung.

Fera war sprachlos. Sollte alles so einfach sein? Und selbst wenn, was würde sie im Westen erwarten? Würde sie nicht sofort erschossen werden, wenn die westliche Union sah, von welcher Seite sie kam? Sie hatte keine Ahnung. Fera war noch nie auch nur in der Nähe der Grenze gewesen. Ihre Vorstellungen stützten sich einzig und allein auf Hörensagen. Dennoch ... sie würde es tun. Hier gab es keine Alternative für sie. „Okay", sagte sie und bemühte sich, Entschlossenheit in ihre Stimme zu legen, „so machen wir das. Das klingt nach einem ausgezeichneten Plan!"

Daria klatschte in die Hände und zog Fera ohne Vorwarnung an ihre mächtige Brust. Fera musste lachen. Sie wusste nicht, ob der Plan wirklich ausgezeichnet war oder ob es nur an der Begeisterung dieser herzlichen Frau vor ihr lag, aber sie fühlte sich das erste Mal seit langer Zeit optimistisch.

Feras Optimismus währte nicht lange. Die nächtliche Fahrt zur Grenze war zwar ereignislos und in einvernehmlichem Schweigen vonstattengegangen, aber als sie am nächsten Morgen im Hauptquartier des Grenzabschnitts Nummer 4 der „Macht des Ostens" vor dem Hünen, der Lev sein musste, stand, verließ sie der letzte Funken Hoffnung.

„Wer soll das sein? Und warum sollte ich mich wegen ihr in Gefahr bringen?", donnerte besagter Hüne mit dunkler Stimme. Seine braunen Augen standen ungewöhnlich dicht zusammen, was ihm ein einfältiges Aussehen verlieh, das in krassem Kontrast zu seinem muskulösen Körper stand. Fera beachtete er nicht, sondern richtete seine Frage an den Fahrer, der neben ihr stand und sich sichtlich unwohl fühlte. „Woher soll ich das wissen? Ich stelle keine Fragen, ich befördere Cargo, ob lebend oder materiell, macht für mich keinen Unterschied. Ich nehm sie jedenfalls nicht wieder mit zurück. Mach mit ihr, was du willst", antwortete er teilnahmslos.

Lev fasste sich nachdenklich an sein Kinn, das von einem schmutzig wirkenden Drei- oder Mehrtagebart geschmückt wurde. „Hm, hübsch anzuschauen ist sie ja, aber zu dürr für meinen Geschmack. Ich sollte sie ein paar Tage hierbehalten und fett füttern!", spottete er. Fera musste schlucken. War sie hier etwa vom Regen in die Traufe gekommen?

„Guck nicht so, du schreckhaftes Ding, ich mach doch nur Spaß!", lachte er nun und Fera entspannte sich ein kleines bisschen. „Lass mal den Sack mit meiner Gratifikation rüberwachsen!", wandte er sich nun wieder an den Fahrer. Dieser gehorchte ohne Umschweife.

Levs Gesicht verwandelte sich in das eines Kleinkindes, als er alte Mobiltelefone, Musikplayer, Kopfhörer, Tablets und Sticks, deren Funktion Fera nicht einmal benennen konnte, aus dem Sack zog. Dazu hielt er eine Vielzahl von Kabeln in den Händen und beschäftigte sich geraume Zeit damit, um auszuprobieren, was wo eingesteckt werden konnte. Schließlich räusperte sich der Fahrer neben Fera und sagte: „Wenn dann nun alles geklärt ist, verabschiede ich mich. Ich bin ein viel beschäftigter Mann und verliere ungern Zeit." Lev nickte, ohne seinen Blick von dem Touchpad abzuwenden, das er gerade in der Hand hin- und herdrehte. „Geh nur, geh nur, mein Freund. Wir sehen uns", murmelte er und machte eine ungeduldige, wegwerfende Handbewegung in Richtung Tür.

Fera fühlte sich überaus unwohl, als sie allein zurückblieb und weiter dieses bizarre Schauspiel verfolgte. Sie fragte sich, ob irgendeines dieser Geräte überhaupt noch funktionierte, und, wenn ja, ob es hier genug Strom gab, um sie aufzuladen. Sicher verbrauchte der elektrische Zaun, an dem sie vorbeigefahren waren, schon Unmengen der kostbaren Energiereserven und Steckdosen konnte sie, zumindest in diesem Raum, keine sehen. Überhaupt war das Zimmer sehr karg eingerichtet. Außer einem Schreibtisch mit Hocker gab es nur einen weiteren Tisch mit zwei Stühlen zu jeder Seite und einen riesigen Schrank, der die gesamte hintere Wand einnahm. Fera vermutete, dass sich darin Waffen befanden, da die Schranktüren mit einem riesigen Vorhängeschloss gesichert waren.

Unsicher, ob sie die Aufmerksamkeit zurück auf sich lenken sollte, fragte sie zögerlich: „Wenn alles zu deiner Zufriedenheit ist, können wir dann den Plan meiner, äh, Überführung besprechen?" Lev schaute sie einen Moment lang verständnislos an, als müsste er sich in Erinnerung rufen, wer sie überhaupt war. Schließlich sagte er mit seiner Reibeisenstimme: „Was gibt es da zu besprechen? Du wartest hier, bis ich dich abhole." Dann wandte er sich abrupt ab, packte alle Geräte und Kabel wieder in den Sack und verließ unvermittelt den Raum. Fera hörte, wie die Tür von außen verriegelt wurde.

„Grundgütiger ...", flüsterte Fera zu sich selbst. Worauf hatte sie sich hier nur eingelassen?

Sie hatte damit gerechnet, mehrere Stunden allein in Levs kargem Kommandoraum zubringen zu müssen, und sprang daher mehr als überrascht von einem der Stühle auf, als er schon nach wenigen Minuten zurückkehrte – zwei weitere Männer im Schlepptau. Fera fühlte sich auf irrationale Weise ertappt, obwohl sie rein gar nichts angefasst hatte.

„Na los, was stehst du da so dämlich rum und glotzt, sollen wir dir etwa eine Einladung schicken?", höhnte Lev und seine beiden Kumpane lachten, als hätte er den Witz des Jahrhunderts gerissen. Offensichtlich versuchten sie sich bei ihm beliebt zu machen. Sie sahen jung aus – vermutlich jünger als sie selbst, während sie Lev vielleicht auf Ende 20 schätzte – und ihre Schlaksigkeit stand in starkem Gegensatz zu Levs Körpermasse.

„Hier, verbind ihr damit die Augen!", wandte er sich an einen der beiden und hielt ihm einen abgenutzten Schal entgegen. „Wir wollen ja nicht, dass sie unseren ‚Freunden' im Westen Details unserer Grenzsicherung verrät." Fera wollte soeben protestieren, als ihr auch schon die Augen verdeckt wurden und gleichzeitig ihre Arme hinter ihrem Rücken zusammengebunden wurden. Sie musste einen Brechreiz unterdrücken – der Schal stank bestialisch.

„Ist das wirklich ...", fing sie an zu sprechen, wurde aber sogleich von Lev unterbrochen: „Sch, ich will von dir nichts mehr hören, Püppchen, sonst schneid ich den Schal entzwei und steck dir ein Ende davon in den Mund!" Allein der Gedanke daran brachte Fera abrupt zum Schweigen. Sie würde nicht mehr protestieren. Sie hoffte nur inständig, dass der Weg nicht weit sein würde.

Sie wurde enttäuscht. Fera hatte jegliches Zeitgefühl verloren, durch den Schal konnte sie nicht einmal Dunkelheit von Helligkeit unterscheiden. Sie mussten nun schon Stunden gelaufen sein. Der Boden war uneben und fühlte sich oft schlammig an. Gelegentlich schlugen ihr Halme ins Gesicht – das musste das Pampasgras sein, das in vielen Gegenden unerklärlicherweise wie wild aus dem Boden schoss, seit das Dome vollständig die Atmosphäre ersetzt hatte. Fera hoffte vergeblich auf eine Ruhepause. Ihr wurde lediglich ab und zu eine Wasserflasche an den Mund gehalten. Ansonsten wurde sie mal mehr, mal weniger von den beiden jungen Helfern, die je rechts und links von ihr liefen, angetrieben.

Schließlich merkte sie, wie sich der Untergrund leicht veränderte. Der Boden fühlte sich jetzt ebener an, als sei dies ein Weg, der oft benutzt wurde und dadurch platt getreten war. Feras Eskorte kam zum Stillstand und sie war verblüfft, als ihr der Schal abgenommen wurde. Ihre Augen blinzelten unwillkürlich gegen die plötzliche Helligkeit an. Sie standen unter einer Art Unterstand aus Holz. Etwas weiter abseits gab es noch ein Gebäude, das Fera bestenfalls als Schuppen bezeichnet hätte. Allerdings war auch dieser von einem hohen elektrischen Zaun umgeben, was vermuten ließ, dass sich darin Technik oder Kommunikationsgeräte irgendeiner Art befanden.

„Wir sind am Ziel angekommen, meine Liebe. Den Rest des Weges musst du alleine beschreiten. Das hier ist unser letzter

Außenposten und wir würden uns nur ungern selbst zur Zielscheibe machen. Also fühl dich frei, einfach geradeaus weiterzulaufen. Wenn du ein gutes Tempo beibehältst, bist du sicher bei Einbruch der Dunkelheit drüben. Ich und Alexej und Jegor hier werden uns erst einmal ausruhen und unsere Kameraden da drinnen ablösen." Er deutete in Richtung Schuppen.

Fera blieb der Mund offen stehen. Sie würden sie einfach hier mitten im Nirgendwo sich selbst überlassen?! Sie wusste jedoch aus den vorangegangenen Gesprächen mit Lev, dass Verhandeln mit ihm sinnlos war. Also nickte sie nur. Wie schlimm konnte es schon werden? Sie war es inzwischen gewohnt zu laufen und immerhin hatte sie diesmal Schuhe und eine Hose an.

Fera schwitzte wie verrückt, obwohl es nicht heiß war. Das Klima war nicht länger extrem, wie sie es von ihrer Kindheit her kannte. Das Dome versuchte Jahreszeiten nachzubilden. Da es jedoch keinen Schnee kreieren konnte, sondern nur Regen, und auch „Sonnenstrahlen" nicht einer echten Sonne gleichkamen, verlor man leicht den Überblick, in welcher Jahreszeit man sich denn nun befand. Meistens schwankte die Temperatur zwischen 5 und 20 Grad Celsius. Fera schwitzte dennoch, so sehr beeilte sie sich, über das nicht enden wollende Feld vor ihr zu gelangen. Sie riss sich einen Streifen ihres Oberteils ab, um sich die schweißnassen Haare nach hinten binden zu können, und hielt dabei einen Moment an, um zu Atem zu kommen. Sie hatte nicht die geringste Ahnung, wie weit sie bereits gelaufen war oder wie viel Wegstrecke noch vor ihr lag. Sie hätte Lev wenigstens um eine Flasche Wasser bitten sollen, schoss es ihr durch den Kopf. Der Gedanke an den barschen Kommandanten weckte einen noch beunruhigenderen Gedanken in ihr: Was, wenn dies gar nicht der Weg zur westlichen Grenze war? Vielleicht hatte der Prolet sich nur einen Scherz mit ihr erlaubt.

Während sie noch überlegte, ob sie vielleicht wieder umkehren sollte, hörte sie plötzlich ein lautes Knallen hinter sich. Schüsse. Es waren eindeutig Pistolenschüsse. Galten die etwa ihr? Aber das ergab doch überhaupt keinen Sinn. Warum sollten

Lev und seine Untergebenen ihr erst helfen, diesen ganzen Weg zu überqueren, nur um sie dann zu erschießen?!

Unsicher, welche Richtung sie nun einschlagen sollte, hielt sie sich mehr links, anstatt geradeaus weiterzugehen. Das Pampasgras wuchs hier besonders dicht. Vielleicht würde es ihr etwas Deckung bieten.

„Dachtest wohl, du könntest mich austricksen? Lev lässt sich nicht so leicht hinters Licht führen, FERA", hörte sie die dunkle Stimme des Kommandanten näher, als es ihr lieb war. „Oh mein Gott, woher kennt er meinen Namen?", dachte Fera und in ihrem Kopf schrillten die Alarmglocken. Nicht einmal Daria, geschweige denn dem Fahrer hatte sie ihren richtigen Namen verraten.

„Du kamst mir gleich wie eine feine Dame vor mit diesen Engelslöckchen. Und als mir dann meine Kameraden bei der Übergabe die Neuigkeiten direkt aus dem Krom mitgeteilt haben, dass die Ziehtochter unseres allseits beliebten Fürsten Jaroslaw schmerzlich vermisst wird, habe ich eins und eins zusammengezählt. Denkst wohl, wir bekommen hier keine Nachrichten übermittelt, was? Ich frage mich, was es so einem Fürsten wert sein wird, sein Engelchen wiederzubekommen. Vielleicht einen Posten im Krom, wo es immer schön gemütlich ist? Das wäre doch was. Ich muss zugeben, die Einöde hier nagt gelegentlich an mir", sprach Lev im Plauderton weiter.

Fera hütete sich, auch nur einen Mucks von sich zu geben. Wie nah war er? Sie würde sich im meterhohen Gras verstecken, bis es dunkel wurde. Ein besserer Plan fiel ihr nicht ein. Sie glaubte zwar nicht, dass Lev sie erschießen würde, schließlich würde er dann seine Belohnung nicht kassieren können, aber auch ohne Pistole wäre sie dem Riesen haushoch unterlegen und um keinen Preis würde sie sich zurück ins Krom schleppen lassen.

Er sagte nichts mehr, sondern wartete vermutlich auf einen Laut von ihr. Sie riss sich zusammen und wagte es kaum, zu atmen. Gerade jetzt drückte ihre Blase schmerzlich. Wie lange würde sie so ausharren können?

Fera hörte Schritte, die in die entgegengesetzte Richtung zu gehen schienen. Sollte das Glück vielleicht doch auf ihrer Seite sein? Dennoch blieb sie in ihrer Deckung und bemühte sich, weiterhin still zu bleiben, bis sie es einfach nicht mehr aushielt. Sie musste ihre Blase entleeren. Sie versuchte, sich in Zeitlupe zu bewegen, um jegliches Rascheln ihrer Kleidung so weit wie möglich zu dämpfen. Als sie fertig war, war immer noch kein Lebenszeichen von Lev zu vernehmen. Es dämmerte bereits. Wenn sie noch ein paar Minuten wartete, würde ihr die Dunkelheit einen zusätzlichen Schutz verschaffen und dann musste sie es einfach versuchen weiterzugehen. Sie konnte ja nicht ewig hier im Pampasgras hocken.

Schließlich bewegte sie sich erst langsam im Mäuseschritt vorwärts. Als immer noch kein Geräusch hinter ihr zu vernehmen war, wurde sie mutiger und verfiel in einen leichten Laufschritt. Allerdings hatte die immer stärker werdende Dunkelheit nun auch den Nachteil, dass sie allmählich die Orientierung verlor. Was war das? Schritte? Ja, eindeutig. Und sie kamen nicht von hinter ihr, sondern NEBEN ihr. Feras Herz setzte einen Schlag aus und ihre Nackenhaare stellten sich auf. „Mist", dachte sie. Sie hatte keine Wahl, sie musste so schnell wie möglich mehr Abstand zu ihrem Verfolger schaffen, also rannte sie los, so schnell sie konnte. Sie wusste nicht einmal mehr, in welche Richtung sie unterwegs war. Ihre Füße fingen wieder an zu schmerzen und nun merkte sie auch, dass die Stiefel, die Daria ihr überlassen hatte, wirklich viel zu groß waren, was sie beim Rennen noch mehr behinderte.

„Wusste ich doch, dass du ganz in der Nähe bist. Willst du uns dieses Fangen-Spiel nicht ersparen und endlich stehen bleiben?", hörte sie Levs Stimme – erneut viel näher, als es ihr lieb war. Unmittelbar darauf folgten Schüsse. Ihr war, als konnte sie den Luftzug der Kugel direkt neben ihrem Ohr spüren. Plötzlich verlor sie den Boden unter den Füßen und konnte sich ein Schreien nicht verkneifen. „Was zur Hölle ...?! Hat mich die Kugel etwa getroffen?", dachte sie, während sie fiel und unsanft auf dem erdigen Boden aufprallte.

Ihre Stiefel waren ihr vor oder während des Sturzes von den Füßen gerutscht und ihr Schädel brummte. Sie versuchte, nacheinander Arme und Beine zu bewegen, und stellte erleichtert fest, dass ihr Körper keinen größeren Schaden genommen hatte. Als sie jedoch versuchte aufzustehen, bemerkte sie, dass sie nicht weiterkam: Links und rechts von ihr war eine Art erdige Wand. Sie konnte sich gerade so um sich selbst drehen. Sie war also in einem Graben gelandet. Sollte sie vor- oder zurückgehen? Herausklettern war ausgeschlossen, dafür war der Graben zu tief. Sie bräuchte Tageslicht, um einen besseren Überblick zu gewinnen. Zu abgelenkt von ihrem neuen Dilemma, hatte sie alle Gedanken an Lev und seine Verfolgung kurzzeitig verdrängt, umso mehr erschrak sie, als sie plötzlich wieder seine Stimme hörte.

„Wo ist sie?", fragte er auf Englisch. Zuerst dachte sie, das sei nur wieder einer seiner Späße und er wolle sie verunsichern, indem er die Sprache wechselte. Als sie jedoch unmittelbar danach die eindeutigen Geräusche eines Handgemenges vernahm, realisierte sie, dass sie nicht mehr allein waren und wenn Lev mit seinem neuen Gegenüber Englisch sprach, konnte das nur eins bedeuten: Sie hatten die Grenze zum Westen überschritten. Während die Kampfgeräusche nun lauter wurden und sie auch wieder einen Schuss hörte, fragte sich Fera, auf welchen Ausgang dieses Kampfes sie hoffen sollte. Was war wohl das kleinere Übel?

KAPITEL 7

MAX

Max blickte sich um, konnte aber weder eine Bewegung noch Umrisse einer anderen Person ausmachen. Er ging langsam ein paar Schritte vorwärts in Richtung Graben. Ihm war, als sei die Stimme von dort gekommen. Als er seinen Kopf senkte, um hinunterzusehen, blickte ihm direkt ein anderes Paar Augen entgegen, dessen Weiß in der Dunkelheit gespenstisch hervorstach. Max machte vor Schreck gleich wieder einen Schritt zurück.

„Wer bist du?", fragte er. Aus Gewohnheit hatte er Deutsch gesprochen. Erst als er keine Antwort bekam, versuchte er es noch einmal auf Englisch. Mit Russisch konnte er nicht dienen. Darüber musste er sich jedoch keine Gedanken machen, denn wer auch immer die Frau da unten war, sie schien multilingual zu sein, da sie nun auf Deutsch antwortete: „Mein Name ist Fera."

Auch wenn dies natürlich eine direkte Antwort auf seine Frage war, konnte er mit der Information wenig anfangen. Vielleicht sollte er es anders versuchen. „War dieser Muskelprotz da hinter dir her, weil du fliehen wolltest?", fragte er.

„Ja", kam die einsilbige Antwort zurück.

So würde er nicht weiterkommen. „Sag mir wenigstens, ob noch mehr von seiner Sorte in der Nähe sind" versuchte er es erneut.

„Ich glaube nicht. Es ist kompliziert."

Oh, diesmal hatte sie sogar zwei Sätze gesagt, was für ein Fortschritt. Max gab es fürs Erste auf, ihr mehr aus der Nase ziehen zu wollen, und beschäftigte sich lieber mit dem dringlicheren Problem, wie er sie aus dem Graben kriegen sollte. Er glaubte nicht, dass er sich bücken und gleichzeitig genug Kraft in seine Arme legen können würde, um sie herauszuziehen. Aus eigener Kraft würde sie es sicher auch nicht schaffen, ohne Halt herauszuklettern – dazu war der Graben einfach zu tief. Er würde es kniend probieren.

„Okay Fera, ich werde dir jetzt erst mal helfen, aus dem Graben zu klettern, ja? Nimm meine Hände und versuch, dich etwas an der Wand mit den Füßen abzustoßen", wies er sie an. Sie antwortete nicht, sondern griff sogleich nach seinen Händen, die er ihr hingestreckt hatte. Ihre Hände fühlten sich klamm an und er befürchtete, sie würde sofort wieder abrutschen. Damit das nicht passierte, lehnte er sich etwas weiter vor, um ihren Arm zu fassen zu bekommen. Im selben Augenblick realisierte er, dass er das besser hätte lassen sollen. Der Schmerz kam unvermittelt und fegte seinen Geist leer. Es fühlte sich an, als hätte ihm jemand ein Messer in den Rücken gerammt. Seine Muskeln verkrampften sich und selbst wenn er es gewollt hätte, hätte er nicht einmal seinen Arm wegziehen können. Er hatte alle Mühe, nicht laut aufzuschreien. Glücklicherweise schien sie von alledem nichts zu bemerken und hangelte sich weiter an seinen Armen hoch, bis sie sich schließlich aus eigener Kraft vom Boden abstoßen konnte und neben ihm auf allen vieren landete.

Als er sich immer noch nicht rührte und er ihren irritierten Blick mehr spüren als sehen konnte, hörte er sie zögerlich fragen: „Was ist mit dir?"

Max wollte sich nicht mit Erklärungen aufhalten. Es ging sie ohnehin nichts an, aber er brauchte dennoch ihre Hilfe, also sagte er lediglich: „Du musst meine Beine nacheinander unter mir wegziehen. So langsam wie möglich. Aber zieh, so sehr du kannst." Er brauchte nicht in ihre Richtung zu sehen, er konnte sich auch so ihren fragenden Gesichtsausdruck vorstellen. Trotzdem sagte sie nichts weiter, sondern tat wie geheißen. Schon als sie an seinem rechten Bein zog, spürte er, wie sich seine Kreuzbeingelenke allmählich lockerten und er wieder leichter atmen konnte. Als schließlich beide Beine ausgestreckt waren und er auf dem Bauch lag, löste sich der Rest des Schmerzes langsam auf und nur die gewohnte Steifheit und ein dumpfes Ziehen blieben zurück.

Max wagte es, sich umzudrehen und sich in den Schneidersitz zu setzen. Er spürte einen erwartungsvollen Blick auf ihm ruhen und rang sich ein „Danke" ab. Mehr würde er dazu nicht sagen und überhaupt war sie ja wohl diejenige, die ihm Erklärungen schuldete.

Sie saß ihm still gegenüber. In der Dunkelheit konnte er nicht viel mehr als ihre Umrisse erkennen und ihre Füße, die nicht in Schuhen steckten. „Bist du den ganzen Weg hierher barfuß gelaufen?", stellte er die Frage, die ihm zuerst in den Sinn kam. „Nein", sagte sie und er erwartete schon, dass das alles wäre, was sie dazu sagen würde, als sie nach einer kurzen Pause hinzufügte: „Ich habe meine Stiefel beim Sturz in den Graben verloren. Sie waren zu groß." „Wir sollten sie suchen, so kannst du nicht weiterlaufen", erwiderte er.

Er hatte keinen blassen Schimmer, warum er „wir" gesagt hatte. Er kannte diese Frau gar nicht und trug keine Verantwortung für sie. Er hatte ihr aus dem Graben geholfen, fair enough. Aber sollte sie jetzt nicht sehen, wie sie selbst klarkam? „Das klappt sicher fantastisch, so ohne Schuhe, Essen, Trinken und Orientierung", ging es ihm durch den Kopf. Er konnte nicht einfach allein weitergehen und sie hier hilflos sitzen lassen, oder? Möglicherweise würde ein Trupp des Colonels auftauchen, den der patrouillierende Junge von vorhin wegen der Schüsse alarmieren wollte. Möglicherweise würde eine weitere Patrouille vom westlichen Außenposten her die Gegend absuchen, da auch sie die Schüsse gehört haben mussten. Sie waren nicht weit von der Außenstelle entfernt. Bei Tageslicht würden sie sicher in 45 Minuten dort sein. Er konnte jedoch nicht darauf vertrauen, dass wirklich jemand auftauchte. Das Beste wäre es, sie mit zur Außenstelle zu nehmen. Die dortige Besetzung könnte sich ihrer annehmen und er würde planmäßig weiter nach Nordwesten gehen.

„In welche Richtung muss ich gehen, um zu einer Siedlung zu gelangen?", riss sie ihn aus seinen Gedanken. Sie war aufgestanden und gerade dabei, ihre Stiefel wieder anzuziehen. Offensichtlich brauchte sie ihn weder, um ihre Schuhe zu finden, noch hatte sie überhaupt vor, sich ihm anzuschließen. Verblüfft starrte er einen Moment lang in ihre Richtung, ehe er sich wieder sammelte und antwortete: „Im Dunkeln kann ich dir das selbst nicht genau sagen. Ich bin auf dem Weg zur nächsten Außenstelle unserer Grenzsicherung. Es ist nicht weit und dort kann man dir bestimmt weiterhelfen." Er konnte beinahe spüren, wie sie zusammenzuckte, als er das Wort „Grenzsicherung" sagte. Offenbar hing ihr die Erfahrung mit der Grenzsicherung des Ostens noch nach. Er wollte sie fragen, was sich genau dort zugetragen hatte, aber er war sich sicher, sie würde ihm keine Details erzählen. „Ich möchte dir nicht zur Last fallen. Ich gehe lieber alleine", sagte sie mit fester Stimme. „Du fällst mir nicht zur Last. Es ist bei Weitem der kürzeste Weg, um an Vorräte zu kommen. Und die wirst du ja wohl brauchen, egal wo du hinwillst", versuchte er sie zu überzeugen. Warum tat er das, fragte er sich im selben Moment. Sollte es ihm nicht nur recht sein, wenn er weiter unbehelligt seine Mission ausführen konnte?

Er hörte, wie sie gerade zu einer Antwort ansetzen wollte, als das laute Knallen von Schüssen ihr Gespräch unvermittelt unterbrach. Es waren nicht einfach nur einzelne Pistolenschüsse. Nein, das hörte sich vielmehr nach Gewehren an, die von beiden Seiten abgefeuert wurden. Ein Gefecht? Die Geräusche kamen von Norden. Das konnte nur bedeuten, dass der westliche Außenposten angegriffen wurde.

Was zur Hölle sollte er jetzt tun? Auch er musste seine Vorräte aufstocken. Zurückgehen war ausgeschlossen, der Weg war viel zu weit, noch dazu im Dunkeln.

„Sie suchen mich … oder ihn", drang die Stimme dieser Fera zu ihm durch. Sie zeigte auf die Leiche seines Angreifers. „Ich glaube, er war ein höherer Kommandant. Es wird auffallen, wenn er nicht wieder zurückkommt." Na großartig, er hatte einen ihrer Befehlshaber getötet. „Wir werden hier warten, bis die Gefechtgeräusche zum Erliegen kommen. Dann sehen wir nach und hoffen, dass sie sich zurückgezogen haben", erwiderte Max und hoffte, dass er überzeugter klang, als er sich fühlte.

„Hast du Waffen bei dir?", fragte sie. „Nein, aber er", antwortete Max und deutete diesmal selbst auf den Leichnam. „Seine Pistole muss hier irgendwo rumliegen." Anscheinend funktionierten Feras Augen im Dunkeln eindeutig besser als seine, denn auch die Handfeuerwaffe hatte sie im Nu gefunden und aufgehoben. „Ich weiß nicht, wie man die bedient", merkte sie an. Er schwieg, da er es ihr nicht erklären konnte. Auch sie sprach nicht mehr.

So saßen sie da in Schweigen gehüllt, das nur hin und wieder von einem Schuss in der Ferne unterbrochen wurde. Sie waren weniger geworden, die Schüsse. Waren die Angreifer zurückgedrängt worden? Hatten sie aufgegeben? Oder war das Gegenteil der Fall und der Außenposten war nun in feindlicher Hand? Selbst wenn die Angreifer erfolgreich gewesen waren, glaubte Max nicht, dass sie so dumm sein würden und einfach dort hocken blieben. So oder so befänden sie sich auf dem Rückweg. „Wir sollten uns langsam auf den Weg machen", schlug er daher vor.

Sie schafften es nicht in 45 Minuten zum Außenposten. Max schätzte, dass sie bereits gut eine Stunde unterwegs gewesen waren, als sie ein gleißendes Licht vor sich sahen. Noch ein paar Meter weiter und Max konnte auch den beißenden Geruch einordnen, den er schon geraume Zeit in der Nase hatte: Feuer. Die Außenstelle der westlichen Union stand in Flammen.

Er hatte keine Explosion gehört, daher vermutete er, dass das Feuer mutwillig gelegt worden war. Dieser Posten bestand essenziell nur aus zwei Gebäuden, eines für das Personal und eines für Vorräte. Max hoffte inständig, dass das Feuer nicht auch schon auf das kleinere Vorratsgebäude übergegriffen hatte. Einen Moment lang zog er in Erwägung, sich in das Hauptgebäude vorzukämpfen, um nach Überlebenden zu suchen, verwarf den Gedanken aber schnell wieder, da die Flammen viel zu hoch kletterten. Max war kein verdammter Held.

„Hier, halte das und warte!", wandte er sich an Fera und gab ihr seinen Rucksack. „Ich sehe nach, ob noch was an Vorräten zu retten ist." Er erwartete keine Antwort. Fera schien nicht sehr gesprächig zu sein. Es war ihm recht. Er hatte genug. Genug von dieser sinnlosen Wanderung, die schon jetzt alles andere als geradlinig verlief, genug von seinem gebrochenen Körper, genug von dieser Welt. Wenigstens hatten die Flammen den Vorteil, dass er nun sehen konnte, wo er hinging. Das Vorratsgebäude schien noch einigermaßen intakt, da allerdings die Tür offenstand, hatte sich auch hier dichter Rauch ausgebreitet. Max hielt sich den Ärmel seiner Jacke vors Gesicht. Er kannte sich nicht sonderlich gut in dem Gebäude aus. Er wusste, es bestand aus zwei Zimmern. Das hintere barg Nahrungsmittel und abgefüllte Wasserflaschen, während im vorderen Gebrauchsgegenstände wie Decken und Kleidung gelagert wurden. Er griff im Vorbeigehen nach einem geräumig aussehenden Rucksack, stopfte eine dünne Decke hinein und ging dann weiter in den zweiten Raum, wo er wahllos Dosen, Riegel und Wasserflaschen aufsammelte. Gerade als er sich umdrehen wollte, um wieder hinauszugehen, zerbarst das Fenster vor ihm. Kleine Splitter trafen sein Gesicht, richteten aber keinen größeren Schaden an. Sich wohl bewusst, dass das Feuer nun schnell übergreifen würde, eilte Max so schnell er konnte aus dem Gebäude.

Zuerst sah er sie nirgends. Er dachte schon, sie hätte sich mit seinem Rucksack auf und davon gemacht. Dann hörte er ein abgehacktes Schluchzen etwas weiter entfernt vom Feuer. Doch auch hier war es immer noch hell genug, dass er sie klar erkennen konnte. Überhaupt sah er sie nun zum ersten Mal richtig an, kam es ihm in den Sinn. Zuerst war es zu dunkel gewesen, um irgendetwas zu erkennen. Dann hatte ihn das Feuer abgelenkt. Doch nun nahm er das erste Mal wirklich Notiz von ihr.

Sie war jünger, als er erwartet hatte, höchstens 20, ihr hellblondes Haar war zurückgebunden, doch mehrere lockige Strähnen hingen ihr wirr ins blasse Gesicht. Sie wirkte zerbrechlich. Ein Eindruck, der einerseits durch ihre zierliche Statur und andererseits durch ihr ungehemmtes Schluchzen entstand. Als er sie so dasitzen sah – die Arme um ihre angewinkelten Knie, den Kopf gesenkt –, schalt er sich selbst dafür, dass er einen Moment ernsthaft erwogen hatte, sie einfach sich selbst zu überlassen. Jemand wie sie würde hier keinen Tag lang durchkommen. Was sollte er tun? Er war nicht gut in zwischenmenschlichen Dingen. Eine Tatsache, von der er nicht wusste, ob das schon immer so gewesen war oder ob es sich um einen schleichenden

Prozess handelte, ähnlich seinem körperlichen Leiden. Fakten verschwammen, Erinnerungen verblassten.

„Es tut mir leid, ich …", riss sie ihn aus seinen philosophischen Gedanken, beendete den Satz jedoch nicht, da sie von einem erneuten Weinkrampf geschüttelt wurde. Er ließ sich unbeholfen neben sie auf den Boden nieder und streckte zaghaft den Arm aus, um ihn um ihre Schulter zu legen. Sie zuckte ruckartig zurück. „Sorry, ich wollte nicht …", begann Max und diesmal war er es, der den Satz nicht beendete. „Himmel, Herrgott, noch mal", dachte er, „kann die Situation eigentlich noch unangenehmer werden?"

„Nein, nein, bitte, ich bin es, die … ich bin nicht ich selbst. Das ist nun schon das zweite Mal innerhalb weniger Tage, dass ich heule wie ein Kleinkind und nicht aufhören kann. Ich weine nicht. Ich weine nie", sagte sie mit brüchiger Stimme.

Er wertete das als Okay und ließ seinen Arm schließlich doch auf ihrer Schulter nieder und zog sie in eine leichte Umarmung. „Und das ist nun schon das zweite Mal in wenigen Tagen, dass ich jemanden in eine ungeschickte Umarmung ziehe. Ich umarme Leute nicht, ich umarme Leute nie." Sein Gegenstück zu ihrer Aussage entlockte ihr ein schwaches Lachen. Sie schien sich etwas zu entspannen.

„Ich glaube, unsere Begegnung hatte einen schlechten Start. Ich bin Max", fügte er hinzu und hielt ihr seine andere Hand hin. Sie fasste sie und schluckte den letzten Rest ihrer Tränen hinunter. „Ich bin Fera", stellte sie sich erneut vor.

„Nun gut, Fera, was hältst du davon, wenn wir diese bezaubernde Kulisse für eine kleine Stärkung nutzen?" Er deutete in Richtung Flammenmeer und hielt ihr dann den zweiten Rucksack hin. Gierig griff sie nach einer Wasserflasche und leerte sie beinahe in einem Zug. Max verkniff sich den Kommentar, der ihm dazu auf der Zunge lag – er wollte ihre vorsichtige Annäherung nicht gleich wieder zunichtemachen –, und reichte ihr stattdessen einen Energieriegel. Max erinnerte sich noch daran, wie sie Kisten von den Dingern vor ein paar Jahren in den Überresten eines Lieferwagens gefunden hatten. Die ganzen künstlichen Zusatzstoffe darin machten sie viel länger haltbar als andere Schokoriegel und galten daher im Camp als Grundnahrungsmittel. Der Geschmack war jedoch eine andere Sache.

„Igitt, was ist da drin?", fragte Fera mit verzogenen Mundwinkeln. „Nur die besten Zutaten und ganz viele Proteine. Iss auf, du siehst aus, als könntest du sie gebrauchen", antwortete Max und fragte sich nicht zum ersten Mal, wie es wohl um die Nahrungsreserven im Osten bestellt war. Sicherlich besser als hier, vermutete er, während er selbst in einen Riegel biss und den Rest der Wasserflasche leerte.

„Ich habe keine Ahnung, wie spät es ist, nehme aber an, dass es noch ein paar Stunden dauern wird, bis es hell wird. Ich bin mir ziemlich sicher, dass die Brüder von der ‚Macht des Ostens' für heute genug haben und nicht wiederkommen werden. Allerdings kann es sein, dass hier in ein paar Stunden einer unserer Trupps auftaucht und nach dem Rechten sieht. Es kann aber auch sein, dass sie auf Tageslicht warten. Worauf ich hinauswill, Fera: Möchtest du hier warten, bis jemand kommt, oder möchtest du dich mir anschließen? Ich bin auf dem Weg zur nordwestlichen Grenze. Wenn wir unterwegs an einer Siedlung vorbeikommen, kannst du vielleicht dort unterkommen", führte er aus.

Sie sah ihn mit entschlossenem Blick an. Ihre Augen waren hellblau und erinnerten ihn an die Farbe des Meeres unter bewölktem Himmel. Er hatte seit vielen Jahren weder das eine noch das andere gesehen, zumindest nicht den echten Himmel. Wenn er noch existierte, wie würde er nun wohl aussehen? Vielleicht würde er es herausfinden können. Die Worte des alten Apothekers kreisten wieder in seinem Geist umher und dieses merkwürdige Flattern in seiner Brust setzte erneut ein. „Ich gehe mit dir", drang die Stimme der jungen Frau vor ihm zu ihm durch. Ihre Zerbrechlichkeit war wieder ihrem Kampfgeist gewichen und er schmunzelte: „Okay, unter Umständen tut mir ein wenig Gesellschaft vielleicht sogar gut."

KAPITEL 8

FERA

Feras Beine drohten unter ihr nachzugeben. Sie würden einfach wegknicken und sie würde ausgestreckt auf dem matschigen Boden liegen bleiben, bis der Grund sich auftat und sie verschluckte. Diese oder ähnliche Visionen gingen ihr seit geraumer Zeit durch den Kopf. Sie war erschöpft, mehr als das. Den letzten unruhigen Schlaf hatte sie in dem Lieferwagen, der sie an die Grenze gebracht hatte, gehabt. Wie lange war das nun her? Zu lange. Dennoch folgte sie dem Offizier – oder was auch immer er war –, der sich als Max vorgestellt hatte, vor ihr, ohne ihn um eine Pause zu bitten. Er war nett zu ihr gewesen, zumindest gemessen an Feras Erfahrungen mit anderen Vertretern seines Geschlechts in der letzten Zeit. Sie wollte ihn nicht enttäuschen.

Sie waren trotz der Dunkelheit schnell vorangekommen, da Max eine provisorische Fackel aus nützlichen Brandüberresten gebastelt hatte. Vor geraumer Zeit hatte er sie jedoch weggeworfen, da sie fast vollständig heruntergebrannt war. Es machte nichts, da es inzwischen hell genug war, um ohne Hilfsmittel sehen zu können. Fera bemerkte, wie sich die Landschaft langsam veränderte. Pampasgras sahen sie nur noch selten. Hier stießen sie eher auf blattlose Bäume, verkümmerte Hecken und sogar asphaltierte Straßenabschnitte. Max wurde langsamer. War auch er ermüdet?

Er drehte sich zu ihr um und sagte: „Ich bin mir sicher, hier müsste irgendwo eine Siedlung sein. Die Straßenreste sehen aus, als würden sie regelmäßig genutzt."

Sie musste ein erschreckendes Bild abgegeben haben, denn Max' braune Augen nahmen einen besorgten Ausdruck an, als er sie ansah, und auch wenn er sich die meiste Zeit um ein distanziertes Auftreten bemühte, sah sie Wärme darin, Mitgefühl.

„Vielleicht sollten wir uns vorher kurz hier ausruhen, Kräfte sammeln. Ich habe keine Ahnung, was uns dort erwartet, sollten wir wirklich auf Leute treffen. Ich habe das Grenzgebiet in letzter Zeit selten verlassen", fügte er hinzu und wandte den Blick ab, als sie schwieg. Fera nickte, sie fühlte sich sogar zum Reden zu schwach.

Er nahm ihr den Rucksack von den Schultern und ließ auch seinen auf den Boden sinken. Dann reichte er ihr eine Wasserflasche und machte sich daran, eine Dose zu öffnen. Er hielt ihr einen Löffel hin. Fera löffelte den schleimigen Doseninhalt, ohne zu fragen, was es war. Die schleimige Masse war weiß und schmeckte süß – das war gut genug. Sie konnte Max' Blick auf sich spüren. Er war im Begriff gewesen, eine zweite Dose zu öffnen, hatte aber in der Bewegung innegehalten und starrte sie unverhohlen an. Als sie seinem Blick folgte, bemerkte sie, dass ihr einer ihrer Stiefel vom Fuß gerutscht war und ihr nackter Fuß zum Vorschein gekommen war. Das notdürftige Pflastermaterial, das Daria angebracht hatte, hing in Fetzen herunter, ihr Fuß war geschwollen und von Blasen und getrocknetem Blut übersät.

„Warum hast du nichts gesagt?", fragte Max fassungslos und fügte hinzu: „Gute Schuhe sind das A und O, wenn du hier durchkommen willst." Fera hob den Blick und sah hinüber zu Max' Füßen. Sie steckten in merkwürdigen Trainingsschuhen, von denen nur noch das Unterteil zu erkennen war, während die Seitenteile von einer Art Klammern zusammengehalten wurden. Sie sah Max direkt ins Gesicht, sagte nichts und hob nur eine Augenbraue an. Fast zeitgleich brachen sie beide in schallendes Gelächter aus.

Es tat gut zu lachen. Der Knoten in Feras Solarplexus löste sich und sie wollte gar nicht mehr aufhören zu lachen. Sie konnte spüren, wie auch Max' Anspannung von ihm abfiel. Er sah jünger aus, wenn er lachte. Die tiefen Falten um seine Augen und seinen Mund wirkten freundlicher, seine dunklen Augen leuchteten. Schließlich fuhr er sich mit der Hand über die kurz geschorenen Haare und sagte: „Okay, ich sehe ein, ich gehe da nicht gerade mit gutem Beispiel voran." Fera beließ es dabei und eine Weile aßen sie in stiller Eintracht ihr karges Mahl.

Eine Art Rascheln scheuchte sie zeitgleich auf. Fera folgte Max' Blick in Richtung Hecke. Es war ihr vorher nicht aufgefallen, aber die Hecke bestand nicht nur aus natürlichem Material, sondern Bretter von Möbelstücken oder dergleichen funktionierten sie zu einer Art Barrikade um, aus deren Mitte nun eine Gruppe Jugendlicher trat. Sie trugen alle die Kapuzen ihrer Jacken oder Sweatshirts über dem Kopf und hielten Stöcke oder Schaufeln in den Händen. Fera zählte fünf an der Zahl. Sie gingen in gemäßigtem Tempo auf sie zu, ihre Körpersprache ließ aber keinen Zweifel daran, dass sie keine guten Absichten hegten.

Fera spannte sich unwillkürlich an und senkte langsam die Dose und den Löffel, die sie immer noch in den Händen gehalten hatte. Sie zog den Rucksack, den sie getragen hatte, näher zu sich. Aus dem Augenwinkel konnte sie erkennen, wie Max sich ebenfalls anspannte und sich langsam erhob.

Die Gruppe bildete einen Kreis um sie und der Größte von ihnen, den sie für den Anführer hielt, kam direkt vor Max zum Stehen. „Was ist in den Rucksäcken drin?", fragte er auf Deutsch. Sein Akzent ließ allerdings vermuten, dass das nicht seine Muttersprache war. Feras Vermutung wurde augenblicklich bestätigt, da er den Kopf kurz zur Seite neigte und etwas zu dem Jungen, der am nächsten zu ihm stand, flüsterte, was sie keiner der Sprachen, die ihr vertraut waren, zuordnen konnte. Kurz darauf setzte sich dieser in Bewegung, um ihr den Rucksack zu entreißen. Fera sah Hilfe suchend zu Max, der nur kurz nickte. An den Rädelsführer gewandt, sagte er: „Da ist nur Essen und Trinken drin. Nehmt euch, was ihr wollt. Wir wollen keinen Ärger."

Fera sah zu, wie der Junge den Inhalt ihres Rucksackes auf dem Boden ausleerte und ihre kargen Vorräte sondierte. Als sich ein weiterer Junge aus der Gruppe löste, um sich Max' Rucksack zu schnappen, richtete dieser sich auf und stellte sich ihm in den Weg. „Da ist nichts drin, was euch von Nutzen sein könnte. Der bleibt bei mir", sagte Max mit fester Stimme. Der Junge hielt kurz inne und sah zu seinem Anführer. Als dieser nur eine ungeduldige Handbewegung in Richtung Rucksack machte, stieß der Junge Max zur Seite und streckte seine Hand nach dem Gepäckstück aus. Mit einer Schnelligkeit, die Fera ihm nicht zugetraut hätte, drehte sich Max um und packte den Jungen von hinten um den Hals. „Ich sagte, der bleibt bei mir", knurrte er.

Danach brach Chaos um sie herum aus. Ein weiteres Mitglied der Gruppe griff wiederum Max von hinten an, der sich vor Schmerz krümmte, als er einen Hieb auf den Rücken bekam. Er löste seinen Griff um den anderen Jungen und geriet in ein wirres Gerangel mit dem neuen Übeltäter. Die Rucksäcke waren für den Moment vergessen und die anderen sahen gebannt auf den Kampf in ihrer Mitte. Als sich der Junge, der ihren Rucksack ausgeleert hatte, nun seinen Stock griff und einschreiten wollte, gebot ihm der Anführer mit einer Handbewegung Einhalt. Sie konnte nicht verstehen, was er dabei sagte, jedoch war auch so klar, dass der Anführer den Ausgang des Zweikampfes abwarten wollte. Und was dann? Max konnte sie nicht alle besiegen. Würde er es schaffen, stünde schon der Nächste bereit, sein Glück zu versuchen, oder möglicherweise würde es dem Anführer dann doch zu lang werden und sie würden dem Ganzen zu fünft ein schnelles Ende bereiten. Fera musste irgendetwas tun. Wie lange würde es dauern, bis sie sich zwischen ihrem Gegröle und den Anfeuerungsrufen daran erinnerten, dass SIE auch noch da war?

„Die Waffe!", schoss es ihr durch den Kopf. Levs verdammte Waffe musste in Max' Rucksack sein. Wie schwer konnte es schon sein, sie abzufeuern? Ganz langsam ließ sie sich auf dem Boden in Richtung Rucksack gleiten. Glücklicherweise hatte sich das Kampfgeschehen inzwischen von der Tasche entfernt. Sie vermied es, in Richtung der Männergruppe zu sehen, stattdessen konzentrierte sie ihre geballte Aufmerksamkeit einzig und allein auf den Reißverschluss vor ihr. Undeutliches Stimmengewirr und Rufe, die eindeutig an sie adressiert waren, brachten ihren Herzschlag ins Stolpern und überzogen ihre Arme mit Gänsehaut. Nichtsdestotrotz schaffte sie es, die Pistole aus dem Rucksack zu ziehen und auf den erstbesten Angreifer zu richten.

Der Tumult um sie herum kam augenblicklich zum Erliegen und mehrere Augenpaare starrten sie entsetzt an. Die Waffe fühlte sich in ihrer Hand merkwürdig an. Fera umfasste den Griff fester und hörte ein Klickgeräusch – das musste das Sicherungselement sein, das sie soeben heruntergedrückt hatte. Ein Teil der Gruppe musste es auch gehört haben, denn mehrere Köpfe drehten sich zu dem Rädelsführer um, der selbst merklich blasser aussah. Feras Blick fiel für den Bruchteil einer Sekunde auf Max, der am Boden lag und sich krümmte. Er brauchte Hilfe, sie musste diesem Grauen ein Ende bereiten. Ohne weiter nachzudenken, schloss sie die Augen, richtete die Pistole gen Himmel und drückte den Abzug. Der Rückstoß überraschte sie und ließ sie im ersten Moment schwanken, dann sammelte sie sich jedoch und fing an zu brüllen, während sie den Abzug immer und immer wieder betätigte, bis sie nur noch ein leeres Klickgeräusch vernahm. Schweiß rann ihr die Stirn herunter und ihre Hände zitterten. Sie hatte keine Ahnung, wie viel Zeit vergangen war. Als sie die Augen endlich wieder öffnete, war die Gruppe jugendlicher Vagabunden verschwunden. Ihre Rucksäcke samt Inhalt lagen auf dem Boden, so wie Max, der sie ungläubig anstarrte. Einen Moment lang hielt sie seinem Blick stand, dann spürte sie, wie ihre Beine unter ihr nachgaben, und noch während sie zu Boden sackte, wurde ihr schwarz vor Augen und sie fühlte sich plötzlich leicht wie eine Feder. Dann fühlte sie gar nichts mehr und Dunkelheit umhüllte sie.

KAPITEL 9

MAX

Es musste Sonntag sein. Sonntag war der Tag, an dem er keinen Wecker stellte, an dem er seinen Körper entscheiden ließ, wann er aufwachen wollte. Manchmal wachte er auf und griff sich ein Buch von dem Stapel, der sich gewöhnlich auf seinem Nachttisch türmte, las ein wenig und fiel danach erneut in einen leichten Schlaf. Er liebte Bücher, das Gefühl der Seiten in seiner Hand, der Geruch, wenn es ein frisch gedrucktes Exemplar war. Seine Kommilitonen an der Uni konnten das nicht verstehen. Sie bevorzugten es, sich die E-Book-Lizenzen der Leselisten zu besorgen, sobald diese bekannt gegeben wurden. Max dagegen gab sein halbes Gehalt für Bücher aus und es erfüllte ihn jedes Mal mit einem warmen Gefühl in seiner Brust, wenn er seinen Blick über die Buchrücken in seinen Regalen schweifen ließ. Jedes davon mit einer Erinnerung verbunden, jedes davon ein Tor zu einer anderen Welt. Marilyn brachte es zum Schmunzeln, wenn er in jeder freien Minute ein Buch auspackte. „Du bist der geborene Bibliothekar", pflegte sie zu sagen, „wann lässt du dir endlich den dazugehörigen Bart wachsen und fängst an, Pfeife zu rauchen?"

Es musste Sonntag sein, denn sie lag nicht neben ihm, sondern er hörte Geschirr in der Küche klappern, das undeutliche Brummen der Kaffeemaschine und der Geruch von frisch aufgebackenen Croissants kitzelte in seiner Nase und ließ seinen Magen grummeln. Sonntags machte sie immer Frühstück. Gleichwohl handelte es sich manchmal wohl eher um einen Brunch oder Lunch, denn auch sie stellte sich sonntags keinen Wecker.

Er überlegte, ob er aufstehen und ihr in der Küche helfen sollte, entschied sich aber dagegen. Seine Matratze war zu fest, seine Kissen zu weich und seine Decke zu warm. Er ließ die

Augen geschlossen und seinen Geist treiben. Plötzlich kitzelte ihn etwas an den Lippen. Marilyn. Er konnte ihren Duft riechen, süß und herb zugleich, stets der ewige Gegensatz. Ein Lächeln stahl sich auf seine Lippen. „Marilyn, lass ...“, fing er an, doch etwas stimmte nicht, ihr Geruch wurde schwächer, das Kitzeln unangenehmer.

„Du musst etwas trinken!“, drang eine unbekannte Männerstimme an sein Ohr. Max öffnete die Augen. Er befand sich tatsächlich in einem Bett, doch es war nicht seines und auch seine Bücherregale waren nicht zu sehen, stattdessen prangte ein überdimensionales Holzkreuz an der Wand gegenüber von ihm. Direkt vor ihm befand sich das Gesicht zu der Männerstimme. Es war rund, trug eine Brille und die dünnen Lippen, der gestutzte Bart und das streng zurückgekämmte Haar erinnerten ihn an einen Professor oder Prediger. Max tippte auf Letzteres, was das Holzkreuz erklären würde.

„Vielleicht kann er uns nicht richtig hören“, ertönte eine zweite Stimme von seiner Seite her, diesmal handelte es sich um eine Frauenstimme. Als er seinen Kopf in ihre Richtung drehen wollte, spürte er einen scharfen Schmerz in seinem Nacken. „Schleudertrauma!“, schoss es ihm durch den Kopf. Erinnerungsfetzen fluteten sein Gehirn. Sein Rucksack, der Teenager, der ihn von hinten attackierte, Pistolenschüsse, das Mädchen ... Fera. Er wollte seinen Mund öffnen, um nach ihr zu fragen, als er plötzlich Blut schmeckte. Offenbar war seine Lippe geschwollen und soeben wieder aufgerissen. „Hier, nimm das!“ Das Gesicht zu der Frauenstimme rückte in sein Blickfeld. Den Falten nach zu urteilen war sie mindestens in seinem Alter, ihre Haare wurden durch eine Art Haube verdeckt. Sie hielt ihm einen Stofffetzen entgegen, den er ergriff und auf seine Lippe drückte. Auf einmal war er unheimlich durstig. War da nicht eine Flasche an seinen Mund gehalten worden?

„Wasser?“, presste er hervor und der Prediger-Verschnitt reichte ihm einen Becher mit Wasser, den er fast vollständig leerte.

„Du musst dich schonen. Du wurdest übel zugerichtet und kannst von Glück reden, dass wir dich und deine Freundin gefunden haben. Sie liegt im Haus nebenan bei unserer guten Schwester Marie. Wir halten nichts davon, wenn Frau und Mann sich ein Zimmer teilen." Max' Gehirn registrierte, dass etwas an dieser Aussage befremdlich war, und er glaubte auch nicht, dass es sich bei besagter Marie tatsächlich um eine Schwester des Mannes handelte.

„Aber entschuldige, ich habe mich ja noch gar nicht vorgestellt. Ich bin Bruder Bernard und das ist die liebe Schwester Rosalind. Willkommen in unserer Gemeinde", fuhr der Mann fort.

Max beschloss, sich fürs Erste mit Fragen zu seiner Umgebung zurückzuhalten, und beschränkte sich auf die wichtigsten Informationen. „Die Rucksäcke? Wir hatten zwei Taschen bei uns", erklärte er. Bruder Bernard erwiderte: „Aber ja, wir haben euren Proviant eingesammelt und alles im Gemeindehaus für euch verwahrt." Seine Miene veränderte sich leicht, als seine Augen hinter den Brillengläsern einen tadelnden Ausdruck annahmen, und er fügte hinzu: „Nur die Schusswaffe haben wir entsorgt. Wir lehnen jede Art der Gewalt ab." Max nickte. Er war sich ziemlich sicher, dass sich ohnehin keine Munition mehr in der Pistole befunden hatte.

„Du solltest versuchen, noch etwas zu schlafen. Schwester Rosalind wird später nach dir sehen und dir etwas zu essen bringen." Damit wandte Bruder Bernard sich ab und ging beinahe lautlos zur Tür. Die Frau mit der Haube füllte den Becher noch einmal auf und stellte ihn auf eine Art Beistelltisch neben ihm ab. Daraufhin huschte sie ebenfalls nach draußen.

Max wusste nicht, was er von diesem bizarren Auftritt halten sollte. War er hier bei einer Art Sekte gelandet? Es tat nichts zur Sache. Er würde ihre Hilfe dankend annehmen und verschwinden, sobald es ihm besser ging. Er wünschte nur, sie hätten seinen Rucksack bei ihm gelassen. Er könnte dringend ein paar Schmerztabletten gebrauchen. Das einzig Gute war, dass seine neu erlangten Blessuren ihn von den dumpfen Rückenschmerzen ablenkten. Er glaubte nicht, dass er einen größeren Schaden davongetragen hatte, wünschte sich aber sehnlichst, er könnte sich irgendwo waschen. Er würde Schwester Sowieso später danach fragen.

Die nächsten beiden Tage verstrichen in einem trägen Rhythmus aus Schlafen, Essen und Trinken. Gelegentlich brachte man ihm einen Eimer, damit er seine Notdurft verrichten konnte, und eine Schüssel mit Wasser und einem Lappen, um sich zu waschen. Am dritten Tag fiel Max die Decke auf den Kopf. Er war es nicht gewohnt, sich tagelang nur minimal zu bewegen. Sein ganzer Körper fühlte sich steif und unbeweglich an und das Zimmer mit dem hypnotischen Holzkreuz machte ihn zunehmend klaustrophobisch. Er fragte sich auch, wie es wohl Fera ging. Er hatte noch gesehen, wie sie in Ohnmacht gefallen war, bevor er selbst das Bewusstsein verloren haben musste. War sie nur geschwächt gewesen oder hatten sich womöglich ihre Wunden an den Füßen entzündet? Zweimal hatte er versucht, die Frau namens Rosalind, die sich um ihn kümmerte, nach Fera zu fragen. Jedes Mal hatte sie ihm keine Antwort gegeben. Sie sprach so wenig wie nötig mit ihm und vermied direkten Augenkontakt.

Sein Entschluss stand. Er würde aufstehen, das Zimmer verlassen und sich etwas in dieser merkwürdigen Gemeinde umsehen. Wenigstens hatte man seine Schuhe neben dem Bett stehen gelassen. Max setzte sich auf und beugte sich hinunter, um sie zu fassen. Es war ein heikles Unterfangen. Sein Körper protestierte und nicht nur die gewohnten Bewegungsschwierigkeiten, sondern auch heftiger Schwindel machten ihm zu schaffen. Einen Moment lang meinte er, er müsse sich übergeben. Als er jedoch die Augen schloss und mehrmals tief einatmete, ließ der Drang langsam nach. Max wagte es nun, die Schuhe zu greifen, sie langsam anzuziehen und sich ganz vom Bett zu erheben. Erneut überkam ihn eine Schwindelwelle, aber er hielt sich vorsorglich am Bett fest und machte langsam einen Schritt nach dem anderen. Als er an der Tür angelangt war, befürchtete er schon, sie sei verschlossen worden. Er konnte sich zwar an keine Schlüsselgeräusche erinnern, hätte es diesen komischen Menschen aber durchaus zugetraut. Die Tür ließ sich jedoch problemlos öffnen.

Max hatte keine Erinnerung daran, wie er in das Zimmer gebracht worden war. Er wusste also auch nicht, ob es sich um eine kleine Hütte handelte oder ein größeres Gebäude, vermutete anhand der Wandverkleidung aber Ersteres. Diese Vermutung wurde bestätigt, als er nun durch die Tür trat und sich auf einem kleinen Flur wiederfand. Von hier aus gingen zwei weitere Türen ab, von der die eine möglicherweise in ein zweites Schlafzimmer oder in eine Küche führte. Die andere – direkt gegenüber – musste die Haustür sein. Gerade als Max den Türriegel umlegen wollte, öffnete sich die Tür von allein und Bruder Bernard stand vor seiner Nase. Er hatte ihn seit seinem ersten Erwachen nicht mehr zu Gesicht bekommen. „Oh, wie ich sehe, geht es dir besser", sagte dieser nun mit einem bemüht freundlichen Gesichtsausdruck. „Schwester Rosalind sagte mir bereits, dass du einen rastlosen Eindruck machtest, äh ... ich habe ganz vergessen, nach deinem Namen zu fragen." Der selbst ernannte Bruder sah ihn erwartungsfroh an und Max erwiderte: „Max, mein Name ist Max."

„Nun denn, Max, ich wollte gerade Schwester Rosalind zur Messe abholen. Möchtest du uns begleiten?", fragte Bruder Bernard. Bevor Max antworten konnte, öffnete sich die andere Tür und Schwester Rosalind trat auf den Flur, als hätte sie ihren Namen gehört. Wie immer trug sie eine Art weiße Haube auf dem Kopf und sowohl farb- als auch formlose Kleidung. Der einzige Unterschied zu ihrer Aufmachung der vergangenen Tage war ein Rosenkranz, der ihr um den Hals hing. Max konnte sich ein Seufzen nicht verkneifen. Ihm war klar, um was für eine Veranstaltung es sich bei dieser Messe handeln würde, und er hegte nicht das geringste Interesse daran. Er wollte jedoch nicht unhöflich sein und sicherlich würde es eine Abwechslung zu seinem tristen Zimmer darstellen. Hinterher würde er sich zu Fera bringen lassen und seine Weiterreise planen. Also sagte er: „Danke, ich komme gerne mit."

Obgleich er sich nicht viel aus diesen Dingen machte, waren Max religiöse Brauchtümer natürlich nicht fremd. Er hatte in seiner Kindheit durchaus den einen oder anderen Gottesdienst besucht. Doch nichts hatte ihn auf die Darbietung vorbereitet, die ihn nun in dem sogenannten Gemeindehaus der Siedlung erwartete. Die Bezeichnung „Haus" war etwas übertrieben. Es handelte sich lediglich um eine Art Blockhütte, ähnlich der anderen, die er auf dem Weg hierher gesehen hatte, mit dem einzigen Unterschied, dass auf ihrem Dach ein riesiges Kreuz angebracht war. Hatte er das Holzkreuz in seinem Zimmer bereits für riesig gehalten, so war dieses noch einmal eine ganz andere Nummer. Er fragte sich, wie sie es überhaupt dort hoch bekommen hatten.

Im Inneren des Hauses erwartete sie bereits eine Gruppe von etwa 15 Menschen. Es handelte sich dabei ausschließlich um Männer und Frauen in seinem Alter. Max glaubte nicht, dass einer von ihnen unter 30 war. Die Frauen trugen allesamt Tücher oder Hauben wie Schwester Rosalind, die Männer hatten die Haare kurz geschnitten und aus der Stirn gekämmt. Die Stimmung glich der auf einer Beerdigung.

Er hatte erwartet, dass es hier Sitzgelegenheiten wie Bänke geben würde. Doch der längliche Raum war fast leer. Es gab glaslose Fenster zu beiden Seiten und eine Art Kanzel am anderen Ende des Raumes. Das war alles. Die Anwesenden standen in Grüppchen zusammen, bis sie Bruder Bernard bemerkten. Während er sich an ihnen vorbei direkt auf die Kanzel zubewegte, kniete sich der Rest plötzlich unaufgefordert nieder. „Na großartig!", dachte Max. Knien war nicht gerade die bequemste Position für ihn. Dennoch ließ er sich umständlich nieder und erwartete den Beginn dieser sogenannten Messe mit wachsendem Unbehagen.

„Ich heiße euch willkommen, meine lieben Brüder und Schwestern!", donnerte Bruder Bernards Stimme von der Kanzel nieder. „Eine neue Woche der Buße liegt vor uns. Eine neue Chance, uns zu beweisen und Gott zu zeigen, dass wir sein Gericht über uns angenommen haben. Dass wir der alten Welt mit all ihren Verlockungen abgesagt haben. Gott hat uns auf die Probe gestellt und wir nehmen die Herausforderung dankend an ..."
Max' schlimmste Befürchtungen hatten sich bestätigt. Er war in einem Dorf voller religiöser Fanatiker gelandet. Er fühlte

seinen Geist abdriften und sich fragen, wie viel mehr von diesen Plattitüden er sich wohl würde anhören müssen, bevor er dieses Haus wieder verlassen konnte.

Etwa eine halbe Stunde später kehrte seine Aufmerksamkeit mit einem Schlag wieder zurück zu Bernards Worten: „… und daher heißen wir zwei neue Mitglieder herzlich willkommen in unserer Gemeinde. Lasst uns ihnen den Weg zur Erlösung weisen, auf dass sie ihren Platz in unserer Gemeinde finden werden." In Max' Hirn schrillten die Alarmglocken. Was deutete der verrückte Prediger da an? Erwartete er etwa, dass Max freiwillig hierbleiben würde? Er konnte nicht für Fera sprechen, aber er bezweifelte – nach dem zu urteilen, wie er sie in der Kürze der Zeit erlebt hatte –, dass sie sich hier wohlfühlen würde. Er musste sich diesen Bruder Bernard dringend zur Seite nehmen und einiges klarstellen.

KAPITEL 10

FERA

Feras Haare klebten an ihrer Stirn und in ihrem Genick. Sie schwitzte wie verrückt, obwohl ihr Körper gleichzeitig zitterte, als sei er unterkühlt. Schüttelfrost, hatten ihre Eltern das genannt. Sie erinnerte sich, wie sie in ihr Bett gekrochen war mit ihrem Teddy in der Hand und sich zwischen beide gezwängt hatte. Ihre Mutter hatte sie fest im Arm gehalten und ihr beruhigende Worte zugemurmelt, während ihre Zähne klapperten und das Fieber ihre Stirn glühen ließ. Ihr Vater hatte ihr nasse Handtücher um die Beine gewickelt. Es war unangenehm gewesen, hatte aber seinen Zweck erfüllt und die Hitze in ihrem kleinen Körper in Schach gehalten.

Auch jetzt hatte sie nasse Lappen an den Waden kleben und eine Schüssel mit Wasser stand neben ihr. Eine junge Frau wischte ihr mit einem weiteren Lappen hin und wieder über die Stirn. Fera wusste nicht, wer die Frau war. Sie sprach nicht, sondern verrichtete einfach nur schweigsam ihre Arbeit. Wie lange war sie schon hier? Fera wusste es nicht. Sie erinnerte sich an den Überfall der Jugendlichen und ihren dramatischen Auftritt, an Max, der am Boden gelegen hatte. Wo war er? Sie lag allein in diesem schlichten Zimmer. Es war klein, der Boden und die Wände mit Holz verkleidet. In der Ecke konnte sie einen Tisch stehen sehen, auf dem sich ein Kreuz befand, und daneben ein Buch. Das war ein seltener Anblick. Fera hatte seit ihrer Kindheit keine Bücher mehr gesehen. Die meisten endeten als Brennmaterial.

„Wo bin ich?", fragte sie die Frau an ihrem Bett erneut. Und wieder kam keine Antwort. Vielleicht war sie ja stumm, dachte Fera. Urplötzlich sprang sie auf und lief zur Tür, ohne sich umzudrehen. Was war in sie gefahren? Fera wünschte sich, sie hätte wenigstens den Lappen auf ihrer Stirn gelassen. Sie versuchte, ihre Beine anzuwinkeln und über die Seite in eine sitzende Position zu gelangen, aber als ihre Füße die Decke streiften, ließ sie ein scharfes Brennen beinahe laut aufschreien, dass sie in der Bewegung innehielt. Stattdessen zog sie die Decke beiseite und sah auf ihre Füße hinunter. Beide schienen geschwollen und die rötlichen Blutblasen waren zum Teil aufgeplatzt und von einer gelblichen Flüssigkeit durchzogen. Eiter, schoss es Fera durch den Kopf. Konnte das der Grund für ihr Fieber sein? Konnte so etwas Simples sie so krank machen? Abgesehen von ihrer Kindheitserinnerung konnte sie sich nicht entsinnen, wann sie das letzte Mal richtig krank gewesen war. Langsam legte sie sich wieder zurück. Aufstehen stand außer Frage. Es blieb ihr nichts anderes übrig, als zu warten und zu hoffen, jemand würde sie über ihren Verbleib aufklären.

Sie musste zurück in einen unruhigen Schlaf gefallen sein, denn als sie das nächste Mal die Augen öffnete, stand ein bärtiger Mann am Fuße ihres Bettes. Die Art, wie er seine Haare zurückgekämmt hatte, und seine kleinen Augen, die hinter runden Brillengläsern steckten, verliehen ihm ein strenges Aussehen, obwohl er die dünnen Lippen zu einem Lächeln verzogen hatte, als er sagte: „Wie ich sehe, hatte Schwester Marie recht, als sie mir sagte, du hättest mittlerweile längere Wachphasen. Wie geht es dir?" Fera war so verwundert, dass jemand auf einmal mit ihr sprach, dass sie im ersten Moment gar nicht wusste, was sie antworten sollte. Schließlich räusperte sie sich und brachte ein „Es geht" hervor. Der Mann kam einen Schritt näher und ergriff wieder das Wort: „Bitte entschuldige, ich sollte mich erst einmal vorstellen. Ich bin Bruder Bernard und leite diese bescheidene Gemeinde hier. Und dein Name ist Fera, nicht wahr? Dein Begleiter Max hat uns bereits mit Fragen nach deinem Wohlergehen überschüttet, nur leider konnten wir ihm bisher keine Auskunft geben." Seine Miene veränderte sich und nahm die eines tadelnden Lehrers an, als er fortfuhr: „Aber meine liebe Fera, ich mache mir nach wie vor große Sorgen um deine Füße. Sollte die Entzündung sich nicht bald legen, müssen wir andere Schritte in Erwägung ziehen." Fera gefiel der Blick dieses Mannes in Richtung ihrer Füße ganz und gar nicht. Was deutete er hier an? Wollte er etwa ein Beil holen und ihr die Füße abhacken? Dieser Gedanke erschien ihr so abwegig, dass sie beinahe gelacht hätte. Bruder Bernards Miene blieb jedoch ernst. Fera entschied sich daher, das Thema zu wechseln: „Mein Begleiter, Max. Wo ist er?" Glücklicherweise ging ihr Gegenüber auf den Themenwechsel ein und antwortete: „Oh, er ist hier in der Gemeinde. Er ist bereits wieder auf den Beinen und ließ sich nur mit Mühe davon abhalten, dich zu besuchen ..." Fera wartete nicht auf das Ende des erneuten Redeschwalls des Mannes, sondern warf ein: „Aber ich möchte ihn sehen. Mir geht es gut genug. Könnte er nicht jetzt sofort herkommen?" Bruder Bernards Augen verengten sich und seine dünnen Lippen glichen zwei Strichen, als er sich mit Mühe die nächsten Worte abrang: „Ich sehe, was ich tun kann." Dann verabschiedete er sich und verließ das Zimmer.

Fera blieb jedoch nicht lange allein. Die junge Frau, die Bruder Bernard Marie genannt hatte, kam zurück und machte sich diesmal daran, ihre Füße zu waschen. Fera musste die Zähne zusammenbeißen, so sehr brannten sie bei der kleinsten Berührung. Nicht einmal die Kühle des Wassers konnte das Brennen merklich lindern. Als die Frau fertig war, fielen Fera aus purer Erschöpfung sofort wieder die Augen zu und sie suchte Linderung im Schlaf.

„Fera, wach auf!" Ein undeutliches Flüstern weckte sie. Das Zimmer war fast vollständig in Dunkelheit getaucht. Es musste Nacht sein. „Komm schon, ich bin es, Max. Ich kann nicht lange bleiben, sie folgen mir auf Schritt und Tritt." Max. Von wem sprach er? Fera brauchte einen Moment, um voll zu Bewusstsein zu kommen. Sie fühlte sich nicht so erhitzt wie zuvor. Möglicherweise war das Fieber gesunken. Sie tastete nach dem Umriss neben ihrem Bett und bekam eine Hand zu fassen. Max drückte sie. „Was ...", fing sie an zu murmeln. Max unterbrach sie jedoch sofort: „Sch, hör mir einfach zu, ja? Irgendwas ist hier ganz gewaltig schräg. Ich mag diese Siedlung hier kein bisschen und schon gar nicht diesen sogenannten Bruder Bernard. Er kommt mir vor wie ein Sektenguru und ich bin mir ziemlich sicher, dass er uns beide gerne seiner Sammlung folgsamer Schäfchen hinzufügen würde." Obwohl Fera nur die Hälfte von dem verstand, was Max sagte, stimmte sie mit seiner Meinung über Bruder Bernard überein. „Ich mag ihn auch nicht", flüsterte sie. „Allerdings glaube ich nicht, dass er uns einfach so von dannen ziehen lassen wird. Ich habe die letzten Tage so einiges von der Dynamik hier mitbekommen, und nichts entgeht ihm. Es würde mich nicht wundern, wenn er vor der Tür steht, wenn ich dein Zimmer verlasse. Wir müssen hier strategisch und sehr gut überlegt vorgehen. Ich denke, hier wohnen um die 20 Leute, die ihm bedingungslos untergeben sind, und wenn er sagt ‚Pfählt sie!', dann machen die das." Fera verstärkte ihren Griff um Max' Hand. „Aber WIE sollen wir denn vorgehen? Ich kann ja im Moment nicht mal rennen", warf sie ein. „Genau das hab ich mich auch gefragt. Dann habe ich mir die Frage gestellt, wie es denn überhaupt sein kann, dass so eine kleine Siedlung relativ gut versorgt mitten im Nirgendwo existieren kann. Entweder haben sie es trotz aller äußeren Umstände geschafft, hier Nahrungsmittel anzubauen, was ich für sehr unwahrscheinlich halte – selbst wenn der himmlische Herr, dem Bruder Bernard so verbunden zu sein scheint, ihn erhört hat –, ODER sie haben einen fahrbaren Untersatz samt Treibstofflager irgendwo hier versteckt. Was auch beantworten würde, wie sie uns überhaupt hierher transportieren konnten." Er machte eine Pause, ehe er mit einem amüsierten Unterton fortfuhr: „Nun ja, dich hätten sie vermutlich mit einer Hand hierhertragen können, so schmal, wie du bist, aber einen alten, schweren Sack wie mich?" Fera musste schmunzeln. Wieder einmal schaffte es Max, die Situation aufzulockern. „Was schlägst du also vor?", fragte sie. „Tja, und hier wird der Plan sehr vage. Im Prinzip schwebt mir vor, herauszufinden, wo sie ihren Fuhrpark aufbewahren, unsere Rucksäcke zu schnappen und eines ihrer Gefährte zu entwenden. Und dann nichts wie weg", antwortete er.

Fera stellte fest, dass Max mit dem Begriff „vage" keineswegs untertrieben hatte. Sie ging aber nicht weiter darauf ein, sondern brachte eine andere Frage zur Sprache: „Gut, mal angenommen, das funktioniert wirklich alles irgendwie, was heißt denn dann ‚weg'? Weißt du überhaupt, wo wir hier sind und wo wir als Nächstes hinmüssen?" Max zuckte mit den Schultern und sagte: „Nun, als ich unser Camp verlassen habe, war der Plan, die alte Bahnverbindung zu finden und damit einiges an Weg Richtung Westen abzukürzen. Nur leider habe ich absolut keine Ahnung, was das hier für eine Siedlung ist und wo sie sich befindet. Umso besser wäre es natürlich, einen fahrbaren Untersatz zu haben, anstatt zu Fuß herumzuirren, was du ja im Moment eh schlecht kannst."

Fera fühlte, wie jeglicher Optimismus sie verließ. Ein schnelles Entkommen würde sehr schwierig sein, so viel stand fest. Max seufzte und fuhr fort: „Wie dem auch sei. Du kümmerst dich jetzt erst mal darum, dass du wieder fit wirst, und ich bemühe mich, so viel wie möglich herauszufinden. Und jetzt sollte ich mich wieder auf den Rückweg begeben, bevor hier wirklich noch einer dieser Loonies auftaucht."

Fera nickte, obwohl sie sich nicht sicher war, ob Max es in der Dunkelheit sehen konnte. Auf einmal fühlte sie sich wieder unglaublich müde und schwach. Er drückte ein letztes Mal ihre Hand und schlich sich dann hinaus.

Die nächsten beiden Tage verliefen ereignislos. Feras Fieber schien zurückgegangen zu sein, worüber sie mehr als erleichtert war. Sie hätte diesem Bruder Bernard alles zugetraut, hätte sich keine Besserung ihres Zustandes eingestellt.

Die junge Frau namens Marie kümmerte sich jedoch weiterhin um sie und versorgte sie mit Essen und Trinken. So auch heute. Sie stellte gerade eine Schale mit einer Art Brühe neben Feras Bett ab und reichte ihr einen Becher mit Wasser. Fera suchte ihren Blick. Sie fühlte sich allmählich einsam und sehnte sich nach Ablenkung. Es musste doch möglich sein, dieser Frau ein paar Worte zu entlocken. „Danke, Marie", versuchte sie es, „das ist doch dein Name, oder?" Sie konnte sehen, wie die Frau mit sich rang, ob sie etwas erwidern sollte. Sie hatte ein hübsches Gesicht und hellbraune lange Haare, die zu einem losen Zopf geflochten waren. Schließlich rang sie sich ein Lächeln ab und schüttelte den Kopf. Fera verstand nicht, sie erinnerte sich genau, wie Bruder Bernard sie als Schwester Marie bezeichnet hatte. Er konnte niemand anderes gemeint haben. Diese Frau war die Einzige, die nach ihr sah. Daher fragte sie noch einmal nach: „Ist es nicht? Ich war mir sicher, ich hörte Bruder Bernard, wie er dich so nannte ..." Die junge Frau rutschte unbehaglich auf dem Stuhl neben Feras Bett hin und her, während sie so tat, als müsse sie die Brühe umrühren.

Fera versuchte es anders: „Du musst keine Angst haben. Ich sage niemandem ein Wort. Ich dachte nur, es wäre schön, wenn wir uns etwas unterhalten könnten, wenn du dich schon jeden Tag um mich kümmerst." Sie bemühte sich um einen ermutigenden Gesichtsausdruck. Es schien zu wirken, die Frau beugte sich zu ihr hinunter und nuschelte mehr, als dass sie sprach: „Galina, mein Name ist ... WAR Galina." Sie machte eine Pause und Fera wollte schon nachfragen, wo sie herkam. Sie wusste, Galina war ein russischer Name. Dann sprach sie jedoch leise weiter: „Jetzt bin ich Schwester Marie ... das heißt, ich werde es sein, sobald meine Initiierung stattfindet." Fera hatte keine Ahnung, wovon Marie/Galina da redete. Sie stellte sich aber darunter eine Art religiöses Ritual oder dergleichen vor – vor dem Hintergrund dessen, dass hier alles einen tiefreligiösen Anschein machte. Ehe Fera weiter nachfragen konnte, stand die Frau abrupt auf und ging ohne ein Wort des Abschieds zur Tür hinaus. Fera blieb mehr als verwirrt zurück.

Die Frau mit den beiden Namen sah sie nicht wieder, dafür stattete ihr Bruder Bernard am Tag darauf erneut einen Besuch ab. Er kam nicht allein, sondern hatte zwei weitere Männer bei sich, die aussahen, als würden sie seinem Erscheinungsbild nacheifern wollen: streng zurückgekämmte Haare und gepflegte Bärte. Sie hatten eine Art Bollerwagen dabei und machten Anstalten,

Fera aus dem Bett helfen zu wollen. Bruder Bernard erklärte: „Meine liebe Fera, wie ich höre, geht es dir besser, doch wir wollen deine Füße nicht überstrapazieren, daher haben wir dieses kleine Hilfsmittel dabei. Bruder Emmerich und Bruder Leonhard hier werden dir behilflich sein." Als Fera ihn verwirrt ansah, fuhr er fort: „Oh, entschuldige bitte, wie immer eile ich vor lauter Eifer voraus." Er machte eine theatralische Pause und redete dann langsamer weiter: „Heute ist ein besonderer Tag. Unsere liebe Schwester Marie, die du ja bereits kennengelernt hast, darf heute ihre Initiierung erleben. Und wir hielten es für angemessen, dass auch du dabei sein darfst, nachdem die gesamte Gemeinde anwesend sein wird. Es wird dir einen Einblick in unsere Lebensweise geben und dich auf deine weitere Rolle bei uns vorbereiten." Er strahlte sie stolz aus seinen kleinen Augen an. Fera musste schlucken. Ihre weitere Rolle hier? Max hatte recht gehabt, Bruder Bernard hatte keineswegs vor, sie wieder gehen zu lassen.

Bruder Emmerich und Bruder Leonhard starrten sie ungeduldig an. Sie hatte keine Wahl und ließ sich aus dem Bett helfen. Sie war überrascht, wie wenig Kraft sie hatte. Sie konnte kaum stehen, ohne sich an den beiden festzuhalten. Wie konnten ihre Muskeln in so kurzer Zeit nur so schwach geworden sein? Immerhin lenkte sie diese Tatsache von den Schmerzen an ihren Fußsohlen ab. Es war eine wahre Erleichterung, als sie in dem Wagen saß. Erstaunlicherweise war es nicht mal unbequem. Sie konnte aufrecht sitzen und ihre Beine ausstrecken. Sie stellte fest, dass ihre Jeans bis auf Kniehöhe abgeschnitten worden war. Offensichtlich hatte man sehen wollen, ob sich die Entzündung ausgebreitet hatte, was nicht der Fall gewesen war.

Noch während sie diesen Gedanken nachhing, schob einer von Bruder Bernards Helfern sie in ihrem provisorischen Rollstuhl nach draußen. Die Helligkeit blendete sie im ersten Moment. Es war zwar nicht dunkel gewesen in dem Zimmer, das sie nun schon seit Gott weiß wie vielen Tagen bewohnt hatte, aber das grelle Tageslicht war einfach ungewohnt. Sie erkannte eine Art Straße, die zwar nicht asphaltiert war, aber vermutlich durch wiederholte Nutzung so platt getreten war, dass ihr Wagen problemlos darüber hinwegrollte. Vielleicht hatte Max sich getäuscht. Vielleicht gab es hier gar keine motorisierten Fahrzeuge, sondern sie hatten diese merkwürdigen Ziehwägen benutzt, um sie in die Siedlung zu transportieren. Sie hoffte nicht.

Sie passierten mehrere identisch aussehende Blockhütten und ein größeres Gebäude mit einem riesigen Kreuz auf dem Dach. Fera war sich sicher gewesen, sie würden dort hineingehen, und war umso verwunderter, als sie es in einem Bogen umfuhren. Auf dem Platz dahinter kam eine Menschenansammlung von etwa zwei Dutzend Personen zum Vorschein. Sie standen in einem großen Kreis, in dessen Mitte sich ein kahler Baum befand, an den jemand gebunden war. Fera meinte zunächst, ihre Augen würden sie täuschen, aber die Person war eindeutig nackt. Es handelte sich um eine Frau und als sie die langen hellbraunen Haare erkannte, war ihr klar, dass es Marie beziehungsweise Galina sein musste. Was zur Hölle ging hier vor? Sie kannte sich nicht aus mit religiösen Brauchtümern, war sich aber sicher, dass das hier in keine der Kirchen aus der alten Welt gepasst hätte. Verunsichert sah sie sich in der Menschenrunde um. Es waren allesamt Erwachsene, die ihr wesentlich älter als sie selbst vorkamen. Die Frauen trugen seltsame Kopfbedeckungen und alle schauten teilnahmslos nach vorne. Niemand schien die Situation befremdlich zu finden.

Hilfe suchend ließ Fera den Blick über die Köpfe schweifen. Hatte Bruder Bernard nicht gesagt, dass die ganze Gemeinde anwesend sein würde? Würde das nicht auch Max beinhalten? Wo war er?

Feras Aufmerksamkeit richtete sich schlagartig wieder auf das Zentrum des Platzes, als Bruder Bernard das Wort ergriff: „Meine lieben Brüder und Schwestern, wir sind heute hier zusammen gekommen, um unser jüngstes Gemeindemitglied vollends in unseren Kreis zu erheben. Werdet Zeuge, wie die gute Marie ihrem alten Leben und damit allen vergangenen Sünden abschwört. Der Schmerz des Fleisches wird ihren Geist befreien." Als Bruder Bernard bei diesen Worten eine Art Peitsche hinter

seinem Rücken hervorzog, war Fera klar, worauf das hinaus-
laufen würde, und bei dem Gedanken, Zeuge dieses Spektakels
zu werden, drehte sich ihr der Magen um. Sie konnte sich beim
besten Willen nicht vorstellen, dass Marie, oder wie auch immer
sie hieß, freiwillig an dieser Inszenierung teilnahm. Noch während sie ihren Gedanken nachhing, ging ein Raunen durch die
Menge und Fera hörte, wie die Geißel mit einem schmatzenden
Geräusch die Haut der jungen Frau aufriss. Erstaunlicherweise gab sie keinen Laut von sich. Hatten sie sie geknebelt? Fera
wollte nicht näher hinsehen. Es reichte ihr schon, die Blutspu-
ren, die den zarten Rücken der Frau hinunterliefen, aus dem
Augenwinkel wahrzunehmen. „Wie lange wird dieses Drama
andauern?", fragte sie sich.

Die Menge schaute wie hypnotisiert nach vorne und verfiel
in einen undeutlichen Singsang aus immer wiederkehrenden
Worten, die Fera nicht verstand. Vielleicht war es Latein oder
eine altertümliche Form des Deutschen.

Auch sie konnte sich dem Schauspiel nicht mehr vollends
entziehen. Immer wieder schwang Bruder Bernard die Peitsche
und gab dabei die Worte vor, welche die Anwesenden nachspra-
chen. Ihr war, als hätten sich alle näher zum Zentrum des Ge-
schehens hinbewegt. Zu Beginn hatten die beiden Brüder, die
sie hierher kutschiert hatten, noch neben ihr gestanden, doch
jetzt waren sie bestimmt zwei Meter vor ihr und Fera saß vergessen in ihrem Bollerwagen ganz am Ende der Versammlung.

Da bemerkte sie am Rande ihres Sichtfeldes eine Bewegung.
Jemand kam in rasendem Tempo auf sie zu. Als Erstes realisierte sie, dass dieser jemand Max war, als Zweites erkannte sie, warum er so schnell war: Er saß auf einer Art Motorrad. Bei näherem Hinsehen wurde ihr jedoch klar, dass es zu klein für ein
Motorrad war. Sie kannte sich nicht gut aus mit Gefährten dieser Art. Es gab zu wenige davon in dieser Welt. Es war ihr auch
egal, worum es sich handelte. Fakt war, Max saß darauf und er
kam auf sie zu und obwohl das Ding sich anhörte, als würde es
jeden Moment explodieren, drehte sich keiner der versammel-
ten Irren zu ihm um. Sie sah, wie Max mit einer Hand in ihre

Richtung zeigte und ungeduldig nach oben fuchtelte. Erst dann schaffte sie es, ihren Körper aus der Schockstarre zu befreien, in die er offensichtlich verfallen war, und sie versuchte aus dem Wagen zu klettern, um ihm entgegenzulaufen. Allerdings gestaltete sich das mehr als schwierig. Sie hatte keine Kraft und ihre Füße schmerzten höllisch, als sie versuchte, auf dem Boden zum Stehen zu kommen. Zu allem Überfluss drehten sich nun doch die ersten Köpfe zu ihnen um und der Gesang kam allmählich ins Stocken. Max war nur noch etwa einen halben Meter von ihr entfernt, er brachte sein Gefährt in einem Bogen vor ihr zum Stehen, der Motor heulte jedoch weiter. Das rhythmische Zischen der Peitsche aus der anderen Richtung war dagegen verstummt. Fera wagte es nicht, sich umzudrehen. Max sah ihr entschlossen in die Augen. Es schien ihr, als würde er fest die Zähne zusammenbeißen. Dann streckte er einen Arm nach ihr aus, umfasste ihre Taille und zog sie mit einem Schwung vor sich auf das Motorrad. Fera wusste nicht, wie ihr geschah. Ihre Beine hingen übereinander auf einer Seite herunter, sie hatte kaum Halt. Hätte Max ihre Taille losgelassen, wäre sie sicher gleich wieder heruntergerutscht. Plötzlich schrie er ihr ins Ohr: „Komm schon, halt dich irgendwo fest, ich brauche beide Hände zum Fahren, und duck dich, damit ich was sehen kann!" Fera versuchte, seinen Anweisungen so gut es ging Folge zu leisten. Im Rückspiegel konnte sie erkennen, wie eine Meute an aufgebrachten Gesichtern hinter ihnen herstürmte. Sie hoffte, Max würde die Geschwindigkeit erhöhen, stattdessen näherte er sich dem Haus mit dem Kreuz auf dem Dach und wurde langsamer, ehe er ganz abbremste. „Pass auf, du musst das Ding kurz übernehmen, es ist total simpel, drücke beide Bremshebel hier vorne und stabilisiere die Maschine mit deinem Gewicht. Sobald ich wiederkomme, ziehst du am rechten Lenker und steuerst geradeaus", rief er und sprang ab, um in das Haus zu stürmen. Fera schaffte es, ihr linkes Bein hinüber auf die andere Seite zu ziehen und beide Lenkerteile samt Bremsen fest zu umfassen. Ihr Blick ging wieder zum Rückspiegel, sie war sich sicher, bald die ersten Köpfe um die Häuserecke biegen zu sehen, und spürte, wie ihre Hände schweißnass wurden. Da öffnete sich die Tür und Max sprintete mit einem ihrer Rucksäcke in der Hand hinaus. War er deswegen dieses Risiko eingegangen? Fera rollte unwillkürlich mit den Augen.

„Beeil dich, verdammt noch mal!", schrie sie ihn an. Als sie sein Gewicht hinter sich auf dem Sitz spürte, tat sie, wie er sie angewiesen hatte, ließ die Bremsen los und zog den Gashebel am rechten Lenker bis zum Anschlag zurück. Das Motorrad ruckelte wie verrückt und vibrierte unter ihren Händen, ehe es unvermittelt losschoss. Fera hatte alle Mühe, gerade sitzen zu bleiben. Sie wollte so viel Abstand wie möglich zwischen sich und diese Siedlung an Verrückten bringen und hielt ihre rechte Hand stur am Gashebel. Sie bemerkte jedoch, wie das Ding sich bei einer konstanten Geschwindigkeit einpendelte und einfach nicht schneller werden wollte. „Max, irgendwas stimmt mit diesem Motorrad nicht, es wird nicht schneller!", rief sie in Richtung Max hinter sich. „Das liegt daran, dass das kein Motorrad ist. Es ist ein Scooter oder Roller, wenn dir das was sagt. Vermutlich nicht. Die fahren nur maximal 45 km/h. Dafür sind sie einfach zu bedienen und relativ ungefährlich, sollte man stürzen", klärte Max sie auf. Nach einer kurzen Pause fügte er hinzu: „Es war entweder das oder ein Traktor oder ein Bus und weder das eine noch das andere kann ich fahren. Allerdings werden die das in absehbarer Zeit auch nicht mehr können, da ich vorsichtshalber ihre Reifen geplättet habe." Er lachte. „Nur leider konnte ich nichts von ihrem Benzinvorrat mitnehmen. Mit einer Tankfüllung werden wir nicht allzu weit kommen, aber immer noch weit genug, um unsere Ruhe vor Bruder Bernard zu haben." Fera seufzte. Ihre Hände hatten unter der Anspannung angefangen zu zittern. „Meinst du, du kannst nun wieder übernehmen? Ich glaube, ich kann nicht mehr", sagte sie.

Nachdem sie kurz angehalten hatten, um die Plätze zu tauschen, entspannte sich Feras Körper etwas. Der Luftzug an ihren Füßen war angenehm und nach kurzem Zögern lehnte sie ihren Kopf an Max' Rücken vor ihr und hielt sich locker mit den Armen an seinen Hüften fest. Das gleichmäßige Vibrieren des

Motors machte sie müde und ließ sie ihre Augen schließen. Ihr Bewusstsein driftete an der Schwelle zum Schlaf dahin, ohne dass sie ihrer Müdigkeit je ganz nachgab. Sie konnte nicht sagen, wie lange sie so fuhren. Auf einmal kam ihr Gefährt zu einem abrupten Halt, nachdem es zuvor einige beängstigende Geräusche gemacht und unzusammenhängend geruckelt hatte. „Das war's. Der Tank ist leer", bemerkte Max und war bereits dabei abzusteigen. Sie wollte es ihm gleichtun, als ihr Blick sich hob und sie am Horizont eine überdimensionale umgekippte Leiter zu erspähen glaubte. „Was ist das?", fragte sie Max. „Das ist unser Etappenziel für den Moment. Die alte Bahnschiene. Wir werden ihr folgen und darauf hoffen, dass wir auf einen Zug stoßen."

KAPITEL 11

MAX

Max konnte kaum aufrecht stehen, als er von dem Motorroller abgestiegen war. Die Anspannung, die von seinen Muskeln Besitz ergriffen hatte, ließ sich einfach nicht abschütteln. Die Wirbel am unteren Ende seiner Wirbelsäule fühlten sich an, als würden sie jeden Moment aus seiner Haut hervortreten, und er hatte das Gefühl, seine ganze Wirbelsäule würde auseinanderfallen, wie Perlen, die von einer Halskette rollten.

Gott, er wünschte, er könnte ein warmes Bad nehmen. Stattdessen lag ein weiterer Fußmarsch vor ihm, der unendlich wirkte. Er verzog das Gesicht und sah zu seiner Begleiterin. Ihr blasses Gesicht spiegelte seine eigene Erschöpfung wider. Ihre dünne Gestalt hatte nichts von ihrer zerbrechlichen Ausstrahlung verloren. Sie sah aus, als würde sie jeden Moment umfallen, und dennoch stand sie hier – zäh. So wie auch er hier stand. Ein seltsam warmes Gefühl von Sympathie für das Mädchen durchflutete ihn. Was für ein Team sie beide abgaben: Der Krüppel und die Elfe, schoss es ihm durch den Kopf und er musste unwillkürlich lachen.

„Warum lachst du?", fragte sie verblüfft. „Ach, es hat keinen bestimmten Grund. Manchmal kann man einfach nur noch lachen oder weinen und ich war nie der weinerliche Typ", erwiderte Max. „Davon bekommt man nur Kopfschmerzen." Sie musterte ihn mit ihren großen, blauen Augen und studierte sein Gesicht, als würde sie versuchen, ein Rätsel zu lösen, und sagte: „Du versuchst immer alles in einen Witz zu verpacken." Max war sich nicht sicher, ob das eine Feststellung oder eine Frage war. Sie hatte ihre Stimme bei den letzten Worten leicht angehoben und ebenso ihre Augenbrauen, als erwarte sie eine Erklärung von ihm.

Er erwiderte nichts, sondern sah ihr seinerseits in die Augen, in denen er ehrliches Interesse las und Schmerz, sehr viel Schmerz, und noch etwas anderes ... Sehnsucht vielleicht. Er kannte diesen Blick. Er hatte ihn oft genug im Spiegel gesehen. Doch seine Sehnsucht würde nie mehr ganz gestillt werden, dessen war er sich sicher. Er fragte sich, was ihre Sehnsucht war.

„Warum hast du deine Heimat verlassen?", kam ihm die Frage plötzlich über die Lippen, ohne dass er sie bewusst hatte stellen wollen. Zuerst verengten sich ihre Augen überrascht – offenbar hatte sie nicht mit diesem Themenwechsel gerechnet –, doch dann schüttelte sie den Kopf und antwortete mit fester Stimme: „Meine Heimat? Ich weiß nicht einmal, was das ist, geschweige denn, wo sie sein soll." Ihr Gesichtsausdruck war bei diesen Worten so desillusioniert, dass es Max fast körperlich wehtat. Aus irgendeinem Grund wollte er sie aufheitern, ihr Hoffnung geben. Vielleicht weil er so von seiner eigenen Sehnsucht abgelenkt werden würde.

„Ich bin nicht nur auf dem Weg zum nordwestlichen Camp unserer Union, um ihnen Daten zu übermitteln", begann er und sah ihr direkt in die Augen, „es gibt Gerüchte, dass es möglich ist, das Dome zu verlassen. Dass Menschen es verlassen haben und unversehrt zurückgekommen sind." Er hatte erwartet, dass sie ihn ungläubig anstarren würde, aber nichts dergleichen geschah. Sie nickte nur und beendete seine Ausführungen selbst, indem sie sagte: „Und du willst herausfinden, ob das stimmt." Diesmal war er es, der nickte.

„Dann ist das auch mein Ziel", stellte sie fest. Sie blickte auf ihre nackten Füße und fügte hinzu: „Allerdings weiß ich nicht, ob ich so sehr weit komme."

Das hätte er fast vergessen. Max griff nach dem Rucksack am Fußraum des Rollers und öffnete ihn. Als Erstes reichte er ihr die abgetragenen Stiefel, die sie bei ihrer Ankunft im Westen getragen hatte, dann zog er die Ibuprofentabletten heraus und gab ihr, zusammen mit einer Wasserflasche, zwei Stück davon.

„Mittagessen", sagte er und zwinkerte ihr zu. Offensichtlich waren ihr die Tabletten nicht fremd, denn sie schluckte sie anstandslos und brachte ein knappes „Danke" hervor. Max gönnte sich selbst zwei Stück und spülte sie mit einem ordentlichen Schluck Wasser hinunter.

Weder Fera noch er waren hungrig – er hatte ohnehin nicht mehr viele Vorräte in dem Rucksack. Er hatte einiges zurücklassen müssen, um Feras Stiefel mitnehmen zu können, und Wasser war ihm wichtiger erschienen. Auch den zweiten Rucksack hatte er gar nicht erst mitgenommen. Sollte Bruder Bernard doch mit den Energieriegeln glücklich werden, möglicherweise heizten sie sein ohnehin schon gestörtes Selbstbild noch weiter an. Er musste kurz lächeln, schüttelte dann aber den Kopf. Mit etwas Abstand betrachtet waren alle ideologischen Führer einfach nur lächerlich. Wie konnten sich Menschen immer und immer wieder von so etwas blenden und einschüchtern lassen? Der Grat zwischen Grausamkeit und Absurdität erschien ihm schmaler denn je.

Als hätte Fera seine Gedanken erraten, fragte sie: „Denkst du, sie hat es überlebt?" Er wusste sofort, wen sie meinte – das arme junge Ding, das gefesselt an dem Baum gehangen hatte. Er wusste es nicht, also sagte er nur: „Ich hoffe es, aber wie du am eigenen Leib erfahren hast, können selbst oberflächliche Wunden sich entzünden, und dann hängt es davon ab, wie stark man ist." Überraschenderweise lachte sie laut auf und sagte: „Wenn es danach ginge, wäre ich schon längst tot." Er sah sie an und sagte dann im Brustton der Überzeugung: „Du bist stärker, als du denkst."

„Ich weiß nicht mehr, wer ich bin oder was ich bin", begann sie mit nachdenklicher Stimme, „ich war immer nur jemandes Anhängsel, erst Tochter, dann Ziehtochter, dann Geliebte, dann ...", sie stockte kurz und fuhr beherzter fort: „... dann Mittel zum Zweck und schließlich Mörderin, Kriminelle, Flüchtige." Sie sah ihn herausfordernd an. Offenbar erwartete sie, dass er über sie urteilte. Er empfand sich bei Weitem nicht in der Position, das zu tun. Stattdessen sagte er: „Ich glaube, wir sind alle nicht mehr das, was wir waren oder hätten sein können." Ihr Gesichtsausdruck veränderte sich – die Neugierde war in ihre

Augen zurückgekehrt. Sie fragte: „Was ist deine Geschichte, Max?" Nur eine Sekunde haderte er mit sich. Sollte er etwas von sich preisgeben? Er entschied sich dagegen und sagte stattdessen: „Ich bin ein alter Mann, Fera, meine Geschichte ist viel zu lang, um sie zu erzählen. Wir sollten weitergehen, wenn wir bis zum Einbruch der Nacht ein Stück an den Gleisen entlang hinter uns bringen wollen." Damit war das Gespräch beendet und der intime Moment zwischen ihnen vorbei. Seite an Seite machten sie sich auf den Weg zu den Gleisen, die gerade so am Horizont sichtbar waren.

KAPITEL 12

FERA

Ihr Tempo war gemäßigt, nicht zu vergleichen mit dem Schritt, den Max bei ihrer ersten gemeinsamen „Wanderung" vorgegeben hatte, dennoch kamen sie gut voran und hatten die Gleise nach einer guten Stunde erreicht. Ihr war aufgefallen, dass er in regelmäßigen Abständen zu ihr hinübersah und sich versicherte, dass es ihr gut ging. Sie sprachen wenig und hingen vermutlich beide ihren Gedanken nach, die aus dem vorangegangenen Gespräch resultierten.

Sie wurde aus ihm nicht schlau. Einerseits war er rücksichtsvoll ihr gegenüber und begegnete allen Katastrophen, die ihnen auf ihrer kurzen Reise zusammen widerfahren waren, stets mit dem ihm eigenen Sarkasmus, den sie so zu schätzen gelernt hatte; andererseits gab seine Schweigsamkeit ihr Rätsel auf. Sie wusste so gut wie nichts über ihn. Wo er herkam, was seine Funktion an der Grenze gewesen war, ja nicht einmal, wie alt er war. Jedes Mal, wenn sie versuchte, ihn etwas Persönliches zu fragen, wich er ihr aus und wechselte das Thema. Aber kannte sie dieses Verhalten nicht selbst gut genug? Tat sie nicht genau dasselbe, wenn er an ihren Wunden kratzte? Vielleicht sollte sie den Anfang machen. Gerade, als sie den Mund aufmachen wollte, um ihm von ihrer Zeit im Krom zu berichten, hob er seine Hand, um ihr zu bedeuten, stehen zu bleiben.

Sie hob den Blick und erspähte eine Art kleine Hütte, ein paar Meter vor ihnen. Es sah nicht aus wie eine Unterkunft, in der jemand dauerhaft wohnen würde, eher wie ein Rastplatz für Reisende. „Das ist eines der Bahnhäuschen, die in Abständen auf dem Weg verteilt sein müssten. Hier hat früher das Personal gewechselt und Leute konnten ein- und aussteigen, als der Bahnverkehr noch regelmäßig lief", erklärte Max. „Vielleicht solltest du besser hier warten und ich sehe nach, ob es leer ist. Wer weiß, ob sich hier nicht auch irgendwelche Gangs eingenistet haben." Sie sah ihn mit hochgezogener Augenbraue an und erwiderte: „Darf ich dich daran erinnern, dass dein letzter Alleingang gegen eine solche Gruppe nicht gerade erfreulich für dich endete? Ich komme mit." Er versuchte, nicht mit ihr zu diskutieren, sondern nickte nur.

Gemeinsam bewegten sie sich langsam auf den überdachten Vorbau zu. An einem Pfosten hing eine Art Tafel mit Uhrzeiten, die kaum mehr zu erkennen und wohl schon lange obsolet waren. Die Tür ins Innere stand offen und das Erste, was Fera bemerkte, war der stechende Geruch, der ihnen entgegenkam. Es roch nach Erbrochenem und etwas anderem, was sie nicht näher definieren konnte. Max trat vor ihr ein. Offensichtlich roch er es auch, denn er hob augenblicklich den Ärmel über seine Nase.

Dann hörte sie die Fliegen, die überall umherzuschwirren schienen. Insekten waren zwar keine Seltenheit, da sie anscheinend keine Probleme hatten, unter der Atmosphäre des Dome zu überleben, aber eine solch geballte Ansammlung von ihnen war durchaus ungewöhnlich. Als Max seinen anderen Arm schwang, um sie zu vertreiben, sah Fera den Grund für die Anwesenheit der unzähligen Fliegen: Leichen. Es waren mindestens fünf. Ihrem Zustand nach zu urteilen lagen sie dort schon einige Zeit. Es war schwer zu sagen, ob es sich um Männer oder Frauen gehandelt hatte. Die Körper waren verfärbt und aufgedunsen, die Gesichter kaum mehr zu erkennen. Fera stockte unwillkürlich der Atem. Der Drang, wieder nach draußen zu rennen, war übermächtig. Aus dem Augenwinkel nahm sie wahr, wie Max sich der Reihe nach über die leblosen Körper beugte und ihre Taschen durchsuchte. Sie hätte das nicht gekonnt. Anscheinend fand er jedoch nichts Nützliches, denn er folgte ihr kurz darauf mit leeren Händen zur Tür. Auch seine Gesichtsfarbe war merklich blasser geworden.

„Woran, meinst du, sind sie gestorben?", fragte sie ihn. Er zuckte mit den Schultern und antwortete: „Schwer zu sagen, aber ich vermute, es war ein natürlicher Tod. Eine Krankheit vielleicht. Es sah mir nicht so aus, als hätte da drin ein Kampf stattgefunden." Sein Gesicht nahm einen bedauernden Ausdruck an, als er weitersprach: „Schade, ich hatte gehofft, wir könnten uns da drin etwas ausruhen. Vielleicht die Nacht dort verbringen. Aber unter diesen Umständen ..." Er zuckte erneut mit den Schultern und fragte sie dann: „Was machen deine Füße? Schaffst du's noch ein bisschen weiter?" Wenn sie ehrlich war, hätte sie sich auch über eine Rast gefreut. Die Schuhe rieben zwar nur leicht, trotzdem spürte sie die halb verheilten Wunden bei jedem Schritt und hoffte ständig, sie würden nicht wieder neu aufreißen, dennoch antwortete sie: „Es wird schon gehen."

Er nickte und verzog seine inzwischen stoppeligen Wangen: „Dann lass uns hier weg, bevor mir meine Ibuprofentabletten wieder hochkommen. Ich bin mir nicht sicher, ob wir vor Nachteinbruch ein weiteres solches Häuschen erreichen werden. Es kann sein, dass wir draußen schlafen müssen." Nachdem er ein drittes Mal mit den Schultern gezuckt hatte, schloss er: „Es macht keinen Unterschied – wirklich sicher ist man hier nirgends. Es wird nur wesentlich unbequemer sein." Sie erwiderte nichts, sondern setzte sich einfach in Bewegung und er folgte ihr.

Als wäre ihr Weg nicht schon beschwerlich genug, setzte ein leichter, aber stetiger Nieselregen ein. „Nicht mal richtig regnen kann es in diesen beschissenen Überresten einer Zivilisation ...", murmelte Max mehr zu sich selbst als zu ihr. Ihr war aufgefallen, dass er seit einiger Zeit leicht vornübergebeugt lief, als könnte er sich nicht gerade aufrichten. Ob es an dem Gewicht des Rucksacks lag? Sicher hatte er Schmerzen irgendeiner Art. „Warum halten wir nicht hier an? Ein Stück weiter oberhalb sieht es so aus, als wären die Bäume dichter gewachsen. Vielleicht bietet uns das Geäst ein wenig Schutz vorm Regen?", schlug sie vor. Sie sah ihm an, dass er mit sich haderte und keine Schwäche zeigen wollte. Schließlich gab er jedoch nach und nickte.

Bis sie bei den Bäumen ankamen, waren Feras Sachen fast vollständig durchweicht. Sie hatte keine Jacke, so wie Max, der seine Kapuze tief ins Gesicht gezogen hatte. Der Boden war aufgeweicht und matschig. Alles in ihr sträubte sich dagegen, sich hier auszuruhen. Aber noch mehr sträubten sich ihre Füße dagegen, weiterzulaufen, also machte sie Anstalten, sich hinzusetzen. Max gebot ihr jedoch Einhalt. Er holte eine dünne Decke aus seinem Rucksack und legte sie auf den Boden. „Besser als nichts", dachte Fera und ließ sich dankbar darauf nieder. „Willst du meine Jacke?", fragte er sie, aber sie schüttelte den Kopf. Ein paar Minuten später zog er sie einfach aus und legte sie ihr um die Schultern. Ein paar weitere Minuten später rückte sie näher an ihn heran und legte die Jacke um sie beide. Keiner sagte ein Wort. Dennoch fühlte sie sich nicht unwohl. Max' Körperwärme einerseits und ihre Erschöpfung andererseits machten sie tatsächlich schläfrig. Hinzu kam das monotone Prasseln des Regens über ihren Köpfen. Sie spürte, wie ihr die Augen zufielen und sie in einen unruhigen Schlaf driftete.

Sie musste tiefer eingeschlafen sein, als sie vermutet hatte, denn als sie die Augen wieder öffnete, war Max nicht mehr neben ihr und der Regen hatte aufgehört. Seine Jacke lag wie eine Decke über ihr drapiert. Es war taghell. Als sie sich hier niedergelassen hatten, war es kurz vor der Abenddämmerung gewesen. Hatte sie tatsächlich die ganze Nacht durchgeschlafen?

Blinzelnd sah sie sich nach ihrem Weggefährten um. Er stand etwas abseits mit dem Rücken zu ihr. Fera registrierte, dass sein Oberkörper nackt war und er etwas in den Händen hielt, was wohl sein T-Shirt war. Offenbar war es so nass geworden, dass er nun versuchte, es auszuwringen. Irrationale Schuldgefühle durchströmten sie, weil er ihr seine Jacke überlassen hatte. Sie stand auf und ging auf ihn zu, als sie plötzlich in der Bewegung innehielt. Ihr Blick ruhte auf seinem unteren Rücken, auf den das Licht durch die Baumzweige fiel. Seine Haut war übersät von roten und pinkfarbenen Linien, die eine Art kariertes Muster ergaben. Dazwischen waren dickere Geschwülste, die wie Narben aussahen. Sie atmete scharf ein und streckte unwillkürlich die Hand nach ihm aus. Ihre Berührung musste kaum zu spüren gewesen sein und doch zuckte er zusammen, als hätte sie ihn geschlagen, und drehte sich abrupt um. Seine

Miene verfinsterte sich zu einer Mischung aus Scham und Wut. „Was zur Hölle fällt dir ein? Lass das gefälligst!", brüllte er sie regelrecht an und zog sich sein nasses T-Shirt in einer hektischen Bewegung wieder über den Kopf. Sie hatte ihn noch nie so mit ihr sprechen hören und zuckte aus einem Impuls heraus zurück. Ihr Gesichtsausdruck musste ihren Schreck widerspiegeln, denn er lenkte sofort ein. „Tut mir leid, ich wollte nicht ... Vergiss es ... Vergiss es einfach, okay? Wir sollten weitergehen", stammelte er. Sie richtete sich langsam wieder auf und nickte. Die nächsten Stunden war er noch schweigsamer als sonst. Normalerweise störte sie das nicht, aber diesmal fühlte sich die Stille angespannt an. Es war, als läge all das Unausgesprochene nun schwer zwischen ihnen und hinderte sie an einem unbefangenen Umgang miteinander. Als sie mittags kurz anhielten, um sich eine der letzten Konservendosen zu teilen, konnte sie es nicht mehr ertragen. Ohne groß darüber nachzudenken, sprudelten die Worte einfach aus ihr heraus: „Mein Ziehvater wollte mich dazu zwingen, seinen Geschäftspartner zu beglücken, und sein Sohn, mit dem ich seit Jahren zusammen war, hat einfach dabei zugesehen. Ich habe ihn umgebracht – den Geschäftspartner, nicht den Sohn."

Max hielt in seiner Bewegung inne und setzte die Flasche, aus der er gerade hatte trinken wollen, ab. Er hob seinen Blick vom Boden und sah ihr direkt in die Augen, als verstehe er, was sie da getan hatte. Ein Geheimnis für ein Geheimnis. Er räusperte sich und sagte mit fester Stimme: „Ich habe ein Rückenleiden. Etwas Degeneratives. Es wird stetig schlimmer. Manchmal halte ich es nicht mehr aus und benutze heißes Wasser oder eine Klinge, um den Schmerz gegen einen anderen einzutauschen." Fera hielt seinem Blick stand und bemühte sich um eine ausdruckslose Miene. Sie kommentierte seine Offenbarung nicht, so wie auch er nichts zu ihrem Geständnis gesagt hatte.

Eine Weile aßen sie schweigend weiter. Dann sah er plötzlich auf und fragte: „Bereust du es?" „Nein", kam ihre Antwort intuitiv. Sie dachte nicht darüber nach, sondern fühlte die Aufrichtigkeit in dem Wort. Und diese Erkenntnis fühlte sich gut an. Nein, sie bereute es nicht. Sie hatte sich verteidigt und das war ihr gutes Recht gewesen. Alle Schuldgefühle, die unter der Oberfläche an ihr genagt hatten, verschwanden mit dieser Realisierung. Ihre Tat war alternativlos gewesen, sonst wäre sie das Opfer geworden. Auf einmal fühlte sie sich auf eine seltsame Art befreit. Sie schuldete ihnen nichts, weder Vlad noch seinem Vater und schon gar nicht Igor.

Ihre Gedanken kehrten zurück zu Max, der in sich hineinzulächeln schien, als hätte er ihr diese Realisierung an ihrem Gesicht abgelesen und sei stolz auf sie. Sie wünschte, sie könnte ihm ebenso ein Gewicht von den Schultern nehmen und fragte: „Hilft es?" Er sah ihr lange in die Augen, ohne Anstalten zu machen zu antworten. Sein Blick war der von Akzeptanz. Der Blick eines Mannes, der sein Schicksal angenommen hatte, da es unabänderlich war. Schließlich wandte er den Blick ab und sagte: „Nein."

KAPITEL 13

MAX

„Musik", sagte Max. Sie hatten ihr Gespräch von vorhin nicht vertieft, sondern vertrieben sich nun den nicht enden wollenden Marsch mit einem Spiel, bei dem jeder abwechselnd etwas nennen sollte, was er in dieser Welt vermisste. Max konnte sich nicht mehr erinnern, wer damit angefangen hatte, aber er begrüßte die Zwanglosigkeit, die sich wieder zwischen ihnen eingestellt hatte.

„Das ist zu allgemein. Was für Musik? Was vermisst du daran?", wollte sie wissen.

Max seufzte und dachte nach, bevor er antwortete: „Ich weiß nicht. Ich glaube, am meisten vermisse ich das Gefühl meiner Gitarre in meinen Händen. Wie die Saiten sich unter meinen Fingern angefühlt haben und durch ihre Vibration Klänge entstanden sind. Mich hat das immer fasziniert." Ihre Augen leuchteten voller Neugierde und sie fragte weiter: „Warst du in einer Band? Ich habe natürlich nie ein Konzert erlebt, aber ich habe Videos gesehen von früher. Ein Freund hat sie mir gezeigt. Er hatte viel übrig für westliche Musik."

Max gefiel Feras Begeisterung. Wenn er sie so reden hörte, bekam er einen Eindruck davon, was für eine Person sie in der alten Welt hätte sein können. Eine von diesen Studentinnen vielleicht, die vor Ideen nur so übersprudelten und sich in verschiedenen Hobbys versuchten oder sich in mehreren Organisationen engagierten. Es tat ihm leid, ihren Vorstellungen einen Dämpfer verpassen zu müssen, als er sagte: „Nein, nein, ich habe Musik studiert. Das und Literatur. Leider war das in der Praxis nicht so spannend. Ich musste mich auch viel mit klassischen Musikstücken auseinandersetzen und Opern und so was. Aber die Gitarre war mein Lieblingsinstrument." Die Begeisterung in ihren Augen war nun Skepsis gewichen, als sie murmelte: „So kann ich mir dich gar nicht vorstellen." Er lachte: „Was meinst du? Als Student oder als Opernliebhaber?" Als sie nichts erwiderte, sprach er weiter: „Aber keine Sorge, das war nicht meine erste Wahl. Meine ...", er stoppte mitten im Satz, „... meine Freundin hätte mich umgebracht", hatte er sagen wollen. Der Gedanke an Marilyn drückte wie ein schweres Gewicht auf seinen Magen. Bilder fluteten seinen Geist. Er und sie inmitten von grölenden Menschen, ihre Gesichter verschwitzt vom unkoordinierten Tanzen und Springen, ihre Blicke gebannt auf die Bühne gerichtet. Sie hatte Gigs geliebt und er war sich sicher, dass auch sie im Hier und Jetzt Musik am meisten vermisst hätte. Er schüttelte unwillkürlich den Kopf, um die Erinnerungen zu vertreiben, und an Fera gewandt sagte er: „Genug von mir. Du bist dran."

Ehe sie etwas erwidern konnte, stoppten sie beide gleichzeitig mitten in ihrem Schritt. Am Ende ihres Blickfeldes war ein weiteres Bahnhäuschen zu erkennen und daneben auf der Bahnschiene stand ein Zug.

Sie waren zu weit entfernt, um abschätzen zu können, ob sich dort auch Menschen herumtrieben. Wie von selbst beschleunigte Max jedoch seine Schritte und Fera passte sich seinem Tempo an. Er konnte nicht einmal sicher sagen, ob er sich wünschte, auf jemanden zu treffen oder nicht. Doch wäre es nicht ein dummer Zufall, dass der Zug genau neben einem Bahnhäuschen stand, wenn er nicht noch in Betrieb wäre?

Als sie näher kamen, realisierte Max, dass es sich wohl um ein langsameres Modell handelte. Die rote Farbe sah noch relativ frisch aus, aber das Frontteil des Zuges lief nicht spitz zu, sondern fiel nach unten ab, wie bei einem Haus. Für einen kurzen Moment musste Max an Thomas the Tank aus seiner Kindheit denken. Nun, immerhin handelte es sich definitiv nicht um eine Dampflok. Er wusste, die Bahn lief mit Strom, der aus den wenigen verbliebenen Wasserkraftwerken kam. Er wusste jedoch auch, dass es immer schwieriger wurde, die Turbinen in ihnen zu warten, und Stromausfälle daher ein ständiger Begleiter waren. Wie groß war die Wahrscheinlichkeit, dass dieser Zug sich tatsächlich fortbewegen konnte?

„Soll ich nachsehen?", riss ihn Feras Stimme aus seinen Gedanken. Sie meinte das Bahnhäuschen. Die Tür stand nicht offen. „Nein, nein, ich gehe vor", sagte er. Wie immer tastete er nach dem Klappmesser in seiner Tasche und das Gefühl des kühlen Stahls an seiner Hand beruhigte ihn. Er war erstaunt, wie hell es in dem Raum war, als er eintrat. Sein Blick ging nach oben. Die Deckenleuchten brannten. „Strom", murmelte er zu sich selbst. Das war ein gutes Zeichen.

„Hallo", ließ ihn eine Stimme zusammenzucken. Es war nicht Feras.

In der hintersten Ecke saß eine zusammengesunkene Gestalt auf einer eckigen Bank, die in die Wand eingelassen war. Bei näherem Hinsehen erkannte Max einen gedrungenen Mann mit einem vollständig ergrauten Haarschopf. Seine Wangen waren mit ebenso grauen Stoppeln bedeckt und seine dunklen Augen bewegten sich rastlos hin und her. „Hallo-o?", wiederholte er und betonte die letzte Silbe dabei merkwürdig.

„Hallo", erwiderte Max und winkte Fera hinter sich, auch hereinzukommen. „Ich bin Max und das ist Fera. Wir sind auf dem Weg zur Nordwestgrenze. Kannst du uns vielleicht sagen, ob die Bahn da draußen noch fährt?" Der Mann sah überrascht auf, als hätte er gerade erst bemerkt, dass jemand vor ihm stand, obwohl er sie davor schon zweimal begrüßt hatte. „Ja. JA", sagte er, nur um seinen Blick dann wieder zu senken und „Nein. Neeeein ..." hinzuzufügen. Max sah hinüber zu Fera, die ebenso perplex aussah, wie er sich fühlte.

„Geht es dir gut?", fragte er den Mann, dessen Augen sich sofort wieder auf ihn richteten. „Nein, nein", antwortete er wie aus der Pistole geschossen. Dann machte er eine kurze Pause und sagte mit Überzeugung in der Stimme: „JA."

Max tauschte einen wissenden Blick mit Fera aus. Der Kerl war verrückt, absolut weich in der Birne. Er wollte sich gerade wieder verabschieden und umdrehen, um zu gehen, als der Blick des Mannes sich für einen Moment klärte und dann direkt auf ihm ruhte. Er sagte: „Ich bin der Lokführer."

Max stieß hörbar den Atem aus. Das konnte ja heiter werden.

Mit viel Geduld und noch mehr Verbissenheit fanden sie schließlich heraus, dass der Lokführer Peter hieß und er den Zug, der seiner Aussage nach eine umfunktionierte Regionalbahn war, tatsächlich manövrieren konnte. Allerdings war er sich unklar darüber, wo seine Reise gestartet war und wo sie enden sollte. „München-Hauptbahnhof – ja, der ist schön. Groß, aber sehr, sehr eindrucksvoll. Nürnberg, ja, ja, der ist auch eine wichtige Verbindungsachse. Nein, nein, Frankfurt, da will keiner hin …" Max hörte nur noch mit einem Ohr hin, als der Mann unzusammenhängend weiterbrabbelte. Er war sich ziemlich sicher, dass sie nicht ansatzweise in der Nähe einer dieser früheren Großstädte waren, und selbst wenn, hätten sie dort sicherlich keine „schönen" oder „eindrucksvollen" Bahnhöfe vorgefunden. Alle Städte, von denen er gehört hatte, waren längst zu verlassenen Geisterstädten geworden, ausgeplündert und gebrandschatzt, Überreste einer Zivilisation, die kaum noch relevant war. Nein, der gute Peter hatte sie nicht mehr alle beisammen in seinem Oberstübchen, das war klar. Aber vielleicht musste er das auch gar nicht. Es reichte ja, wenn er den Zug bedienen konnte.

Daher säuselte Max: „Wir werden sicher einen wunderbaren Bahnhof finden. Kannst du uns hinbringen, Peter? Wir würden so gerne diese hübsche Bahn von innen sehen." Der Lokführer sah ihn mit großen Augen an und murmelte: „Nein, nein, nein … JA. Habt ihr denn eure Fahrkarten schon gelöst?" Max verdrehte die Augen und musste an sich halten, vor Frustration nicht laut aufzustöhnen. Im Hintergrund hörte er Fera unterdrückt kichern. „Natürlich", übernahm sie nun den Gesprächsfaden, „die hast du doch schon vorhin kontrolliert." Er warf ihr einen dankbaren Blick zu – das war eine gute Idee von ihr gewesen. Und es schien zu funktionieren, denn Peter erwiderte nun lauter: „Ja, jaja … Nein, ja, aber natürlich. Kommt, kommt, schnell jetzt, Pünktlichkeit ist schließlich das, woran wir gemessen werden bei der Deutschen Bahn." Max fragte sich, wie alt dieser arme Irre war. War es möglich, dass er früher wirklich Zugführer bei der Deutschen Bahn gewesen war? Er nahm es an, und offensichtlich ein sehr leidenschaftlicher. Max musste grinsen.

Sie näherten sich dem Zug, der nur aus drei Waggons bestand, und Peter betätigte den Knopf an den automatischen Schiebetüren. Nichts tat sich, also packte er eine Art Magnetstreifenkarte aus und hielt sie in den Zwischenraum. Wie durch ein Wunder öffneten sich die Türen. Fera trat vor ihm ein und er hörte sie einen Laut der Verzückung von sich geben. Er hatte diese Art von Zügen zwar schon von innen gesehen und es zeigten sich hier drinnen auch eindeutige Abnutzungsspuren, dennoch musste er Fera zustimmen – im Vergleich zu den Reisebedingungen, die sie bisher hatten erdulden müssen, wirkte das hier wie ein Paradies. Die Abteile waren geräumig und beidseitig mit bequem aussehenden blau karierten Sitzen bestückt. Fera ließ sich auf einen der Doppelsitze fallen und strahlte mit geschlossenen Augen übers ganze Gesicht. Max widerstand dem Bedürfnis, es ihr gleichzutun, und drehte sich nach dem Lokführer um. „Peter ...", fing er an, doch der Kerl war nicht mehr hinter ihm. Da spürte er auch schon ein Ruckeln unter seinen Füßen, das ihn merklich zum Schwanken brachte. Hatte der Irre den Zug also schon starten können? Max hielt sich an einer Stange über ihm fest und schaute aus einem der Fenster, um sicherzustellen, dass sie auch in die richtige Richtung fuhren. Erleichtert atmete er aus.

„Willst du dich nicht hinsetzen?", fragte Fera. Natürlich wollte er das, dachte Max, aber er antwortete: „Denkst du nicht, ich sollte lieber nach unserem Chauffeur sehen? Ich bin mir nicht sicher, dass wir uns wirklich auf seine Zurechnungsfähigkeit verlassen können." „Hm, da hast du vermutlich recht. Soll ich mitkommen?", erwiderte sie. „Nein, nein, es reicht, wenn sich einer von uns mit seiner Gesellschaft herumschlagen muss. Ruh du dich lieber aus und gönne deinen Füßen etwas Erholung." Sie widersprach ihm nicht. Also machte sich Max auf den Weg zum Führerhäuschen und fand Peter wie in Trance am Schaltpult sitzen. Max konnte die vielen Knöpfe und Bildschirme, die teils nicht mehr zu funktionieren schienen, nicht zuordnen, nur einen Hebel rechts vor Peter glaubte er, als Bremse identifizieren zu können. Aber das machte nichts. Der Zug wurde schließlich durch die Schienenführung gelenkt. Was konnte also schon schieflaufen? Es war ja nicht so, als wäre mit Gegenverkehr zu rechnen ... Das größte Risiko war vermutlich ein plötzlicher Stromausfall oder ein unerwartetes Ende der Schienen. Er hoffte, Peter hätte die Geistesgegenwärtigkeit, in einem solchen Fall rechtzeitig den Bremshebel zu bedienen.

„1879", sagte der Lokführer plötzlich wie aus dem Nichts und drehte seinen Kopf ruckartig in Max' Richtung, um fortzufahren: „Die erste elektrische Eisenbahn wurde 1879 erfunden. Wusstest du das? Gute deutsche Technik. Werner von Siemens war das." Max rollte mit den Augen und unterdrückte ein Aufstöhnen. Er war jetzt wirklich nicht in der Stimmung, sich einen Vortrag über die Geschichte der Eisenbahn anzuhören. Vielleicht war es doch keine gute Idee, im Führerhäuschen bleiben zu wollen. Er hatte den Eindruck, Peter hatte so weit alles im Griff. Er war offensichtlich in seinem Element und Max konnte wirklich etwas Schlaf vertragen. Er würde es Fera gleichtun und sich auch einen hübschen Doppelsitz suchen, um seine Beine hochzulegen und ein wenig zu dösen. „Ja, Peter, das klingt alles wahnsinnig spannend, aber ich werde dich dann mal in Ruhe deinen Job machen lassen. Zögere nicht, uns zu rufen, wenn irgendwas ist", sagte er. Beim Hinausgehen hörte er noch, wie Peter zu sich selbst murmelte: „Irgendwas ... ja ... nein, nein, ja, irgendwas ist immer, immer." Max schüttelte nur seinen Kopf. Es würde schon gut gehen, dachte er immer wieder bei sich wie ein Mantra.

Zurück im Abteil stellte er fest, dass Fera tief und fest schlief. Sie hatte ihren Mund leicht geöffnet, ihre Haare verdeckten den Großteil ihres Gesichts und beide Arme hingen locker seitlich herunter. Sie sah das erste Mal richtig entspannt aus. Max musste unwillkürlich lächeln. Vielleicht hatten sie das Schlimmste jetzt tatsächlich überstanden. Vielleicht würde dieser Zug sie direkt zur Grenze bringen und sie konnten sich entspannt zurücklehnen und die Fahrt genießen. Er zog seine Schuhe aus und machte es sich auf den Sitzen bequem. Es dauerte nicht lange und er war ebenfalls in einen friedlichen Schlaf gesunken.

Als er aufwachte, saß Fera bereits aufrecht ihm gegenüber und verzog besorgt das Gesicht. Benommen fragte er sich, was los war, realisierte dann aber unmittelbar, dass der Zug zum Stillstand gekommen war. Er wollte sich gerade umständlich von den Sitzen rollen, als Peter im Abteil erschien. „Planmäßiger Halt. Haltestelle voraus. Fünf bis zehn Minuten Aufenthalt", verkündete er und verschwand kurz darauf wieder in sein Lokführerabteil. Max sah simultan mit Fera aus dem Fenster zu ihrer Linken und erkannte ein Bahnhäuschen. Anscheinend hatte der Lokführer tatsächlich bewusst angehalten, als wäre hier mit Umsteigenden zu rechnen ... Max verzog sein Gesicht zu einer Grimasse. Umso erstaunter war er, als sich die Schiebetür zu ihrem Abteil auf einmal öffnete und eine Gestalt in einer Art Camouflage-Uniform eintrat. Er erkannte die aufgenähten Farbstreifen am Oberteil des jungen Mannes: Blau-Gelb, die Farben der westlichen Union in Anlehnung an die frühere Europäische Union. Max hatte selbst gelegentlich Shirts mit solchen Aufnähern getragen. Offensichtlich war der Fremde auch Teil einer Grenzsicherung. Sein Herz machte einen Hüpfer. Waren sie möglicherweise schon in der Nähe von Colonel Burns' Camp?

Ehe Max etwas sagen konnte, formte sich der Mund des Mannes zu einem breiten Lächeln, das sein ganzes Gesicht aufleuchten ließ, und er rief: „Wow, das ist ja der schiere Wahnsinn! Gesellschaft! Normalerweise muss ich mir die Zeit mit dem beschränkten Peterchen vertreiben, wenn ich meine Auslieferungen durchführe. Versteht mich nicht falsch, er weiß, was er tut. Niemand ist mehr bei der Sache als Peter, wenn es um den Bahnverkehr geht, aber vielleicht habt ihr schon gemerkt, dass Gespräche mit ihm sehr einseitig verlaufen", er lachte kurz auf. Er musste Max' und Feras verwirrte Gesichter bemerkt haben, denn er räusperte sich und sagte: „Sorry, Leute, ich schwafele. Ich bin es nicht gewohnt, normale Leute zu treffen. Vorausgesetzt ihr seid normal, was ich aber annehme, denn ihr seht zwar leicht mitgenommen aus, aber immerhin strahlt ihr keinen geistig eingeschränkten Vibe aus. Da kenn ich mich aus", er lachte wieder und fuhr dann fort: „Hi, ich bin Finn, und ihr?"

Max dachte, der Redeschwall des Jungen würde nie enden. Er wechselte einen Blick mit Fera. Sie schien ihn sympathisch zu finden. Er war ein hübscher Kerl. Seine dunklen Haare waren in einem lockeren Zopf zusammengebunden und sein Gesicht war von tiefen Lachfalten durchzogen, die sich bis zu seinen blauen Augen ausdehnten.

Max entschied sich, das Wort zu ergreifen: „Ich bin Max und das ist Fera. Ich nehme an, dass du im Dienst der westlichen Union stehst", er machte eine kurze Pause und deutete auf Finns Kleidung. „Ich bin selbst im Auftrag der westlichen Union unterwegs. Wir sind auf dem Weg zur Kommandozentrale an der Westgrenze. Weißt du, wie weit wir noch entfernt sind?" Das Gesicht des jungen Mannes hellte sich um noch eine Nuance auf und sein Lächeln wurde breiter: „Wie cool, ein Kamerad. Und noch dazu in so hübscher Gesellschaft ...", er warf Fera einen anerkennenden Blick zu, was sie leicht erröten ließ. Dann sprach er weiter: „Na ja, was euer Ziel angeht, seid ihr schon noch weitab vom Schuss. Der Zug fährt nicht ganz bis an die Grenze. Ich muss immer ein ganz schönes Stück marschieren, wenn ich auf meiner Verteilrunde bin, bis ich Peterchen erreiche, und manchmal parkt er das Ding sonst wo und ich kann überhaupt nicht aufspringen."

Max hatte Schwierigkeiten, Finn zu folgen. Er fragte: „Verteilrunde? Was meinst du damit?"

„Ach so, ja klar, das könnt ihr ja gar nicht wissen, wenn ihr von weiter weg herkommt. Ich verteile den Samen für die Getreidepflanzen. Sie haben's endlich geschafft – das Science Team. Keine Ahnung wie, aber die sind ja Profis und immerzu am Experimentieren, mit Pampasgrassamen und Erde und was weiß ich und jetzt hat's anscheinend endlich geklappt. Wartet, ihr könnt gleich was probieren."

Er nahm seinen Rucksack von den Schultern und griff hinein, um eine Art Tupperdose zum Vorschein zu bringen. Er öffnete sie und hielt sie Max vor die Nase. „Voilà – New Age Porridge", sagte er stolz. Max warf einen skeptischen Blick auf den gelblichen Matsch in der Tupperdose, wagte es dann, seinen

Finger am Rand der Masse entlangzustreichen und ihn zögerlich in den Mund zu stecken. Seine Augenbrauen hoben sich erstaunt. Es schmeckte gar nicht übel. Es ähnelte tatsächlich einem ungesüßten Haferbrei. Er reichte die Schale an Fera weiter, die skeptisch daran schnüffelte, bevor sie davon probierte. „Nicht schlecht", lautete ihr Urteil.

Finn grinste wieder über beide Backen. „Sag ich doch!", lachte er. „Jedenfalls hat mich der Colonel mit der wichtigen Aufgabe betraut, den Samen an umliegende Siedlungen zu verteilen und unter die Leute zu bringen, damit sie sich besser versorgen können. Natürlich sind auch noch andere unterwegs, aber nicht bei mir. Wir wollen uns ja möglichst großflächig verteilen. Es war ein echtes Wunder, als ein Team von Caspar persönlich vor ein paar Monaten zu uns kam." Max horchte auf, als er Caspars Namen hörte. Er hatte den Wissenschaftler seit Jahren nicht gesehen. Er zog es vor, sich so weit wie möglich von der östlichen Grenze entfernt zu halten, nachdem seine Kooperation mit der wissenschaftlichen Leitung des Ostens so unschön geendet hatte. Max entging nicht, dass Caspar auch Fera ein Begriff zu sein schien, da sie bei der Erwähnung seines Namens ihr Gesicht überrascht anhob. Kurz grübelte er darüber nach, was genau ihre Position im Osten gewesen war. Vielleicht sollte er sie bei Gelegenheit doch noch einmal über ihre Vergangenheit ausfragen.

Dann wurde er aus seinen Gedanken gerissen, als der Zug sich abrupt wieder in Bewegung setzte. Anscheinend waren die „fünf bis zehn Minuten Aufenthalt" vorbei. Max musste beim Gedanken an den dienstbeflissenen Peter abermals lächeln.

Finn war durch das plötzliche Anfahren aus dem Gleichgewicht geraten und auf seinem Hinterteil gelandet. Fera konnte sich ein Lachen nicht verkneifen und der junge Kerl funkelte sie mit einer gespielt beleidigten Miene an. „Nicht gerade ladylike ...", kommentierte er. Sie stand auf und half ihm vom Boden auf. Er strahlte sie an. Max fühlte sich für einen kurzen Moment wie das fünfte Rad am Wagen und kniff die Augen zu. Finn und Fera setzten sich in die Sitznische ihm gegenüber. Er wollte die aufkeimende Anziehung zwischen den beiden ja nicht stören, aber er hätte gerne noch mehr Informationen gehabt. Also ergriff er erneut das Wort: „Finn, ist dir in letzter Zeit etwas Merkwürdiges aufgefallen in Colonel Burns' Camp?" Max dachte an Anselms Geschichte von den beiden Männern, die angeblich das Dome verlassen hatten und wieder zurückgekommen waren. „Etwas Merkwürdiges? Wie meinst du das, außer dass der Colonel in letzter Zeit noch übler gelaunt ist als sonst?" Finn lachte. Entweder stellte er sich dumm oder er wusste wirklich nichts. Max ließ es für den Moment auf sich beruhen.

Für eine Weile lehnte er den Kopf zurück und beobachtete die beiden jungen Leute vor sich. Finn schien irgendeinen Witz gemacht zu haben, denn Fera warf ihren Kopf nach hinten und lachte herzlich. Es tat gut, sie so fröhlich zu sehen. Aber es versetzte ihm auch einen Stich. Er konnte nicht genau sagen, woran das lag. Möglicherweise war er eifersüchtig. Er hatte sich an Feras Gesellschaft gewöhnt und vielleicht war er nun enttäuscht, dass er ihre Aufmerksamkeit nicht mehr exklusiv besaß. Möglicherweise erinnerte ihn diese Szene aber auch an ein anderes junges Paar, das vor einer gefühlten Ewigkeit auseinandergerissen worden war ... Wie dem auch sei, er würde sich nicht einmischen. Wann war er überhaupt so süchtig nach Gesellschaft geworden? Er war ein Einzelgänger und das würde er auch bleiben.

Der Zug ratterte in seinem einschläfernden Rhythmus dahin und Max hing seinen unzusammenhängenden Gedanken nach. Wie aus dem Nichts tat es auf einmal einen gewaltigen Schlag und Max schien den Boden unter den Füßen zu verlieren. Sein Körper wurde nach vorn geschleudert und rollte den halben Gang des Abteils entlang. Aus dem Augenwinkel sah er, wie die Sitze zu seiner Rechten aus den Angeln gehoben wurden. Alles um ihn herum schien sich zu drehen. Er konnte nicht mehr mit Sicherheit sagen, wo oben und unten war. Wie aus weiter Ferne hörte er eine Frauenstimme laut schreien.

Vermutlich waren nur Sekunden vergangen, aber es hatte sich wie Stunden angefühlt, bis sich endlich wieder Stille einstellte und er die Kontrolle über seine Sinne zurückerlangte. Zuerst bewegte er probehalber Arme und Beine und stellte beruhigt fest, dass er anscheinend noch die Kontrolle über alle seine Körperteile besaß. Dann sah er sich nach seinen Mitreisenden um. Er entdeckte Fera am anderen Ende des Abteils über den am Boden liegenden Finn gebeugt. Er rührte sich nicht. Max versuchte aufzustehen – ein stechender Schmerz in seiner Lendengegend ließ ihn aber in der Bewegung innehalten. Er gab es auf und kroch hinüber zu den beiden. Noch bevor er ganz bei ihnen angelangt war, sah er, dass der Junge nicht mehr am Leben war. Eine der Haltestangen hatte sich von der Decke gelöst und ragte ihm mitten aus der Brust. Eine Blutlache breitete sich unter ihm aus. Fera schien ihren Blick nicht von seinen weit aufgerissenen, leeren Augen lösen zu können. Sein Gesicht sah seltsam aus, ohne das alles umfassende Lächeln, das er stets zu tragen gepflegt hatte.

Fera fing an zu zittern und Tränen liefen ihre Wangen hinunter. Er sah, dass auch sie blutete. Eine Platzwunde am Kopf. Es schien jedoch nichts Ernstes zu sein. Unsicher, was er tun sollte, zog er sie von dem leblosen Finn weg und schloss sie in eine feste Umarmung. „Fera, hör mir zu. Du stehst unter Schock. Aber es ist wichtig, dass du zu dir kommst. Ich nehme an, der Zug ist entgleist. Ich habe keine Ahnung, wie das passieren konnte. Aber wir müssen sehen, dass wir hier rauskommen, ehe die Bahn noch Feuer fängt oder sonst was. Ich sehe kurz nach Peter. Ich möchte, dass du hierbleibst und auf mich wartest. Ich bin gleich wieder da." Sie nickte, wobei sich ihr erstarrter Gesichtsausdruck jedoch nicht veränderte.

Langsam kämpfte Max sich auf die Füße und arbeitete sich zwischen den durcheinandergewürfelten Sitzen ins Lokführerabteil vor. Peter saß vornübergebeugt an seinem Steuerpult. Er war bei Bewusstsein, hatte aber offensichtlich starke Schmerzen. Max beugte sich vor und erkannte, dass sein Arm unter dem Sitz eingeklemmt war. Er stand in einem unnatürlichen Winkel ab und ließ sich keinen Millimeter bewegen. Max zerrte dennoch mit aller Kraft daran, was ihm nur ein Jaulen von

Peter einbrachte. Er sah ihn mit erstaunlich klaren Augen an und sagte mit fester Stimme: „Der Kapitän verlässt das sinkende Schiff niemals. Endstation, meine lieben Passagiere." Max sah ihn ungläubig an. Der Lokführer konnte doch nicht das meinen, was er vermutete? Aber ehe er eine Entscheidung treffen konnte, was er tun sollte, fügte Peter flehend hinzu: „Hilf mir, ja?" Er schien definitiv bei klarem Verstand zu sein, zumindest so klar, wie man es von dem Kauz erwarten konnte. Zögerlich zückte Max sein Klappmesser und hielt es dem Mann unter die Nase. Dazu hob er fragend die Augenbrauen. Peter nickte kaum merklich und seine Augen ruhten auf Max. Er atmete tief ein. „Bloß nicht darüber nachdenken. Tu's einfach!", redete er sich selbst im Geist Mut zu. Dann schloss er die Augen und stieß mit dem Messer in Richtung Peters Brustkorb. Kurz bevor die Klinge auf Fleisch traf, stoppte er jedoch. Er konnte es nicht. Das hier war anders, als sich im Kampf zu verteidigen. Er konnte kein Leben nehmen, nicht so. Kapitulierend öffnete er die Augen wieder und sah Peter voller Mitleid kopfschüttelnd an, während seine Hand mit dem Messer darin wie verrückt zitterte. Er wollte es gerade wieder einstecken, als der Lokführer seinen anderen Arm ausstreckte und Max' Hand samt Messergriff fest umfasste. „Ist schon gut, mein Junge, ist schon gut. Wir tun es gemeinsam, ja? Der Kapitän und sein erster Offizier, ja?", flüsterte er und Max sah, wie Tränen in den Augen des Mannes glitzerten. Er spürte selbst einen Kloß im Hals. Er wollte protestieren, doch er konnte dem Mann seine Hand nicht entziehen. Er ließ es geschehen. Mit einem plötzlichen Ruck stießen sie das Klappmesser gemeinsam in Peters Herz. Der Lokführer hielt dabei den Blick fest auf Max gerichtet. Als Peters Hand schließlich erschlafft war, zog er sein Messer langsam wieder heraus und schloss mit der anderen Hand die Augenlider des Lokführers. Er spürte einen plötzlichen Brechreiz und zitterte am ganzen Körper. Aber er hatte keine Zeit, sich seinen Gefühlen hinzugeben. Er musste zurück zu Fera.

Als er sie erreichte, sah sie ihn fragend an, und er schüttelte nur den Kopf. Er würde ihr die Details ersparen. „Die Türen sind blockiert. Wir müssen versuchen, aus den Fenstern zu klettern", sagte er. Die Türen zwischen den Abteilen standen zwar offen, aber die seitlichen Eingangstüren waren komplett unbeweglich. Fera nickte. Gemeinsam zogen sie eine der Bänke so zurecht, dass sie daraufsteigen konnten. Das Fenster ließ sich nicht komplett öffnen. Es würde eine schwierige Angelegenheit werden.

„Du gehst zuerst", wies er Fera an. Sie protestierte nicht und hievte sich durch den Spalt. Er hörte, wie sie auf dem Boden aufkam. Dann griff er nach ihrem Rucksack und warf ihn ihr zu. „Jetzt du!", forderte sie ihn auf.

Max zögerte und überlegte, wie er seinen kaputten Körper am besten durch diese Öffnung quetschen sollte. Er entschied sich, es mit dem Kopf zuerst zu versuchen. Er drückte sich mit den Armen am Fensterrahmen ab und fühlte, wie seine Beine die Bodenhaftung verloren. So weit, so gut. Als er nun versuchte, sich langsam hindurchzuschlängeln, spürte er ein seltsam losgelöstes Gefühl in der Hüfte. Es fühlte sich an, als sei sein Oberkörper nicht mehr mit seinen Beinen verbunden. Unmittelbar darauf folgte ein Schmerz, der es ihm kurz schwarz vor Augen werden ließ. Wie aus weiter Ferne hörte er Fera rufen: „Was ist los, Max? Verdammt noch mal, komm schon!"

Als sei das alles nicht schon schlimm genug, roch er eindeutig den scharfen Gestank von Rauch. Er wollte aufgeben. Er konnte nicht mehr. Er wollte einfach, dass es aufhörte. Alles. „Es wird nicht klappen, Fera. Ich kann mich nicht rühren. Du musst es alleine weiter versuchen. Ich bin mir sicher, es ist nicht mehr weit bis zum Camp oder zumindest einer Siedlung."

Sie sah ihn mit absolut ungläubiger Miene an und brüllte mehr, als dass sie sprach: „Auf gar keinen beschissenen Fall. Ich lass dich hier nicht zurück!" Trotzig brachte sie den Rucksack in Position und stellte sich darauf. Sie konnte gerade so Max' Arme fassen. Mit einer Kraft, die er ihr nicht zugetraut hätte, zog sie an ihm. Er glaubte, bewusstlos zu werden, so allumfassend war der Schmerz, der durch seine gesamte Wirbelsäule schoss. Dann merkte er, wie seine Beine schließlich durch die Fensteröffnung glitten und er unsanft auf dem Boden landete.

Sie versuchte, ihm aufzuhelfen, während sie mit schreck-geweiteten Augen auf das andere Ende des Zugwracks starrte. Max musste sich nicht umdrehen, um zu wissen, dass der Zug in Flammen stand. „Schnell", sagte er, „nimm den Rucksack!" Auf sie gestützt, humpelte er so weit, wie er konnte, von der Bahn weg und brach dann am Rande eines Gebüsches zusammen.

KAPITEL 14

FERA

„Max, verdammt, sag mir, was ich tun soll! Soll ich an deinen Beinen ziehen, wie schon einmal?", schrie sie ihn wie von Sinnen an. Er war nicht bewusstlos, aber er lag völlig lethargisch am Boden und rührte sich keinen Zentimeter. „Sprich wenigstens mit mir! Komm schon, du lässt mich jetzt nicht hier allein! Du hast eine Mission, hast du das schon vergessen?", versuchte sie es anders, aber nichts wirkte. Egal, was sie sagte, sie schien nicht zu ihm durchzudringen. Seine Augen waren leer und obwohl sein Körper sich genau vor ihr befand, war sein Geist mit Sicherheit meilenweit entfernt. Mittlerweile stand der gesamte Zug lichterloh in Flammen. Sie mussten sich unbedingt weiter von der Unfallstelle wegbewegen! Was, wenn das verdammte Ding explodierte?

Verzweifelt fasste sie unter seine Arme und versuchte, ihn weiter nach hinten zu ziehen. Max war alles andere als ein Koloss und doch schaffte sie es nicht, ihn auch nur einen Millimeter zu bewegen. Sie war absolut nutzlos – schwächer als ein kleines Mädchen. Sie spürte, wie eine unheimliche Wut und Frustration die Panik in ihr vertrieb. Bevor sie realisierte, was sie da eigentlich tat, hatte sie schon ihre Hand erhoben und schlug ihm mit aller Kraft, die sie aufbringen konnte, quer übers Gesicht. Ihre Handfläche brannte und ihr Handgelenk fühlte sich taub an. Aber es hatte gewirkt, Max' Blick klärte sich und zeigte endlich wieder Emotionen: Verwunderung, gefolgt von Entrüstung. Dann fokussierten seine Augen ihre und er fing plötzlich schallend an zu lachen. „Da schlägt sie mir mitten ins Gesicht wie ein Kampfsportler, bringt es aber nicht fertig, mich über den Boden zu schleifen ... tz, tz, tz." Erleichterung durchströmte Fera und sie erwiderte lachend: „Also, was ist jetzt? Nachdem du wieder geistig anwesend bist, könnten wir uns dann endlich mal hier wegbewegen?"

Er antwortete nicht, sondern kroch auf allen Vieren ein paar Meter von dem Wrack weg, nachdem er vergeblich versucht hatte, sich ganz aufzurichten. Feras anfängliche Erleichterung begann sich zu verflüchtigen. Offensichtlich hatte er nicht nur unter Schock gestanden, sondern in der Tat auch körperlich Schaden genommen. „Ich glaube, hier sind wir fürs Erste sicher. Ich brauche einen Moment, Fera", sagte er und sah dabei so kraftlos aus, dass es ihr beinahe das Herz brach. Ihre ganze gemeinsame Reise über war er stets derjenige gewesen, der immer wusste, was zu tun war, der handelte und niemals die Kontrolle verlor. Ihn nun so dasitzen zu sehen, war mehr als befremdlich. Nach einer Aufgabe suchend, zog sie ihre Decke aus dem Rucksack und legte sie ihm um die Schultern. „Kann ich irgendetwas tun?", fragte sie unsicher.

„Nein, es wird schon wieder gehen. Gib mir einfach ein paar Minuten, okay?", antwortete er. Dann wechselte er unvermittelt das Thema: „Es tut mir leid. Wegen des Jungen – Finn. Ich habe gemerkt, dass du ihn mochtest." Fera wunderte sich, warum er das zur Sprache brachte. Ja, er war ihr sympathisch gewesen, aber dass Max das aufgefallen war? Sie antwortete bewusst vage: „Er hat es nicht verdient, so zu sterben. Er war nett." „Jep, life sucks", kommentierte Max, den Blick in die Ferne gerichtet. Sie hätte zu gerne gewusst, woran er dachte.

Eine Weile saßen sie schweigend nebeneinander, bis Fera erneut das Wort ergriff: „Meinst du, es ist wahr? Dass man das Dome verlassen kann?" Max antwortete nicht sofort, sondern gab nur ein tiefes Schnaufen von sich, ehe er schließlich sagte: „Das steht für mich außer Frage. Verlassen werde ich es auf jeden Fall. Die Frage ist, werde ich dann noch am Leben sein?" Er machte eine kurze Pause und drehte sich zu ihr um, sodass er ihr in die Augen schauen konnte, ehe er fortfuhr: „Es macht für mich keinen Unterschied, weißt du. Ich habe nichts zu verlieren." Fera fühlte, wie sich ein Kloß in ihrem Hals bildete. Sie wollte ihm widersprechen und ihn anschreien, dass er sehr wohl etwas zu verlieren hatte – SIE. Doch sie sagte nichts, sondern starrte ihn nur an. Sein Gesicht mit den tiefen Falten und den warmen braunen Augen, das ihr inzwischen so vertraut war, war nur wenige Zentimeter von ihrem entfernt. Unwillkürlich fragte sie sich, wie es wohl wäre, diese Zentimeter zu überbrücken und ihre Lippen auf seine zu drücken.

Der Gedanke war kaum zu Ende gedacht, da erschrak sie über sich selbst. Was implizierte sie hier? Ganz bestimmt sah er sie nicht so und sie ihn auch nicht. Oder? Ihr Gesicht schien ihre widersprüchlichen Gedanken offen zur Schau zu stellen, denn er entfernte sich langsam von ihr und fragte unsicher: „Was ist los mit dir? Du bist auf einmal noch blasser geworden, als du es ohnehin schon warst." Sie schüttelte den Kopf, um sich wieder unter Kontrolle zu bringen, und winkte ab: „Nein, nein, es ist alles in Ordnung. Mir war nur kurz schwindelig geworden." Max musste ihre Unbehaglichkeit spüren, denn er wechselte schnell das Thema: „Nun denn, dann werde ich jetzt noch mal schauen, ob ich mein nutzloses Skelett zum Weiterlaufen motivieren kann."

Ein paar Minuten später waren sie wieder unterwegs. Es hatte nicht lange gedauert, bis sie eine Straße entdeckt hatten. Die Umgebung hier schien insgesamt viel zivilisierter als die ihrer vorangegangenen Stationen. Es kamen ihnen zwar keine Passanten entgegen, jedoch gab es überall Anzeichen von Leben. Häuserdächer in der Ferne, Reifenspuren in der Erde. Fera war sich sicher, dass Max sich die gleiche Frage stellte wie sie: Sollten sie sich in Richtung der Häuser aufmachen? Nach ihrer Erfahrung in der letzten Siedlung war er aber vermutlich auch genauso besorgt wie sie. Was würde sie dort erwarten?

Schließlich äußerte Max als Erster seine Einschätzung der Lage: „So, wie ich das sehe, brauchen wir dringend Nachschub an Vorräten. Außerdem weiß ich nicht wirklich, in welche Richtung es von hier zur Kommandozentrale oder zum Camp geht. Ich denke, es ist das Beste, wenn wir in der nächsten Siedlung um Hilfe bitten." Fera nickte zustimmend: „Das sehe ich genauso und außerdem glaube ich nicht, dass wir zweimal hintereinander so ein Pech mit den Bewohnern haben werden." Sie zwinkerte ihm aufmunternd zu.

Weniger als eine halbe Stunde später erreichten sie eine Ansammlung von mehreren Häusern, keine Hütten, wie sie sie in Bruder Bernards Gemeinde vorgefunden hatten. Allerdings schienen bei Weitem nicht alle bewohnt zu sein und viele zeigten deutliche Zerfallsspuren. Für Fera machte es den Anschein, als sei dies hier keine neu erbaute Siedlung, sondern vielmehr eine alte Kleinstadt, die mühsam am Leben erhalten wurde.

„Was schlägst du vor? Sollen wir einfach irgendwo anklopfen?", wandte sie sich an Max. Er zuckte mit den Schultern und antwortete: „Lass uns mal etwas weiter ins Stadtinnere laufen. Vielleicht gibt es hier irgendwo einen zentralen Platz oder eine Art Verwaltungsstelle."

Häuser wechselten sich mit freien Flächen ab, auf denen kahle Bäume und Hecken standen. Fera staunte über Infrastrukturreste, ähnlich der, die sie im Osten gesehen hatte: verblichene Straßenschilder, verrostete Bänke, leere Garagen und dergleichen. Gerade kamen sie an einem verbarrikadierten Laden vorbei, dessen überdimensionaler Schriftzug immer noch neongelb im Tageslicht erstrahlte.

Sie folgte Max zu dem Feld, das sich dahinter erstreckte. Zunächst hatte sie gedacht, es handele sich bei den Pflanzen, die darauf wuchsen, um Pampasgras. Die meterhohen Halme hatten die gleiche gelblich weiße Färbung wie die Rispen des Grases. Allerdings waren die Rispen dieser Pflanzen hier viel feingliedriger und hingen viel tiefer herunter. „Das sieht aus wie ein Getreidefeld. So was habe ich seit einer Ewigkeit nicht mehr gesehen", murmelte Max neben ihr mehr zu sich selbst als zu ihr, „das muss das Resultat dieses Samens sein, den Finn verteilt hat."

Fera wollte etwas erwidern, wurde dann jedoch durch Bewegungen am Rande des Feldes abgelenkt. Sie erspähte eine Ansammlung von Menschen, die in ein belebtes Gespräch verwickelt zu sein schienen. Einige Köpfe drehten sich in ihre Richtung. Fera warf Max einen fragenden Blick zu. Er zuckte mit den Schultern und setzte sich in Bewegung. Sie folgte ihm zu der Gruppe.

Das Gespräch zwischen den beiden Frauen und drei Männern erstarb, als Fera und Max vor ihnen zum Stehen kamen. Sie wurden eindringlich von großen Augenpaaren gemustert. Fera konnte es ihnen nicht verdenken. Max und sie mussten ein schlimmes Bild abgeben: Ihr Oberteil und ihre zerschnittene Jeans waren von Schmutz nur so übersät und Max' Jacke und Hose hatten auch schon bessere Zeiten gesehen, von seinen eigentümlichen Schuhen ganz zu schweigen. Sie konnte sich auch nicht daran erinnern, wann sie sich das letzte Mal richtig gewaschen oder ihre Haare gekämmt hatte.

Eine große Frau mit rötlichen, langen Haaren, die zu einem seitlichen Zopf zusammengefasst waren, trat vor und ergriff als Erste das Wort: „Hallo, willkommen in Wesel. Ihr seht aus, als könntet ihr Hilfe gebrauchen ...?" Sie hatte ihre Augenbrauen halb amüsiert und halb alarmiert angehoben. Ihr Lächeln ließ aber darauf schließen, dass sie sie nicht als Bedrohung wahrnahm. Max' Lippen formten sich ebenfalls zu einem Lächeln, als er erwiderte: „Das könnte man so sagen. Wir kommen von der Ostgrenze und sind schon unzählige Tage unterwegs – wie man sieht ...", er machte eine kurze Pause und deutete vage auf ihre und seine Kleidung, „... unser Ziel ist die westliche Kommandozentrale. Wir sind unsicher, ob wir auf dem richtigen Weg sind. Darüber hinaus bräuchten wir dringend eine Verschnaufpause." Fera nickte zustimmend und bemühte sich ebenfalls um einen freundlichen Gesichtsausdruck.

„Was euer Ziel angeht, habe ich erfreuliche Nachrichten für euch. Caspar und ein paar andere sind zurzeit bei uns zu Gast, um das Wachstum unserer Felder zu begutachten", sie zeigte mit einer Hand auf die Pflanzen zu ihrer Rechten, „eventuell könnt ihr euch also den weiteren Weg sparen, je nachdem, was euer Anliegen ist. Und wir finden mit Sicherheit eine Unterkunft für euch, in der ihr euch etwas ausruhen könnt. Wir haben lange keine Informationen von der Ostgrenze erhalten. Caspar wird sich freuen, Neuigkeiten zu erfahren."

Fera bemerkte, wie Max' Augen bei den Worten der Frau aufleuchteten. Sie konnte nicht sagen, ob das an der Erwähnung von

Caspar lag oder an der Aussicht, nicht weiterlaufen zu müssen. Fera fragte sich, ob der Wissenschaftler sie noch erkennen würde. Sie war nur ein kleines Mädchen gewesen, als sie ihn und Juri gelegentlich im Labor besucht hatte. Trotzdem erinnerte sie sich noch genau an sein herzliches Lachen und die wachsamen Augen hinter den viel zu großen Brillengläsern. Er hatte immer einen Witz auf den Lippen gehabt. Sie freute sich darauf, ihn wiederzusehen.

Mit einem Ohr hörte sie, wie die Frau mit den roten Haaren sich als Bürgermeisterin vorstellte. Ihr Name war Lara. Ihre Begleiter, deren Namen Fera sich nicht alle merken konnte, bildeten das Komitee dieser Stadt. Allem Anschein nach war Wesel einer der Prototypen wiederbelebter alter Städte, in denen die neuartige Getreidepflanze großflächig angebaut wurde.

„Wir nennen es Hafer 2.0, da es geschmacklich diesem Getreide am nächsten kommt. Es ist auch sehr vielseitig einsetzbar. Fred hier hat es sogar geschafft, eine Art Bier daraus zu brauen", erklärte Lara gerade und zwinkerte dem Mann neben ihr zu, „der Geschmack lässt zwar zu wünschen übrig, aber es erfüllt definitiv seinen Zweck", sie lachte herzhaft.

Obwohl Fera die Ausführungen der Frau sehr interessant fand, hatte sie Schwierigkeiten, bei der Sache zu bleiben. Die bleierne Müdigkeit in ihren Knochen machte ihr zu schaffen. Der Bürgermeisterin schien das nicht zu entgehen. „Aber ich sollte euch vermutlich erst mal ankommen lassen und euch nicht mit meinen Vorträgen vereinnahmen", bemerkte sie und warf Fera einen mitfühlenden Seitenblick zu. An den Mann neben ihr gewandt, sagte sie: „Fred, warum bringst du die beiden nicht zu dem alten Gästehaus in der ehemaligen Rosenstraße? Da ist das Waschhaus gleich daneben, falls sie sich frisch machen wollen." Sie sah Max an und fügte erklärend hinzu: „Wir haben hier nach wie vor keine flächendeckende Wasserversorgung. Aber es gibt vereinzelte Sammelstellen, wo man duschen kann." Dann drehte sie sich um, um etwas mit der anderen Frau, die der Gruppe angehörte, zu besprechen.

Max sah Fera fragend an und sie nickte kaum merklich. Sie hatte nichts gegen eine Dusche einzuwenden und gegen ein

Bett schon gar nicht. Bevor sie dem Mann namens Fred folgten, wandte sich Lara noch ein letztes Mal an sie: „Erholt euch gut und kommt heute Abend gerne auf den Marktplatz. Es wird ein kleines Fest anlässlich dieses Erfolges hier geben, da könnt ihr euch selbst von dem Geschmack des Hafer 2.0 überzeugen." Sie zwinkerte ihnen zu.

Auf ihrem Weg zu der Unterkunft begann Fred ein Gespräch mit Max. „Seid ihr zuerst nördlich gelaufen auf eurem Weg?", wollte er geradeheraus wissen. „Ich habe eine Schwester, die im Norden wohnt. Ich hab sie einige Zeit nicht gesehen. Es wird dieser Tage immer schwieriger, zu reisen. Bis vor Kurzem hatten wir noch ein paar Pkws zur Verfügung ..."

Fera bemerkte, wie Max' Augen groß wurden, als Fred seine Schwester erwähnte.

Unvermittelt fragte er: „Bist du schon lange in Wesel? Oder warst du vorher woanders tätig, als Grenzpatrouille vielleicht?"

„Ja, wie hast du das erraten? Ich wollte mich nicht mehr mit Colonel Burns herumschlagen, er ist ein Mistkerl, wenn du weißt, was ich meine", antwortete Fred und lachte kurz auf, „und hier herrscht das Leben, hier kann man was bewegen, weißt du. Lara ist super. Sie liebt diese Stadt mit ganzem Herzen und hat große Pläne. Na ja, es hängt davon ab, wie die Dinge mit der Kommandozentrale laufen ... Aber darüber darf ich nichts sagen."

Max' Gesichtsausdruck wechselte von neugierig zu verwundert. Offensichtlich konnte er genauso wenig mit Freds kryptischen Aussagen anfangen wie sie. Sie hatte nicht die Energie, sich den Kopf darüber zu zerbrechen, und es wunderte sie, warum Max ihn so über seine Vergangenheit ausfragte. War es nicht total egal, was er vor seiner Zeit in dieser Stadt gemacht hatte?

„Voilà, da sind wir", riss Fred sie aus ihren Gedanken. Er zeigte auf ein altertümlich aussehendes großes Gebäude, das aber erstaunlich gut erhalten war, und sagte: „Das ist unser Hotel, wenn ihr so wollt. Es war vor dem ‚Ewigen Sonnenuntergang' wirklich mal eines, wisst ihr. Zurzeit ist es leer. Caspar und seine Leute haben es vorgezogen, ihre Zelte näher am Stadtkern aufzuschlagen. Die Türen stehen offen. Wir fühlen uns hier sicher. Banden halten sich von gut organisierten Städten fern. Sucht euch ein Zimmer aus. Kissen und alles, was ihr braucht, findet ihr in den Schränken. Leider gibt es keinen Frühstücksservice", er schien seinen eigenen Witz sehr amüsant zu finden und lachte, wobei er sich die Haare aus seiner hohen Stirn strich.

„Danke", antworteten Fera und Max fast wie aus einem Munde.

Fred wollte sich bereits umdrehen und gehen, da fasste er sich plötzlich erneut an den Kopf und sagte: „Ach ja, beinahe hätte ich's vergessen: Das Waschhaus ist gleich auf der anderen Seite. Das Wasser ist kalt, aber ihr seht aus, als könntet ihr eine Erfrischung vertragen", wieder lachte er übertrieben. „Dann vielleicht bis heute Abend. Ihr könnt den Marktplatz nicht verfehlen. Ihr müsst nur geradeaus laufen und den Leuten folgen. Es werden sicher einige kommen." Max winkte dem Mann zu, als der sich nun endgültig umdrehte und sie allein ließ, dann drehte er sich zu Fera und atmete demonstrativ aus: „Definitiv kommunikativ, der Mann", kommentierte er und Fera musste lachen. „Da hast du recht. Vielleicht sind wir aber auch einfach nicht mehr gesellschaftsfähig", erwiderte sie und diesmal musste Max schmunzeln. „Nicht mehr? Ich für meinen Teil war das noch nie", stellte er fest und forderte sie dann auf: „Na los, lass uns mal dieses Etablissement von innen anschauen!" Sie folgte ihm die kleine Treppe zur Tür des Hauses hinauf und trat hinter ihm ein.

KAPITEL 15

MAX

Einladend. So unglaublich einladend sah das Bett vor ihm aus. Es flüsterte seinen Namen – definitiv. Es sagte: „Max, lass dich auf meine weiche Steppdecke fallen und vergiss deinen Schmerz." Er war kurz davor, seiner Verlockung nachzugeben. Das Einzige, was ihn davon abhielt, war die Sorge, dass er dann vermutlich so bald nicht mehr wieder aufwachen würde, und er wollte diese abendliche Veranstaltung im Stadtkern auf keinen Fall verpassen. Er hatte die Hoffnung, noch einmal mit Fred sprechen zu können. Es war nicht so, dass er die Gesellschaft des Typen übermäßig schätzte, aber er war sich ziemlich sicher, dass es sich bei ihm um die Grenzpatrouille handelte, welche die beiden Männer kannte, die angeblich das Dome verlassen hatten. Es passte alles zusammen, die Schwester aus dem Norden, die Anselm in seiner Hütte aufgesucht haben musste, seine Tätigkeit bei Colonel Burns, bevor er nach Wesel gekommen war ... Max wollte unbedingt mehr herausfinden. Fred war redselig genug, vielleicht würde er ihm die Geschichte entlocken können. Darüber hinaus fragte er sich, worauf der Mann angespielt hatte, als er sagte, es käme darauf an, wie die Dinge mit der Kommandozentrale liefen ... Gab es etwa Unstimmigkeiten zwischen den Plänen der Bürgermeisterin und dem Head Office? Diese Lara kam ihm zwar ambitioniert vor, aber nicht streitlustig und Caspar hatte er auch als verträglich in Erinnerung. Was für eine Problematik konnte hier vorliegen?

Unvermittelt fing sein Magen an, laut zu knurren. „Ein weiterer Grund, dieses Fest nicht zu verpassen", schoss es ihm durch den Kopf. Sicher gab es dort besseres Essen, als es ihm in letzter Zeit offeriert worden war. So konnte er allerdings nicht dort aufkreuzen. Er sollte sich dringend rasieren und den Dreck der beschwerlichen Reise, die hinter ihm lag, abwaschen. Er griff sich ein Handtuch aus dem Schrank in dem Zimmer und angelte seine Rasierklinge aus den Tiefen des Rucksacks. Der Griff hatte sich schon vor langer Zeit gelöst, aber die Klinge würde trotzdem seinen Zweck erfüllen.

Bevor er sich auf den Weg zum Waschhaus machte, warf er einen Blick ins Nebenzimmer, das Fera sich ausgesucht hatte. Offensichtlich hatte SIE dem Ruf des Bettes in ihrem Zimmer nicht widerstehen können, denn sie lag mit geschlossenen Augen quer darauf ausgebreitet und schnarchte leise vor sich hin. Er musste lächeln. Wenn er wiederkam, würde er sie wecken, für den Fall, dass sie sich auch frisch machen wollte. Für den Moment ließ er sie sich aber ausruhen.

Das Waschhaus erinnerte ihn an eines der Schwimmbäder aus alten Zeiten. Möglicherweise war es früher auch einmal eines gewesen. Im Vorraum erwartete ihn eine Frau. Sie stellte sich ihm nicht vor, sondern redete sofort drauflos: „Lara hat mir ausrichten lassen, dass wir ein paar Neuzugänge haben, die vermutlich demnächst hier aufkreuzen werden. Sie hat alles darangesetzt, ein paar frische Kleidungsstücke für euch aufzutreiben." Sie zeigte auf einen Stapel mit Wäschestücken neben sich auf einem Ablagebrett. Dann sah sie sich fragend um. „Sollte da nicht noch ein Mädel bei dir sein?"

„Fera wird etwas später kommen. Sie ruht sich erst etwas aus", antwortete Max. „Na gut, dann bin ich vermutlich nicht mehr da. Ich habe noch einiges für heute Abend vorzubereiten. Aber ihr braucht mich ja auch nicht wirklich. Ich denke, ihr wisst, wie eine Dusche funktioniert. Das hat sich in den letzten Jahren nicht geändert. Es gibt Umkleidekabinen nebenan, aber außer dir ist eh niemand hier. Spiegel und Waschbecken sind da drüben", führte sie aus und zeigte hinter sich auf eine Tür, auf der die Buchstaben „WC" verblichen zu erkennen waren. „Die Klospülung funktioniert nicht. Wir versuchen, Wasser zu sparen, also probier das gar nicht erst aus. Das Waschbecken da drin kannst du benutzen, aber Rasierer haben wir keine", sie nickte in Richtung seines stoppeligen Kinns. Max zog seine Rasierklinge

hervor und kommentierte: „Kein Problem, ich bin vorbereitet."
„Gut, dann viel Vergnügen und grüß deine Freundin von mir!",
rief sie ihm auf dem Weg nach draußen zu.

Max versuchte, sich daran zu erinnern, wann er das letzte
Mal geduscht hatte. Im Camp an der Ostgrenze hatten sie so
einen Luxus natürlich nicht gehabt. Jeder bekam bei Bedarf
lediglich einen Eimer mit Wasser. Immerhin hatte man dieses
gelegentlich erwärmen können, je nach Stromversorgung. Das
Wasser, das hier aus dem Duschkopf schoss, war dagegen wirklich eiskalt – Fred hatte keineswegs übertrieben – und obwohl
es seinen verkrampften Muskeln keine Linderung verschaffte,
genoss Max das Gefühl, das erste Mal seit Ewigkeiten wieder
richtig sauber zu sein.

Als er fertig war, griff er sich das Handtuch, das er mitgebracht hatte, band es sich um die Hüften und machte sich auf
den Weg zu dem Waschraum. Die Tür ließ er offen stehen. Es
war sowieso niemand anderes hier und wenn er die Frau am
Empfang richtig verstanden hatte, waren alle längst mit den
Vorbereitungen für den Abend beschäftigt.

Er legte seine Rasierklinge auf dem Waschbecken ab und betätigte probehalber den Wasserhahn, ehe er einen Blick in den
Spiegel darüber riskierte. Max erkannte das Gesicht, das ihm
daraus entgegensah, kaum wieder. Es war nicht so, dass er sich
jemals über die Maßen hübsch gefunden hatte, aber als er nun
sein Gesicht mit den tiefen Furchen und den dunklen Augenrin-
gen und die eingefallenen und von Kratzern bedeckten Wangen
sah, musste er unwillkürlich scharf einatmen. Für einen Moment überlegte er, ob es nicht vielleicht sogar besser wäre, sich
nicht zu rasieren. Immerhin würde ein Bart vom Rest des De-
sasters ablenken.

Letztlich entschied er sich aber doch dagegen. Es würde ihm
helfen, sich wieder etwas zivilisierter zu fühlen. Es war jedoch
ein Akt, die lose Klinge über seine Wangen zu ziehen. „Wenn
ich die Klinge am Hals falsch ansetze, hat alles möglicherweise ein kurzes, schmerzloses Ende", dachte er bei sich und sein
Sarkasmus ließ ihn schmunzeln.

„Bollox", entfuhr es ihm, als er sich einen Augenblick später tatsächlich am Kinn schnitt. Es brannte und Blut lief ihm unverzüglich in zwei Rinnsalen den Hals hinunter. „So viel zum Thema ‚sich zivilisierter fühlen'", murmelte er zu sich selbst. Halb rasiert und mit Blut dekoriert, das ihm inzwischen bis auf die nackte Brust tropfte, hatte er wohl eher das Flair eines wilden Wikingers, der gerade ein Opferritual hinter sich gebracht hatte.

Unbeholfen griff er nach dem Zipfel des Handtuchs, das er umgebunden hatte, um sich damit das Blut wegzuwischen. Er bekam es zu fassen, doch gerade als er sich wieder aufrichten wollte, erfasste ihn ein Krampf im unteren Rücken, der ihn wie so oft mitten in der Bewegung lähmte. Er versuchte, ganz langsam die Fingerspitzen zu bewegen, was ihm gelang und ihm Hoffnung machte. Als er jedoch den ganzen Oberkörper drehen wollte, durchströmte ihn ein Schmerz, der so plötzlich kam und so stark war, dass er dachte, er würde jeden Moment in Ohnmacht fallen. Aus reiner Verzweiflung schloss er die Augen und brüllte aus Leibeskräften, wobei er rücklings in Richtung der Toilette kippte und schließlich schmerzhaft auf ihr zum Sitzen kam.

Es war ein Wunder, dass er dabei sein Handtuch nicht verloren hatte, worüber er im nächsten Moment überaus dankbar war, denn als er seine Augen wieder öffnete, sah er plötzlich Fera in der Tür stehen. Offensichtlich war sie aufgewacht und hatte selbst eine Dusche genommen, da sie ebenfalls nur in ein Handtuch gehüllt war und sich Wassertropfen von ihren nassen Locken auf ihren nackten Schultern sammelten. Sie sah ihn besorgt mit ihren himmelblauen Meeresaugen an und er wäre am liebsten im Boden versunken. Niemals zuvor hatte er sich so unzureichend gefühlt. Das Schlimmste daran war, dass er sich der Situation nicht entziehen konnte, da seine Muskeln nach wie vor krampften und er seine Gelenke nicht bewegen konnte.

„Ich ... ich habe dich schreien hören ... ich kam so schnell ich konnte. Kann ich etwas tun?", stammelte sie unsicher. Er wollte „Nein" sagen, er wollte sie wegschicken, er wollte seine verdammte Rasierklinge holen und den Job beenden! Aber er wusste, dass er Hilfe brauchte, ansonsten würde er niemals rechtzeitig zu der Abendveranstaltung kommen und weder mit Fred noch mit Caspar sprechen können. Also sagte er: „Ja, ich muss irgendwie auf den Boden kommen, um mich auszustrecken. Ich werde versuchen, mich vorzuneigen. Halt mich einfach am Arm, damit ich nicht mit dem Schädel auf den Boden knalle." Sie nickte und trat an seine Seite.

Ein paar Sekunden später lag er bäuchlings auf dem harten Boden. „Kannst du mir helfen, mich auf die Seite zu drehen?", fragte er und sie nickte erneut. „Du musst meinen Oberkörper in eine Richtung ziehen und gleichzeitig die Beine beziehungsweise die Hüfte in die andere. Du musst so viel Kraft aufwenden, wie du kannst, okay?" Er sah sie aufmunternd an und hoffte inständig, es würde funktionieren. Als sie ihre Hände zögerlich auf seinen Körper legte, bemerkte er beiläufig, dass sie zitterten. Umso erstaunter war er, als er spürte, mit welcher Kraft sie an seinem Rumpf zog, während sie mit der gleichen Stärke seine Oberschenkel wegdrückte. Unmittelbar setzte Entspannung ein. Er fühlte die Dehnung seiner Rumpfmuskulatur und die Länge in seinen Beinen. Langsam kehrte Mobilität in seinen Körper zurück. Unwillkürlich formte sich in seinem Gesicht ein Lächeln der Dankbarkeit. Sie lockerte ihren Griff und nun zitterten nicht nur ihre Hände, sondern beide Arme. Vermutlich von der Kraftanstrengung, dachte er.

Er wollte versuchen aufzustehen, aber sie rührte sich nicht vom Fleck und versperrte ihm so den Weg. Vage war ihm bewusst, wie unangebracht diese Situation war, in der sie sich hier befanden. Sie hatten beide nur Handtücher um und saßen viel näher beieinander, als sie es in so einer Aufmachung tun sollten. Er wollte gerade einen Witz machen, um die Atmosphäre aufzulockern, als sie ihre Hand hob und an seine Wange legte. – „Die rasierte", schoss es ihm durch den Kopf, auch wenn das im Moment völlig unwichtig war. Die andere Hand legte sie auf seine Brust und streichelte sanft darüber. Sein Körper schien losgelöst von seinem Kopf und reagierte augenblicklich mit einer Gänsehaut. Fera schaute ihm in die Augen. Ihr eindringlicher Blick war fragend und doch bestimmt. Er schloss die Augen, um sich der Situation einen Moment lang zu entziehen und in sich hineinzuhorchen. Er spürte immer noch die Wärme ihrer Handflächen auf seiner Haut. Vor seinem geistigen Auge änderte sich jedoch Feras Gestalt. Ihre blonden Locken verwandelten sich in dunkle Strähnen und ihre blauen Augen wurden hellbraun. Er versuchte, ihren Duft heraufzubeschwören – Marilyns Duft. Er konnte es nicht und plötzlich fühlte er, wie sich Tränen unter seinen geschlossenen Augenlidern sammelten. Das hier war falsch. Er öffnete die Lider wieder, um das klarzustellen.

Ein Blick in Feras Gesicht ließ ihn jedoch realisieren, dass er das gar nicht brauchte. Sie hatte sehr wohl mitbekommen, was in ihm vorging. Ruckartig nahm sie ihre Hände von ihm und vergrub ihr eigenes Gesicht darin. Er fühlte sich miserabel. Er hatte sie nicht in Verlegenheit bringen wollen. Ohne länger darüber nachzudenken, setzte er sich auf und zog sie in eine feste Umarmung. „Das ist nicht das, was du brauchst, Fera, und auch nicht das, was du wirklich willst, oder? Ich kann dir nicht das geben, was du brauchst", er machte eine kurze Pause und riskierte einen Witz: „Mal ganz davon abgesehen, dass ich das wörtlich meine. Ich meine, du hast schließlich gerade selbst gesehen, wie wenig ich mich bewegen kann." Es wirkte. Er spürte ihr unterdrücktes Lachen an seiner Schulter. Er wurde wieder ernst: „Ich fühle mich trotzdem geschmeichelt. Du bist etwas Besonderes, Fera. Und ich weiß, dass es da draußen irgendwo jemanden gibt, der das zu schätzen wissen wird. Aber ich kann nicht dieser Jemand sein. Nicht so." Sie wagte es, ihren Kopf von seiner Schulter zu heben und ihm in die Augen zu sehen. „Du hast recht. Und ich fühle mich gerade reichlich dämlich", sagte sie mit überraschend klarer Stimme. Dann wurde sie leiser und fragte zögerlich: „Wie heißt sie? Die Frau, an die du gerade dachtest?" Sie sah ihn erwartungsvoll an.

Woher wusste sie das? War seine Miene so leicht zu lesen gewesen? Er hatte nie mit jemandem über sie gesprochen, seit die Welt sich verändert hatte. Nicht einmal dem Doc hatte er von ihr erzählt. Sie war sein Licht gewesen, eingeschlossen in seinem Herzen. Das Einzige, was ihn menschlich bleiben ließ, was ihn weitermachen ließ, wenn er aufgeben wollte, weil er wusste, dass sie weitergemacht hätte, dass sie niemals aufgegeben hätte. Er sah die gleiche Stärke in der jungen Frau vor ihm – das Feuer, das unter der Sanftheit loderte. Er würde ihre Frage beantworten. Das war er ihr schuldig.

„Marilyn", sagte er mit fester Stimme. Es fühlte sich merkwürdig an, ihren Namen laut auszusprechen, nachdem er jahrelang nur in seinem Kopf existiert hatte. „Sie hätte dich gemocht", fügte er hinzu, „sie war auch etwas Besonderes."

KAPITEL 16

FERA

Eine solche Menschenansammlung hatte Fera zuletzt bei einem von Jaroslaws inszenierten Auftritten gesehen. Nur waren die Gesichter, in die sie hier blickte, entspannt und fröhlich und nicht eingeschüchtert und verbittert. Sie sah überwiegend jüngere Leute in ihrem Alter, die alle geschäftig bei der Sache waren und Bänke aufstellten oder Tische deckten, die in Grüppchen beieinanderstanden und lachten. An der Nordseite des Marktplatzes war eine Art Bühne mit einem Rednerpult aufgebaut worden.

Fera sah sich nach der jungen Bürgermeisterin Lara um, konnte ihre roten Haare aber nirgends aufblitzen sehen. Also wanderte sie weiter zwischen Menschen und Tischen hindurch und bestaunte die Speisen und Getränke, die angeboten wurden. Marken brauchte hier keiner.

Gerade hielt ihr ein junges Mädchen, das sie vielleicht auf zwölf schätzte, eine Karaffe mit einer milchähnlichen Flüssigkeit darin hin. „Willst du das probieren? Ist ganz neu und diesmal darf ich es sogar auch trinken, nicht wie das Bier, das sie hier sonst überall anbieten", sie grinste Fera mit ihrem breiten Mund voller schief stehender Zähne an und fuhr fort: „Mama sagt, es schmeckt nicht so gut wie Milch, aber ich mag es. Keine Ahnung, was Milch überhaupt sein soll ..."

Fera konnte dem Mädchen das Angebot nicht abschlagen, also ließ sie sich einen Becher von ihm einschenken, obwohl sie nicht durstig war. „Oh", sagte sie und verzog dabei den Mund, „es sieht zwar aus wie Milch, aber es schmeckt ganz anders. Deine Mama hat recht." Sie lächelte das Kind an. „Jedenfalls soll es gut für mich sein. Mama macht sich Sorgen, dass ich so schwach werde wie mein Bruder, weißt du", plapperte die Kleine weiter.

„Also auf mich wirkst du kerngesund und ausgesprochen auf-
geweckt", kommentierte Fera und zwinkerte ihr zu.

„Danke", antwortete diese. „Ich bin übrigens Paula. Erzähl
jedem von meinem Stand und hol dir gerne später Nachschub",
verabschiedete sie sich mit einem noch breiteren Grinsen, bei
dem Fera erneut ihr lückenhaftes Gebiss studieren konnte.

Nachschub würde sie sich auf keinen Fall holen – das Zeug
schmeckte wirklich widerlich, stattdessen sondierte sie die Umgebung nach einer geeigneten Stelle, wo sie den Inhalt ihres Be-
chers dezent ausschütten konnte. Sie trat hinter eine etwas ab-
seitsstehende dornige Hecke und wollte sich gerade vorbeugen,
um das Gebräu loszuwerden, als ihr plötzlich zwei entgeister-
te Augenpaare vom Boden aus entgegenstarrten. Um ein Haar
hätte sie das junge Pärchen, das offensichtlich wild am Knut-
schen gewesen war, mit der Pseudomilch begossen. Fera konnte
nicht sagen, wer von ihnen dreien am rötesten wurde, sie fühlte
jedoch, wie ihre eigenen Wangen glühten, und war sich sicher,
dass sie denen der jugendlichen Liebenden in nichts nachstan-
den. Verlegen nuschelte sie ein „Entschuldigung" und verdrück-
te sich schnell wieder auf die andere Seite der Hecke.

Sie atmete tief durch und musste unwillkürlich an ihren eigenen Fauxpas von vorhin denken. Wie hatte sie sich Max nur so
an den Hals werfen können? Ihr halbes Leben hatte sie in Ab-
hängigkeit von Männern verbracht und kaum war sie frei, warf
sie sich wieder dem Nächstbesten vor die Füße ... Nur dass Max
nicht der Nächstbeste war. Oder? Nein, das war er definitiv nicht.
Sonst hätte er auch nicht so reagiert, wie er reagiert hatte – ver-
ständnisvoll. Und das machte alles nur noch viel schlimmer. Sie
hatte genau bemerkt, wie er sie auf dem Weg zum Fest angesehen hatte, wenn er meinte, sie würde es nicht mitbekommen:
besorgt und mitleidig. Sie wollte nicht, dass er sich um sie sorgte, und noch weniger wollte sie sein Mitleid. Sie wünschte, sie
könnte den Vorfall einfach ungeschehen machen. Sie verstand
ja noch nicht einmal, wie es überhaupt dazu hatte kommen
können. Ja, er brachte sie zum Lachen, er war immer für sie da

gewesen und er strahlte eine tiefgründige Schönheit aus, die sie nicht einmal genau benennen konnte. Natürlich hatte sie Gefühle für ihn entwickelt. Wie hätte es auch anders sein können, nach allem, was sie zusammen durchgemacht hatten? Aber war das Liebe? Wie sollte sie das beurteilen können? Sie war sich inzwischen sicher, dass das, was sie an Vlad gebunden hatte, keine Liebe gewesen war. Würde jemals jemand bei dem Gedanken an sie zu Tränen gerührt werden, so wie es Max ergangen war, als ihre Berührung längst vergangene Erinnerungen an jemand anderen in ihm geweckt hatte? Dafür hasste sie sich am meisten. Dass sie ihm diesen Schmerz beschert hatte. Würde ihre Dummheit nun zwischen ihnen stehen? Würde er sie mit anderen Augen sehen? Fera war froh, dass sie beschlossen hatten, sich getrennt auf dem Festplatz umzusehen. Das gab ihr Zeit, ihre Gefühle und Gedanken wieder unter Kontrolle zu bringen.

Sie setzte ihren Rundgang etwas weiter abseits von dem Rummel aus lachenden Menschen und klapperndem Geschirr fort. Es tat gut, endlich in Schuhen laufen zu können, die richtig passten. Neben einer neuen eng anliegenden, schwarzen Hose und einem leichten, grauen Strickpullover hatte sie unter den für sie bereitgelegten Kleidungsstücken auch ein paar Sportschuhe gefunden, die tatsächlich ihrer Größe entsprachen und sich federleicht an ihre geschundenen Füße schmiegten. Bei dem Gedanken, wie Max die für ihn hinterlegten Stiefel ebenfalls in die Hand genommen und kurz kopfschüttelnd inspiziert hatte, bevor er dann wieder seine durchgewetzten Sportschuhe angezogen hatte, musste sie unwillkürlich schmunzeln. Vielleicht waren es diese Kleinigkeiten, die sie an ihm mochte.

Ihren Gedanken nachhängend, hatte sie gar nicht bemerkt, wie weit sie sich inzwischen von dem Marktplatz entfernt hatte. Vor ihr breitete sich eine Art Zeltplatz aus. Zumindest standen hier mehrere dreieckförmige Behausungen, teils aus Canvasmaterial, teils mit natürlichen Hilfsmitteln wie Stöcken und Stämmen befestigt. Aus dem vordersten Zelt tönten laute Stimmen zu ihr herüber. Erschrocken machte sie einen Schritt zurück, hinter einen kahlen, aber dickstämmigen Baum.

„Das sagst du immer und für mich hört sich das nach einer verdammten Ausrede an. Das sind doch alles irrationale Ängste eines alten Mannes! Wenn der Wind des Wandels weht, bauen die einen Mauern, die andern Windmühlen", hörte sie eine erhitzte Frauenstimme ihr Gegenüber angreifen. Fera war sich ziemlich sicher, dass es sich dabei um die Stimme der rothaarigen Bürgermeisterin handelte. „Das würde erklären, warum ich sie nirgends auf dem Festplatz sehen konnte", schoss es ihr durch den Kopf.

Als sie die Stimme des Mannes hörte, der Lara nun antwortete, zuckte Fera regelrecht zusammen. Definitiv erkannte sie DIESE Stimme. Der Mann sprach zwar deutsch, aber mit einem ungewöhnlich starken englischen Akzent. Es war Caspar. Sie hatte seine Stimme als warm in Erinnerung gehabt mit einem gelegentlich süffisanten Unterton. Davon war jedoch nichts zu spüren, als er nun zurückschoss: „Du vergisst, dass dieser ,alte Mann' auch einmal so jung war wie du und Dinge gesehen hat, die du lieber nicht sehen möchtest. Das Dome ist keine Mauer, es ist ein Schutzwall, und du willst nicht wissen, was sich dahinter befindet."

„Dinge können sich ändern. Die Welt bleibt in Bewegung. Siehst du nicht die Zeichen überall um dich herum? Erst gestern gab es zwei weitere Sichtungen …", begann die Frau, als sie abrupt von der Männerstimme unterbrochen wurde: „Verschone mich mit diesen Geschichten von Tieren, die über die Felder frohlocken! Meine Antwort bleibt Nein."

Fera wartete vergeblich auf eine Erwiderung der Bürgermeisterin. Schließlich wagte sie es, ihren Kopf hinter dem Baum vorzustrecken und konnte gerade noch Laras leuchtend rote Haarmähne um die Ecke biegen sehen. Offensichtlich stapfte die Frau in Richtung Stadtkern davon.

Fera blieb mehr als verblüfft zurück. Für eine Sekunde erwog sie, selbst einen Blick in das Zelt zu werfen, verwarf diesen Gedanken aber noch im selben Moment. Jetzt war ganz bestimmt nicht der richtige Zeitpunkt, Caspar mit diesem Teil seiner Vergangenheit zu konfrontieren. Max. Sie sollte ihn suchen und sich mit ihm beraten.

Sie fand ihn in der Nähe der Bühne. Er sah anders aus ohne die Bartstoppeln und die Kapuze seiner Jacke, unter der er normalerweise seine kurzen dunkelblonden Haare verbarg. Sie waren inzwischen ebenfalls länger geworden, was ihm weichere Gesichtszüge verlieh. Er hielt einen gusseisernen Becher in der Hand und war in ein Gespräch mit seinem Nebenmann vertieft. Fera erkannte ihn als eines der Mitglieder ihres Willkommenskomitees von früher am Tag. Max schien seine Gesellschaft zu genießen, denn gerade lachte er laut auf und klopfte sich dabei auf den Schenkel.

„Fera, ich habe mich schon gefragt, wo du dich versteckt hast", begrüßte er sie, als sie an seine Seite trat. „Jan hier bringt mir gerade die Kunst des Bierbrauens näher. Willst du einen Schluck? Ich schwöre dir, der Effekt ist besser als jede Schmerztablette, die ich je ausprobiert habe." Er hielt ihr seinen Krug hin und Fera rümpfte die Nase bei dem starken Geruch, der von dem Getränk ausging. Max' glasige Augen entgingen ihr dabei nicht. Sie fragte sich, wie viele solche Krüge er schon geleert hatte.

„Nein danke, ich habe bereits ein anderes dubioses Gebräu probiert – das reicht mir für heute. Außerdem sollte zumindest einer von uns beiden einen klaren Kopf behalten, wenn du hörst, was ich dir zu erzählen habe", antwortete sie schließlich.

Max' Augen klärten sich für den Bruchteil einer Sekunde, dann sagte er an seinen Trinkpartner gewandt: „Es sieht so aus, als müsste ich mich kurz verabschieden, mein werter Jan." Dieser protestierte: „Aber Lara hält gleich ihre Rede! Das solltest du nicht verpassen. Die Frau ist eine Visionärin!" „Ich bin sicher, du kannst mir hinterher eine Zusammenfassung geben", erwiderte Max und legte dann seinen Arm um Fera, um sie von der Bühne wegzuschieben. Sie bemerkte sofort, dass das keine Geste der Zuneigung war, sondern dass er sich vielmehr auf sie stützen musste, da er einen äußerst schwankenden Gang an den Tag legte. Fera schüttelte kaum merklich den Kopf. Und sie hatte sich Sorgen gemacht, es könnte befangen zwischen ihnen werden, wenn sie sich wiedersahen …

KAPITEL 17

MAX

Früher hatte Max nie verstanden, wie manche Menschen zu Alkoholikern werden konnten. Nun konnte er es wesentlich besser nachvollziehen. Es betäubte den Schmerz – sowohl körperlichen als auch seelischen. Die Welt sah, im Großen und Ganzen betrachtet, rosiger aus. Natürlich hatte er seit Jahren nichts mehr getrunken. Nicht weil er es ablehnte, sondern aus dem einfachen Grund, dass die Alkoholreserven der Welt, in der er nun lebte, als Erstes zur Neige gegangen waren – noch schneller als vergleichsweise Treibstoff. Und was sagte das über diese Welt – oder vielmehr die Menschen darin – aus? Max musste bei diesen zynischen Gedanken unvermittelt kichern. Fera drehte ihren Kopf in seine Richtung und sah ihn mit einer Mischung aus Sorge und Missbilligung an.

Natürlich übertrieb er es etwas mit dem Betrunkenheitsgehabe. Er spürte zwar, dass er beschwipst war, und genoss die Leichtigkeit, die mit diesem Zustand einherging, aber er war sich sicher, er könnte von jetzt auf gleich wieder Herr seiner Sinne werden, sollte es darauf ankommen. Nein, der Grund für seine Zurschaustellung war ein anderer: Fera. Er wusste nicht, wie er sich ihr gegenüber verhalten sollte. Es war nicht nur die Tatsache, dass er sie in die Tiefen seines Herzens hatte blicken lassen, ihr Dinge anvertraut hatte, die er mit keinem anderen je geteilt hatte, oder die Sorge um ihre Gefühle. Nein, es war auch die Tatsache, dass sie ein Verlangen in ihm hervorgerufen hatte, das er längst für auf ewig begraben geglaubt hatte. Sein Körper hatte auf sie reagiert und damit meinte er nicht nur die Gänsehaut. Nichtsdestotrotz stand er zu dem, was er zu ihr gesagt hatte. Er konnte ihr nicht geben, was sie suchte. Und das war das Einzige, was wirklich zählte.

„Hast du mir überhaupt zugehört? Kommt überhaupt irgendwas von dem an, was ich dir sage?", holte ihn Feras erzürnte Stimme zurück ins Hier und Jetzt. Offensichtlich hatten sie sich mittlerweile weit genug von dem Festplatz wegbewegt und waren zum Stehen gekommen.

So viel zum Thema „Herr deiner Sinne", dachte er bei sich und bemühte sich nach Kräften, ein kindisches Grinsen zu unterdrücken. „Okay, okay, du hast die Bürgermeisterfrau aus Caspars Zelt kommen sehen, ja?", versuchte er sich an Bruchstücke von Feras Bericht zu erinnern. Sie schnaufte missmutig und bestätigte dann: „Ja, und irgendwas stimmt nicht. Sie hatten eine Auseinandersetzung. Max, ich glaube, Lara möchte das Dome abschalten lassen."

Max starrte sie unverhohlen an. Er musste gerade aussehen wie ein Kleinkind, dem man gerade ein Stück Schokolade vor dem Mund weggeklaut hatte. „A-aber", stammelte er, um einen Augenblick später etwas gefasster einen neuen Anlauf zu nehmen, „aber selbst wenn sie diese wahnwitzige Idee hätte, geht das gar nicht so einfach. Unsere Seite ist schließlich an die des Ostens gekoppelt. Was hat Caspar dazu gesagt?"

„Er war natürlich alles andere als begeistert", antwortete Fera und fuhr dann etwas zögerlicher fort: „Aber Max, ist diese Idee wirklich so wahnwitzig? Hast du nicht im Grunde das Gleiche vor, wenn du das Dome verlassen willst?"

Schlagartig war Max nüchtern, fernab jeglicher Alkoholvernebelung. Bestimmt antwortete er: „Aber das ist eine Entscheidung, die nur mich betrifft. Ich würde wegen meiner Neugierde nie das Leben anderer riskieren."

„Aber was ist, wenn sie recht hat? Sie sprach von Sichtungen. Was, wenn es da draußen wirklich Leben gibt? Überlebende?", gab Fera zu bedenken. „Meine Eltern haben das verdammte Teil mitentwickelt. Ich war viel zu jung, um das alles zu begreifen, aber ich weiß mit Sicherheit, dass die Landstriche außerhalb des Dome noch da waren, als es installiert wurde. Was, wenn Leben zurückgekehrt ist ... oder es nie vollständig verschwunden ist?"

Max registrierte, was Fera da über ihre Eltern preisgegeben hatte. War sie wirklich so nah am Geschehen gewesen? Im gleichen Moment wurde sein Gehirn von mehreren Bildern geflutet – Bilder, wie riesige Flutwellen über die Insel hereinbrachen, die er einst sein Zuhause genannt hatte. Wellen, die alles verschluckten. Und nicht nur dort, auch in anderen Teilen der Welt. Bilder und immer mehr Bilder, bis die Verbindungen schließlich ganz abgebrochen waren und das Dome errichtet wurde und damit die Augen vor dem Rest der Welt und der Apokalypse verschlossen werden konnten. „Ich habe es mit meinen eigenen Augen gesehen, Fera, ich war alt genug. Kein Lebewesen hat das überlebt", sagte er mit Bestimmtheit. Doch noch während er die Worte aussprach, wanderten seine Gedanken zu der Skizze in Anselms Notizbuch. Hatte er das darauf abgebildete Wesen nicht auch mit seinen eigenen Augen gesehen?

Es machte keinen Unterschied. Caspar würde einen Abschaltversuch niemals zulassen, dessen war er sich sicher. Als er Fera diese seine Überzeugung mitteilte, erwiderte diese: „Ich denke trotzdem, du solltest mit Caspar sprechen. Wir beide." Max nickte.

„Ein 99er-Whippy und ein Cadbury Flake darin ...", sagte Caspar, „wäre das nicht was?" „Salt 'n' Vinegar Crisps von Walkers", antwortete Max, „ich war immer mehr der pikante Typ."

Sie brachen beide simultan in ein herzliches Lachen aus.

Das „Hallo" hatten sie sich gespart und waren stattdessen sofort zu einem Spiel übergegangen, das sie während Caspars Zeit an der Ostgrenze immer wieder gespielt hatten: Sie nannten abwechselnd typisch britische Snacks, die sie vermissten und wohl nie wieder kosten würden.

Max hatte schon immer eine besondere Sympathie für Caspar gehegt, da er einer der wenigen überlebenden Briten war, die er kannte. Und was für einer – ein wissenschaftliches Mastermind. Max fühlte sich geehrt, dass Caspar sich überhaupt mit ihm abgegeben hatte, aber offensichtlich war es ihm genauso gegangen und auch er suchte nach einer Verbindung zu seiner Heimat – nach jemandem, der wusste, was er für immer verloren hatte, und der den gleichen Schmerz fühlte wie er.

„Vielleicht hätte ich dann besser die Kartoffel 2.0 erfinden sollen, anstatt den Hafer ...", scherzte Caspar weiter. Dann wurde er jedoch plötzlich ernst. „Obwohl wir froh sein können, dass wir überhaupt irgendwas Essbares entwickeln konnten", sagte er, „die Ressourcen werden knapp, Max, und die jungen Leute werden abenteuerlustig." Er machte eine kurze Pause und nahm seine Brille mit den übergroßen Gläsern von den Augen, damit er über sie reiben konnte. Es war, als würde er mit dieser Bewegung auch den angedeuteten Gedanken wegwischen, denn als er aufsah, wechselte er das Thema: „Aber du bist sicher nicht zu mir in mein kuscheliges Zelt spaziert, um über kulinarische Perlen zu plaudern. Wie ist die Lage an der Grenze, Max? Hält Christian alles zusammen?"

Mit Christian meinte er den Colonel. Niemand im Camp hatte ihn je mit seinem Namen angesprochen. Für alle war er immer nur „der Colonel" gewesen. Entsprechend antwortete Max nun auch: „Dem Colonel geht's gut, aber er macht sich ähnliche Sorgen wie du. Er braucht Nachschub – an allem: Essen, Strom, Munition, Leute. Er hat mir Details mitgegeben. Ich kann dir die Daten zukommen lassen. Auf meinem Weg hierher gab es auch einen größeren Vorfall mit unseren ,lieben' Brüdern von der ,Macht des Ostens'. Ich habe keine Ahnung, wie sich die Situation seither entwickelt hat."

Caspar nickte und Max fiel auf, dass auch er älter aussah. Seine kurzen Afrolocken hatten graue Stellen bekommen und ohne die Brillengläser sah man deutliche Falten um seine dunklen Augen. „Du könntest einiges an Samen mitnehmen, wenn du zurückgehst. Es wäre gut, auszutesten, ob die Pflanzen auch weiter östlich so gut gedeihen wie hier", schlug er vor.

Max' Gesichtsausdruck musste sich ungewollt verändert haben, denn Caspar verengte seine Augen und fügte leiser hinzu: „Du hast nicht vor, zurückzugehen." Es war keine Frage. Caspar hatte ihn durchschaut. „Sagst du mir, was du vorhast?"

Max schwieg und Caspar bohrte nicht weiter. „Nun, wir werden schon eine Lösung finden. Ich habe gehört, du hast auch eine unserer Regionalbahnen zum Explodieren gebracht?", wechselte er auf süffisante Weise erneut das Thema. „Das war nicht meine Schuld. Ihr solltet lieber eure Weichen besser warten", erwiderte Max genauso selbstgefällig. „Du kannst froh sein, dass ich überhaupt in einem Stück vor dir sitze. Ich habe mir nicht die Zeit genommen, nachzusehen, was die Entgleisung ausgelöst hat." „Ich sehe schon, du ziehst wie immer das Unglück magisch an", schloss Caspar den Sachverhalt ab.

Max überlegte, wie er am besten auf den Streit zwischen ihm und der Bürgermeisterin zu sprechen kommen sollte, ohne Feras unfreiwilliges Belauschen preiszugeben. Sie hatte es für besser gehalten, wenn sie getrennt mit Caspar sprachen. Er war sich nicht sicher, ob das daran lag, dass sie sich so bessere Informationen erhoffte, oder daran, weil sie Max nicht wissen lassen wollte, woher und wie gut sie und Caspar sich kannten.

„Weißt du, dass ich eigentlich gar kein wirklicher Doktor bin?", riss ihn Caspars Stimme unvermittelt aus seinen Gedanken. Max hatte keine Ahnung, wohin dieser Themenwechsel führen sollte, aber er hielt sich vorerst zurück. Offenbar erwartete sein Gegenüber auch keine Antwort, denn er fuhr unbeirrt fort: „Ich konnte mir den Doktortitel nicht mehr abholen. Ich hatte gerade meinen Auslandsaufenthalt in Deutschland beendet, der Flug nach London war schon gebucht, aber er wurde gecancelt. Und dann gab es keine Flüge mehr." Er kratzte sich geistesabwesend am Kinn und fuhr fort: „Ich frage mich in letzter Zeit oft, was gewesen wäre, wenn der Flug nicht gecancelt worden wäre. Wenn ich in Cambridge angekommen wäre. Nun, zum einen hätte ich bei Holly sein können. Sie war schwanger, weißt du? Wir wussten noch nicht, ob es ein Junge oder ein Mädchen gewesen wäre. Aber darum geht es ja gar nicht. Nein, ich frage mich, welchem anderen armen Idioten meine undankbare Aufgabe in dieser neuen Welt zugekommen wäre." Er sah Max lange in die Augen, ehe er den Kopf schließlich zur Seite neigte und weitersprach: „Du hast Lara, die Bürgermeisterin, bestimmt kennengelernt. Sie ist voller Energie und Ideen. Sie hat eine Schule aufgebaut für die Kinder hier und alle verehren sie. Aber sie war beim ‚Ewigen Sonnenuntergang' gerade mal in der

5. Klasse. Erklär ihr mal, was eine Springtide ist! Und es geht nicht einmal um sie persönlich. Es gibt Hunderte wie sie. Mittzwanziger, die ihre Gemeinden mit Idealismus führen, aber keine Ahnung von den Dingen haben, die sich hinter der Kuppel abgespielt haben. Und ich frage mich, Max, wer wird mich ersetzen, wenn ich nicht mehr da bin?" Max blieb vor Erstaunen der Mund offen stehen. Was deutete Caspar an? Er war gerade mal ein paar Jahre älter als er selbst. Warum hegte er ernsthafte Gedanken an sein Ableben?

Wie aus dem Nichts wurde Caspar plötzlich von einem Hustenanfall geschüttelt. Max hatte zuvor keine Erkältungsanzeichen an ihm bemerkt. Der Wissenschaftler griff sich ein Tuch, das er sich vor den Mund hielt. Als der Anfall vorbei war, öffnete er es und hielt es Max hin. Auch über den Klapptisch hinweg, der sie voneinander trennte, konnte Max deutlich das Hellrot von Blut erkennen. Er wusste nicht, was er sagen sollte. Es war, als hätte er die Kontrolle über sein Sprachzentrum verloren. Offenbar war er nicht der Einzige, der unter der Oberfläche an einem versteckten Leiden litt.

Caspar kommentierte den Anfall nicht. Bilder sprachen mehr als Worte. Stattdessen setzte er seine Ausführungen fort: „Sie denken, es sei an der Zeit, das Dome zu deinstallieren. Nicht nur Leute wie Lara. Es gibt auch Stimmen in meinem eigenen Team, die sich in diese Richtung äußern. Der Ressourcenmangel ist ein mächtiges Argument. Und natürlich auch die Situation mit dem Osten. Für den Moment habe ich das letzte Wort. Aber ich kann dir nicht sagen, wie lange das noch so sein wird." An seinem abgekämpften Gesicht konnte Max erkennen, dass er zu Ende gesprochen hatte. Da ihm immer noch die Worte fehlten, tat Max etwas, das ihm früher nie eingefallen wäre, worin er aber in letzter Zeit immer mehr Übung zu bekommen schien: Er stand auf und legte seine Arme um Caspar. Der Wissenschaftler klopfte ihm dankend auf die Schulter, bevor er sich löste und ihn mit Augen, in die der Schalk zurückgekehrt war, anfunkelte und sagte: „Na komm schon, hör schon auf! Schau uns doch an! Da stehen wir hier rum wie zwei Soppy Gits von der

sentimentalsten Sorte … Zeit, die Atmosphäre aufzulockern!"
Er drehte sich um und holte einen alten Musikplayer aus der Tasche hinter sich. „Keine Sorge, ist batteriebetrieben, ich spare
Strom", erklärte er mit einem lächelnden Seitenblick, worauf-
hin auch schon der eingängige Rhythmus von „Pet Sematary"
von den Ramones ertönte. Max wusste, dass Caspar diese Art
von Musik liebte – noch etwas, das sie gemeinsam hatten. Er
sagte nichts mehr zu den Offenbarungen, die ihm heute zuteilgeworden waren, sondern kehrte zurück zum Anfang ihres Ge-
spräches, indem er „Jam Roly-Poly" in den Raum warf. Caspar
lachte und erwiderte: „Ich dachte, du bist der pikante Typ … Na,
wenn das so ist, here it goes: Die Mutter aller Nachspeisen – Sti-
cky Toffee Pudding!"

Max konnte sich nicht daran erinnern, wie er es aus Caspars
Zelt zurück zum Gästehaus geschafft hatte. Alles, was er wusste, war, dass er dieses Mal definitiv dem Ruf des Bettes folgen
würde. Der Alkohol hatte ihm einen dumpfen Kopfschmerz beschert, was sein ohnehin von sich überschlagenden Gedanken
gepeinigtes Gehirn noch mehr quälte. Bevor er sich jedoch dem
Bett hingab, klopfte er an Feras Tür. Sie war zurück zum Marktplatz gegangen, als er sich auf den Weg zu Caspars Zelt gemacht
hatte. Er wollte herausfinden, was er dort verpasst hatte. Da sie
nicht auf sein Klopfen reagierte, öffnete er sachte die Tür. Ihr
Zimmer war leer. Sie konnte unmöglich immer noch auf dem
Fest sein. Wo war sie?

KAPITEL 18

FERA

Weder Fred noch dieser Jan – Max' Trinkkumpan von vorhin – waren ihr auf den ersten Blick besonders sympathisch gewesen. Sie hatte nicht einmal sagen können, was sie an den beiden störte. Fred war mehr als freundlich gewesen, als er sie früher am Tag zu dem Gästehaus geführt hatte, und auch Jan schien sich nett gegenüber Max verhalten zu haben. Waren es wirklich bloß die hohe Stirn des einen und die eng zusammenstehenden Augen des anderen, die ihnen ein gaunerartiges Aussehen verliehen und Fera unliebsam an Lev erinnerten? Sie versuchte, den Gedanken abzuschütteln, als sie hinter ihnen Platz nahm, um Laras Rede zu lauschen.

Sie musste ihnen recht geben. Die Bürgermeisterin hatte definitiv eine Ausstrahlung, die den Platz sofort in Stille tauchte. Aber nicht die Art von Stille, die eine autoritäre Führungsperson hervorrief – damit kannte sie sich schließlich bestens aus – nein, es war eher eine bewundernde Stille. Die Menschen WOLLTEN wissen, was sie zu sagen hatte. Und Fera musste zugeben, dass es auch schon aus rein optischen Gründen schwer war, die Augen von Lara abzuwenden, was zum einen an ihrer Größe und den auffallenden roten Haaren lag, aber natürlich auch an ihren ebenmäßigen Gesichtszügen, die sie perfekt einzusetzen wusste. Die Emotionen sprangen geradezu von ihrer Miene auf die der Zuschauer über. Mal war es Stolz, als sie aufzählte, was sie alles in Wesel erreicht hatten in den letzten Monaten, mal waren es Kampfgeist und Begeisterung, als sie ihre weiteren Pläne und Ideen vorstellte, und zum Teil war es auch aufrichtiges Mitgefühl und Bedauern über Dinge, die nicht so gelaufen waren, wie sie das geplant hatte. Alles in allem konnte Fera der Frau nichts vorwerfen. Ihre Rede war perfekt und sie konnte das begeisterte Echo in der Menge durchaus nachvollziehen.

Immer wieder wurde sie jedoch von Fred und Jan abgelenkt, die vor ihr tuschelnd die Köpfe zusammengesteckt hatten. Gelegentlich schnappte sie Bruchstücke ihrer geflüsterten Konversation auf. „Wir müssen etwas tun. Das sind wir Lara schuldig", murmelte Fred gerade und Jan erwiderte genauso leise: „Du hast recht. Von allein würde sie nie so weit gehen. Dazu ist sie viel zu gut."

Fera konnte nicht umhin, sich zu fragen, was die beiden da planten. Es hörte sich gar nicht gut an. Sie fasste den Entschluss, die beiden nicht aus den Augen zu lassen, sobald sich das Festgeschehen aufgelöst hatte. Allerdings würde das wohl noch einige Zeit dauern. Gerade war Lara beim Ende ihrer Rede angekommen und wies alle Anwesenden an, es sich schmecken zu lassen und zu feiern, solange sie wollten. Aufräumen könne man auch morgen noch.

Für eine Weile kam Fera ihrem Aufruf nach. Sie aß eine Schüssel von dem Getreidebrei, den sie bereits von Finn im Zug probiert hatte. Nur wurde er hier warm serviert und sie genoss das beruhigende Gefühl, das die Wärme in ihrem Magen hinterließ. Sie kam auch an einigen Ständen vorbei, an denen Spiele durchgeführt wurden. Sie versuchte sich am Dosenwerfen und erkannte Paulas schief grinsendes Gesicht vor ihr in der Schlange. Das Mädchen winkte ihr begeistert zu. Für einen Moment fühlte sich Fera pudelwohl in ihrer Haut. Ihr Magen war voll, sie hatte einen sicheren Schlafplatz, zu dem sie jederzeit zurückkehren konnte, und sie war umgeben von fröhlichen Menschen. Sie konnte nicht mit Bestimmtheit sagen, wann sie sich das letzte Mal so gefühlt hatte. Für einen kurzen Moment erwog sie, hierzubleiben. Vielleicht war eine Kleinstadtgemeinschaft wie diese hier das Beste, was man von dieser Welt noch erwarten konnte. Dann wanderten ihre Gedanken zu Max. Er würde niemals hier sesshaft werden, sondern seine Mission in die Tat umsetzen – koste es, was es wolle. Sie fragte sich, wie sein Gespräch mit Caspar verlaufen war. Sicher war er schon längst wieder zurück in ihrer Unterkunft. Der Gedanke an Max rief die Erinnerung an ihre eigene „Mission" wieder wach. Unruhig sah sie sich nach Fred und Jan um. Sie konnte die beiden Männer jedoch nirgends ausmachen. Also beschloss sie, sich etwas vom Festgelände wegzubewegen.

Intuitiv zog es sie in Richtung des Zeltplatzes. Sie wusste nicht, ob Max der Grund dafür war oder Caspar. Inzwischen war es stockdunkel geworden. Die Fackeln, die vom Marktplatz her leuchteten, spendeten hier nur noch wenig Licht und Fera musste sich auf jeden Schritt konzentrieren, um auf dem unebenen Boden nicht auszurutschen. Schließlich erkannte sie das schmutzige Weiß des Zeltmaterials von Caspars vorübergehender Behausung. Sein Zelt war das Einzige, woraus ein Lichtschimmer zu dringen schien. Die umliegenden Zelte waren alle in Dunkelheit getaucht. Offenbar waren auch Caspars Mitarbeiter auf dem Marktplatz unterwegs.

Fera hielt es für äußerst unwahrscheinlich, dass Max immer noch bei Caspar war. Sie hatte halb erwartet, ihn auf ihrem Weg hierher möglicherweise anzutreffen, aber er musste sich wohl schon vor einiger Zeit zurück zum Gästehaus begeben haben. Sollte sie es riskieren, nun selbst das Zelt zu betreten?

Gerade als sie einen Schritt in Richtung des Zeltes unternehmen wollte, hörte sie einen undeutlichen Schrei aus dessen Innerem kommen. Unwillkürlich machte sie einen Schritt zurück hinter den Baumstamm, der ihr zuvor schon gute Dienste geleistet hatte. Zwei Gestalten verließen Caspars Zelt in hastiger Eile. Sie konnte sie nicht hundertprozentig erkennen, aber sie war sich ziemlich sicher, dass es sich um Jan und Fred handelte. Sie hatte sie heute Abend immerhin lange genug beobachtet, um ihre Bewegungen und Körpersprache wiederzuerkennen.

Das konnte nichts Gutes bedeuten. Ohne darüber nachzudenken, rannte sie los. Sie gab es auf, auf den Boden zu achten, dafür war jetzt keine Zeit. Als sie das Zelt erreichte, waren die beiden Gestalten längst verschwunden und sie hielt abrupt vor dem halb verdeckten Eingang, um einmal tief durchzuatmen. Was würde sie hinter dieser Zeltplane erwarten?

Undeutliche, schwere Atemgeräusche aus dem Inneren bewirkten, dass sie sich wieder in Bewegung setzte. Als sie eintrat, zeigte sich ihr ein Bild des Schreckens: Der deutlich älter gewordene Wissenschaftler lag mit angezogenen Beinen auf dem Zeltboden, halb verdeckt durch einen kleinen Klapptisch, der vermutlich umgestoßen worden war. Der Ausdruck auf seinem Gesicht hatte nichts mehr von der Vorwitzigkeit, an die sie sich aus ihren Kindertagen erinnerte, sondern war schmerzverzerrt. Als sie weiter an seinem Körper hinunterblickte, erkannte sie den Grund dafür. Ein Messer steckte ihm im Bauch, um das sich bereits eine beträchtliche Menge Blut gebildet hatte.

Was sollte sie tun? Sollte sie es herausziehen? Sollte sie Hilfe holen? Wusste der Mann vor ihr überhaupt, wer sie war? Zumindest die Antwort auf ihre letzte Frage bekam sie unverzüglich, als Caspars Augen zu ihr wanderten und er sich unter Anstrengungen aufrichtete, um sie anzusprechen: „Kann es wahr sein? Bist du es, Kind? Fera – die Fee … Locken wie eine Fee …" Seine Stimme erstarb plötzlich und er ließ seinen Oberkörper wieder zurücksinken, wobei er einige tiefe, grunzende Geräusche von sich gab.

„Ja, ich bin es, Fera. Sag mir, was ich tun soll. Soll ich das Messer herausziehen? Ich kann versuchen, die Blutung zu stoppen …", schlug sie hektisch vor, wobei sich ihre Stimme fast überschlug.

„Nein, nein, dafür ist es zu spät. Diese Idioten … hätten sie doch nur geahnt, dass sie sich die Mühe hätten sparen können … in ein paar Wochen hätte ich ihnen sowieso den Gefallen getan …", brachte er mühsam hervor und Fera hatte keine Ahnung, wovon er sprach.

„Was …", fing sie verwirrt an, doch Caspar unterbrach sie: „Sch jetzt. Sag mir, wie es Juri geht … Ist alles gut … in …seinem …Labor?" Fera kniete sich neben Caspar und legte ihm beruhigend eine Hand auf den Bauch. Sie hoffte, dass sie ihm damit nicht noch mehr Schmerzen verursachte. Dann sagte sie leise: „Ihm geht es gut. Er genießt deine Musik." Sie rang sich ein Lächeln ab und Caspar reagierte darauf mit einem unterdrückten Lachen, das sofort von einem schmerzerfüllten Husten gefolgt wurde. „Der riesige alte Sack", brachte er hervor, „wenigstens hat er so eine bleibende Erinnerung an mich."

„Er vermisst dich. Er wird sich gut um alles kümmern. Mach dir keine Sorgen, Caspar." Ihre Worte waren als Beruhigung gedacht, aber sie konnte die Unsicherheit in ihrer Stimme nicht übertünchen. Tatsache war, dass sie keine Ahnung hatte, ob es Juri gut ging, ob der Vorfall im Krom auf ihn zurückgeführt werden konnte. Sie würde es nie erfahren. Caspar schien ihre Zweifel jedoch nicht herausgehört zu haben oder er hatte sich entschieden, sie zu ignorieren, denn er antwortete leise: „Gut, das ist gut." Seine Augen rollten unruhig hin und her und zeitweise war nur noch das Weiß zu sehen. „Er wird nicht mehr lange durchhalten", dachte Fera. Und sie konnte nur hilflos neben ihm hocken und dabei zusehen.

Sein Blick klärte sich ein letztes Mal und er schien all seine Kraft zusammenzunehmen, als er erneut seine Stimme erhob: „Pass auf dich auf, Fera-Fee... die Welt ... wird ... sich ... verändern." Danach sagte er nichts mehr. Fera saß bis zum Ende bei ihm und hielt seine Hand.

„Du musst jemandem Bescheid geben! Du musst ihnen sagen, was du gesehen hast", versuchte sie sich selbst aus ihrer Lethargie zu reißen. Sie schaffte es schließlich, ihre Hände von Caspars totem Körper zu nehmen. Als sie sich durch ihre Haare fahren wollte, bemerkte sie, dass sein Blut an ihren Händen klebte. Sie fühlte sich unwillkürlich in ihre Schreckensnacht im Krom zurückversetzt, als ihr Igors Blut am Körper geklebt hatte. Sie merkte, wie sie zu hyperventilieren begann.

Wie durch Watte nahm sie die Stimme einer Frau am Zelteingang wahr: „Okay Caspar, bevor du dich wieder aufregst, ich bin hier, um mich zu entschuldigen. Ich ..." Die Stimme verstummte abrupt.

Fera drehte sich langsam um und sah die eindrucksvolle Gestalt der Bürgermeisterin vor ihr stehen. Ihre Augen waren vor Schock geweitet und ihr Mund stand offen. „Was zur Hölle ...?", fing sie an. „Du kleines Miststück. Was hast du GETAN?!" Ihre Stimme wurde immer höher und lauter, während ihre Augen unruhig zwischen ihr und Caspars leblosem Körper hin- und herwanderten.

Fera spürte, dass sie ihre Lippen bewegte, doch sie brachte keinen Ton hervor.

Dafür redete Lara immerzu weiter: „Ihr seid von der Ostgrenze gekommen, du und dein Freund, ja? Ich frage mich allmählich, von welcher Seite. Der westlichen? Oder war es vielleicht doch die östliche?" Während sie sprach, kam sie immer näher auf Fera zu und Fera befürchtete, die Frau würde jeden Moment das Messer aus Caspars Körper ziehen und auf sie einstechen, so wutverzerrt war ihre Miene.

„Was ist die Belohnung, die euch erwartet, für den Mord an dem Genie des Westens? Sag schon, was hat man euch angeboten?", bohrte die Bürgermeisterin weiter. Dabei war ihr Gesicht so nah an Feras Gesicht, dass diese ihren heißen Atem auf sich spüren konnte.

Sie fühlte, wie eine riesige Welle an Adrenalin durch ihre Adern zu schießen begann und sie die Kontrolle über sich zu verlieren drohte. Ihr Gehirn schien nicht mehr zu funktionieren, stattdessen übernahmen ihre Urinstinkte. Sie sprang auf und stieß Lara mit beiden Händen von sich.

Die Bürgermeisterin hatte anscheinend nicht mit Feras plötzlicher Reaktion gerechnet. Sie taumelte nach hinten, wobei sich ihr Fuß an dem umgestürzten Klapptisch verfing, was sie der Länge nach zu Fall brachte. Fera zögerte nicht den Bruchteil einer Sekunde, sondern rannte an ihr vorbei aus dem Zelt. Undeutlich hörte sie die Frau hinter sich fluchen.

Fera wusste nicht, wie viel Vorsprung sie erlangen konnte. Würde Lara ihr folgen oder würde sie Hilfe holen und die ganze Gemeinde gegen sie aufhetzen? Wo sollte sie hin?

Verdammt, sie musste Max warnen. Die Bürgermeisterin schien ihn ebenfalls für einen Verräter zu halten. Sie versuchte, sich an den Weg zum Gästehaus zu erinnern. Im Dunkeln wirkten die Straßen anders. Sie rannte und rannte. „Wieder einmal!", schoss es ihr durch den Kopf. Wenigstens hatte sie diesmal geeignete Schuhe an. Bei diesem absurden Gedanken fing sie hysterisch an zu kichern.

Da! Sie hatte das Haus endlich erreicht. Sie erkannte die kurze Treppe vor dem Eingang wieder und hastete hinauf zur Tür. Noch während sie sich durch den Flur kämpfte, rief sie: „Max! Max, bist du hier? Bitte sag mir, dass du hier bist!!" Sie platzte in sein Zimmer und fand ihn bereits aufrecht im Bett sitzen. Sein Blick war mehr als verwirrt. Dann richteten sich seine Augen auf ihre Hände und das Blut, das immer noch daran klebte. Sie wurden genauso groß wie die der Bürgermeisterin vor ein paar Minuten. Fera wurde von einer irrationalen Angst gepackt. Was, wenn er sie auch für eine Mörderin hielt?

KAPITEL 19

MAX

Das laute Geräusch von unkoordinierten Schritten, die durch den Flur trampelten, riss Max unliebsam aus seinen Träumen. Er konnte sich gerade noch im Bett aufsetzen und die einzige Lampe auf dem Nachttisch neben dem Bett einschalten, als auch schon seine Tür mit Schwung aufgerissen wurde. Fera stand schwer atmend im Türrahmen. Sie gab ein Bild schierer Verzweiflung ab. Einzelne Locken hingen ihr wild ins Gesicht, ihr Pullover klebte an ihr und war voller nasser Schweißflecken. Ihr Gesicht dagegen war so blutleer, als sei der Leibhaftige höchstpersönlich hinter ihr her gewesen. Dann fiel Max' Blick auf ihre Hände … Blut. Sie waren so voll davon, als hätte sie soeben eine Notoperation an jemandem durchgeführt. Oder das Gegenteil davon, sagte eine Stimme in den hintersten Winkeln seines Kopfes.

„Max, wir müssen sofort verschwinden! Du musst aus dem Bett raus. Komm schon!", flehte Fera ihn aufgeregt an.

„Sag mir doch erst mal, was überhaupt passiert ist. Bist du verletzt? Hat dich jemand angegriffen?", fragte Max, während er sich langsam aus dem Bett schälte. Er versuchte, ruhig zu bleiben und erst einmal die nötigen Informationen aus Fera herauszubekommen, um ihr weiteres Vorgehen bestimmen zu können. Es würde niemandem nützen, wenn er sich von ihrer Panik anstecken ließ.

Als sie jedoch sah, wie langsam er seine Schuhe anzog und dann auch noch nach dem Rucksack griff, um seine Sachen zusammenzupacken, wurde sie nur noch panischer. „Was machst du denn? Dafür haben wir keine Zeit. Vergiss die Sachen. Wir müssen hier raus! JETZT!", schrie sie ihn an.

Ihre Gesichtsfarbe hatte von Schneeweiß zu Dunkelrot gewechselt und Max machte sich ernsthaft Sorgen, sie würde jeden

Moment einen Nervenzusammenbruch erleiden. Er ging auf sie zu und legte beide Hände auf ihre Schultern, um ihr beruhigend zuzureden. Er kam jedoch nicht dazu, auch nur ein Wort zu sagen, da hörte er erneut laute Schritte den Flur entlangstürmen.

Automatisch ließ er Feras Schultern los und trat schützend vor sie. Im selben Moment drängte sich die Bürgermeisterin ins Zimmer, gefolgt von drei Männern, die Max nicht kannte, und der Frau, die bei ihrer Ankunft in Wesel ebenfalls an Laras Seite gestanden hatte. Alle hatten identische Mienen der Verachtung aufgesetzt und bauten sich demonstrativ vor der Tür auf, um ihnen den Ausgang zu versperren. „Na, hat sie dir von ihrer glorreichen Tat berichtet? Plant ihr gerade eure Flucht?", ergriff die Bürgermeisterin das Wort und ihre Stimme triefte dabei vor Hohn.

„Ich habe nicht die geringste Ahnung, wovon du sprichst", antwortete Max bestimmt. Allmählich wurde er auch gereizt. Er würde sich nicht die Schuld für etwas geben lassen, wovon er nicht einmal wusste, was es genau war. Er wollte gerade eine Gegenfrage stellen, als Fera ihm zuvorkam: „Er weiß von nichts. Ich war es. Es war mein Tun allein. Ich komme von der ‚Macht des Ostens', ja. Er ist nur einer von der Grenzpatrouille, den ich benutzt habe, um an Caspar heranzukommen."

Für einen Moment verschlug es Max die Sprache. Er versuchte, mehrere Informationen gleichzeitig zu verarbeiten. War Caspar tot? War das Blut an Feras Händen etwa seines? Und hatte Fera soeben zugegeben, ihn ermordet zu haben? Das konnte nicht ihr Ernst sein. Niemals entsprachen ihre Worte der Wahrheit!

Er sah kurz auf und blickte direkt in das selbstzufriedene Gesicht der Bürgermeisterin vor ihm. Offenbar war ihr sein Unglaube nicht entgangen: „Ah, ich verstehe, was sich hier abgespielt hat. Sie hat dich um den Finger gewickelt, das hübsche, kleine Biest, was? Und ich kann es dir noch nicht einmal verdenken, sieht sie doch so zart aus, als könnte sie keiner Fliege etwas zuleide tun. Aber hier ist die grausame Realität, die ich mit meinen eigenen Augen gesehen habe: Sie hat Caspar kaltblütig erstochen, in seinem eigenen Zelt! Sie kauerte immer noch über ihm, als ich sie erwischt habe."

Immer noch rang Max vergeblich nach Worten. Er drehte seinen Blick zu Fera. Er wollte in ihre Augen sehen, er wollte die Wahrheit darin lesen, von der er sicher war, dass sie sie verschwieg. Doch Fera hielt ihren Blick stur geradeaus gerichtet und ihr Gesicht war eine undurchdringliche Maske, hinter der sie jegliche Emotionen zu verstecken suchte. Was zur Hölle sollte das? Dann meldete sich die Stimme aus den tiefsten Winkeln seines Gehirns plötzlich wieder zu Wort: „Was, wenn sie die Wahrheit sagt? Sie war es gewesen, die darauf bestanden hatte, getrennt zu Caspar zu gehen. Was weißt du denn schon über sie? Ihre Eltern hatten auch am Dome gearbeitet. Wie tief waren ihre Wurzeln im Osten, reichten sie bis in das Krom hinein? Und hatte sie nicht selbst zugegeben, schon einmal einen Mann getötet zu haben?"

Entrüstet von seinen eigenen Gedanken, schüttelte Max abwehrend den Kopf. Nein, er konnte sich nicht so in ihr getäuscht haben. Er weigerte sich, ihr Geständnis zu glauben.

Lara beachtete seinen inneren Kampf nicht, sondern wandte sich an die Männer hinter ihr: „Also gut, nehmt sie fest. Ich habe genug gesehen und gehört. Lisa und ich werden uns um Caspars Leiche kümmern und seine Leute informieren. Es muss einen Notfallplan geben."

Max konnte nur bewegungsunfähig zusehen, wie einer der Kerle Feras Hände hinter ihr zusammenband und die anderen beiden sie flankierten und in Richtung Tür schoben. Als sie an ihm vorbeigezerrt und durch die Tür bugsiert wurde, streifte ihr Blick für den Bruchteil einer Sekunde seinen. Er glaubte, Genugtuung darin zu sehen.

Und dann verstand er auf einmal, was sich hier wirklich abspielte. Es war nicht die Genugtuung eines Killers, die er in Feras Augen gesehen hatte, nein, sie war froh darüber, dass nur sie allein abgeführt wurde. Sie hatte die Schuld auf sich genommen, damit er unbehelligt bleiben konnte. Hätten sie versucht zu fliehen, hätte man sie beide als schuldig angesehen. So konnte zumindest er auf freiem Fuß bleiben. So logisch ihm ihr Verhalten erschien, so wütend machte es ihn. Wie konnte sie das einfach über seinen Kopf hinweg entscheiden? Vielleicht hätten sie fliehen können. Unmittelbar setzte jedoch die Stimme der Vernunft in ihm ein: „Sei nicht so blöd. Ihr hättet niemals zu Fuß einer ganzen Stadt entkommen können." Aber was erwartete sie denn jetzt? Dass er sie hier zurückließ und weiter seines Weges ging?

„Er hatte es nicht verdient, so zu sterben", riss ihn Laras Stimme auf einmal aus seinen Gedanken. Offenbar war sie allein zurückgeblieben, denn er konnte die Frau, die sie als Lisa adressiert hatte, nirgends mehr sehen. „Wir waren nicht immer einer Meinung, aber ich habe den Mann verehrt."

Max brauchte einen Moment, um zu realisieren, dass sie von Caspar sprach. Ihr Gesicht hatte diesen überlegenen Ausdruck verloren und nun sah er nur ehrliches Bedauern darin. Es ließ sie verletzlicher wirken und er erkannte, dass da kein schlechter Mensch vor ihm stand. Sie wollte nur Gerechtigkeit und war der Ansicht, dies hiermit erreicht zu haben. Nun brachen der Schock und die Trauer über sie herein. Wie zu sich selbst murmelte sie weiter: „Ich hätte mich nie offen gegen ihn gestellt. Er musste das wissen. Ich hoffe, er hat es gewusst."

Max spürte, dass sie sich nach Bestätigung sehnte, doch etwas in ihm weigerte sich, sie ihr zu geben. Er hatte genug mit seinen eigenen Gefühlen zu kämpfen. Auch ihm hatte Caspar schließlich etwas bedeutet. Hinzu kam die Sorge um die Lücke, die er hinterließ. Allerdings mutmaßte Max, dass Caspar bereits selbst Pläne für die Zeit nach seinem Ableben ins Rollen gebracht hatte. Schließlich hatte er mit seinem Tod gerechnet – wenn auch nicht auf diese Art und Weise. Was ihn zu der Frage führte, wer hatte dieses unplanmäßige Ableben herbeigeführt? Fera war es nicht – das stand fest. Auch die Bürgermeisterin steckte sicher nicht dahinter. Ihre Trauer schien aufrichtig zu sein. Wer also konnte es gewesen sein und was hatte sich derjenige von der Tat erhofft? Er schob den Gedanken beiseite. Stattdessen fragte er: „Wo bringen sie sie hin?"

Die Bürgermeisterin kommentierte den Themenwechsel nicht, sondern antwortete wieder gefasster: „Sie bringen sie in die alte

Brauerei. Da gibt es einen tiefen Keller." Als sie Max' schockierten Gesichtsausdruck bemerkte, fügte sie hinzu: „Keine Sorge, sie bekommt einen fairen Prozess. Dieses Privileg würde sie in ihrer Heimat sicher nicht haben." Max entging nicht, wie sie dabei abschätzend ihre Mundwinkel anhob.

„Kann ich ihn sehen? Ich könnte helfen, die Leiche zu bergen. Er hat mir auch viel bedeutet, weißt du", lenkte er das Gespräch wieder zurück auf Caspar. Sein Angebot war nicht gänzlich ohne Hintergedanken. Er erhoffte sich, ein paar Schlüsse ziehen zu können, was sich wirklich dort zugetragen hatte, wenn er den Tatort sah. Als Lara nickte, atmete er erleichtert aus. Das war seine einzige Chance, Feras Unschuld zu beweisen – herauszufinden, wer der wirkliche Mörder war.

Max musste merklich schlucken, als er kurze Zeit später Caspars Zelt betrat. Es war nur einige Stunden her, dass sie hier beieinandergesessen und gelacht hatten. Nun lag der Körper seines geschätzten Weggefährten steif auf dem Boden und seine Haut fing bereits an, sich an einigen Stellen purpurblau zu verfärben. Wenigstens waren seine Augenlider geschlossen. Unwillkürlich fragte er sich, ob Fera bei ihm gewesen war, als er starb. Er wollte sich nicht vorstellen, dass Caspar hier allein seinen Verletzungen erlegen war. Sie hätte ihm Trost gespendet – egal wie gut sie sich kannten, da war er sich sicher. Wie hatte er auch nur einen Moment an ihrer Integrität zweifeln können?

Max' Blick fiel auf das Messer, das immer noch aus dem Bauch der Leiche ragte. Einer der Männer, die auf Laras Anweisung mitgekommen waren, um den schaurigen Schauplatz aufzuräumen, wollte es gerade herausziehen, aber Max hob rasch seine Hand, um ihn zu stoppen. Er wollte sich das Messer etwas genauer ansehen, bevor es entsorgt wurde.

Kurzerhand zog er es selbst heraus. Die Klinge war sichelförmig und nicht besonders lang. Max kannte diese Art von Messer. Ja, er war sich ziemlich sicher, dass es sich dabei um eine Hippe handelte – ein Gärtnermesser, wie man es möglicherweise auch für die Ernte und Verarbeitung des Hafers einsetzen würde. Das ließ darauf schließen, dass der Mörder möglicherweise eine unmittelbare Rolle in Wesels Haferproduktion spielte.

Der Mann neben ihm zog ungeduldig seine Augenbrauen hoch und räusperte sich. Max nickte abwesend und übergab ihm das Messer, das dieser in einen kleinen Beutel steckte. Verwirrt fragte Max sich, was sie wohl damit vorhatten, schließlich hatten sie heutzutage sicher nicht mehr die Möglichkeiten, Fingerabdrücke abzugleichen wie früher. Nun, ihm war es gleich. Er hatte genug gesehen. Er würde den Männern mit Caspars Leiche helfen und dann einige Erkundigungen einholen.

KAPITEL 20

FERA

Fera fand sich in einem stinkenden unterirdischen Gemäuer wieder. Es gab keine Lichtquelle, lediglich ein vergittertes Fenster im oberen Teil der Wand, was aber keinen Unterschied machte, da es draußen ohnehin immer noch stockdunkel war. Wenigstens hatten ihre Begleiter den Anstand besessen, ihr eine Schale Wasser hinzustellen, bevor sie sie hier eingeschlossen hatten, damit sie sich endlich das Blut abwaschen konnte.

Vielleicht hätte sie das Wasser jedoch lieber trinken sollen, schoss es ihr durch den Kopf. Wer weiß, ob sie ihr hier unten überhaupt irgendeine Verpflegung zukommen lassen würden. Vielleicht hatten sie ja als Strafe einfach vor, sie verhungern zu lassen. Einen Schlafplatz gab es hier zumindest nicht.

Obwohl es nicht kalt war, kauerte sich Fera in einer Ecke zusammen. Sie zog ihre Knie an und vergrub den Kopf unter ihren Armen. Warum konnte sie sich nicht einfach in Luft auflösen? Dieser Gedanke war ihr nicht fremd. Wie oft hatte sie genau dasselbe gedacht, als sie in ihrem goldenen Käfig im Krom gesessen war? All die Kilometer, die sie zurückgelegt hatte, die Strapazen, die sie durchgemacht hatte, um dem endlich zu entfliehen ... Wie nah sie ihrem Ziel gekommen war! Noch vor wenigen Stunden hatte sie sogar diese Stadt hier als das Ziel in Erwägung gezogen. Wie hatte sich alles so schnell wenden können? Sollte es so enden?

Wenigstens hatte sie Max aus der Sache heraushalten können. Diesem Gedanken folgte jedoch ein beunruhigender Gedanke auf dem Fuß: Was dachte er nun über sie? Sie konnte seinen schockierten Gesichtsausdruck nicht vergessen. Er hatte ausgesehen, als sei seine Weltanschauung von einer Sekunde auf die andere komplett auf den Kopf gestellt worden. Er hatte sie angesehen, als erkenne er sie nicht wieder, als hätte er sich in ihr getäuscht. Aber das hatte sie schließlich erreichen wollen, oder? Es sollte überzeugend aussehen, keine Zweifel lassen. Immerhin hatte sie das geschafft. Er würde weiterziehen können. Er würde herausfinden, was es wirklich mit dem Jenseits des Dome auf sich hatte. Zumindest dieser Gedanke gab ihr eine kleine Genugtuung.

Und wer weiß, vielleicht hatte sie dieses Ende ja wirklich verdient. Sie hatte Caspar nicht kaltblütig ermordet. Nichtsdestotrotz hatte sie ein Leben genommen. Sie war eine Mörderin. Das war die traurige Wahrheit.

Irgendwann musste sie eingeschlafen sein, denn als sie den Kopf wieder hob, fiel trübes Licht durch das vergitterte Fenster über ihr. Dennoch konnte sie nicht abschätzen, ob es früher Morgen war oder schon später am Tag. Das Licht trug auch nicht dazu bei, dass sie sich hier wohler fühlte, denn nun konnte sie das feuchte Gemäuer um sie herum nicht nur riechen, sondern auch seine gesamte Tristesse sehen. Uralte Fässer und eine marode Bank standen in einer Ecke. Das war alles. Fera wollte ihren Kopf gerade wieder in ihren Händen vergraben, als sie hörte, wie jemand sich am Schloss der Tür zu schaffen machte. Sie hatte keine Ahnung, was sie erwartete. Würde man sie nun abholen und öffentlich hinrichten?

Umso erstaunter war sie, als sie neben dem Gesicht der Bürgermeisterin auch Paulas erblickte. Das Mädchen setzte ihr breites schiefzahniges Lächeln auf, wenn auch diesmal mit einer leichten Unsicherheit. Fera stieß leise den Atem aus, den sie unwillkürlich angehalten hatte. Sie würden sicherlich kein Kind zu ihrer Hinrichtung mitbringen.

„Ich komme, um dir mitzuteilen, dass dein Prozess in drei Tagen stattfinden wird. Mach dir aber nicht allzu große Hoffnungen, die Beweislage scheint mir belastend", ergriff Lara das Wort und sah sie dabei aus zu Schlitzen verengten Augen provokant an. Fera konnte den Hass der Bürgermeisterin förmlich spüren. Warum sie sich überhaupt die Mühe machte, einen Prozess aufzuziehen, war ihr schleierhaft. Offensichtlich stand dessen Ausgang doch ohnehin schon fest und schließlich hatte Fera das vermeintliche Verbrechen ja sogar zugegeben.

„Paula hier wird dir bis dahin zweimal am Tag Essen und Trinken bringen", wechselte die Bürgermeisterin das Thema. Als sei das ihr Stichwort gewesen, verließ das Mädchen kurz den Keller, um einen Moment später mit einem Tablett zu erscheinen, auf dem eine Schüssel mit Brei stand und ein Glas mit der milchigen Flüssigkeit, die sie bereits auf dem Fest gehasst hatte. „Offenbar ist dieses eklige Getränk bereits der Anfang meiner Strafe", dachte Fera zynisch. Sie würde sich aber nicht die Blöße geben und nach Wasser fragen.

Paula stellte das Tablett vor Feras Füßen ab. Die Augen des Mädchens verweilten einen Augenblick neugierig auf ihr. Fera konnte ihr ansehen, dass sie am liebsten Hunderte Fragen gestellt hätte, sich aber, angesichts der Präsenz der Bürgermeisterin hinter ihr, zurückhielt.

„Komm schon, lass uns gehen, Kind, hier gibt es nichts weiter zu sagen", meldete sich diese auch prompt zu Wort. Und so plötzlich wie beide in ihrer provisorischen Zelle erschienen waren, verschwanden sie auch wieder.

Allmählich begann eine Klaustrophobie sich Feras zu bemächtigen. Der Keller war zwar nicht winzig, aber sie wünschte sich, es würde wenigstens ein kleiner Luftzug durch das Fenster wehen. Als Kinder hatten Vlad und sie oft Verstecken gespielt und sie hatte nie verstanden, wie er minutenlang in geschlossenen Schränken oder gar Truhen hatte ausharren können. Für sie war es das höchste der Gefühle gewesen, sich unter dem Bett zu verstecken. Aber war nicht im Grunde heutzutage die gesamte Welt, wie sie sie kannte, auch ein Gefängnis? Mit unsichtbaren Gittern zwar, aber dennoch klar begrenzt durch das Dome. Segen und Fluch gleichermaßen. Der Gedanke an das Dome lenkte ihre Überlegungen wieder zu Max. Bestimmt hatte er Wesel inzwischen verlassen und war auf dem Weg zum Camp an der westlichen Grenze. Sie hoffte es zumindest. Vielleicht könnte sie Paula nach ihm fragen, sollte sie tatsächlich heute Abend noch einmal vorbeikommen. Sie hoffte auch, sie würde ihr diesmal

Wasser bringen. Fera war am Verdursten, während ihr Magen zu einem steinernen Klumpen verkümmert zu sein schien. Den Brei hatte sie nicht angerührt.

Über Stunden dämmerte sie dahin. Mal von ihren unruhigen Gedanken und Erinnerungen in Beschlag genommen, mal Erlösung im Schlaf findend. Es war bereits wieder dunkel geworden, als sich die schwere Kellertür schließlich erneut öffnete. Fera nahm mit Erleichterung zur Kenntnis, dass Paula dieses Mal allein zu ihr kam. Immerhin hielten sie Fera anscheinend für ungefährlich, sodass sie es verantworten konnten, ein Mädchen ohne Bodyguards zu ihr zu schicken. Andererseits, wohin sollte sie auch entkommen, wenn sie es an dem Mädchen vorbei hinausschaffte? Draußen wartete eine ganze Stadt auf ihre Verurteilung. Nein, die Bürgermeisterin hatte wirklich keinen Grund zur Angst.

Paula sammelte das unangetastete Geschirr vom Morgen ein und stellte ihr einen neuen Becher samt gefüllter Schale hin. Sie fragte sie mit hochgezogenen Augenbrauen: „Du magst das Essen nicht?" Fera antwortete: „Ich hatte keinen Hunger." Sie machte eine kurze Pause und fügte dann hinzu: „Aber ich bin sehr durstig."

Paula hielt ihr den Becher hin und Fera stellte dankbar fest, dass sich wirklich Wasser darin befand. Als sie den Becher übernahm, streifte sie kurz die Hand des Mädchens und Paula zuckte ruckartig zurück, als hätte sie einen elektrischen Schlag bekommen.

„Hast du etwa Angst vor mir?", fragte Fera verdutzt und beantwortete ihre Frage im Geiste selbst. Natürlich hatte das Mädchen Angst, schließlich saß es einer vermeintlich kaltblütigen Killerin gegenüber. Kapitulierend senkte sie ihren Kopf. Das Mädchen musste ihren traurigen Blick trotzdem gesehen haben, denn es antwortete: „Nein, ich habe keine Angst vor dir. Meine Mutter sagt zwar, dass du eine Bestie wärst, denn nur ein Monster kann das tun, was du getan hast. Aber ich finde, du siehst überhaupt nicht aus wie ein Monster."

Fera musste über die Argumentationsweise der Kleinen lächeln und hob ihren Kopf wieder, um zu fragen: „Ach nein? Wie seh ich denn dann aus?"

Wie aus der Pistole geschossen erwiderte Paula: „Hübsch. Du bist hübsch. Wie eine Fee aus den Märchen, die mir Mama erzählt hat, als ich klein war. Die haben da immer alle blonde Locken gehabt und Haut wie Porzellan."

Fera fühlte sich nicht hübsch, schon gar nicht in ihrem derzeitigen Zustand, aber der Enthusiasmus des Mädchens entlockte ihr ein herzliches Lachen. Und es war auch nicht das erste Mal, dass sie jemand mit einer Fee verglich. Es versetzte ihr einen Stich, als sie an Caspar dachte, der sie während seiner Zeit bei Juri stets so genannt hatte. „Ich wünschte, ich wäre eine Fee, dann könnte ich meine Unschuld beweisen", murmelte sie abwesend. Sie hatte die Worte gar nicht laut aussprechen wollen und hätte sich am liebsten selbst in den Hintern getreten, als ihr klar wurde, dass Paula sie sehr wohl gehört hatte.

„Ha! Ich wusste es!", rief diese nun triumphierend. „Ich hab meiner Mutter kein Wort geglaubt, als sie mir erzählt hat, was du getan haben sollst. Sie hat sogar Angst um mich gehabt, weil ich mich freiwillig gemeldet habe, dir das Essen zu bringen. Aber mein Gefühl war richtig! Ich hab dich gleich gemocht!" Jede anfängliche Zurückhaltung war nun aus Paulas Körpersprache verschwunden und sie grinste wieder ihr breitestes Grinsen. Pippi Langstrumpf! Das war es. Das Mädchen erinnerte sie an die Hauptfigur aus dem Lieblingsbuch ihrer Kindertage. Sie sah die Illustrationen genau vor sich. Paula hatte sogar ihr Haar zu zwei Zöpfen gebunden, auch wenn es nicht rot war. Dafür zierten vereinzelte Sommersprossen ihren Nasenrücken.

Fera gab es auf zu versuchen, das Mädchen vom Gegenteil zu überzeugen, und bestätigte stattdessen: „Ja, du hattest recht. Ich hab es nicht getan."

„Aber wieso sitzt du dann hier rum? Warum hast du zugelassen, dass sie dich einsperren? Warum hast du alles zugegeben?", wollte Paula wissen. Sie sprach dabei so schnell und erregt, dass Fera Mühe hatte, ihren Worten zu folgen.

„Das ist kompliziert, Paula", versuchte sie zu erklären. „Sie hätten mir nicht geglaubt. Die Situation war zu eindeutig und ich wollte nicht, dass sie meinen Freund auch verdächtigen."

Paula schnappte aufgeregt nach Luft und sagte dann: „Dein Freund? Das ist der griesgrämige Typ mit den komischen Schuhen, oder? Der ist den ganzen Tag in der Stadt unterwegs gewesen und hat alle möglichen Leute mit Fragen gelöchert. Wie der Hafer 2.0 geerntet und verarbeitet wird. Wer sich darum kümmert. Was wir für Geräte benutzen. Er war sogar in der Brauerei. Der neuen, nicht dieser hier. Das ist die alte."

Fera hatte Schwierigkeiten, alle Informationen zu verarbeiten, die aus Paula heraussprudelten. Das Mädchen schien nur so von einem Gedanken zum nächsten zu hüpfen. Aber eine Tatsache leuchtete hell vor allen anderen in ihrem Gehirn auf: Max hatte Wesel nicht verlassen. Er stellte Nachforschungen an. Hieß das, er glaubte an ihre Unschuld? War er den wahren Schuldigen auf der Spur? Feras Herz schlug plötzlich schneller vor Aufregung und Hoffnung, verlangsamte sich jedoch im nächsten Moment wieder. Würden ihm drei Tage ausreichen, um die Puzzleteile zusammenzufügen? Sie musste ihm auf die Sprünge helfen. Wenn sie ihm nur sagen könnte, was sie vor Caspars Zelt beobachtet hatte. Dann könnte er gezielt Jan und Fred unter die Lupe nehmen. Nun, vielleicht konnte sie nicht mit Max persönlich sprechen, aber möglicherweise würde Paula ihm eine Nachricht zukommen lassen.

Gerade wollte sie ihren Mund öffnen, um Paula um den Gefallen zu bitten, als diese ihr zuvorkam. Offenbar hatte das Mädchen interessiert ihre Miene studiert und keine ihrer Gefühlsregungen war ihr entgangen, denn sie stellte nun verzückt fest: „Du bist verliebt, stimmt's? Ich hab genau gesehen, wie deine Augen geleuchtet haben, als ich dir von ihm erzählt habe. Sag, wie fühlt es sich an? Mama sagt, Liebe gibt es nur in Geschichten. Aber dann wäre das Leben ziemlich traurig, oder?"

Fera war einen Moment sprachlos. In der Vorwitzigkeit des Mädchens lag auch so viel Weisheit. Schließlich bemühte sie sich um eine diplomatische Antwort: „Es ist nicht so, wie du denkst. Er bedeutet mir einfach viel. Er ist mein Freund." Paula spitzte die Lippen, verdrehte die Augen und erwiderte: „Wenn du meinst ... Ich sage trotzdem, dass du in ihn verliebt bist. Basta!"

Dann ließ sie die Sache auf sich beruhen und fragte stattdessen enthusiastisch: „Aber was ist denn nun dein Plan? Wie beweisen wir deine Unschuld?"

Nun konnte Fera endlich ihre Idee vorbringen, Paula zu einer Nachrichtenübermittlerin zu machen. Das Kind war begeistert. Allerdings war sich Fera nicht sicher, in welchem Verhältnis Paula zu Jan oder Fred stand, also wollte sie ihr nicht rundheraus sagen, dass die beiden mit ziemlicher Sicherheit den Mord begangen hatten, sondern sie trug Paula lediglich auf, Max zu sagen, er solle seine Nachforschungen auf diese beiden Männer konzentrieren. Sie hoffte, er könnte eins und eins zusammenzählen, wenn er sich daran erinnerte, wie beide Männer von Lara geschwärmt hatten. Sicher wollten sie der Bürgermeisterin mit dem Mord einen Gefallen tun, weil sie dachten, sie könnte ohne Caspars Veto leichter ihre bahnbrechenden Ideen umsetzen.

Paula verabschiedete sich von Fera mit einer hastigen Umarmung und rief ihr beim Hinausgehen über die Schulter zu: „Und iss diesmal was. Du brauchst schließlich deine Kräfte!" Sie klang dabei wie eine überfürsorgliche Mutter und Fera konnte nur mit dem Kopf schütteln. Das Mädchen war eine wahre Naturgewalt. Vielleicht könnte sie ihm bei seinem nächsten Besuch von Pippi Langstrumpf erzählen. Das würde ihm sicher gefallen.

KAPITEL 21

MAX

Max hatte das Gefühl, er könnte inzwischen selbst Getreide-
bauer werden, so viele Informationen hatte er im Laufe des Tages über die neuartige, haferähnliche Pflanze und deren Ernte
zusammengetragen. Ja, es wurden in der Tat vor allem Sensen
oder die kleineren Hippen benutzt, um die Halme abzumähen,
zu rechen und zu Garben zusammenzubinden, die dann für die
Weiterverarbeitung getrocknet wurden. Nur leider gab es nicht
nur eines dieser Messer in der Stadt und die Leute, die sich an
der Haferernte beteiligten, variierten auch. Es hatte also eine
Vielzahl von Menschen Zugriff auf die Werkzeuge. So würde er
nicht weiterkommen. Was er brauchte, war ein Motiv. Was ihn
wiederum zu Lara führte. Sie hatte sich, laut Fera, kurz vor seiner Ermordung mit Caspar gestritten und sie hatte selbst zugegeben, dass sie sich oft uneins gewesen waren. Dennoch hatte
Max mit eigenen Augen gesehen, wie sehr sie sein Tod schockiert hatte und wie viel ihr der Wissenschaftler bedeutet hatte. Nein, sie konnte es nicht getan haben. Was ihn wieder zurück zum Anfang führte. Es war zum Verrücktwerden und er
raufte sich frustriert die kurzen Haare, als er nun langsam die
Gassen hinunter zum Gästehaus lief.

Ein kurzes, schrilles Pfeifen ließ ihn mitten in der Bewegung
erstarren. Er sah sich um, konnte aber nirgends jemanden sehen. Es war bereits dunkel und die meisten Leute waren in ihren Häusern. Er schüttelte irritiert den Kopf und ging weiter.
Vielleicht halluzinierte er jetzt schon. Etwas Schlaf würde seinen Verstand klären, dachte er, als es erneut hinter ihm pfiff –
näher diesmal. Ihn packte die Wut und er drehte sich um und
rief laut und bestimmt in die Nacht hinaus: „Okay, was soll der
Mist?! Wer ist da?"

„Pst", kam die Antwort unverzüglich und ein Gesicht erschien auf Schulterhöhe vor ihm. Es musste sich der Größe nach um ein Kind handeln – ein Mädchen – er erkannte unklar zwei geflochtene Zöpfe, die das Gesicht umrahmten. „Du darfst nicht so laut sein, sonst hört uns doch jeder!", wies es ihn zurecht. Max verstand nur Bahnhof und wollte sie schon abschütteln und weitergehen. Er hatte jetzt keinen Nerv für Gesellschaft, mit zu vielen Leuten hatte er heute schon geredet. Aber ihr nächster Satz ließ ihn hochschnellen und jetzt hatte sie seine ganze Aufmerksamkeit. „Fera schickt mich", flüsterte sie.

Dann plapperte sie ohne Punkt und Komma weiter und Max hatte alle Mühe, ihr zu folgen: „Sie ist natürlich unschuldig. Aber das weißt du ja schon, sonst hättest du nicht die ganze Stadt mit deinen Fragen unsicher gemacht. Sie wollte es erst nicht zugeben, aber ich hab sie durchschaut und sie hat mir alles gesagt." Als sie selbstzufrieden eine kurze Atempause einlegte, bemerkte sie Max' Verwirrung, denn sie fügte erklärend hinzu: „Ach so, ich bin übrigens Paula. Ich bringe Fera das Essen in den Keller. Aber ich hab sie schon vorher kennengelernt. Sie ist wunderschön, findest du nicht?"

Max verzog ungeduldig sein Gesicht. Er musste das Mädchen unbedingt dazu bringen, auf den Punkt zu kommen. „Du hast gesagt, Fera hat dich zu mir geschickt. Hat sie eine Nachricht für mich?", fragte er gezielt und hob erwartungsfroh die Augenbrauen.

„Ja natürlich. Deswegen sollst du ja zuhören", wies Paula ihn zurecht wie einen Schüler, der gerade den Unterricht gestört hat. Sie griff seinen Arm und zog daran, um in sein Ohr flüstern zu können: „Sie hat gesagt, du sollst unbedingt mal mit Jan und Fred sprechen. Kennst du sie? Sie sind im Stadtkomitee."

Max zog langsam seinen Arm aus ihrer Umklammerung. Natürlich kannte er die beiden. Er hatte sich schon gewundert, dass sie so kurz angebunden waren, als er sie am Nachmittag aufgesucht hatte, während er sie von seinen früheren Begegnungen her als äußerst redselig in Erinnerung hatte. Dann fiel ihm etwas ein, das Fred auf dem Weg zum Gästehaus gesagt hatte.

Er meinte etwas in der Richtung, dass Lara große Pläne hätte, es aber von der Kommandozentrale – also essenziell Caspar – abhänge und er nicht darüber reden dürfe. Auch Jan hatte auf dem Fest von Laras Visionen geschwärmt. Beide schienen vollkommen von der Bürgermeisterin eingenommen zu sein. „Groupies", schoss es ihm durch den Kopf.

Aber klar, sie waren beide im Stadtkomitee. Natürlich wussten sie von Laras Bestreben, das Dome herunterfahren zu wollen, und natürlich hatten sie gesehen, wie sich Caspar querstellte. Aber wären sie so weit gegangen, ihn für sie aus dem Weg zu räumen? Immerhin hatten sie Zugang zu den Erntemessern.

Max wollte sich bei dem Mädchen bedanken, das ihm diese Erleuchtung beschert hatte. Aber als er sich nach ihm umdrehte, war es bereits verschwunden, und zwar genauso lautlos, wie sie sich zuvor angeschlichen hatte.

Was sollte er nun tun? Es war spät, er konnte sich um diese Uhrzeit weder an Lara wenden, die ihm vermutlich ohne stichhaltige Beweise ohnehin nicht glauben würde, noch konnte er die beiden Männer zur Rede stellen. Er würde wohl oder übel bis morgen warten müssen. Vielleicht würde es ihm eine Nacht erholsamen Schlafes leichter machen, einen guten Plan zu entwickeln. Im selben Moment sah er jedoch die Absurdität dieses Gedankens. Wie konnte er „erholsam" schlafen, während Fera allein in irgendeinem uralten Bierkeller hockte und nicht wusste, was mit ihr geschehen würde?

Er würde sie nicht im Stich lassen. Er würde sie da schon irgendwie rausholen. Sie nicht zurücklassen – so wie er es schon einmal getan hatte, als er SIE zurückgelassen hatte … Ein Kloß bildete sich in seinem Hals. Nein, an Schlaf war nun wahrlich nicht mehr zu denken.

KAPITEL 22

FERA

Fera döste vor sich hin. Sie konnte nicht schlafen. Wie auch, wenn sie den lieben langen Tag nur herumgesessen hatte? Frustriert stand sie auf und lief an den Kellerwänden entlang. Sie zählte ihre Schritte und stellte fest, dass der Keller quadratisch angelegt war. „Hurra, was für eine wichtige Information!", dachte sie bei sich und lachte zynisch in sich hinein. Was hatte Max vor einer gefühlten Ewigkeit zu ihr gesagt? Man konnte entweder lachen oder weinen. Wie recht er doch gehabt hatte!

Sie wollte sich gerade wieder hinsetzen, als sie das dunkle Kratzen und Knacken des Türschlosses hörte. Sie erstarrte und sah hoch zu dem kleinen Fenster. Es war immer noch dunkel. Es würde nicht Paula sein, die hereinkam. Feras Körper versteifte sich und alle Muskeln in ihr spannten sich an. Hatten sie ihr nicht drei Tage zugestanden? Vielleicht hatte Lara ihre Meinung geändert und würde nun doch kurzen Prozess mit ihr machen.

Es war in der Tat die Bürgermeisterin, welche die Zelle betrat. Am Rande ihres Verstandes registrierte Fera, dass die Frau aussah, als hätte jemand sie gerade aus dem Bett gezerrt. Ihre sonst so adrett frisierten, roten Haare waren in einen wirren Knoten auf ihrem Kopf zusammengebunden, der sich jeden Moment aufzulösen drohte; ihre Augen sahen verquollen aus und ihr Shirt, das sie in ihre Hose gesteckt hatte, hing halb heraus. Sie trug keine Schuhe.

Als Fera den Mann erkannte, der hinter der Bürgermeisterin den Keller betrat, traute sie ihren eigenen Augen nicht. Es war Max, der sie von oben bis unten musterte und dessen Augen unverwandt an ihren hängen blieben. „Was ...", begann Fera. Sie räusperte sich und schluckte, um dann ihre Frage zu vollenden: „... was hat das zu bedeuten?"

Auf einmal hoben sich Max' Mundwinkel zu einem breiten Grinsen. Er zog ein kleines elektronisches Gerät aus seiner Jackentasche. Fera hatte ähnliche Dinge unter den Sachen, die Daria ihr damals für Lev mitgegeben hatte, gesehen. Sie war sich sicher, dass man damit Musik abspielen konnte. Als Max nun einen Knopf auf dem kleinen Kästchen betätigte, ertönte jedoch keine Musik, sondern die Stimme eines Mannes.

Sie war nur undeutlich zu verstehen, was an dem Nachhall lag, der sich an jedes Wort zu schmiegen schien. Es hörte sich an, als sei der Mann in einer Badewanne oder dergleichen. Bei seinen nächsten Worten gefror Fera das Blut in den Adern. „Schließlich warst du es, der zugestochen hat. Ich war nicht daran beteiligt!" Fera glaubte, die Stimme nun auch einem Gesicht zuordnen zu können. Es war eindeutig Fred. Sie erinnerte sich, wie sie ihn und Jan während Laras Rede belauscht hatte. Ja, es war definitiv seine Stimme!

Eine zweite Männerstimme antwortete der ersten: „Du warst es doch, der überhaupt die Idee hatte! Also tu jetzt nicht so!" Das musste Jan gewesen sein. Die erste Stimme beschwichtigte ihn nun: „Es ist doch auch egal. Uns kommt sowieso niemand auf die Schliche. Mach dir keine Sorgen. Lara hat sich auf dieses Ostmädchen versteift. Da macht es auch nichts, wenn ihr Begleiter in der Stadt herumschnüffelt. Er wird nichts finden."

Max betätigte den Knopf erneut und die Stimmen verstummten. Er sagte: „Nur, dass ihr Begleiter sehr wohl etwas gefunden hat. Ich habe sie sozusagen sogar in flagranti erwischt. Ich konnte nicht schlafen, also bin ich rüber zum Waschhaus gegangen, um zu duschen und den Kopf frei zu bekommen. Und rate mal, wer in der Dusche war, während ich nebenan in der Umkleidekabine hockte."

Fera verstand immer noch nicht. „Aber woher wusstest du denn, dass sie da sein würden? Ich meine, du hattest den Rekorder da bei dir ...", erwiderte sie verblüfft.

Max unterbrach sie, bevor sie noch mehr Fragen stellen konnte: „Wusste ich nicht. Das war reiner Zufall oder eine Fügung des Schicksals, wie immer man es auch nennen will. Und das", er deutete auf das kleine Gerät, „ist kein Rekorder, sondern ein Musikplayer mit Aufnahmefunktion. Er gehörte Caspar und ich hab ihn mitgenommen, als ich half, das Zelt aufzuräumen. Ich hatte völlig vergessen, dass ich ihn die ganze Zeit über in meiner Jackentasche hatte. Als ich gehört habe, dass die beiden Idioten in der Dusche sind, wollte ich eigentlich nach meinem Messer greifen, um sie einzuschüchtern, stattdessen hatte ich plötzlich den Player in der Hand und mir kam eine bessere Idee." Er grinste sie selbstzufrieden an.

Fera wollte gerade etwas erwidern, doch sie wurde durch Lara abgelenkt, die auf einmal auf sie zustürmte und ihre Arme um sie schlang. „Es tut mir so leid. Ich hab nur das gesehen, was ich sehen wollte. Max hat mir erklärt, dass du nur seinetwegen gelogen hast. Ich war so blind, ich hatte einen absoluten Tunnelblick. Und mein Verhalten dir gegenüber ist unentschuldbar", prasselten die Worte nur so aus ihr heraus. Fera war sprachlos. Die Bürgermeisterin trat einen Schritt zurück und sprach nun wieder etwas gefasster: „Ich bin natürlich gleich gekommen, als Max mir das da vorgespielt hat. Mach dir keine Sorgen, die beiden werden gerade festgenommen. Mit ihnen werde ich mich später auseinandersetzen. Ich habe ihnen blind vertraut. Was hat sie nur geritten?"

Fera hätte eigentlich immer noch wütend sein können, wenn sie daran dachte, wie man sie behandelt hatte. Als sie nun jedoch die aufrichtige Verzweiflung der Bürgermeisterin erlebte, konnte sie keinen Groll mehr gegen sie hegen. Sie räusperte sich und sagte dann mit versöhnlicher Stimme: „Es ist schon in Ordnung. Ich hätte an deiner Stelle vermutlich genauso reagiert."

Laras Anspannung schien sich bei ihren Worten zumindest leicht zu lösen. Sie wandte sich an Max: „Nimmst du sie mit zurück zum Gästehaus? Lass mich wissen, wenn ihr irgendetwas braucht. Ihr könnt euch jederzeit an mich wenden." Er erwiderte: „Ich glaube, was wir alle jetzt am meisten brauchen, ist Schlaf." Er ging auf Fera zu und legte seinen Arm um ihre Schulter, um sie in Richtung Tür zu bugsieren. Im Vorbeigehen verabschiedete er sich von Lara und legte ihr den Musikplayer in die Hand: „Wir reden morgen weiter."

Fera atmete tief ein. Die kühle Nachtluft tat unheimlich gut. Sie glaubte nicht, dass sie es tatsächlich drei Tage in dem Loch ausgehalten hätte. Sie fragte sich, ob Jan und Fred nun ihren Platz dort einnehmen würden. Ob ihre Strafe wohl die gleiche sein würde, die sie für sie vorgesehen hatten?

„Bist du okay?", Max' leise Stimme lenkte sie von ihren Mutmaßungen ab. Er hatte seinen Arm von ihrer Schulter genommen, als sie an die Oberfläche getreten waren. Nun lief er ein Stück neben ihr her. Auch wenn sie sein Gesicht in der Dunkelheit nicht gut erkennen konnte, war sie sich sicher, dass er sich Sorgen um sie machte. Sie wusste nicht, was sie antworten sollte. War sie okay? Also zuckte sie nur mit den Schultern.

„Es tut mir leid", begann Max wieder, „du musst gedacht haben, dass ich dich auch für schuldig hielt. Und ich gebe zu, für einen kurzen Moment habe ich es vielleicht sogar in Erwägung gezogen."

Er senkte den Kopf und Fera spürte, wie ihr Tränen in die Augen schossen. Sie wusste nicht einmal warum, schließlich hatte sie das doch erwartet, ja sogar instigiert; immerhin hatte er sie nun befreit! Alles war gut. Warum fing sie dann an zu heulen wie ein Kleinkind? Auch Max hatte an ihren bebenden Schultern bemerkt, dass sie mit den Tränen kämpfte. Er blieb stehen und drehte sie an den Schultern zu sich herum, dann grinste er verschmitzt und sagte: „Dann hab ich mir aber gesagt, jemand, der so sensibel ist wie du und ständig rumheult, bringt doch nicht kaltblütig einen Mann um!"

Sein unerwarteter Kommentar brachte Fera gegen ihren Willen zum Lachen. Sie boxte ihn in gespielter Kränkung in den Bauch. Er seufzte auf, dann nahm er sie in die Arme und flüsterte in ihr Haar: „Ich meine es ernst, es tut mir leid."

Sie fühlte sich einen Moment lang völlig überfordert. Mit seiner Nähe, ihren Gefühlen, die irgendwo zwischen Erleichterung, Erschöpfung und Kränkung lagen, und der ganzen Situation in dieser Stadt. Auf einmal empfand sie die Gemeinschaft hier nicht mehr als beruhigend und erstrebenswert, sondern als erdrückend.

Als hätte Max ihre Gedanken gelesen, fragte er sie als Nächstes, ob sie hierbleiben wolle. Anscheinend hatte Lara vorgeschlagen, dass sie beide Teil von Wesel werden könnten. „Meine Einstellung dazu ist klar", erklärte er, „ich habe ihr schon eine Absage erteilt. Ich werde so bald wie möglich weiter Richtung Camp ziehen. Aber vielleicht möchtest du es in Erwägung ziehen? Im Grunde ist Lara eine gute Bürgermeisterin, glaube ich. Sie bereut es aufrichtig und sicher hättest du bei ihr jetzt einen Stein im Brett. Und immerhin hast du hier ja auch schon einen kleinen Fan."

Er spielte sicher auf Paula an und sie musste bei dem Gedanken an ihre Pippi Langstrumpf lächeln, dennoch würde sie nicht hierbleiben – aus zwei Gründen. Allerdings nannte sie Max nur einen dieser Gründe: „Ich kann nicht hierbleiben, Max. Weißt du noch, als ich gesagt habe, wir könnten nicht zweimal hintereinander so ein Pech mit den Leuten in einer Gemeinde haben? Die Erfahrung hier war für mich noch viel schlimmer als die letzte. Ich würde den Ort auch immer mit Caspars Tod verbinden und es brach mir das Herz, dass er in meinen Armen gestorben ist." Max nickte, als verstehe er nur zu gut, wovon sie sprach. Sie hatten sich inzwischen wieder in Bewegung gesetzt und gingen Seite an Seite nebeneinanderher.

„Willst du mir nun endlich erzählen, inwieweit ihr euch kanntet?", fragte er sie plötzlich. Fera nickte und sie berichtete ihm von ihrer Zeit bei Jaroslaw und Vlad. Sie erzählte ihm von Juri und wie er und Caspar vor Jahren viele Monate lang eng zusammengearbeitet hatten, bevor es zu dem Bruch kam. Max hörte ihr aufmerksam zu und sie konnte spüren, wie er manches Mal vor Überraschung und manches Mal vor Abscheu die Stirn kraus zog. Als sie ihm die Details von der Nacht, in der sie Igor getötet hatte, erzählte, hielt er sie plötzlich wieder an. Sie konnte seinen forschenden Blick mehr auf sich spüren, als dass sie ihn in der Dunkelheit wirklich sah. Seine Stimme war brüchig, als er fragte: „Hat er dich …? Ich meine, bist du …? Scheiße, Fera, was ich sagen will …"

„Mir ist nichts passiert", unterbrach sie ihn. Sie wusste, was er hatte fragen wollen. Also stellte sie klar: „Ich bin diejenige, die IHM etwas angetan hat."

Er öffnete den Mund, um zu protestieren: „Aber so, wie du mir die Sache geschildert hast, war das Notwehr, wenn nicht sogar ein Unfall. Du hast ja nicht mal bewusst zugestochen. Du kannst dir unmöglich die Schuld an seinem Tod geben. Und selbst wenn, hätte er es zweifelsohne verdient. Ich meine, wie überheblich kann man denn nur sein?"

Max' Einschätzung der Situation beruhigte Fera. Er sah definitiv nichts Böses in ihr. Ohne darüber nachzudenken, griff sie nach seiner Hand und drückte sie in einer stummen Geste der Dankbarkeit. Sie liefen weiter, ohne dass er ihre Hand losließ.

Als sie schließlich im Gästehaus ankamen und vor den getrennten Türen zu ihren Zimmern standen, fühlte sie sich seltsam schwermütig. Sie wollte nicht allein sein, ob nun wegen der vergangenen 24 Stunden, die sie einsam in dem Kellerloch hatte zubringen müssen, oder aufgrund der schmerzlichen Erinnerungen, die ihr Gespräch mit Max wieder hatte hochkommen lassen. Sie wusste es nicht. Alles, was sie wusste, war, dass auch er keine Anstalten machte, in sein Zimmer zu gehen. Schließlich fingen sie beide gleichzeitig an zu sprechen, stoppten gleich darauf wieder und lachten verlegen, ehe sie ihm den Vortritt ließ und sagte: „Du zuerst. Was wolltest du sagen?"

„Ich wollte vorschlagen, also ich meine, was hältst du davon ... Verdammt, willst du heute bei mir in meinem Zimmer schlafen?", brachte er unter Mühe hervor, nur um sich dann gleich zu verbessern: „Also ich meine natürlich nicht, dass wir in einem Bett schlafen oder so. Ich kann auf dem Boden schlafen. Aber ich dachte, vielleicht möchtest du nicht alleine sein." Bei den letzten Worten war er dunkelrot angelaufen. Fera musste ein Lächeln unterdrücken. So hatte sie ihn noch nie gesehen.

Sie antwortete: „Ich glaube, ich hatte dich gerade das Gleiche fragen wollen. Also, ob du mit in meinem Zimmer schlafen willst." Sie spürte, wie auch ihre Wangen zu glühen anfingen. Er lachte zuerst und fragte dann nach: „Also, zu mir oder zu dir?"

Schließlich folgte sie ihm in sein Zimmer. Er hatte das mit dem Boden anscheinend wirklich ernst gemeint, denn er holte sich eine weitere Decke aus dem Wandschrank und nahm das zweite Kissen vom Bett, um es sich auf dem Boden herzurichten. Als er seine Jacke auszog und gerade dabei war, seine Schuhe umständlich auszuziehen, sagte sie: „Du musst das nicht machen. Auf dem Boden schlafen, meine ich. Das Bett ist doch groß genug für uns beide. Ich lege mich einfach auf die eine Seite und du auf die andere." Er schüttelte den Kopf und beharrte darauf: „Du machst dir doch nur Sorgen, dass du mir morgen wieder die Knochen einrenken musst, damit ich aufstehen kann. Aber glaub mir, es macht keinen Unterschied, ob ich in einem Himmelbett schlafe oder auf dem blanken Boden. Der Effekt ist immer derselbe. Also ruh dich jetzt aus und genieße das Bett für dich allein. Nach deinem Aufenthalt in dem muffigen Keller ist das wohl das Mindeste." Er lächelte sie an und löschte dann die Lampe. Anhand der raschelnden Geräusche, die folgten, schlussfolgerte sie, dass er sich nun wohl schlafen gelegt hatte. Also zog sie auch ihre Schuhe und Hose aus und kroch unter die Decke auf dem Bett. Sie roch nach ihm. Obwohl die Wärme der Decke und die Gemütlichkeit des Kissens unter ihrem Kopf sie schläfrig machten, konnte sie nicht einschlafen. Ihre Gedanken kreisten um den zweiten Grund, aus dem sie nicht in Wesel bleiben wollte. Er lag zu ihren Füßen auf dem Boden. Es war an der Zeit, sich einzugestehen, dass Paula mit ihrer Vermutung goldrichtig gelegen hatte.

KAPITEL 23

MAX

No man is an island. – Niemand ist eine Insel. Das hatte Marilyn gerne zu ihm gesagt. Meistens dann, wenn sie ihn dazu bewegen wollte, die Wohnung zu verlassen und mit ihr auszugehen. Er dagegen hatte lieber in seinem Sessel gehockt, die Nase in einem Buch vergraben. „Komm schon, ab und zu tut es auch dir gut, unter die Leute zu kommen", pflegte sie zu sagen. Seine Proteste, dass er schon genug Leute auf der Arbeit oder in der Uni sah, hatte sie nicht gelten lassen und ihm das Buch unter der Nase weggezogen, um ihr Gesicht an dessen Stelle zu platzieren. Ihrem Lächeln mit den Grübchen zu beiden Seiten hatte er nie lange widerstehen können und meistens hatte sie auch recht gehabt. Es hatte Spaß gemacht, auszugehen, Freunde zu treffen. Normale Dinge, die man eben tat, wenn man Anfang 20 war. All das schien eine Ewigkeit zurückzuliegen. Normalität. Was war das heute?

Es dämmerte bereits. Bestimmt zwei Stunden hatte er nun schon hellwach auf dem Boden zugebracht, ohne auch nur ansatzweise schläfrig zu werden. Er hatte es jedoch nicht gewagt, aufzustehen, weil er Fera nicht wecken wollte. Er glaubte, dass auch sie lange wach gelegen hatte. Jetzt hörte er aber ihren regelmäßigen Atem hinter sich und war sich sicher, dass sie tief und fest schlief.

Was war überhaupt in ihn gefahren, sie in sein Zimmer einzuladen? Natürlich hätte er zu seiner Verteidigung vorbringen können, dass er sich Sorgen um sie machte, dass sie nicht allein hatte bleiben sollen nach den Geschehnissen der letzten beiden Tage, doch wenn er ehrlich war, waren seine Beweggründe egoistischer Natur. Er wollte sie bei sich haben. Und das machte ihm Angst.

Er war zu einer Insel geworden in dieser neuen Welt. Niemanden hatte er je zu nah an sich herangelassen, den Colonel nicht, Caspar nicht, nicht einmal den Doc. Doch sie brachte seine sorgfältig konzipierten Schutzmechanismen ins Wanken und er war nicht bereit, diese loszulassen. Er war nicht bereit, SIE loszulassen – Marilyn. Ganz davon abgesehen war er auch nicht gut für Fera. Ganz besonders, nachdem er nun wusste, wie traurig ihr Leben im Osten die letzten Jahre über gewesen war. Sie sollte sich mit einem jungen, sorgenfreien Kerl, wie es dieser Finn gewesen war, abgeben, nicht mit einem alten, zynischen Krüppel wie ihm.

Spontan traf er eine Entscheidung. Er konnte sie nicht weiter mitnehmen. Das Camp wäre ohnehin nicht der richtige Ort für sie. Er kannte Colonel Burns nicht persönlich, hatte aber bisher nicht gerade Vielversprechendes über den Mann gehört. Auffallend war allein schon die Tatsache, dass er es als einer der wenigen vorzog, mit seinem Nachnamen angesprochen zu werden, obwohl die allgemeine Tendenz heutzutage dahin ging, keinen Wert mehr auf Floskeln zu legen. Vornamen reichten aus in dieser Welt.

Langsam und so leise wie möglich stand Max auf, um seine Schuhe anzuziehen und nach seiner Jacke zu greifen. Er hatte keine Ahnung, wie er Fera seine Entscheidung beibringen sollte. Sie hatte ihm gesagt, dass sie nicht in Wesel bleiben wollte. Nun, vielleicht würde sie ihre Meinung ändern. Oder sie könnte Caspars Mitarbeiter weiter nach Norden begleiten, wenn sie sich auf den Rückweg zur Kommandozentrale dort machten. In deren Umkreis gab es eine Vielzahl von Siedlungen. Fera würde dort sicher sein und weit genug weg von ihrem alten Leben.

Er würde es in seinem Gespräch mit Lara vorbringen. Vielleicht hatte sie einen Vorschlag. Zunächst musste er aber noch zwei weitere Anliegen mit ihr klären. Max schloss die Tür so leise wie möglich hinter sich und machte sich auf den Weg zur Bürgermeisterin.

Lara teilte sich eine Wohnung mit der Frau, die er als Lisa kennengelernt hatte. Er war sich nicht sicher, ob sie nur mit ihr befreundet war oder ob die beiden ein Paar waren. Zumindest hatte er nie einen Mann an Laras Seite gesehen während seines Aufenthalts in Wesel.

Allerdings traf er die Bürgermeisterin allein zu Hause an. Es hatte den Anschein, als hätte auch sie nicht mehr geschlafen. Sie trug immer noch dasselbe zusammengewürfelte Outfit, das sie bei seinem ersten Überraschungsbesuch angehabt hatte, und ihre Augenringe sahen noch dunkler aus.

„Max. Komm rein, kann ich etwas für dich oder Fera tun?", begrüßte sie ihn an der Tür, um ihm den Weg in die Küche zu weisen. Hier gab es einen kleinen Tisch mit zwei Stühlen und einige Schränke und Gerätschaften. Er setzte sich auf einen der Stühle und kam gleich zum Punkt.

„Für uns beide. Aber zuerst möchte ich mit dir über Caspar sprechen", sagte er.

Lara nickte enthusiastisch und unterbrach ihn gleich: „Wenn es wegen Jan und Fred ist, mach dir keine Sorgen, ich habe mir bereits die perfekte Strafe für sie überlegt. Sie werden an die Ostgrenze versetzt. Ich habe gehört, dein Colonel braucht dringend Nachschub an willigen Männern, und glaube mir, sie werden mehr als willig sein. Meinetwegen kann er sie Tag und Nacht patrouillieren lassen." Sie zwinkerte ihm süffisant zu.

Max gab einen wohlwollenden Laut von sich und sagte dann: „Das ist gut zu wissen, aber es geht um etwas anderes. Caspar hatte sich Sorgen gemacht um die Zukunft des Dome. Er hatte angedeutet, dass die kritischen Stimmen in seiner Umgebung lauter wurden. Meine Frage ist, was hast du nun vor?"

Die Bürgermeisterin ließ sich Zeit mit ihrer Antwort und spielte abwesend mit einer Strähne ihres roten Haars. Schließlich antwortete sie: „Ich habe dir ja schon gesagt, dass Caspar und ich oft unterschiedlicher Meinung waren. Er ist immer die vorsichtige Schiene gefahren. Aber ich habe seine Gründe verstanden. Ehrlich Max, ich habe mich zwar über ihn geärgert, aber ich hätte seine Entscheidungen nie offen infrage gestellt oder gar etwas hinter seinem Rücken instigiert." Sie machte eine kurze Pause und sah ihm dann ernst in die Augen, als sie weitersprach: „Allerdings kann ich nicht für andere sprechen. Mir ist einiges zu Ohren gekommen. Auch die Leute, die er mitgebracht hat, sind nicht alle traurig über sein Ableben ...“

Max nickte. Er hatte nichts anderes erwartet. Schließlich fragte er: „Ist für den Moment alles unter Kontrolle? Was meinst du, wird die Kommandozentrale ohne sein Einwirken so weiter agieren wie bisher?“

Lara überlegte einen Moment, ehe sie antwortete: „Für den Moment bestimmt – Caspar schien erstaunlich gut vorbereitet gewesen zu sein für die Eventualität seines Ablebens. Aber was in den nächsten Monaten passieren wird, steht in den Sternen ... wenn wir sie sehen könnten.“

Sie zuckte mit den Achseln. Max ignorierte ihre Anspielung auf die Sterne, die man durch das Dome natürlich nicht sehen konnte, und sah sie stattdessen eindringlich an, bevor er seine Bitte formulierte: „Lara, ich habe dich bisher als klugen, rechtschaffenen Menschen kennengelernt. Daher bitte ich dich, halte die Dinge zusammen, sofern du es kannst. Ermahne die kritischen Stimmen zur Vorsicht. Zumindest für eine kleine Weile. Ich habe vor, der Sache auf den Grund zu gehen. Deswegen will ich auch zu Colonel Burns' Camp. Ich habe Gerüchte gehört, die ich auf ihre Richtigkeit überprüfen möchte. Und wenn sie stimmen, dann werde ich nach Wesel zurückkehren und dann unterstütze ich euch bei allen Plänen für eine Zukunft ohne Dome. Alles, worum ich dich bitte, ist, verschaffe mir die nötige Zeit.“

Die Bürgermeisterin schien nicht überrascht von seinen Ausführungen. Sie zuckte erneut die Schultern und antwortete dann: „Ich kenne die Gerüchte. Und ja, ich würde lügen, wenn ich sage, das lässt mich alles kalt. Ich glaube daran. Ich glaube an all die Möglichkeiten, die sich uns eröffnen würden, sollten die Gerüchte wahr sein. Aber ich weiß auch, was es heißt, die Verantwortung für Menschen zu tragen, und ich will nicht diejenige sein, die sie in ihr Verderben rennen lässt. Wenn du diese Entscheidung für dich selbst getroffen hast, dann applaudiere ich dir und ich unterstütze dich natürlich, soweit ich kann. Und wenn das bedeutet ein paar Männer und Frauen, die sich wie Kinder streiten, zur Ruhe zu ermahnen, ist dies das Mindeste, was ich tun kann."

Max fiel ein Stein vom Herzen. Er hatte Lara richtig eingeschätzt. Er wollte ihr gerade danken, als sie ihm mit ihrer nächsten Frage zuvorkam: „Also, wann verlasst ihr beide uns Richtung Camp?"

Max konnte sich ein Seufzen nicht verkneifen. Er antwortete: „Das ist die zweite Bitte, die ich an dich habe. Fera wird mich nicht begleiten. Ihr wird das nicht gefallen, aber ich kann sie nicht mitnehmen. Ich möchte, dass du dafür sorgst, dass sie entweder ihren Platz hier findet oder dass du sie dabei unterstützt, dahin zu gelangen, wo sie sich niederlassen möchte."

Lara sah ihn verblüfft an. „Aber warum? Ich dachte, ihr zwei … Seid ihr nicht …?" Die Endgültigkeit in Max' Blick musste sie aus dem Konzept gebracht haben und sie beendete ihre Frage nicht, sondern nickte stattdessen stumm.

„Nun, dann gäbe es da nur noch eine weitere Kleinigkeit, die ich mit dir besprechen möchte", wechselte Max das Thema, „Fred hat bei unserer Ankunft erwähnt, ihr hättet bis vor Kurzem noch über Pkws verfügt …"

Lara schnitt ihm das Wort ab, indem sie sagte: „Ah, ich weiß, worauf du hinauswillst. Du möchtest dir die knapp 400 Kilometer zum Camp verkürzen. Und ja, wir haben auch immer noch welche zur Verfügung, wir haben die Nutzung nur sehr stark eingeschränkt, da uns das Benzin ausgeht. Aber für deine Mission mache ich natürlich gerne eine Ausnahme." Sie lächelte ihn freundlich an.

Einen Augenblick später trübte sich ihre Miene jedoch wieder, als sie fragte: „Bleibst du noch für Caspars Beerdigung heute?"

Max schüttelte den Kopf. Er wollte sich nicht der Sentimentalität aussetzen und er wollte auch nicht auf Fera treffen, denn in seinem Kopf hatte bereits ein Plan Form angenommen. Wenn er alles schnell genug mit Lara in die Wege leiten könnte, würde er es vielleicht vermeiden können, Fera überhaupt eine Erklärung für sein Verschwinden liefern zu müssen. „Genau, stattdessen verpisst du dich einfach, wie das feige Arschloch, das du bist", erklang eine dunkle Stimme in seinem Kopf. Er ignorierte die Stimme geflissentlich und wandte sich wieder an Lara: „Ich würde gerne noch heute Morgen losfahren. Kannst du mich bitte gleich zu den Autos bringen? Etwas Verpflegung wäre auch nicht schlecht."

Max kam ein weiterer Gedanke: „In meinem Zimmer im Gästehaus ist mein Rucksack mit den Daten vom Colonel. Ich bin nicht mehr dazugekommen, sie Caspar zu zeigen. Bitte gib sie an seine Mitarbeiter weiter. Ich möchte wirklich sicherstellen, dass man seine Bitten erfüllt."

Lara nickte verwundert. „Natürlich. Ich kümmere mich darum, aber willst du denn nicht noch einmal selbst zurück ins Gästehaus?" Er schüttelte erneut den Kopf und die Bürgermeisterin fügte nur ein leises „Ich verstehe" hinzu, ehe sie ihn aufforderte: „Na, dann komm! Dann lass uns mal deinen Bitten nachkommen!"

Eine Stunde später saß er mit einem neuen, prall gefüllten Rucksack in einem dunkelblauen Kleinkraftwagen, der wohl auch schon bessere Zeiten gesehen hatte. Es machte ihm nichts aus. Er hatte sich nie viel aus Autos gemacht und war auch nur ein mittelmäßiger Fahrer gewesen. Sie hatten sich ein Auto geteilt – Marilyn und er und meistens hatte er es vorgezogen, zu laufen oder die U-Bahn zu nehmen. Immerhin konnte er sich überhaupt noch daran erinnern, wie man die verdammten Dinger bediente. Es war ja nicht so, als müsste er sich groß auf den Verkehr konzentrieren, dachte er lachend bei sich.

Wenn er Glück hatte, würde ihn die Tankfüllung genau bis zum Camp bringen. Lara hatte ihm so gut es ging den Weg erklärt. Zunächst musste er südlich fahren, um sich dann weiter westlich zu halten. Er würde ein Stück durch das ehemalige Frankreich fahren müssen, um das Camp schließlich nahe der Küste zu erreichen. Die Küste selbst war aber natürlich durch das Dome abgeschnitten worden.

Hatte er anfangs noch auf gut erhaltenen Landstraßen fahren können, wurde die Umgebung nun zunehmend unwegsamer, so wie er es von der Ostgrenze und ihren umliegenden Gebieten her kannte. Pampasgras sprießte überall aus dem Boden und blattlose Bäume sowie Sträucher säumten seinen Weg. Er hoffte inständig, dass er sich nach wie vor auf der richtigen Strecke befand.

Geistesabwesend sah er in seinen Rückspiegel – das Auto besaß nur diesen einen, der andere war vermutlich schon vor Urzeiten abgefallen. Etwas darin erregte schlagartig seine Aufmerksamkeit. Er öffnete das Fenster. Die Elektrik funktionierte natürlich nicht und er musste die archaische Handkurbel benutzen. Da! Da war es wieder! Mitten über ihm am Himmel sah er mindestens fünf kleine, schwarze Objekte. Nein, keine Objekte, korrigierte er sich im Geiste. Das sah verdammt noch mal wie eine Gruppe von Vögeln aus. Zugvögel?

Max war so damit beschäftigt, die vermeintlichen Vögel über ihm zu beobachten, dass er den enormen, kahlen Baum, der plötzlich genau vor ihm aufragte, zu spät bemerkte. Wie verrückt trat er auf die Bremse, doch es war zu spät, er knallte frontal gegen den dicken Stamm und wurde nach vorn geschleudert. Er war nicht angeschnallt gewesen, nicht weil er es nicht gewollt hatte, sondern weil das alte Automobil auch über keine Sicherheitsgurte mehr verfügte. Sein Glück im Unglück war, dass er nicht sehr schnell gefahren war. Dennoch spürte er schmerzhaft, wie das Glas der Autofront zerbrach und ihn kleine Scherben im Gesicht trafen. Intuitiv schloss er die Augen. Sein Brustkorb tat vom Aufprall höllisch weh. Er glaubte, er würde ein permanentes Tattoo des Lenkrades auf seiner Haut vorfinden, wenn er es schaffte, das Wrack zu verlassen.

Langsam ließ er sich von der Hutablage des Autos zurück auf den Sitz gleiten. Ihm entfuhr ein Keuchen, als er zum Sitzen kam. Seiner Wirbelsäule hatte der unerwartete Stopp auch nicht gerade gefallen. Immerhin konnte er seinen Kopf und scheinbar auch alle Körperteile nach wie vor bewegen. Er seufzte tief und versuchte vergeblich, das Auto zu starten. Es tat sich nichts. Max hatte keine Ahnung, ob er es irgendwie wieder zum Laufen würde bringen können. Ihm fehlte ja nicht nur das Wissen, sondern auch das Werkzeug für irgendwelche Rettungsversuche des Motors. Also stöhnte er kapitulierend auf und öffnete die Fahrertür, um auszusteigen. Er griff sich den Rucksack, der auf dem Beifahrersitz lag, um ihn aufzuhucken. Dann überprüfte er die Klammern an seinen Skechers und zog sich die Kapuze tief ins Gesicht. Er seufzte leise: „Here we go again", und ging zu Fuß weiter.

KAPITEL 24

FERA

Der verdammte Mistkerl war einfach ohne sie aufgebrochen. Zuerst hatte Fera es nicht glauben können. Als sie aufgewacht war und sein provisorisches Bett zu ihren Füßen leer vorgefunden hatte, hatte sie gedacht, er sei vielleicht nur ins Waschhaus gegangen oder in die Stadt, um die Bürgermeisterin zu treffen und ihre Abreise zu besprechen. Als es jedoch fast Mittag war und er immer noch nicht wieder aufgetaucht war, nagte langsam ein immer lauter werdender Verdacht an ihr, der bestätigt wurde, als kurz darauf einer von Caspars Mitarbeitern ins Gästehaus kam und nach Max' Rucksack fragte, den er auf Geheiß der Bürgermeisterin abholen sollte.

Es hatte ihr gereicht und sie war in die Stadt marschiert, um Lara zur Rede zu stellen. Sie musste Bescheid gewusst haben! Wie hatte die Frau, nach allem, was bereits zwischen ihnen vorgefallen war, sie so hintergehen können? Als sie die Bürgermeisterin schließlich ausfindig gemacht hatte, war es längst zu spät gewesen, um etwas zu unternehmen. Sie hatte nicht mal ein ausführliches Gespräch mit ihr führen können, da sie sich gerade auf dem Weg zu Caspars Beerdigung befunden hatte. Fera hatte sich ihr kurzerhand angeschlossen. Und nun standen sie beide unter vielen anderen Menschen auf einem abgelegenen Feld, sahen auf den provisorischen Sarg hinunter, in dem Caspars Leiche lag, und warfen sich darüber hinweg gelegentlich abschätzende Blicke zu.

Fera wollte sich auf die Trauerrede konzentrieren, die einer seiner engsten Mitarbeiter hielt. Sie wollte ihrem alten Freund Respekt zollen, aber alles, was ihr durch den Kopf ging, waren Fantasien, wie sie die Frau gegenüber an den roten Haaren packte und über das Feld schleifte, um sie zur Rede zu stellen.

„Dabei solltest du eigentlich auf IHN sauer sein!", schoss es ihr durch den Kopf. Nicht einmal verabschiedet hatte er sich, und das nach all dem, was zwischen ihnen vorgefallen war. „Aber was ist denn eigentlich zwischen uns vorgefallen? Nichts!", meldete sich wieder die Stimme in ihrem Kopf. Vielleicht hatte die Stimme recht. Vielleicht hatte sie sich alles nur eingebildet, seine Sorge um sie, seine Zuneigung. Vielleicht existierte das alles nur in ihrem Kopf. Vielleicht bedeutete sie ihm gar nichts. Vielleicht war er froh, dass er sie nun los war und schneller vorankam.

Eine Hand auf ihrer Schulter riss sie plötzlich aus ihren wirren Gedanken. Sie zuckte überrascht zusammen, als sie sah, dass es die Bürgermeisterin war. Feras Gewaltfantasien ihr gegenüber erloschen schlagartig, als sie in das mitfühlende Gesicht der Frau sah. Sie war einer der Menschen, denen man einfach nicht lange böse sein konnte, schien es.

Überrascht stellte Fera zudem fest, dass die Trauerzeremonie anscheinend zu Ende war und die Leute sich langsam in Grüppchen zerstreuten.

„Du siehst aus, als möchtest du dringend mit mir sprechen ... oder mich verprügeln ...", murmelte Lara ihr zu. Fera fühlte sich ertappt und kam sich auf einmal völlig kindisch vor ob ihrer diffusen Wut. Eigentlich konnte Lara doch gar nichts dafür. Es war Max' Entscheidung. Warum hätte Lara ihn also aufhalten sollen?

„Ich ... ich ... Es ... Ich verstehe es einfach nicht", stammelte Fera. „Warum er einfach so gegangen ist." Lara hakte sich bei ihr unter und führte sie zielstrebig von dem Feld weg in Richtung Stadt. „Ich glaube, so richtig wusste er das selbst nicht. Für mich sah das alles ein bisschen nach Flucht aus. Eine Kurzschlusshandlung vielleicht? Aber ich konnte ihm seine Bitte nicht ausreden. Es steht mir nicht zu, mich einzumischen. Ich will nur, dass du weißt, dass er keinesfalls gegangen ist, weil du ihm egal bist. Du hättest ihn erleben sollen, als er mir in der Nacht die Aufnahme von Fred und Jan vorbeigebracht hat. Er hat alles in Bewegung gesetzt, um deine Unschuld zu beweisen – nicht, dass das dann noch nötig gewesen wäre." Sie schüttelte leicht den Kopf, offenbar in Erinnerung an Max' Auftritt, dann sprach sie weiter: „Also meinetwegen, hasse mich dafür, dass ich ihm das Auto zur Verfügung gestellt habe und ihm seinen Abgang so schnell ermöglicht habe, aber zweifle nicht an seinen Absichten. Er hat mir auferlegt, für deine Sicherheit zu sorgen – wofür ich mich ohnehin verantwortlich fühle, nachdem ich dich ungerechterweise in diesen Keller gesteckt habe. Du musst mir nur sagen, ob du hierbleiben oder in eine andere Siedlung weiter nördlich gehen möchtest."

Fera zog ihren Arm aus Laras Umklammerung und blieb stehen. Sie hob ihren Kopf, damit sie der größeren Frau in die Augen schauen konnte, als sie erwiderte: „Ich hasse dich nicht. In dieser Situation hätte ich vermutlich das Gleiche getan wie du. Aber du hast recht, wenn du sagst, du bist auch mir etwas schuldig. Und wenn du oder Max denkt, dass ich mich einfach so in eine nette, kleine Gemeinde verfrachten lasse und dort glücklich meine Tage verbringe, dann habt ihr euch gewaltig geschnitten. Seine Mission ist auch meine Mission. Ich bin ihm nicht bis hierher gefolgt, um mich dann kurz vorm Ziel abspeisen zu lassen." Noch während sie diese Worte aussprach, wurde Fera klar, dass auch das der absoluten Wahrheit entsprach. Es ging ihr nicht nur um Max und ihre Gefühle für ihn – die er vielleicht erwiderte, vielleicht auch nicht –, sondern es ging ihr auch darum, herauszufinden, was es nun mit dem Verlassen des Dome wirklich auf sich hatte. Und wenn er sie nicht mitnahm, dann würde sie eben allein weitergehen.

Sie konnte sehen, wie der Bürgermeisterin bei ihren Worten der Mund aufgeklappt war. Offensichtlich hatte sie Fera diese Zielstrebigkeit nicht zugetraut. Nun, jemand hatte ihr einmal gesagt, sie sei stärker, als sie dachte. Nun würde sie es unter Beweis stellen.

KAPITEL 25

MAX

Max spürte, wie seine Gelenke allmählich steif wurden. Er war bestimmt schon mehrere Stunden zu Fuß unterwegs seit seinem dämlichen, selbst verschuldeten Unfall.

Die Umgebung hatte sich seither nicht groß verändert. Es gab nach wie vor keinerlei Anzeichen von Leben oder Zivilisation. Lara hatte erwähnt, dass die Siedlungen hier dünner gesät seien als weiter nördlich. Die Leute würden sich sicherer fühlen, je näher sie an der Kommandozentrale seien. Max konnte das natürlich nachvollziehen, dennoch hatte er keine komplette Einöde erwartet.

Er war froh um den vollgepackten Rucksack auf seinem Rücken. Auch wenn dieser unter dem Gewicht litt, hätte er so fürs Erste genug zu essen und zu trinken.

Er beschloss, eine Pause einzulegen, und setzte sich vor ein besonders großes Pampasgrasbüschel. Der Boden war glücklicherweise nicht ganz so matschig wie im Osten. Es war eine Wohltat, den Rucksack abzulegen. Eilig zog er seine verschwitzte Jacke aus und kramte nach einer Wasserflasche im Rucksack, die er halb leer trank. Als er gerade dabei war die Tasche auch nach etwas Essbarem zu durchforsten, ließ ihn ein Klickgeräusch innehalten. Er hatte ein ganz ähnliches Geräusch schon einmal vor nicht allzu langer Zeit gehört. Zu Beginn seiner Reise, an der Grenze. Aber das konnte doch nicht sein!

Er ließ den Rucksack los, drehte sich langsam um und blickte geradewegs in den Lauf einer Handschusswaffe. Aus dem Pampasgrasbüschel hatten sich drei Männer materialisiert.

Max war sofort klar, dass diese drei keine Mitglieder einer aufmüpfigen Teenagergang waren. Nein, diese Kerle sahen aus wie ausgewachsene Söldner. Der mit der Waffe näherte sich ihm zielstrebig und Max hob die Hände. Mit dem Fuß dirigierte er den Rucksack in Richtung der Männer, in der schwachen Hoffnung, dass sie ihn nur ausrauben wollten.

Seine Hoffnung wurde umgehend zunichtegemacht, als der Waffenträger lachte und auf Englisch sagte: „Was sollen wir denn damit?" Warum sprachen sie englisch mit ihm? Max' Gehirn arbeitete auf Hochtouren. Er versuchte, sich darüber klar zu werden, ob er einen russischen Akzent herausgehört hatte, konnte es aber nicht mit Sicherheit sagen. Die nächste Frage brachte ihm allerdings Gewissheit. „Wo ist das Mädchen?"

Sie mussten Fera meinen. Wen sonst? Und wer sollte sie suchen, außer Ostmännern? Was ihn umgehend zu der nächsten Frage brachte: Wie hatte es diesen Kerlen gelingen können, die Grenze zu überschreiten und so weit in den Westen vorzudringen? Waren sie ihnen von Anfang an auf den Fersen gewesen? Oder war die Grenzsicherung des Colonels im Osten in den letzten Wochen komplett zusammengebrochen? Max war klar, dass er keine Antwort auf diese Fragen bekommen würde, stattdessen schauten ihn drei Augenpaare ungeduldig an, da sie auf eine Antwort von ihm warteten.

Max stellte sich unwissend und antwortete: „Welches Mädchen? Ich bin alleine unterwegs." Ein anderer der Männer schaltete sich nun in das Gespräch ein und bemerkte: „Jetzt, ja. Aber sie war im Zug noch bei dir. Also, wo ist sie jetzt?"

Moment mal, im Zug? Max fragte sich unwillkürlich, ob die Zugentgleisung überhaupt ein Unfall gewesen war. Möglicherweise hatte jemand gezielt die Weichen versetzt, um sie aufzuhalten. Aber warum hatten sie sie dann nicht viel früher gestellt? Hatten sie gedacht, sie wären bei der Explosion ums Leben gekommen?

Wieder warteten die Männer auf eine Antwort. Neben der Waffe vor ihm zückte der Rechte nun auch noch ein Messer und hielt es ihm unters Kinn. Max war sich vage dem Gewicht seines eigenen Klappmessers in seiner Hosentasche bewusst. Diesmal würde es ihm nichts nützen. Er konnte sich niemals gegen drei ausgewachsene Kerle verteidigen, von denen einer eine Schusswaffe besaß.

Also war seine einzige Chance zu versuchen, die Männer mit einer Lüge abzuspeisen. Er sagte: „Sie ist in einer Siedlung weiter östlich von hier geblieben."

Der Pistolenmann grunzte missmutig und klärte Max auf: „Wir sind an keinen Siedlungen vorbeigekommen. Hör auf zu lügen und sag die Wahrheit, wenn du dir Schmerzen ersparen möchtest."

„Das ist die Wahrh...", fing Max erneut an, als ihn ein Fußtritt vom dritten Mann unerwartet mitten im Magen traf. Er war froh, dass er nicht mehr dazu gekommen war, etwas zu essen, bevor diese Schergen aufgetaucht waren, weil er sich sonst sofort erbrochen hätte, so krampfte sein Magen. Er hielt beide Hände immer noch auf seinen Bauch gepresst, als ihn der nächste Schlag am Kopf traf. „Und hast du deine Meinung schon geändert?", hörte er eine Stimme undeutlich fragen. Er konnte nicht sagen, welcher der Männer gesprochen hatte.

Max versuchte es anders: „Ich weiß nicht, wo sie ist. Wir haben ..."

„Bullshit!", unterbrach ihn einer der Angreifer und diesmal spürte er einen Tritt in seinem Rücken, der Feuerwerkskörper durch sein Rückenmark zu senden schien und ihn komplett paralysierte. „Nicht jetzt! Nicht auch noch das jetzt!", schoss es Max durch den Kopf.

Wie auf Kommando forderte ihn der Schusswaffenträger auf aufzustehen. „Na los, wird's bald?!", schrie er ihm ins Ohr. Max rührte sich nicht. Er konnte sich nicht bewegen, seine Muskeln krampften und waren überspannt wie ein Bogen. „Ich kann nicht", murmelte er undeutlich.

Der Mann vor ihm lachte nur. „Du kannst nicht oder du willst nicht?", fragte er amüsiert. Dann gab er dem Mann neben ihm, der das Messer gezückt hatte, mit einem Kopfnicken zu verstehen, dass er sich in Bewegung setzen solle. „Mal sehen, ob wir dich zum Aufstehen motivieren können, was?", höhnte der Erste.

Max konnte nur daliegen und mit geweiteten Augen zusehen, wie der Messerträger ihm das T-Shirt hochzog und das Messer an seine Brust hielt. Er hielt automatisch die Luft an, als die Klinge in einer langsamen, ritzenden Bewegung quer über seine Haut gezogen wurde. Sofort quoll Blut hervor. Max entwich kein Laut. Diese Art von Schmerz war ihm nicht fremd und seine Toleranzschwelle war entsprechend hoch. Die beiden Männer schauten sich verwundert an und wechselten dann einen Blick mit dem Dritten. Dieser kam hinzu und ließ erneute Tritte und Schläge auf Max' Rücken niederregnen. Ihm war es gleich, er konnte es kaum schlimmer machen. Wenn überhaupt, schien etwas Gefühl in seine Muskeln zurückzukehren. Er blieb jedoch liegen und schloss die Augen. Er versuchte, sein Bewusstsein der Situation zu entziehen, seinen Geist von seinem Körper loszulösen. Während er weiter malträtiert wurde, beschwor Max vor seinem geistigen Auge Marilyns Gesicht herauf. Ihre hellbraunen Augen funkelten ihn an, ihre dunklen Haare umrahmten ihr Gesicht. Plötzlich änderten sie jedoch die Farbe zu blond und blaue Augen schauten ihn aus einem blassen Gesicht mit feinen Zügen an – Feras Gesicht. Er verstand nicht. Was? Er spürte, wie sein Bewusstsein kurz davor war, ihm komplett den Dienst zu versagen. Entfernt hörte er Stimmen auf Russisch miteinander sprechen. Es klang, als sei sein Kopf in Watte gehüllt. Es war jedoch egal, er verstand sowieso nicht, was sie sagten, hoffte aber stark, dass sie zu dem Schluss gekommen waren, dass aus ihm nichts herauszubekommen war, und sie ihm hier seinem Schicksal überlassen würden. Stattdessen spürte er jedoch, wie man seine Hände und Füße zusammenband und an ihm zerrte. „Fuck", war alles, was er denken konnte. Wo würden sie ihn hinbringen?

Er wünschte sich, sie würden ihm einen weiteren Schlag auf den Kopf verpassen, damit er endlich in Ohnmacht fiele. Dann vernahm er plötzlich, wie aus weiter Ferne, einen Knall. Nein, mehrere. Waren das Schüsse? Kam jetzt etwa eine ganze verdammte Armee auf ihn zugestürmt? Max musste dem irrationalen Bedürfnis nachgeben, zu lachen. Es brach jedoch mehr als ein Husten aus ihm heraus. Er hatte erwartet, dass er zur Strafe einen weiteren Tritt erhalten würde. Aber nichts geschah. Ganz im Gegenteil, die Hände hatten aufgehört, an ihm zu zerren. „Was zur Hölle ...?", fragte er sich. Dann wagte er es, seine Augen zu öffnen, und er blickte in ein wettergegerbtes Gesicht, das offenbar nur ein Auge besaß – das andere war von einer Augenklappe verdeckt gewesen, die allerdings verrutscht war und den Blick auf eine leere Augenhöhle freigab. Das Gesicht öffnete den Mund und sagte: „Ich bin Colonel Burns und das sind ein paar meiner Jungs vom Westcamp der Union. Sieht so aus, als hätten dir die Ostländer da übel mitgespielt. Aber keine Bange, die werden sich so schnell nicht wieder blicken lassen! Dann lass uns mal schauen, ob wir dich hier rauskriegen, Kleiner." Max wusste nicht, worüber er erstaunter sein sollte: dass man ihn als „Kleiner" bezeichnet hatte oder dass er soeben den leibhaftigen Colonel Burns kennengelernt hatte und dieser alles andere als unsympathisch war. Wobei er vermutlich in seiner momentanen Lage auch den Teufel höchstpersönlich als freundlich beschrieben hätte, wenn er ihn aus seiner ausweglosen Lage befreit hätte. Max musste über seine lächerlichen Gedankengänge debil grinsen und dann spürte er, wie seine Wahrnehmung langsam verschwamm. „Endlich", dachte er, als sich die Dunkelheit um ihn legte.

KAPITEL 26

FERA

Lisa war so ziemlich das genaue Gegenteil von Lara. Sie war klein und hatte kurze Haare von undefinierbarer Farbe, die ihr in unterschiedlich langen Fransen in die Stirn hingen. Ihre Augen waren schmal und lenkten so von ihrem leichten Schielen ab, das sie an den Tag legte. Zu sagen, dass sie hübsch oder weiblich aussah, wäre die Übertreibung des Jahrhunderts gewesen. Es hatte Fera überrascht, als die Bürgermeisterin Lisa zum Abschied einen Kuss auf die Lippen gedrückt hatte. Nun, Liebe war unergründlich, schien es.

Lara hatte darauf bestanden, dass Lisa sie zumindest ein Stück ihres Weges begleitete, da sie Feras Sicherheit gewährleisten sollte. Nun, da sie in einem heruntergekommenen Minivan neben ihr saß, den Lisa gemächlich Richtung Süden lenkte, um Benzin zu sparen, konnte sie langsam verstehen, was die Bürgermeisterin an ihr schätzte. Die Frau war unaufdringlich und effizient. Sie stellte Fera keine lästigen Fragen nach ihrem Wohlbefinden oder ihrer Vergangenheit, sondern konzentrierte sich einzig und allein auf die ihr gestellte Aufgabe, sie so weit wie möglich Richtung Camp zu transportieren. Sie sollte genug Sprit zurückhalten, um das Auto auch wieder mit nach Wesel bringen zu können, da Lara nicht noch einen zweiten ihrer Pkws dauerhaft verlieren wollte. Wenn Lisa auch eine angenehme Ruhe ausstrahlte, so fragte sich Fera doch auch, inwieweit eine Frau, die fast genauso schmal wie sie selbst war, sie im Notfall verteidigen sollte. Nicht dass sie wirklich einen Notfall erwartete. Was sollte ihnen schon passieren? Es war weit und breit keine Menschenseele zu sehen und sie saßen in einem Auto. Trotzdem hatten sie die Erfahrungen auf ihrer Reise durch den Westen mit Max vorsichtig gemacht. Richtig sicher konnte man sich nie fühlen.

„Wollen wir hier kurz anhalten? Willst du dir mal die Beine vertreten oder dich erleichtern?", fragte Lisa und Fera zuckte überrascht zusammen, so sehr hatte sie sich an das Schweigen zwischen ihnen gewöhnt. Sie antwortete: „Nein danke, alles in Ordnung." Lisa nickte nur und fügte hinzu: „Dann sag einfach Bescheid."

Sie waren vielleicht drei Stunden unterwegs gewesen, als sie plötzlich ein Autowrack vor sich entdeckten. Feras Magen zog sich augenblicklich zusammen und ihre Nackenhaare stellten sich auf. Das konnte nur das Auto sein, das Lara Max überlassen hatte, und es schien, als sei es frontal gegen einen Baumstamm gefahren worden ...

Lisa bemerkte ihren ängstlichen Blick, sagte jedoch nichts. Sie hielt den Van an und öffnete die Fahrertür, um auszusteigen. „Ich gehe nachsehen. Bleib sitzen, ja?", wies sie Fera an, ohne eine Antwort abzuwarten. Nach ein paar Minuten kam sie wieder und informierte Fera, dass der Wagen leer sei. Vermutlich sei Max zu Fuß weitergelaufen, da sich auch kein Gepäck mehr in dem Auto befand. Fera atmete hörbar aus. Lisa schüttelte leicht den Kopf. „Männer!", sagte sie. „Der Wagen lässt sich leicht reparieren. Ich habe Werkzeug im Kofferraum. Aber ich gehe davon aus, dass du nicht warten willst, also seh ich ihn mir auf dem Rückweg näher an." Sie verzog ihre schmalen Lippen nach oben, was wohl einem Lächeln gleichkommen sollte. Fera lächelte zurück und bedankte sich.

Sie bemerkte, dass Lisa den Van nun sogar noch langsamer fuhr und sie schien ihre Umgebung genau zu scannen. Das flaue Gefühl in Feras Magen wollte sich nicht legen. Die Atmosphäre fühlte sich aufgeladen an und sie konnte nicht einmal sagen, warum.

Schließlich stoppte Lisa den Wagen erneut. „Hör mir gut zu, ich habe seit einiger Zeit Reifenspuren bemerkt. Sie verwirren mich, da sie erst in die eine Richtung gehen, dann wieder in die andere und hier gibt es nichts, was einen Ausflug rechtfertigen würde. Ich glaube auch nicht, dass hier noch mehr ‚Taxifahrer' wie ich unterwegs sind. Es könnte sein, dass jemand Max gefolgt ist. Ich habe aber keine Ahnung, wer das hätte sein sollen, und schon gar nicht, wo sie einen fahrbaren Untersatz herhatten. Nicht von uns – das steht fest." Sie deutete auf ein paar Rillen mehrere Meter zu ihrer Linken. „Siehst du das? Das sieht aus, als hätte jemand entweder eine Vollbremsung hingelegt oder ein Auto viel zu hektisch gestartet. Ich will mir das mal genauer ansehen. Ich möchte, dass du hier wartest. Lass aber beide Türen offen, damit ich dich hören kann, okay?"

Erneut wartete Lisa Feras Nicken gar nicht erst ab, sondern verließ das Auto, um sich auf den Weg zu dem ein paar Meter entfernten, von Pampasgrasbüscheln gesäumten Feld zu machen. Fera schaute der Frau zu, wie sie sich bückte, um den Boden zu berühren, dann atmete sie leise aus und drehte sich in die andere Richtung, um auch ihre Tür zu öffnen, wie Lisa sie angewiesen hatte.

Ihr gefror das Blut schlagartig in den Adern, als sie feststellte, dass die Tür bereits offen stand und ihre Sicht von der Körpermitte eines Mannes verdeckt wurde.

Fera wollte ihrem Instinkt folgen und so laut schreien, wie sie nur konnte, doch eine große Hand legte sich blitzschnell um ihren Mund und eine andere zog sie an den Haaren aus dem Wagen. Sie schlug wild um sich, traf aber nur leere Luft. In blinder Verzweiflung hob sie ein Knie und hörte an dem unterdrückten Schrei des Mannes, dass sie diesmal getroffen hatte, noch bevor sie etwas spüren konnte.

Sie wollte ihren Kopf drehen, um zu sehen, ob Lisa es gehört hatte und ihr zu Hilfe kam, aber ihr Gegner schien seine Fassung, schneller als erwartet, zurückerlangt zu haben und hielt sie mit beiden Händen fest umklammert. Sie konnte weder ihren Kopf noch ihre Arme bewegen. Er schien sie vom Boden heben zu wollen, um sie sich über die Schulter zu werfen.

Sie versuchte, sich so schwer wie möglich zu machen, was natürlich sinnlos war, als der Mann urplötzlich ganz von selbst von ihr abließ. Er fiel der Länge nach zu Boden und hinter ihm kam Lisas kleine, drahtige Gestalt zum Vorschein. Ihre Hände waren noch zu Fäusten geballt und die Spannung in ihren

Oberschenkelmuskeln war sogar durch den dicken Stoff ihrer Jeans deutlich zu sehen.

Sie musste Feras verblüfftes Gesicht bemerkt haben, denn sie kommentierte: „Man muss nur wissen, wo man treffen muss. Die meisten schwerfälligen Typen halten sich für unbesiegbar, aber das Gegenteil ist der Fall." Diesmal war das Grinsen der Frau eindeutig zu erkennen.

Fera wollte ihr gerade mit einem Lächeln der Erleichterung antworten, als sich ihre Augen vor Schreck weiteten. Diesmal dämpfte nichts ihren Schrei. Lisa schaffte es nicht mehr, sich rechtzeitig umzudrehen. Zwei weitere Männer waren aus dem Nichts aufgetaucht und attackieren ihre Begleiterin von hinten. Fera fiel rücklings auf den Autositz. Sie überlegte, ob sie vielleicht versuchen sollte, den Wagen zu starten, um die Männer abzulenken, aber sie hatte keine Ahnung, wie man ihn bediente.

Lisa hatte sich wieder gefangen und sie schlug sich erstaunlich gut. Sie duckte sich und täuschte immer wieder blitzschnell Tritte und Schläge an, nur um dann ganz woanders ihre Treffer zu landen. Sie musste eine ungeheure Wahrnehmungsgabe haben, da es für sie kein Problem zu sein schien, zwei Männer gleichzeitig in Schach zu halten. Fera schöpfte Hoffnung und langsam wurde ihr klar, warum Lara es für ausreichend erachtet hatte, ihr nur diese kleine Frau zu ihrer Sicherheit mitzuschicken.

Dann änderte sich die Situation jedoch schlagartig. Der Rechte der beiden zog auf einmal ein Messer aus der Seitentasche seiner Armeehose und stach Lisa damit von hinten in die Schulter. Sie kam für einen Moment aus dem Gleichgewicht und hielt sich automatisch die verletzte Schulter, was der zweite Angreifer nutzte, um ihr einen Kinnhaken zu verpassen, der sie niedergehen ließ. Sie rührte sich nicht und Fera wurde panisch.

Sie versuchte, über den zweiten Sitz zu klettern, um durch die offene Fahrertür zu entkommen. Aber der Mann mit dem Messer kam ihr zuvor und versperrte ihr bereits den Ausgang. Der andere packte sie unsanft um die Taille und zog sie aus dem Wagen. Aus dem Augenwinkel fiel ihr Blick auf die bewusstlose Lisa am Boden. Ihr Brustkorb hob und senkte sich, doch Fera konnte nicht einschätzen, wie tief ihre Verletzung an der Schulter war.

Abgelenkt durch ihre Sorge um die Frau, registrierte Fera nicht, dass sie der Mann, der sie fest umklammert hielt, angesprochen hatte. Oder möglicherweise hatte es auch daran gelegen, dass er Russisch gesprochen hatte – zu lange hatte sie diese Sprache nicht mehr gehört. Deutlich ungehaltener wiederholte er seine Worte: „Na komm schon, Täubchen, setz dich in Bewegung."

Er zog sie mit sich und nun konnte sie verdeckt durch die großen Büschel des Pampasgrases einen hellen Lieferwagen inmitten des Feldes ausmachen. Das Ganze war eine Falle gewesen, realisierte Fera beiläufig.

Während sie in Richtung des Autos bugsiert wurde, ertönte wieder die Stimme ihres Kidnappers an ihrem Ohr: „Jaroslaw wird sich freuen, sein ungehorsames Häschen endlich wiederzuhaben." Er lachte dabei tief und rasselnd. Fera nahm das nur am Rande wahr. Ihre volle Konzentration richtete sich auf dieses eine Wort, diesen einen Namen, den der Angreifer genannt hatte – Jaroslaw.

Kurz bevor sie das Rückteil des Lieferwagens erreicht hatten und der andere Mann, der ihnen offenbar gefolgt war, die Schiebetüren öffnete, brach ihr kalter, panischer Schweiß aus. Sie erwartete, IHN in dem Wagen sitzen zu sehen – wie irrational das Ganze auch schien. Jaroslaw verließ das Krom nur selten und wenn, dann unter allerhöchstem Schutz von Sicherheitsleuten, die ihn umgaben. Hätte er wirklich sein Machtzentrum verlassen, um sie bis in den äußersten Westen zu verfolgen, und das Ganze nur mit drei Männern an seiner Seite? Die Stimme der Vernunft trug jedoch nichts dazu bei, Fera zu beruhigen. Ihre Angst gab einen feuchten Dreck auf Logik.

Umso fassungsloser war sie, als sie erkannte, wer wirklich hinter den Türen des Lieferwagens zum Vorschein kam. Vlad.

Seine langen Haare waren, wie immer, zu einem Zopf zusammengebunden und er trug makellose Kleidung. Soldaten-Camouflage, bemerkte sie verwundert. Seine breiten Schultern waren schmaler geworden oder vielleicht schien das nur so durch die Art und Weise, wie er in dem Laderaum kauerte. Zweifellos war er jedoch blasser geworden. Und seine Augen waren von tiefen Schatten überlagert, als sich sein Blick nun auf sie richtete. „Fera", sagte er und seine Stimme klang dabei fast tonlos, „du siehst anders aus."

Fera erlangte ihre Beherrschung fast augenblicklich zurück. Sie wusste nicht, ob das an der Wut lag, die sie noch immer erfasste, wenn sie an Vlads Versagen ihr gegenüber dachte, oder nur an der Erleichterung – darüber, dass sich nicht Jaroslaw vor ihr befand. Aber sie antwortete Vlad mit einer Bissigkeit in der Stimme, die sie selbst überraschte: „So sieht man eben aus, wenn man gegen seinen Willen über ein schmutziges Feld gezerrt und zu Tode erschreckt wird." Sie machte eine kurze Pause, ließ ihn aber nicht zu Wort kommen, sondern fuhr noch aufgebrachter fort: „Lässt dein Vater dich mal wieder seine Drecksarbeit für ihn verrichten? Nun, ich habe Neuigkeiten für dich, Vlad! Ehe ich mich von dir zurück zu diesem Monster schleppen lasse, schneide ich mir lieber die Pulsadern auf!"

Einer der Männer hinter ihr klatschte voller gespielter Anerkennung in die Hände und kommentierte: „Tolle Ansprache, Täubchen, aber Vlad hier hat nicht mehr zu melden als wir. Er ist jetzt einer von uns, ein einfacher Fußsoldat. Und es tut mir leid, dir das zu sagen, aber auf unserer Rückreise unterstehst du einzig und allein meiner Aufsicht, da ich hier die Befehlsgewalt innehabe. Und jetzt sage ich dir, dass ich genug von deinem Lamentieren gehört habe." Er machte eine Pause und holte ein Tuch aus seiner Tasche, um sie damit zu knebeln. Dann sah er ihr triumphierend in die geweiteten Augen und sagte fröhlich: „Auf geht's, heim zu Papa!" Fera schloss die Augen und jegliches Kampfgefühl, das sie noch vor einer Minute in sich verspürt hatte, war zum Erliegen gekommen.

KAPITEL 26

MAX

Er lag in seinem Bett. Die Wintersonne schien durch das Apartmentfenster und tauchte alles in ein goldenes Licht – vor allem SIE. Sie saß auf seinem Schoß, aber er spürte ihr Gewicht durch die dicke Decke zwischen ihnen kaum. Er konnte feine Staubpartikel, die durch das Licht wie sprühende Funken wirkten, vor ihrem Gesicht umhertreiben sehen. Es machte sie nur noch magischer.

Er wollte seine Arme um sie schlingen und ihren Kopf zu sich herunterziehen, damit er ihren Mund mit einem innigen Kuss verschließen konnte. Doch sie blieb beharrlich kerzengerade auf ihm sitzen und zog eine Augenbraue in gespielter Entrüstung nach oben.

„Das gilt nicht!", schalt sie ihn. „Nun sag schon, was es ist!" Sie hatte von ihm wissen wollen, was er am meisten an ihr liebte. Warum er sie liebte. Ein neckendes Spiel, was wohl jedes Paar schon einmal gespielt hat. Doch Marilyn ließ keine seiner Antworten gelten.

Er gähnte ausgiebig und seufzte dann, weil er wusste, dass sie das nur noch mehr aufregen würde, da sie ungeduldig wurde. Dann sagte er ausholend: „Nun, wenn es nicht deine süßen Grübchen sind", er küsste sie flüchtig auf beide Wangen, „und deine langen Beine oder dein knackiger Hintern", er zwickte sie in selbigen, was ihr ein überraschtes Quieken entlockte, „dann können es wohl nur deine einmaligen Kochkünste sein!"

Sie schnaufte frustriert und bewarf ihn mit einem der neben ihnen liegenden Kissen, da sie so gut wie er wusste, dass ihre Kochkünste sich auf das Bedienen der Mikrowelle oder des Backofens beschränkten.

Er kam zu dem Schluss, dass er sie nun genug hatte schmoren lassen, und streckte eine Hand nach ihrem Kinn aus, damit sie ihren Kopf wieder in seine Richtung drehte und er ihr in die Augen sehen konnte, als er ihr endlich antwortete: „Ich liebe dich, weil du diese Gabe hast, Menschen zu motivieren. Du holst das Beste aus ihnen heraus. Du holst das Beste aus mir heraus. Du schaffst es, dass ich an mich glaube. Mit dir erscheint mir absolut nichts unmöglich."

Sie sagte lange nichts und er fragte sich schon, ob er etwas Falsches gesagt hatte. Dann sah er, wie die Ränder ihrer hellbraunen Augen anfingen zu glitzern, weil sich Tränen darin gesammelt hatten. „Das ist das verdammt noch mal Schönste, was je jemand zu mir gesagt hat", entfuhr es ihr und ihre Stimme zitterte vor Rührung.

Max lachte auf und ging nun wieder zu einem neckenden Tonfall über: „Na, da das dann nun geklärt ist, kann ich ja jetzt wohl endlich meinen Kuss bekommen!" Er packte sie diesmal mit beiden Händen an ihrem Hintern und hob sie von sich herunter, auf die Matratze neben sich, damit er sich über sie beugen und seine Lippen endlich auf ihre drücken konnte. Er wollte sie schmecken und sich in ihrem Duft verlieren. Plötzlich schien sie sich jedoch unter seinen Armen aufzulösen. Ihre Umrisse wurden immer schwächer, bis die Matratze unter ihm plötzlich ganz leer war.

„Komm schon, wach auf, Mann! Bleib bei uns!", hörte er eine fordernde, dunkle Stimme irgendwo entfernt über ihm. Er zog es vor, die Stimme zu ignorieren. Er wollte lieber HIERBLEI-BEN, bei IHR.

Er setzte sich in seinem Bett auf und sah zur Tür. Da stand sie wieder. Diesmal hatte sie nicht nur ein kurzes Schlafshirt an, sondern war vollständig angezogen. Sie sah ihn streng an und sagte: „Du musst mich loslassen, Max. Du brauchst mich nicht, um an dich glauben zu können." Er wollte sie anschreien, dass er sie sehr wohl brauchte und dass er sie nie loslassen würde. Dann fiel ihm jedoch ein, dass er das ja schon längst getan hatte. Eine allumfassende Leere machte sich in ihm breit.

Als er seinen Kopf erneut hob, war Marilyn verschwunden und an ihrer Stelle stand eine andere junge Frau an der Tür. Sie hatte blonde Locken und himmelblaue Augen, die sie erbost auf ihn richtete, als sie ihn aufforderte: „Komm schon, wach auf! Hör auf, hier rumzuliegen wie ein fauler, alter Sack! Du hast schließlich eine Mission. Hast du das schon vergessen?!" Ihr vor Wut glühendes Gesicht erwärmte auf eine irrationale Weise sein Herz, das bei ihrem Anblick angefangen hatte, deutlich schneller zu schlagen. Er sah sich verzweifelt nach Marilyn um, deren wieder schwächer werdende Silhouette neben seinem Bett aufgetaucht war. Sie sagte nichts, aber er glaubte, ein wohlwollendes Lächeln auf ihrem Gesicht zu erkennen, als sie sachte mit dem Kopf nickte. Dann war sie verschwunden. Das blonde Mädchen war ebenso verschwunden.

Dafür tauchte die raue Stimme über ihm wieder auf und forderte ihn unablässig auf, endlich zu sich zu kommen. Sein Kopf füllte sich mit Schmerz, den alle Nervenenden in seinem Körper gleichmäßig an sein Gehirn zu senden schienen. Er spürte, wie sein Brustkorb bebte, als er unkontrolliert hustete. Dann zwang er seine Augen dazu, sich zu öffnen. Er erkannte das derbe Gesicht mit der Augenklappe wieder. Es wurde nun von einem breiten Grinsen erhellt und die Stimme sagte zufrieden: „Na siehste, es geht doch, Kleiner! Wir hatten schon gedacht, du willst uns hier wegsterben!"

Vage nahm Max wahr, wie man ihn auf die Ladefläche eines Jeeps hievte. Er staunte darüber, dass das Westcamp über derartige Fahrzeuge verfügte. Der Colonel an der Ostgrenze konnte von solch einem Luxus nur träumen. Max teilte sich die Ladefläche mit einer Handvoll Soldaten der westlichen Union. Sie hatten allesamt T-Shirts mit dem blau-gelben Emblem an, trugen aber größtenteils Jeans, wie er selbst, oder normale Hosen, anstatt Camouflage. Offenbar zeigten sich hier doch auch erste Versorgungslücken im Westen. Colonel Burns musste den Jeep höchstpersönlich lenken, denn Max konnte ihn unter den Gesichtern, die ihn umgaben, nirgends sehen. Er hatte ohnehin alle Mühe, seine Augen offen zu halten. Nichtsdestotrotz zwang er sich dazu, denn er wusste nicht, ob er noch einmal die Kraft aufbringen konnte, zurückzukommen, wenn er sich erneut der Bewusstlosigkeit hingab.

Sein Schädel brummte wie wahnsinnig, aber die oberflächliche Wunde an seiner Brust schien aufgehört haben, zu bluten.
Trotzdem bemerkte er die besorgten Gesichter der überwiegend
jungen Burschen um ihn herum. Er musste ein grausiges Bild abgeben, dachte er. Das blutdurchtränkte weiße Shirt zum einen
und zum anderen hatten die vielen Schläge, die er abbekommen
hatte, sicherlich Spuren in seinem Gesicht hinterlassen. Er spürte bereits, dass seine Lippe dick geschwollen war, und sicherlich hatte er zumindest ein blaues Auge, wenn er bedachte, wie
undeutlich er sah. Er ging davon aus, dass die meisten dieser
Jungs hier an der Westgrenze nie wirkliche Kampfhandlungen
erlebt hatten und daher umso schockierter waren. Er versuchte
sich an einem aufmunternden Lächeln, scheiterte aber kläglich
und gab auf. Frisches Blut von seiner Lippe tropfte nun auf sein
T-Shirt und vermischte sich mit dem alten Fleck. Er ließ seinen
Kopf zur Seite rollen und schnaufte kapitulierend.

Als das Camp langsam in Sichtweite kam, fühlte Max sich fast,
als kehrte er in sein eigenes zurück. Die Gebäude waren ähnlich aufgebaut wie die an der Ostgrenze, nur eine Umzäunung
sparte man sich hier. Offensichtlich rechnete man wirklich
nicht mit unmittelbaren Bedrohungen vom Inland her. Zwei
der Männer stützen ihn je links und rechts und manövrierten
seinen kraftlosen Körper in das am nächsten gelegene Gebäude. Es schien sich dabei um eine Krankenstation oder dergleichen zu handeln, denn mit Begierde in den Augen nahm Max
wahr, dass sich hier neben Rollbetten auch ein Regal mit Medikamenten befand. Zumindest ging er stark davon aus, dass es
sich bei den bunten, klein verpackten Boxen mit diversen Auf-
schriften um Tabletten handelte.

Die Männer setzten ihn auf einem der Betten ab und er schaffte es gerade so, sich der Länge nach daraufzulegen. „Der Doc
wird gleich nach dir schauen", sagte der Kleinere der beiden zu
ihm und dann überließen sie ihm sich selbst. „Der Doc?", fragte sich Max. Hatten sie das nur so gesagt oder gab es hier tatsächlich einen richtigen Arzt?

Seine Frage wurde umgehend beantwortet, als ein ganz in Weiß gekleideter Mann mittleren Alters die Krankenstation betrat und sich an den Rand seines Bettes setzte. „Mein Name ist Pierre, ich bin Arzt und werde mir deine Verletzungen mal ansehen, okay?", stellte er sich vor, wobei Max sein starker französischer Akzent auffiel. Ein Arzt, hm. Max musste ihn einfach fragen: „Bist du wirklich Arzt oder ist das nur so eine Bezeichnung, weil du die Krankenstation leitest?"

Er hatte nicht unhöflich sein wollen, es interessierte ihn einfach, da er der erste leibhaftige Arzt wäre, den Max seit Ewigkeiten zu Gesicht bekommen hatte.

Pierre verzog nur für eine Sekunde gekränkt sein Gesicht, ehe er seine Fassung wiedererlangte und Max versicherte: „Ich kann dir bestätigen, dass ich tatsächlich ein Doktor bin. Du wirst verstehen, dass ich dir keine schriftlichen Urkunden vorlegen kann. Aber du kannst dich gerne im Camp umhören, um sicherzugehen, dass ich noch niemanden hier aus Versehen umgebracht habe."

Er ignorierte Max' beschämten Blick und wechselte das Thema, indem er ihn fragte: „Also, wo tut es dir denn nun überall weh?"

Max konnte sein unterdrücktes Lachen nicht ganz zurückhalten und antwortete: „Es ist besser, wenn du mich fragst, wo es NICHT wehtut."

Der Arzt nickte nur: „Ich verstehe. – Kannst du dich auf den Bauch drehen?"

Max leistete Pierres Aufforderung stumm Folge. Die Matratze presste schmerzhaft gegen seine Schnittwunde an der Brust, aber er verkniff sich einen Schmerzenslaut. Als der Arzt jedoch seinen Rücken abtastete und den unteren Teil seiner Wirbelsäule berührte, entfuhr ihm ein atemloses Keuchen.

„Da fühlt sich einiges ganz und gar nicht in Ordnung an. Deine Wirbelsäule hat eine Schiefstellung und ich glaube, mindestens zwei deiner Bandscheiben sind verrutscht."

„Bandscheiben?", schoss es Max durch den Kopf. „Na prima, dann würde er sich in absehbarer Zeit also doch noch unkontrolliert vollpinkeln ..."

Der Arzt befühlte ihn weiter und kam ins Zweifeln. „Hm, ich bin mir nicht sicher, es könnten auch die kleineren Gelenke um dein Kreuzbein sein. Jedenfalls hast du eine Vielzahl von knöchrigen Versteifungen hier." Pierre presste unvermittelt auf eine Stelle an Max' unterem Rücken und er musste sein Gesicht fest in die Matratze unter ihm drücken, um nicht laut aufzuschreien. Der Druck brachte seine Nase zum Bluten und er musste husten. Pierre half ihm, sich wieder umzudrehen, und sagte dann: „Wie dem auch sei, mit den Mitteln, die mir hier zur Verfügung stehen, kann ich weder genau bestimmen, was das Problem ist, noch es behandeln. Der Rest sind nur oberflächliche Prellungen. Deine unterste Rippe hat zwar was abbekommen, aber ich glaube nicht, dass sie gebrochen ist. Du wirst eine Weile Schmerzen haben und spätestens morgen grün und blau aussehen, aber es sollte kein bleibender Schaden entstanden sein. Ich werde noch deine Schnittwunde säubern und verbinden."

Als der Doktor das blutbeschmierte Shirt mit einer Schere auseinanderschnitt, um an die Wunde zu gelangen, bemerkte er Max' sehnsüchtigen Blick in Richtung der bunten Pillenverpackungen auf dem Regal neben ihnen und er fragte ihn: „Möchtest du vorher eine Schmerztablette?"

„Zwei wären mir lieber", antwortete Max und bemühte sich um ein zuversichtliches Lächeln. Pierre zog eine Augenbraue nach oben, kam seinem Wunsch jedoch kommentarlos nach.

Eine halbe Stunde später lag Max verbunden und versorgt auf dem Bett mit einer dünnen Decke über ihm und einer Flasche Wasser daneben. Er war gewillt, nun seinem Bedürfnis nachzugeben, die Augen zu schließen, um in einen erlösenden Schlaf zu fallen, als Schritte ihn aufschreckten, die sich vom Eingang her auf sein Bett zubewegten. Widerwillig drehte er seinen Kopf zur Seite und erblickte Colonel Burns' einäugige Miene am Bettrand.

„So, unser guter Doktor sagt mir, dass du es überleben wirst. Also komme ich gleich zum Punkt: Was führt dich zu uns? Denn ich gehe mal davon aus, dass du dich auf dem Weg zu unserem

Camp befunden hast, als du überfallen wurdest, auch wenn du natürlich einen deutlichen Umweg gelaufen bist", sagte der Colonel und grinste ihn erwartungsfroh an.

Max räusperte sich, um Zeit zu gewinnen. Ihm war nicht nach einer Unterhaltung, und schon gar nicht nach einer solchen zum jetzigen Zeitpunkt. Was sollte er tun? Vorgeben, dass es ihm zu schlecht ginge? Burns wegschicken? Oder einfach auf den Punkt kommen und mit der Tür ins Haus fallen? Bisher war ihm der Colonel als ein bodenständiger Typ erschienen. Keine Anzeichen von cholerischen Anfällen, wie er immer wieder gehört hatte ... Warum also sollte er Zeit verschwenden? Max beschloss, sein Anliegen einfach so direkt wie möglich vorzubringen: „Ich habe einige Tage in Wesel verbracht und da ist mir zu Ohren gekommen, dass es nahe diesem Camp eine Möglichkeit gebe, das Dome unbeschadet zu verlassen. Ich wurde geschickt, um der Wahrheit dieser Vermutung auf den Grund zu gehen." Max hatte gezielt die angeblichen Sichtungen von Tieren in Wesel und seine eigenen Sichtungen im Osten und auf seiner Fahrt hierher nicht erwähnt. Er wollte erst sehen, wie der Colonel auf seine Offenheit reagierte. Würde er die Sache als Humbug verwerfen oder würde er selbst mit Details aufwarten? Die Art und Weise, wie schnell und offen Burns Max' Ausführungen bejahte, überraschte ihn dann allerdings doch – genau wie das breite Grinsen, das er dabei weiterhin zur Schau stellte. Irgendetwas stimmte hier nicht. Max glaubte für einen Moment, Schalk in dem verbliebenen Auge des Colonels zu erkennen, als er sagte: „Aber klar kannst du das Dome hier nach Lust und Laune verlassen. Ich war selbst schon mehrere Male draußen. Wenn du fit genug bist, zeige ich dir morgen höchstpersönlich wie und wo."

Max nickte nur vorsichtig und erwiderte: „Ich werde fit genug sein." Er hatte erwartet, dass der alte Haudegen ihn noch mit weiteren Fragen zu seiner Person oder zu den Details des Überfalls löchern würde, aber nichts dergleichen geschah, sondern der Mann fing bereits an, sich vom Bett Richtung Tür wegzubewegen, als er sagte: „Gut, dann sehen wir uns morgen."

Max hatte ihm selbst noch einige Fragen stellen wollen, zum Verbleib der Ostmänner, die ihn angegriffen hatten zum Beispiel. Das hatte jedoch keine Eile. Er glaubte nicht, dass sie eine Gefahr für Fera darstellen würden. Sie befand sich mittlerweile sicherlich auf dem Weg zur Kommandozentrale und würde nicht allein sein oder war doch in Wesel geblieben, wo sie noch sicherer war, denn selbst drei hartgesottene Schläger wie diese würden allein nicht eine ganze Stadt auseinandernehmen können. Er gratulierte sich ihm Geiste selbst dazu, dass er die richtige Entscheidung getroffen hatte, Fera nicht mitzunehmen.

Es war früher Morgen, als Colonel Burns ihn weckte. „So was nennst du also fit sein, Kleiner?", riss ihn die dunkle, brummende Stimme des älteren Mannes aus seinem bitter verdienten Schlaf. Widerwillig öffnete Max ein Auge, das zweite war inzwischen völlig zugeschwollen. „Immerhin befinde ich mich jetzt auf demselben Level wie er", dachte sein albernes Ich, während er sein ernsthaftes Ich dazu zwang, dem Colonel zu antworten: „Gib mir fünf Minuten. Dann bin ich so weit."

Er hatte sich, so gut es ging, etwas frisch gemacht. Sein altes T-Shirt war hinüber, also hatte er sich eines der weißen Langarmshirts, die vermutlich dem Arzt gehörten, von dem Regal neben den Tabletten geschnappt. Er fragte sich, wo seine Jacke geblieben war, als er sich Wasser ins Gesicht spritzte, um wach zu werden. Glücklicherweise gab es in dem angrenzenden Waschraum keine Spiegel. Max glaubte nicht, dass er seinen eigenen Anblick im Moment ertragen hätte. Stattdessen war er erfreut, eine benutzbare Toilette vorzufinden.

Als er sich schließlich wieder dem wartenden Colonel näherte, wünschte er sich, er hätte ihm eine Absage erteilt, was ihren gemeinsamen Ausflug anging. Sein Kopf schien sich um sich selbst zu drehen, so schwindlig war ihm, und er geriet merklich ins Schwanken. Burns kommentierte das nicht, sondern musterte ihn schweigend mit seinem einen Auge. Dann zog er beide Augenbrauen hoch und fragte: „Wären wir dann so weit, ja?" Max bemühte sich, nicht vornüberzukippen, als er nickte.

Erfreulicherweise war der Jeep immer noch vor der Kranken-station geparkt und als der Colonel zielstrebig darauf zusteuerte, fiel Max ein Stein vom Herzen. Er würde nicht laufen müssen!

Die Fahrt dauerte etwa 30 Minuten und sie bestritten sie schweigend. Max wusste, dass sie sich mehr und mehr dem Ende des Dome näherten, da sich die Atmosphäre stetig veränderte. Zunächst kaum merklich, dann jedoch deutlich wahrnehmbar. Umrisse verschwammen leicht, Farben fingen an, dezent zu fluoreszieren, und schließlich schien es Max, als sei die Welt in eine Seifenblase getaucht worden. Burns stoppte den Jeep und stellte fest: „Von hier aus laufen wir besser."

Sie ließen den Wagen am oberen Ende eines Abhangs stehen und der Colonel machte sich bereit, den leicht abfallenden Hang hinunterzuklettern. Max rührte sich nicht. Eine solche Steigung war schon unter normalen Umständen problematisch für seine Konstitution. Als sich der Colonel jedoch ungeduldig nach ihm umdrehte, gab er sich einen Ruck und setzte sich in Bewegung. Nun, sollte er sich ein Bein brechen, so gab es hier wenigstens einen Arzt, der sich um ihn kümmern konnte, dachte er zynisch.

Als sie schließlich das Ende des Hangs erreicht hatten, muss-te Max vor Überraschung schlucken. Sie hatten ein großes Be-tonbauwerk vor sich, das aufgrund seiner beiden kreisrunden Öffnungen nur ein Tunnel sein konnte. Neben den Öffnungen waren zwei vom Wetter und den Jahren mitgenommene Schil-der in den Farben Weiß, Blau und Rot zu sehen. Es stand auch etwas in schwarzer Farbe darauf, das Max zunächst nicht er-kennen konnte, bei näherem Hinsehen las er jedoch das Wort „Eurotunnel" auf beiden Schildern.

„What the fuck ...?", schoss es Max durch den Kopf. Er wuss-te natürlich sehr wohl, was der Eurotunnel war oder gewesen war. Ein etwa 50 Kilometer langer Unterwassertunnel, der das europäische Festland mit der britischen Insel verband oder ver-bunden hatte. Max hatte ihn selbst nie benutzt, sondern war je-des Mal geflogen, wenn er seine Eltern in Deutschland besucht hatte. Aber er hatte sich schon immer gefragt, ob diese Art zu reisen vielleicht eine Alternative gewesen wäre.

Nun stand er mit großen Augen direkt vor der runden Öffnung des einen Tunnels, während er Colonel Burns abwartenden Blick auf sich spürte. Was erwartete er von ihm? Gab es hier etwas, was Max übersah? Sollte er eins und eins zusammenzählen und schaffte es nicht?

„Dann werde ich dir mal auf die Sprünge helfen, Kleiner", sagte Burns mit einem großväterlichen Ton in der Stimme. „Dieser hübsche Tunnel hier verläuft circa 40 Meter unter dem Meeresboden. Der Eingang, den du hier siehst, ist natürlich vom Dome umgeben, was du an den schönen wabernden Linien siehst, die sich an ihm abzeichnen. Betritt man den Tunnel jedoch und läuft weit genug, befindet man sich irgendwann unter dem Meer und da greift das Dome natürlich nicht mehr. Jetzt kannst du die 50 Kilometer gerne weiterlaufen und sehen, was dich am anderen Ende erwartet. Aber ich schätze, selbst wenn du es schaffst, dich an den Zugwracks vorbeizuquetschen, die den Tunnel ganz bestimmt verstopfen, wird dich nur die offene See dort erwarten, da die Infrastruktur auf der britischen Seite sicherlich mit dem Rest der Insel verschwunden ist." Er machte eine kurze Pause, um selbstzufrieden Max' perplexen Gesichtsausdruck zu studieren. Dann erklärte er weiter: „Natürlich gibt es immer wieder die einen oder anderen Abenteurer unter meinen Jungs hier, die denken, sie seien Captain Nemo und müssten die See bezwingen. Dann laufen sie ein paar Meter in den Tunnel hinein, kommen nach fünf Minuten heil wieder heraus und erzählen überall Geschichten davon, wie leicht es doch ist, das Dome zu umgehen. Diese Gerüchte helfen niemandem, Kleiner, und sie regen mich auf! Deswegen weise ich auch jedes Arschloch, das denkt, es müsse sich als Meeresforscher aufspielen, zur Tür hinaus. Es gibt keinen Ausweg. Das Dome ist das Dome und es begrenzt nun einmal unsere Welt und wir können froh sein, dass wir auf dieser Seite davon sind."

Damit schien der Sachverhalt für ihn erledigt zu sein. Ohne ein weiteres Wort machte der Colonel sich an den Aufstieg des Hanges, um zurück zum Jeep zu gelangen. Es schien ihm egal zu sein, ob Max ihm folgte oder nicht. Max stand nach wie vor regungslos vor dem Tunneleingang. Er war versucht, einfach loszulaufen und zu sehen, wie weit er käme. Dieser Tunnel hatte zu seiner Insel geführt.

Ihm wurde erneut schwindlig und er musste beide Arme ausstrecken, um sich auszubalancieren. Nein, heute würde er nirgends hinlaufen können und vermutlich hatte der Colonel mit seinen Ausführungen auch recht. Es war ein hoffnungsloser Irrglaube, dem Dome auf diesem Weg entkommen zu können. Desillusioniert drehte Max sich um, um dem Colonel den Hang hinauf zu folgen.

KAPITEL 27

FERA

Sie saß im Laderaum neben Vlad. Der immer noch bewusstlose dritte Mann, den Lisa mit ihrem Schlag ausgeknockt hatte, lag auf dem Boden zu ihren Füßen. Die beiden anderen hatten seinen massigen Körper zum Wagen geschleppt und waren dann beide vorne eingestiegen. Sie fragte sich, ob Lisa immer noch bewusstlos bei ihrem Auto lag oder ob die zwei ihr noch einen Todesstoß versetzt hatten, als sie den dritten Kerl geholt hatten. Selbst wenn sie sie hatten liegen lassen, wie hoch war die Wahrscheinlichkeit, dass sie aufwachte und Hilfe holen konnte? Fera meinte, äußerst gering. Bis Lisa entweder im Camp ankam oder zurück nach Wesel gefahren war, waren ihre Entführer mit ihr bestimmt schon längst über alle Berge. Wenn sie nur ihre Fahrt irgendwie verlangsamen könnte ...

Vlad hatte ihr den provisorischen Knebel wieder aus dem Mund genommen, als die anderen beiden außer Reichweite waren. Nun sah er sie unverwandt von der Seite an und sagte zögerlich: „Hast du dich eigentlich nie gefragt, warum ich damals in das Zimmer gekommen bin?" Fera schwieg. Sie hatte kein Interesse an dieser Unterhaltung. Sie hatte kein Interesse an Vlad oder seinen Beweggründen. Er redete trotzdem weiter: „Ich wollte es stoppen. Ich wollte ihn stoppen. Ich hatte keine Ahnung, wie. Aber ich hätte es versucht." Nun konnte sie sich doch nicht mehr zurückhalten und erwiderte spöttisch: „Nun, dann war es ja gut, dass ich wusste, WIE!" Sie registrierte aus dem Augenwinkel, wie sein Gesicht in sich zusammenfiel. Sie glaubte für einen Moment, er würde anfangen zu schluchzen, dann fasste er sich und sagte: „Ich weiß, dass ich dich enttäuscht habe. Ich weiß, dass du mich für schwach hältst – und vielleicht bin ich das auch. Aber ich will, dass du weißt, dass ich dich über alles geliebt habe ..." Er fasste sie plötzlich an beiden Oberarmen und drehte sie zu sich, bevor er weitersprach. „Ich will, dass du weißt, dass ich das immer noch tue."

Für den Bruchteil einer Sekunde bröckelte Feras harte Fassade. Sie sah in Vlads Augen und sah pure Verzweiflung darin. Er sagte die Wahrheit und er war kein schlechter Mensch. Fera wusste das. Doch es änderte nichts an ihren Gefühlen oder ihrer Situation. Und die Härte kehrte augenblicklich in ihre Stimme zurück, als sie sagte: „Das ist keine Liebe."

Sie streifte Vlads Arme von sich und wandte den Kopf von ihm ab. Ihre Gedanken wanderten unwillkürlich zu Max. Vermutlich würde sie ihn nun nie wiedersehen. Sie wünschte sich, sie hätte ihn damals beim Zugwrack geküsst, anstatt ihn zu ohrfeigen. Nur, um zu wissen, wie es sich angefühlt hätte. Nur, um den Unterschied ein einziges Mal gespürt zu haben. Ob er nun schon an seinem Ziel war? Ob es funktioniert hatte? Sie malte sich aus, dass er einen Weg gefunden hatte und dass eine neue/alte Welt da draußen existierte, in der es keine Konflikte gab und keine Hierarchien, wie dort, wo sie nun wieder landen würde. Sie malte sich aus, dass er die Frau wiederfand, die er so sehr liebte. Sie würde es ihm gönnen.

Plötzlich riss sie ein Ruckeln aus ihren rosaroten Tagträumen. War der Wagen über ein Hindernis gefahren? Es ruckelte erneut und dann kam das Fahrzeug ganz zum Stillstand. Sie hörte, wie sich die Fahrer- und Beifahrertür öffneten. Vlad zog sie erneut leicht an den Armen und stopfte ihr mit einem entschuldigenden Blick in den Augen das Tuch wieder in den Mund. Ihre Hände hielt er fest zusammen, sodass sie sich nicht bewegen konnte. Vermutlich wollte er seine Stärke gegenüber den ranghöheren Soldaten demonstrieren.

Die Türen zum Laderaum wurden geöffnet und die beiden Männer verkündeten, dass der Wagen liegen geblieben sei und die Reise zu Fuß weitergehen müsse, bis sie Ersatz auftreiben konnten. Fera fragte sich, wo sie den zu finden gedachten. Sie konnte sich noch sehr gut an die Einöde erinnern, die sie auf ihrem Weg durch den Westen durchquert hatte.

Einer der Kerle trat probeweise gegen den am Boden liegenden Dritten. Als der sich nach wie vor nicht rührte, zuckte er mit den Schultern und sah seinen Kumpan fragend an. Dieser zuckte ebenfalls mit den Schultern, ehe er die unausgesprochene Frage des anderen mit den Worten: „Er ist alt genug, dass er sich um sich selbst kümmern kann, wenn er aufwacht" abtat. Fera weitete vor Unglauben die Augen. Was sagte das über die Art von Männern aus, denen sie hier in die Hände gefallen war, wenn sie sich nicht einmal um einen von ihnen scherten?

Andererseits keimte auch wieder ein schmaler Funke Hoffnung in ihr auf. Zu Fuß kamen sie weitaus langsamer voran und zwei Kidnapper waren besser als drei. Vlad ließ sie außen vor. Er würde keine Gefahr für sie darstellen.

Sie hatte erwartet, dass man sie fesseln würde, was aber nicht der Fall war. Ein Mann lief lediglich voraus und der andere hinter Vlad und ihr in der Mitte. Sie mussten sich wirklich überlegen fühlen. „Aber das sind sie doch auch, oder wie willst du zwei Kerle von ihrer Größe alleine ausschalten?", flüsterte die Stimme der Vernunft in ihrem Kopf. Eine zweite, mutigere Stimme in ihr konterte: „Habe ich nicht schon fettere Kerle ausgeschaltet?"

Trotz der besseren Schuhe fingen Feras Füße allmählich an wehzutun. Sie mussten schon Stunden zu Fuß unterwegs sein, denn es fing an zu dämmern. Sie fragte sich, ob sie vorhatten, auch die Nacht durchzulaufen, denn sie machten keine Anstalten, einen Schlaf- oder Rastplatz zu suchen. Aus Gesprächsfetzen der beiden hatte sie inzwischen mitbekommen, dass der selbst ernannte Anführer Sergej hieß und sein Kumpan Jegor. Sie schätzte beide auf etwa 30 und einer war hässlicher als der andere, wobei Sergej aufgrund seiner Glatze noch eine Spur Furcht einflößender wirkte. Gerade waren die beiden in eine hitzige Diskussion darüber vertieft, welchen Weg sie einschlagen sollten. Sie schienen keine Ahnung zu haben, wo sie sich befanden. Fera mutmaßte, dass sie im Kreis gelaufen waren und jede Minute der liegen gebliebene Wagen wieder in Sicht käme.

Sie würde sich vor Gehässigkeit totlachen, sollte dies der Fall sein. Nichtsdestotrotz hoffte sie, sie würden bald irgendwo anhalten. Sie brauchte eine Pause.

Vlad warf ihr in regelmäßigen Abständen besorgte Seitenblicke zu. Jedes Mal wenn er versuchte, sie zu stützen, schüttelte sie seine Hand jedoch ab. Wie aus dem Nichts sagte er plötzlich leise zu ihr: „Juri geht es gut." Damit erregte er schlagartig doch ihre Aufmerksamkeit und sie drehte ihm ihr Gesicht zu. Er fasste das als Bestätigung auf weiterzureden und erklärte: „Ich dachte, dass du das wissen möchtest. Ich weiß, du mochtest ihn. Vater hat mir die Schuld an deiner Flucht gegeben."

Fera erwartete, er würde näher darauf eingehen, inwieweit Jaroslaw ihn bestraft hatte. Aber möglicherweise fand Vlad, das erkläre sich aufgrund seiner Anwesenheit hier von selbst. Sie nahm an, dass Jaroslaw seine Drohung wahr gemacht und Vlad zu einer gemeinen Grenzpatrouille degradiert hatte. Ob er speziell für diesen Auftrag ausgewählt wurde, sie zurückzubringen, um sein „Fehlverhalten" wettzumachen? Sie zögerte, nachzufragen, sie wollte Vlad nicht ermutigen, ein Gespräch mit ihr zu führen.

Gerade als sie ihr Gesicht wieder von ihm abwenden wollte, hob er sein Oberteil leicht an, sodass sie seine Rippenbögen sehen konnte. „Was ...?", fing sie völlig perplex an, doch dann sah sie es. Zunächst dachte sie, es sei eine Brandverletzung, dann erkannte sie jedoch, dass die rötliche Wunde in Vlads Nierengegend die Umrisse eines Buchstabens aufwies. Es war ein „J". „J für Jaroslaw", schoss es ihr durch den Kopf und sie musste schlucken. Sie konnte nicht anders, als Mitgefühl zu empfinden. Sie wollte nicht nachfragen, ob das ein Brandzeichen war oder von einem Messer stammte, und Vlad hatte seinen Oberkörper bereits wieder bedeckt. Diesmal war er es, der sein Gesicht von ihr abwandte. „Es tut mir leid", sagte sie aus einem Impuls heraus, „ich wollte nicht, dass er es an dir auslässt." Er nickte, schwieg aber.

Fera war so mit Vlads Enthüllungen beschäftigt gewesen, dass sie nicht gemerkt hatte, dass Sergej vor ihr angehalten hatte. Um ein Haar wäre sie über ihn gestolpert, hätte Vlad sie nicht am Arm gepackt und gestützt. Er warf ihr ein scheues Lächeln zu, das Fera halbherzig erwiderte.

„Wir halten hier an und machen Pause", verkündete Sergej. „Wir gehen weiter, wenn es hell wird."

Sie konnte nicht sagen, warum ihr Chief-Kidnapper diese Stelle als Rastplatz ausgewählt hatte, denn die kahlen Bäume und Sträucher unterschieden sich kaum von dem Rest der Szenerie, durch die sie gewandert waren. Es würde keine sehr bequeme Rast werden, das war klar. Dennoch war Fera froh, dass sie sich etwas würde ausruhen können. Und dann brannte ihr da auch noch ein anderes Bedürfnis auf der Seele. „Ich muss Wasser lassen", warf sie in die Runde. Sergej und Jegor warfen sich einen genervten Blick zu, ehe Sergej bestimmte: „Vlad kann mit dir gehen. Es ist ja nicht so, als würde er etwas sehen, das er nicht ohnehin schon kennt." Die beiden Kerle brachen in schallendes Gelächter aus und Sergej schien sich selbst zu seinem flachen Witz gratulieren zu wollen. Fera konnte nur mit den Augen rollen.

Vlad griff sie an der Hand und wollte mit ihr in Richtung der Bäume davonmarschieren. Sergej hob jedoch seine Hand und brachte ihn damit zum Anhalten. „Nicht zu weit, klar? Und kommt nicht auf dumme Gedanken", herrschte er Vlad grinsend an, „du weißt, Papa sieht alles und er findet alle seine Schäfchen wieder!"

Mit einem mulmigen Gefühl im Magen folgte Fera Vlad hinter eine nicht allzu weit entfernte Baumreihe. Sie fragte sich allmählich, ob sie ihm unrecht getan hatte. Vermutlich hatte er in den letzten Wochen genauso viel durchgemacht wie sie. Dieser Realisation folgte eine zweite auf dem Fuße: Wenn Jaroslaw seinen eigenen Sohn so bestraft hatte, was würde er dann ihr antun? Als hätte Vlad ihre Gedanken gelesen, flüsterte er kaum hörbar: „Du kannst nicht zurück ins Krom. Ich habe einen Plan." Fera kam nicht dazu, ihn zu fragen, was das für ein Plan sei, denn Jegor pfiff schallend zu ihnen hinüber, dass sie sich gefälligst beeilen sollten. Im Zurücklaufen raunte er ihr ins Ohr: „Halte dich bereit heute Nacht."

KAPITEL 28

MAX

Max vegetierte den Rest des Tages auf seinem Bett auf der Krankenstation dahin. Der französische Arzt hatte vergeblich versucht, ihm etwas zu essen einzuflößen. Er hatte keinen Hunger, er hatte keinen Durst, er hatte kein Interesse an einer Unterhaltung. Es war, als hätte jemand Max' letzte Lebensenergie aus ihm herausgesaugt. Er wünschte, er wäre bewusstlos geblieben.

Am Abend erschien Colonel Burns erneut an seinem Bett. Max begrüßte ihn nicht, sondern drehte nur seinen Kopf zur anderen Seite. IHN wollte er am allerwenigsten sehen. Das schien den Colonel allerdings wenig zu stören, denn er fing trotzdem an, auf Max einzureden.

„Es tut mir leid, Kleiner, meine anschauliche Demonstration heute Morgen. Aber es ist manchmal leichter, wenn man etwas mit eigenen Augen sieht." Er machte eine lange Pause und Max hoffte bereits, er würde ihn nun wieder in Ruhe lassen, doch dann ertönte die Reibeisenstimme des älteren Mannes erneut – leiser diesmal: „Es ist nicht so, als würde ich nicht verstehen, weißt du. Du hast wahrscheinlich schon an meinem Namen gemerkt, dass das hier nicht meine Heimat ist. Zu meiner Heimat führt nicht einmal ein abgewrackter Tunnel. Ich habe nicht den blassesten Schimmer, was mit Amerika passiert ist. Jahrzehnte habe ich hier verbracht in Europa, davor in Afghanistan und Mali. Und immer habe ich mir gesagt, nächstes Jahr gehst du zurück und besuchst deine Heimat und immer kam irgendetwas Wichtigeres dazwischen und dann kam die Apokalypse", er lachte humorlos auf und kehrte dann zurück zu seinem Vortrag, „Max – das ist dein Name, ja? Die wahre Stärke eines Mannes liegt darin, trotzdem weiterzumachen. Viele der Jungs fragen sich, warum die Westgrenze gesichert wird. Die Gefahr lauere doch im Osten. Aber die Wahrheit ist, hier schützen wir die Leute vor sich selbst, indem wir sie davon abhalten, Dummheiten zu begehen wie nächtliche Tunnelwanderungen", er zwinkerte Max mit seinem einen Auge zu, was äußerst befremdlich aussah.

Max verstand, was der Mann da tat. Es war die altbekannte „Bad-Cop-Good-Cop-Routine": Zuerst hatte er ihn auflaufen lassen und nun relativierte er sein Verhalten. Max hatte keinen Nerv dafür. Genau genommen hatte er für nichts mehr einen Nerv.

Colonel Burns fragte: „Weißt du schon, was du machen wirst, wenn du dich erholt hast? Du bist offensichtlich ein zäher Hund, solche Leute können wir immer gebrauchen. Überlege dir, ob du bleiben möchtest." Er erwartete offensichtlich keine Antwort, denn er stand auf und entfernte sich wieder, ohne ein Wort des Abschiedes.

Max drehte seinen Kopf wieder gerade und schloss die Augen. Er versuchte Schlaf herbeizurufen, doch es gelang ihm nicht. Vermutlich, weil er den Großteil der letzten 24 Stunden schon damit verbracht hatte.

Gerade, als er darüber nachdachte, aufzustehen und sich an dem Pillenregal zu bedienen, öffnete sich die Tür zur Krankenstation erneut. Max hob den Kopf, um zu sehen, wer ihn nun wieder belästigen würde. Es ging jedoch nicht um ihn – das sah er sofort.

Pierre hatte eine zierliche Frau in den Armen, die er halb stützte, halb trug. Sie schien sich an der Schwelle zur Bewusstlosigkeit zu befinden. Als ihr Kopf leicht zur Seite kippte, erkannte er ihre Gesichtszüge. Es war Lisa, die Freundin der Bürgermeisterin von Wesel. Was in aller Welt tat sie hier und was war ihr zugestoßen? Max sah deutlich, dass ihr Oberteil im Schulterbereich blutdurchtränkt war. Sicher würde sie in diesem Zustand nicht freiwillig von Wesel hergekommen sein. War die Stadt angegriffen worden? Ein ungutes Gefühl setzte sich in Max' Magengegend fest.

Der Arzt konzentrierte sich voll und ganz auf seine neue Patientin und würdigte ihn keines Blickes. Max sah ihm zu, wie er die Wunde der Frau untersuchte und reinigte. Es handelte sich um eine Stichverletzung – das konnte er deutlich erkennen. Anscheinend war sie tiefer, als es dem Arzt lieb war, denn er seufzte und holte dann neben Verbandsmaterial auch Nadel und Faden aus seinen Utensilien.

Max wünschte sich, Lisa würde zu sich kommen. Er wollte sie fragen, was passiert war. Er wollte sie fragen, ob sie wusste, wo sich Fera nun befand. Pierre verabreichte ihr jedoch auch noch ein flüssiges Schmerzmittel, als er fertig war, und Max schwante, dass sie so bald nicht aufwachen würde.

Als der Arzt seine Behandlung beendet hatte, wandte er sich doch an Max und sagte: „Hab ein Auge auf sie, ja? Du kannst wieder laufen, ja? Hol Hilfe, sollte sich ihr Zustand verschlechtern. Sie hat viel Blut verloren." Max nickte und Pierre beließ es dabei.

Max verbrachte die halbe Nacht damit, jeden Atemzug, den Lisa tat, genau zu beobachten. Auch Pierre sah in regelmäßigen Abständen nach ihr, aber ihr Zustand schien unverändert zu bleiben. In den frühen Morgenstunden fielen Max langsam selbst die Augen zu, obwohl er krampfhaft versuchte, sich wach zu halten. Umso mehr erschrak er, als er plötzlich ein Husten aus Lisas Richtung vernahm.

„Wo?", hörte er ihre fragende Stimme. Er kämpfte sich, so schnell er konnte, auf seine wackeligen Beine und trat an ihr Bett, um ihr zu antworten: „Du bist im Camp an der Westgrenze. Der Arzt hier kümmert sich um dich." Ihre Augen wanderten umher und kamen schließlich auf seinem Gesicht zum Ruhen. Sie weiteten sich, als sie ihn erkannte. „Max", stellte sie fest, dann wurde sie erneut von einem Hustenanfall geschüttelt und brauchte einen Moment, um ihre Stimme wiederzufinden.

„Max, Fera ist ...", sie verstummte mitten im Satz und kämpfte darum, ihre Augen offen zu halten. Max wusste, dass sie sich schonen sollte und er nicht versuchen sollte, sie zum Weiterreden zu animieren, aber er konnte nicht anders. Der Stein in seinem Magen wurde schwer wie ein Felsbrocken. „Was ist mit Fera, Lisa? Ist sie noch in Wesel? Wurdet ihr angegriffen?", fragte er und er hatte Mühe, seine Stimme dabei ruhig zu halten.

Lisa schüttelte frustriert den Kopf. Er konnte sehen, dass sie ihren hilflosen Zustand verabscheute. Plötzlich griff sie seine Hand mit überraschender Stärke und hob ihren Kopf leicht vom Kissen, um ihn anzusehen, als sie ihre Worte mit schierer Willenskraft herauspresste: „Wir waren auf dem Weg hierher ... Sie wollte dir folgen ... Drei Kerle haben uns überfallen ... Fera war verschwunden, als ich zu mir kam ... die Kerle auch." Ihr Kopf fiel abrupt zurück auf das Kissen, sie schloss ihre Augen und atmete tief aus. Sie sagte nichts mehr.

Max überlegte, ob er sie wieder aufwecken sollte, ob er ihr mehr Fragen stellen sollte. Aber dann wurde ihm klar, dass sie vermutlich ohnehin nichts mehr sagen würde, da sie nicht mehr wusste.

Ihm war klar, dass es sich bei diesen drei Kerlen nur um die gleichen Ostmänner handeln konnte, die auch ihn angegriffen hatten. „Verdammt, warum in drei Teufels Namen war sie ihm nur gefolgt?", dachte er. Sogleich antwortete eine Stimme in seinem Kopf: „Vermutlich aus dem gleichen verdammten Grund, aus dem du vor ihr geflohen bist!" Max schob diesen Gedanken beiseite.

Sie durften sie nicht zurück in den Osten bringen! Nicht nach dem, was sie ihm von dort erzählt hatte, nicht nach dem, was sie dort erwarten würde. Aber wie sollte er das verhindern? Sie hatten einen Tag Vorsprung und er war in keinem geeigneten Zustand, meilenweit zu laufen. Und selbst wenn, was sollte er dann ausrichten, wenn er sie fand? Hatte er nicht bereits bei seinem ersten Zusammentreffen mit den Kerlen herausgefunden, dass er chancenlos war? Vielleicht könnte er den Colonel um Hilfe bitten. Würde er ihm Männer zur Verfügung stellen? Würde er ihm möglicherweise den Jeep ausleihen?

Max hatte nicht auf Tageslicht gewartet. Er hatte sich Wasser ins Gesicht gespritzt und mit Gewalt die Lider seines zugeschwollenen Auges dazu gebracht, sich zu öffnen. Wenigstens konnte er so genug sehen, um ein Auto zu lenken, sollte der Colonel es ihm ausleihen.

Bevor er die Krankenstation verließ, versicherte er sich, dass Lisas Zustand unbedenklich war. Dann machte er sich auf die Suche nach Colonel Burns. Nachdem er sich bei mehreren Männern, die auf Patrouille waren, nach ihm erkundigt hatte, fand er ihn schließlich in seinem Arbeitszimmer. Er war vollständig angezogen und saß mit dem Kopf über eine Karte gebeugt an seinem Schreibtisch. Unwillkürlich fragte Max sich, ob der Mann jemals schlief.

„Ah, Kleiner, hast du dir mein Angebot durch den Kopf gehen lassen?", begrüßte ihn der Colonel mit freundlicher Stimme und sah ihn erwartungsfroh an.

Max schüttelte leicht den Kopf und antwortete: „Deswegen bin ich nicht hier. Ich muss das Camp verlassen, heute noch. Ich brauche einen fahrbaren Untersatz."

Burns hob eine Hand und machte eine Bewegung, die Max Einhalt gebieten sollte. „Langsam, Kleiner. Immer eins nach dem anderen", sagte er. „Erstens, hast du in letzter Zeit mal in den Spiegel geschaut?"

Max verstand, worauf der Colonel hinauswollte. Natürlich war er in keinem fitten Zustand, irgendwohin zu fahren. Trotzig erwiderte er jedoch: „Ihr habt hier keine Spiegel."

Burns lachte auf. „Guter Konter, Kleiner! Also dann zum zweiten Punkt, wohin musst du denn so dringend?"

„Richtung Osten", kam Max' knappe Antwort unmittelbar.

„Aha", machte Colonel Burns und fragte dann weiter: „Und warum, wenn ich fragen darf?"

Max stöhnte unterdrückt auf. Warum machte der Kerl alles so kompliziert? „Jemand braucht meine Hilfe", sagte er schließlich.

„Hm", war alles, was vom Colonel dazu kam. Max überlegte schon, ob er es einfach aufgeben sollte, um Hilfe zu bitten, und doch loslaufen sollte, als der Mann sich räusperte und erneut das Wort ergriff: „Nun, es ist so, Kleiner, wir haben nur dieses eine Fahrzeug und du wirst auch verstehen, dass ich meine Jungs keiner unnötigen Gefahr aussetzen werde. Mir ist aber zu Ohren gekommen, dass die junge Dame – deine Bettnachbarin auf der Krankenstation –, die meine Patrouillen gestern Abend aufgegabelt haben, über ein Auto verfügt. Ihr ist nicht weit von hier der Sprit ausgegangen. Ich würde mich geneigt sehen, den Tank für dich aufzufüllen und dich hinzubringen. Du musst verstehen, dass der Rest deine Angelegenheit ist. Das hier ist das Westcamp. Wir kümmern uns um den Westen, nicht den Osten."

Max nickte zustimmend. Der Vorschlag war besser als nichts. Ihm kam ein weiterer Gedanke. „Wie sieht es mit einer Schusswaffe aus?" Colonel Burns lachte sein tiefes, raues Lachen, dann sagte er: „Na gut, meinetwegen, aber lass dir verdammt noch mal zeigen, wie man die Dinger bedient. Du würdest dich wundern, was ich hier schon alles gesehen habe. Warte drüben, ich schicke dir gleich zwei Jungs vorbei, die sich um alles kümmern." Er verstummte und Max wollte sich gerade bedanken und verabschieden, als der Colonel ihm wieder zuzwinkerte und mit hochgezogenem Mundwinkel sagte: „Viel Glück, Max, und grüß deine Freundin von mir, wenn du sie gerettet hast!"

Er gab es auf, ergründen zu wollen, woher der Colonel seine Beweggründe kannte, und verließ das Arbeitszimmer mehr als verwundert.

KAPITEL 29

FERA

„Erschöpfung ist ein mächtiger Gegner", urteilte Fera. Sie lag auf dem feuchten Waldboden und kämpfte dagegen an, einzuschlafen. Vlad hatte nicht mehr mit ihr gesprochen. Sie wusste nicht, ob er wirklich einen Plan hatte oder ob er sie nur beeindrucken wollte. Er hatte ihr auch nicht gesagt, wann er diesen Plan umzusetzen gedachte. „Heute Nacht" war ein dehnbarer Begriff.

Ihre Handgelenke taten weh und ihre Finger kribbelten in regelmäßigen Abständen, wegen der Fesseln, die man ihr angelegt hatte. Anscheinend wollten Sergej und Jegor über Nacht doch auf Nummer sicher gehen. Sie begrüßte den Schmerz jedoch, denn er war vermutlich das Einzige, was sie wach hielt. Trotz der Dunkelheit konnte Fera die Umrisse ihrer Entführer ausmachen und ihren regelmäßigen Atem hören. Aus Vlads Ecke kam kein Mucks.

Wieder einmal schloss sie die Augen für einen Moment. Sie stellte sich vor, wie sie in einem weichen, warmen Bett lag. Dann ließ sie ein kaum vernehmbares Rascheln links von ihr die Augen schlagartig wieder öffnen. Vlads Gesicht tauchte vor ihr auf. Wie hatte er das gemacht? Sie hätte schwören können, dass er vor einer Sekunde noch reglos meterweit entfernt von ihr gelegen war.

„Pst!", machte er und hielt sich dabei den Zeigefinger vor den Mund. Er brachte ein Messer zum Vorschein, mit dem er ihr die Fesseln durchtrennte. Dann legte er ihr ein zweites Messer in die Hand. Sie schaute ihn mit großen Augen an. Was erwartete er von ihr? Obwohl Vlad ihren Blick nicht gesehen haben konnte, flüsterte er ihr erklärend ins Ohr: „Ich kann nicht beide gleichzeitig ausschalten. Du musst Jegor das Messer in den Rücken rammen, während ich mich um Sergej kümmere, okay?"

Was?! Alles in ihr revoltierte bei diesem Gedanken. Sie spürte, wie ihr heiß und kalt zugleich wurde und ihre Nackenhaare sich aufstellten. „Ich kann das nicht!", protestierte sie und Vlad legte ihr geistesgegenwärtig eine Hand auf den Mund.

„Du musst. Es ist die einzige Möglichkeit. Wenn wir sie am Leben lassen, holen sie uns ein. Sie sind schneller als wir", redete er im Flüsterton auf sie ein.

Sie atmete tief ein. Er hatte recht. Es war ihre einzige Chance. „Du kannst das, reiß dich zusammen!", sprach sie sich im Geiste selbst Mut zu.

„Ziel auf die Lunge", wies Vlad sie an, dann hob er seine Hand und zählte ab: „Auf drei, ja?"

Fera kam sich vor wie in einem surrealen Traum. Sie fühlte sich völlig körperlos, als würde sie sich selbst von außen beobachten können. Sie sah, wie sie sich aufrichtete und einen Fuß vor den anderen setzte, stets darauf bedacht, so wenige Geräusche wie möglich zu verursachen. Vlad neben ihr tat das Gleiche. Dann trennten sich ihre Wege und sie näherten sich halb aufrecht, halb gebückt ihrem jeweiligen Opfer. Sie versuchte, das Messer in ihrer Hand so fest wie möglich zu halten. „Bloß nicht zittern!", redete sie sich im Geiste zu. Als sie vor Jegors zusammengerollter Gestalt zum Stillstand kam, hielt sie einen Moment lang inne, um sich nach Vlad umzudrehen. Auch er war in Position. Er nickte ihr zu und sie konnte gerade noch sehen, wie er den Arm mit dem Messer anhob, dann wandte sie sich ihrem eigenen Ziel zu.

Als sie das Messer anhob, um zuzustechen, entwich ihr der kleinste Laut, doch das reichte aus, damit sich Jegors Kopf zu ihr umdrehte und seine Augen sie aus dem Dunkel anstarrten. Fera ließ das Messer in Panik fallen. Sie war schockgefroren. Jegor schien immer noch nicht voll erfasst zu haben, was hier eigentlich vor sich ging. Plötzlich drehten sie beide gleichzeitig ihre Köpfe in Richtung von Sergej und Vlad. Auch Vlad schien bei seiner Durchführung auf Schwierigkeiten gestoßen zu sein. Es hörte sich eindeutig nach einem Handgemenge an, was sich dort drüben abspielte.

Sie konnte sehen, wie Jegor sich aufrichtete, um aufzustehen und hinüberzulaufen, als ein markerschütternder Schrei von Sergej ihn abrupt anhalten ließ. Er bückte sich und suchte nach etwas. Fera erkannte, dass es die Pistole war, nach der er griff. Intuitiv streckte sie ihr Bein aus, was Jegor zu Fall brachte. Es würde ihn jedoch nicht lange aufhalten. Also schrie sie aus Leibeskräften: „Vlad, pass auf, er hat eine Waffe!"

Vlad konnte sich zwar rechtzeitig ducken, als der erste Schuss losging, doch wie lange würde er den Schüssen ausweichen können? In ihrer Not warf sich Fera auf Jegors Rücken und attackierte ihn mit Schlägen. Sie schien ihm eher lästig zu sein, als wirklichen Schaden anzurichten. Gekonnt schüttelte er sie ab und richtete die Pistole nun auf sie. Wie aus weiter Ferne hörte sie Vlad rufen: „Fera! Nein!"

Er schaffte es gerade so, Jegor wegzurempeln, bevor sich der Schuss löste, der auf sie abgezielt hatte. Vage fragte sie sich, ob er sie hätte töten sollen oder ob er sie nur immobilisieren sollte. Sicherlich würde es Jegor nichts nutzen, wenn er sie tot vor Jaroslaws Füßen ablieferte. Dieser Gedanke machte sie mutiger und sie stürzte sich erneut auf den weitaus größeren Mann. „Nimm ihm die verdammte Pistole ab!", schrie sie Vlad an, der sie völlig verblüfft anstarrte, ehe er sich endlich in Bewegung setzte. Zu zweit schafften sie es unter enormer Anstrengung, dem bulligen Kerl die Waffe schließlich zu entringen.

Vlad richtete den Lauf nun auf ihn. „Drück schon ab, drück einfach ab!", dachte Fera, obwohl sie gleichzeitig zugeben musste, dass auch sie gezögert hätte, als Jegor unbewaffnet mit erhobenen Händen vor ihnen stand. Sie hörte, wie Vlad schluckte, dann folgte das Klickgeräusch der Entsicherung. Fera erinnerte sich nur zu gut an das Gefühl einer Waffe in ihrer eigenen Hand. „Tu es", flüsterte sie kaum hörbar mit flehender Stimme.

Er betätigte den Abzug und Fera sah das kurze Aufleuchten der Kugel, die abgefeuert wurde, bevor Jegor niedersackte. Aus dem Augenwinkel nahm sie einen ganz ähnlichen Lichtblitz hinter Vlad wahr. Er ging ebenfalls vor ihr in die Knie. Sie konnte den Zusammenhang erst nicht erfassen. Ihr Gehirn weigerte sich zu verarbeiten, was sich vor ihr abspielte. Woher war der zweite Schuss gekommen? Dann wanderten ihre Gedanken zu Sergej. Hatte Vlad ihn überhaupt völlig ausgeschaltet? Sie sah undeutlich, wie ihr Jugendfreund sich vor ihr auf dem Boden vor Schmerzen krümmte. Aber sie konnte jetzt nicht nach ihm sehen.

Etwas anderes hatte Priorität. Wie in Trance hob sie das vergessene Messer vom Boden auf, das sie am Anfang ihrer misslungenen Mission hatte fallen lassen, und setzte sich zielstrebig in Bewegung. Sergejs Körper lag immer noch am Boden. Anscheinend war er immerhin angeschlagen genug, dass er nicht aufstehen konnte. Sie erkannte, dass er die Schusswaffe noch in der Hand hielt. Sie fühlte sich auf eine fast schon übernatürliche Art sicher. Er würde nicht abdrücken. Er würde sie nicht erschießen. Sie war seine Wertmarke, die er bei Jaroslaw einlösen wollte. Mit einer ebenso übernatürlich anmutenden Schnelligkeit trat sie die Waffe mit ihrem Fuß aus seiner Hand. Er versuchte, sich wegzurollen, doch sie trat ihm in die Seite. Im Nachhinein konnte sie nicht mehr sagen, was letztlich den Ausschlag gegeben hatte – ab wann sie Rot gesehen hatte und ihr Urinstinkt übernommen hatte. Alles, was sie wusste, war, dass ihre Kleidung hinterher in Blut getränkt war. Sie musste mehr als ein Mal auf ihn eingestochen haben. Sie war froh, dass sie sein Gesicht in der Dunkelheit nicht gesehen hatte. Wie in Zeitlupe ließ sie das Messer schließlich fallen und erhob sich wieder, um zurück zu Vlad zu gehen.

Sie sank neben ihm auf die Knie und fasste seine Hand. Sie konnte gerade so das Weiß seiner Augen ausmachen. Er schien um jeden Atemzug zu ringen und sie wünschte sich, er würde nicht versuchen, zu sprechen. Aber natürlich tat er es trotzdem: „F...era, sag mir ... hab ich ...“ Sie versuchte, ihn zum Schweigen zu bringen, indem sie ihm beruhigend zuredete: „Sch, Vlad, nicht sprechen. Wo hat die Kugel dich getroffen?“ Er ignorierte ihre Frage und umfasste ihre Hand stattdessen fester.

„Hab ich ... es ... wiedergutgemacht?“, wollte er wissen. Die letzten Worte keuchte er förmlich heraus. Fera spürte, wie Tränen ihre Wangen herunterrannen. Vor ihrem geistigen Auge sah sie Vlad wieder als kleinen Jungen, wie er sie in die Arme nahm und tröstete. Auf einmal wollte sie sich selbst ohrfeigen für all den Hass, den sie ihm gegenüber gefühlt hatte. Er war nicht der Böse. Er war genauso ein Opfer der Umstände geworden wie sie. Er hatte nicht über sich hinauswachsen können. Aber heute hatte er es getan.

„Sch", flüsterte sie ihm erneut zu und diesmal hielt sie ihn vom Sprechen ab, indem sie ihre Lippen flüchtig auf seine presste. Sie spürte, wie er überrascht zusammenzuckte. „Ja, hast du", beantwortete sie seine Frage schließlich. Für einen kleinen Moment fokussierten seine Augen sie und er brachte ein schwaches Lächeln zustande. Dann schlossen sich seine Augenlider und sein Atem wurde schwächer, während Feras Tränen zunahmen. Sie weinte um den Jungen, den sie geliebt hatte, und sie weinte um den Mann, der er hätte sein können.

KAPITEL 30

MAX

Wenn Max richtiglag, dann hatten die Kerle anderthalb Tage Vorsprung. Waren sie zu Fuß unterwegs? Hatten sie ein Auto zur Verfügung? Er war sich ziemlich sicher, sonst hätten sie ihn gewiss nicht aufspüren können. Allerdings ging jedem Auto auch irgendwann der Sprit aus und eine Auffüllmöglichkeit würden sie so schnell nicht finden, je weiter sie nach Osten kamen.

Er wiederum auch nicht, deswegen war er ständig hin- und hergerissen, ob er langsam fahren sollte, um den Tank so lange wie möglich zu schonen, oder ob er aufs Gas treten sollte, um möglichst schnell an sein Ziel zu kommen. Und da ergab sich gleich das nächste Problem: Was war denn überhaupt sein Ziel? Woher sollte er wissen, welchen Weg die Mistkerle genau eingeschlagen hatten? Also fuhr er einfach Wege, die ihm am befahrbarsten erschienen, was ein großer Wagen, der ja mindestens vier Insassen haben würde, sicher auch tat.

Er wollte keine Zeit verlieren, aber er hatte sich gezwungen, vor seiner Abfahrt, etwas Essbares herunterzuwürgen, da er sich nicht erinnern konnte, wann er zuletzt etwas zu sich genommen hatte. Nun bereute er das jedoch. Sein Magen schien in sich verknotet zu sein und ihm brach vor Übelkeit kalter Schweiß aus. Immer wieder quälte er sich mit der Frage, ob er dieses Szenario hätte vorhersehen müssen. Er hatte Fera beschützen wollen, indem er ohne sie aufgebrochen war, und erreicht hatte er das genaue Gegenteil. Weil er zu feige war, sich mit seinen Gefühlen auseinanderzusetzen, hatte er sie in Gefahr gebracht. Er konnte das nicht noch einmal ertragen. Er konnte nicht noch einmal allein zurückbleiben.

Gefangen von seinen sich im Kreis drehenden Gedanken, erkannte er den Lieferwagen vor sich im unklaren Licht der

Morgendämmerung zunächst nicht. Dann zog eine Bewegung seine Aufmerksamkeit auf sich. Etwas war auf dem Dach des Wagens gelandet und Max wusste nicht, worüber er verblüffter sein sollte, den Lieferwagen, der mitten im Nirgendwo liegen geblieben zu sein schien, oder das vogelartige Tier, das sich auf ihm niedergelassen hatte. „Damn you!", flüsterte er zu sich selbst und dachte dabei an den Colonel, der nicht an Leben außerhalb des Dome glaubte. Aber wie würde er dann das hier erklären? Gerade als Max sich dem zierlichen Tier jedoch nähern wollte, flog es davon.

Er schüttelte den Kopf, wie um sich selbst zur Konzentration zu ermahnen. Schließlich gab es hier einen dringlicheren Umstand, dem er seine Aufmerksamkeit schenken sollte. Er zückte die Pistole aus seiner Jeanstasche. Immer noch fühlte er sich unsicher damit und hätte sie um ein Haar weggesteckt, um nach seinem vertrauten Klappmesser zu greifen, dann erinnerte er sich daran, dass die Männer auch Schusswaffen hatten und sich sicher nicht von einem Messer einschüchtern lassen würden – schon gar nicht, wenn ein angeschlagener Krüppel wie er es ihnen vor die Nase hielt.

Mit seiner anderen Hand öffnete er sachte die hintere Tür des Lieferwagens und nutzte diese gleichzeitig als Deckung. Es tat sich nichts, kein Lebenszeichen. Max wagte es, aus seiner Deckung zu kommen, um ins Innere zu spähen. Nichts. Der Wagen war leer. Das bestätigte seine Vermutung, dass ihnen der Sprit ausgegangen war oder es sonst irgendeine Panne gegeben hatte. Er würde von jetzt an langsamer fahren und die Augen offen halten nach einer Gruppe, die zu Fuß unterwegs war.

KAPITEL 31

FERA

Fera war noch in derselben Nacht aufgebrochen. Sie hatte keine Minute länger auf dem Schlachtfeld zubringen wollen, an dem sie selbst keinen geringen Anteil gehabt hatte. Kurz hatte sie darüber nachgedacht, eine Waffe mitzunehmen, dann hatte ihr Ekel aber die Oberhand gewonnen. Sie wollte nichts mehr damit zu tun haben. Sie hätte sich am liebsten auch ihre blutbeschmierten Kleider vom Leib gerissen.

Inzwischen war es schon lange taghell. Sie hoffte, dass sie auf ihrem Weg irgendwann den zurückgelassenen Lieferwagen erspähen würde. Das würde ihre Orientierung zurückbringen. Doch alles, was sie sah, waren Bäume und noch mehr Bäume. Warum hatten sie auch die Hauptstraße verlassen müssen, als sie zu Fuß weitergegangen waren? Kein Wunder, dass die zwei Idioten sich über den weiteren Weg uneins gewesen waren.

Sie ärgerte sich über sich selbst, dass sie nicht daran gedacht hatte, wenigstens in Jegors oder Sergejs Sachen nach etwas zu essen und zu trinken zu suchen. Noch ein Grund, warum sie sich den Lieferwagen herbeisehnte. Möglicherweise hatten die beiden Vorräte darin zurückgelassen. Während ihr Magen knurrte und ihr Körper sich nach einer Pause sehnte, kreisten ihre Gedanken ununterbrochen um die Geschehnisse der Nacht. Diesmal konnte sie ihre Tat nicht als einen Unfall deklarieren. Sie hatte kaltblütig auf den am Boden liegenden verletzten Sergej eingestochen und dem Zustand ihrer Kleidung nach zu urteilen mehr als einmal. Wie hatte sie derart die Kontrolle verlieren können? War es wirklich nur der Schock über den Schuss auf Vlad gewesen oder die Angst, er würde sie auch erschießen? „Nein, lüg dich nicht selber an!", sagte die Stimme in ihrem Kopf. „Du hattest keine Angst, als du zielstrebig auf ihn zumarschiert bist. Du wusstest genau, was du tatest." Fera erkannte die Wahrheit darin. Sie hatte Rache gewollt – für alles, was man sie hatte durchmachen lassen. Nicht nur Rache an den Entführern, nein, es war weit darüber hinausgegangen. Sie hatte sich gewünscht, es wäre Jaroslaw gewesen, der an Sergejs Stelle am Boden gelegen war. Machte sie das nun zu einem schlechten Menschen? Fera konnte diese Frage nicht beantworten. Fühlten sich Menschen anders, wenn sie eine solche moralische Schranke überschritten hatten? Fühlte SIE sich anders?

Völlig verstrickt in ihren von Schuldgefühlen geplagten Gedanken, schaute Fera nicht auf ihren Weg. Daher sah sie die dicke Wurzel des umgeknickten Baumes vor ihr erst, als es zu spät war. Ihr rechter Fuß hatte sich darin verfangen und sie verlor das Gleichgewicht. Hilflos mit den Armen rudernd, ging sie der Länge nach zu Boden, wobei sie das Knacken in ihrem Knöchel laut und deutlich hören konnte. Sie versuchte, ihr Bein anzuwinkeln und den Fuß so zu lösen, doch er bewegte sich keinen Millimeter. Mühsam setzte sie sich auf und zog mit beiden Händen erst an der Wurzel, dann an ihrem Fuß. Auch das war zwecklos. Vielleicht, wenn sie es schaffte, den Schuh abzustreifen, dachte sie. Sie war gerade dabei, die Schnürsenkel zu lösen, als eine laute Männerstimme hinter ihr sie erstarren ließ.

„Na schau an, wen haben wir denn da? Die wild gewordene, kleine Furie, die mit ihrem devoten Komplizen meine treuen Freunde ermordet hat ...", höhnte die Stimme auf Russisch. Fera war klar, dass es sich bei dem Stimmenträger nur um den dritten Angreifer handeln konnte, den sie bewusstlos zurückgelassen hatten. Inzwischen schien es ihm wohl wieder blendend zu gehen und er musste zudem auch die Leichen entdeckt haben.

Fera wusste, sie befand sich in einer mehr als aussichtslosen Lage, die sie auch mit einer herausfordernden Antwort nicht verschlimmern konnte. Also erwiderte sie: „Deine treuen Freunde? Wenn ich mich recht erinnere, haben die dich in einem äußerst misslichen Zustand, ohne mit der Wimper zu zucken, zurückgelassen. Du solltest mir dankbar sein."

„Oh, aber das bin ich. Immerhin kann ich jetzt die Belohnung für deine sichere Rückführung alleine einstreichen", lachte er.

Fera schloss für einen Moment die Augen. Würde es nie enden?

Ihr Widersacher machte sich offenbar nichts aus ihrem Schweigen, sondern forderte sie auf: „Na los, hoch mit dir! Wir haben einen weiten Weg vor uns."

Fera stöhnte auf. Entweder konnte er ihren Fuß von dort hinten nicht sehen oder er war einfach selten dämlich. „Ich kann nicht aufstehen. Mein Fuß klemmt fest", klärte sie ihn auf.

Er stapfte zu ihr hinüber, um ein Bild von der Lage zu bekommen, dann machte er sich daran, ihren Schuh abzustreifen. „So weit war ich auch schon", konnte sich Fera einen Kommentar nicht verkneifen. Ihr Fuß hing nun halb in dem Schuh, halb draußen. Sie konnte ihn jedoch immer noch nicht bewegen und allmählich breitete sich ein scharfer Schmerz in ihrem Knöchel aus.

Sie atmete zischend ein, als der Kerl plötzlich ein Buschmesser zückte und Anstalten machte, damit an der Wurzel herumzusägen. Horrorvisionen davon, wie er abrutschte und ihren Fuß traf, machten sich ungewollt in ihrem Kopf breit.

Er musste ihren verstörten Gesichtsausdruck bemerkt haben, denn er lachte: „Keine Sorge, Täubchen, ich pass schon auf. Du sollst doch unversehrt zurückgebracht werden. Was dann mit dir passiert, wenn du dort bist, ist natürlich eine andere Frage!" Sein Lachen wurde lauter. Feras Magen zog sich zusammen. Möglicherweise wäre es sogar besser, wenn er abrutschte und sie traf. Vielleicht könnte sie dann an einer Blutvergiftung sterben und würde sich ein schlimmeres Los ersparen.

Natürlich hatte sie keine Schnittverletzung von Yoricks Rettungsaktion davongetragen. Der Kerl schien insgesamt wesentlich redseliger und von einer fröhlicheren Natur zu sein, als die beiden anderen es gewesen waren, sodass er ihr sogar seinen Namen genannt hatte. Aber vielleicht stimmte ihn auch nur die Freude darüber, dass er ganz allein die Belohnung für sie kassieren konnte, so milde.

Es war jedoch egal, ob er herrisch oder verträglich war. Fera würde ihm nicht entkommen können. Ihr Knöchel war im Verlauf der letzten Stunden merklich angeschwollen und sie humpelte mehr, als dass sie ging. Irgendwann hatte sie den Schuh ausgezogen, da die ständige Reibung ihrem Knöchel nur noch mehr Schmerzen zufügte. Eine Weile hatte sie den Sneaker in der Hand mit sich getragen. Das ungleichmäßige Gefühl ihrer Füße beim Gehen war jedoch nur noch unangenehmer. Also hatte sie in ihrem Frust schließlich beide Schuhe kurzerhand einen Hang hinabgeworfen. Barfuß. Mal wieder. Vielleicht würden sich ihre Füße ja wieder entzünden und es würde sie diesmal dahinraffen. Sie wünschte es sich fast schon.

Yorick lief gleichgültig vor ihr her. Er legte kein besonders hastiges Tempo an den Tag. Sie glaubte jedoch nicht, dass er das aus Rücksicht auf sie tat. Umso verblüffter war sie, als er plötzlich vor ihr stoppte und ihr etwas zu trinken aus dem Seesack, den er geschultert hatte, anbot. Ihr waren seine Beweggründe egal. Gierig griff sie nach der Flasche und trank sie fast leer. „Sachte, Kleine!", kommentierte er und riss ihr die Flasche wieder aus den Händen.

Er sah sie abschätzend an und rieb sich über die stoppeligen Wangen, ehe er sagte: „Wir haben einen verdammt weiten Weg vor uns. Es spricht von meiner Seite nichts dagegen, wenn wir uns die Zeit zusammen etwas angenehmer gestalten." Fera antwortete nicht. Ihr gefiel ganz und gar nicht, wie er das Wort „angenehmer" betont hatte. Sie sah ihn mit gerunzelter Stirn an und er grinste sie an, ehe er seinen Vorschlag näher darlegte: „Nun, so wie ich das sehe, machen wir einen einfachen Handel. Du bist nett zu mir und ich bin nett zu dir", er deutete auf die Flasche in seiner Hand und dann auf den Seesack, „du bist doch sicher auch hungrig?"

„Was verstehst du unter ‚nett'?", fragte Fera, obwohl sie sich ziemlich sicher war, was er meinte. Sie hatte schließlich nicht allzu viel zu bieten. Yorick machte einen Schritt auf sie zu und streckte eine Hand nach ihren blonden Locken aus, um mit seinen Fingern hindurchzufahren. Für Fera war das Bestätigung genug. Sie machte einen Schritt zurück und entwand sich so seinen schmutzigen Fingern.

„Ich bin nicht hungrig", sagte sie bestimmt. Er hielt ihrem Blick einen langen Moment stand und sie erwartete schon, er würde sie mit Gewalt wieder zu sich herziehen. Dann wandte er sich jedoch abrupt ab und lachte: „Nun, wie gesagt, der Weg ist weit. Du änderst deine Meinung bestimmt."

Als es dämmerte, hielten sie am Rande eines Pampasgrasfeldes an. Fera hatte die Orientierung komplett verloren. Ihr verletzter Knöchel war beinahe doppelt so dick wie der andere.

„Du solltest den hochlegen", bemerkte Yorick das Offensichtliche und nickte in Richtung ihres Fußes. Sie wollte ihn schon fragen, ob er etwa vorhabe, ihr ein Himmelbett mit Fußkissen aufzubauen, verkniff sich aber die Spitze und nickte stattdessen.

Er verblüffte sie erneut, indem er eine Decke aus seinem Seesack zog und sie ihr zusammengerollt hinhielt. „Leg deinen Fuß da drauf. Allerdings werde ich deine Hände an dem Baum da drüben festbinden müssen. Ich will schließlich nicht so enden wie Sergej und Jegor. Wobei ich glaube, dass dein Kampfgeist langsam entweicht." Er grinste sie an.

Fera wusste nicht, ob das eine Frage oder eine Feststellung war. Er lag jedoch absolut richtig. Sie war am Ende ihrer Kräfte und man musste es ihr ansehen können. Deshalb protestierte sie auch nicht, als Yorick sie an dem Baum festband. Sie lag auf dem Rücken mit ihren Armen über ihrem Kopf an den Baum gefesselt – die Decke unter ihrem Fuß. Es half in der Tat etwas, den Druck zu entlasten. In einem fernen Winkel ihres Kopfes realisierte sie aber auch, wie wehrlos sie in dieser Position war. Sie konnte den Mann einfach nicht einschätzen. War er der Typ, der sich mitten in der Nacht auf sie stürzen würde, oder würde er lieber abwarten, bis ihr Wille von allein gebrochen war? Sie hatte nicht die Kraft, tiefer darüber nachzudenken. Genau genommen hatte sie nicht einmal die Kraft, ihre Augenlider offen zu halten. Es war ohnehin müßig, sich Gedanken zu machen. Sie konnte an ihrer Situation absolut nichts ändern.

Fera musste eingeschlafen sein. Es war nicht verwunderlich. Sie war so erschöpft gewesen, sie hätte vermutlich auch inmitten eines erneuten Weltuntergangs geschlafen. Sie sah sich nach ihrem Kidnapper um. Er stand am äußeren Rande des Pampas-grasfeldes und hatte seinen Blick auf einen bestimmten Punkt gerichtet, den Fera in ihrer liegenden Position nicht erkennen konnte. Sie musste ein Geräusch gemacht haben, denn Yorick drehte sich unvermittelt zu ihr um. Er schlich beinahe zu ihr hinüber und sagte: „Am anderen Ende dieses Feldes steht ein Auto. Das ist unser Ticket, um unsere Reise etwas zu verkürzen. Ich werde mir das einmal genauer ansehen."

Fera protestierte: „Du kannst mich doch hier nicht angebunden liegen lassen. Was ist, wenn du nicht zurückkommst?" Er lachte wieder sein zweideutiges Lachen und seine graublauen Augen richteten sich direkt auf ihre, als er sagte: „Siehst du, jetzt machst du dir schon Sorgen um mein Wohlergehen. Ich wusste, dass du dich langsam für mich erwärmst." Fera stöhnte auf, ignorierte seine Bemerkung jedoch und schlug vor: „Nimm mich mit, lass meinetwegen meine Hände zusammengebunden. Ich kann sowieso nicht wegrennen." Sie hob ihr Kinn in Richtung ihres geschwollenen Fußes. Er schien das einzusehen und band sie schließlich vom Baum los. „Also gut, aber du kommst mir nicht in die Quere und versuchst keinen Mist!" Er hielt ihr das Messer, mit dem er ihre Fesseln gelöst hatte, drohend unter die Nase. Sie nickte folgsam.

Als sie versuchte aufzustehen, wäre sie beinahe sofort wieder umgefallen. Es war fast unmöglich, ihren rechten Fuß zu belasten. Sie hoffte inständig, dass das vermeintliche Auto, das Yorick erspäht hatte, fahrtüchtig war. Inzwischen war es ihr ganz egal, wohin man sie brachte, solange sie nicht mehr laufen musste. Als sie es endlich in eine halbwegs stabile, stehende Position geschafft hatte und ein paar wackelige Schritte auf das Feld zugemacht hatte, sah sie den Wagen auch. Ihr gefror das Blut in den Adern. Sie erkannte den Wagen. Sie hatte selbst darin gesessen. Es war der Minivan, in dem sie mit Lisa gen Westen gefahren war. Hieß das, dass Lisa am Leben war? War ihre Verletzung womöglich gar nicht so schlimm gewesen und sie hatte sich auf die Suche nach ihr begeben?

Noch während sie die Wahrscheinlichkeit dieser Annahmen abwägte, packte sie Yorick unsanft am Arm und forderte sie auf: „Dann komm schon. Wir haben nicht den ganzen Tag Zeit!"

KAPITEL 32

MAX

Max stellte den Wagen am Rande eines Pampasgrasfeldes ab und stieg aus, um seine Blase zu entleeren. Langsam bezweifelte er, dass er mit seiner überstürzten Rettungsaktion Erfolg haben würde. Weit und breit gab es keine Anzeichen von Leben. Seit er den liegen gebliebenen Lieferwagen entdeckt hatte, waren bestimmt schon zwei Stunden vergangen. Vielleicht hätte er doch den Colonel beknien sollen, ihm mit Männern bei der Suche behilflich zu sein, auch wenn das vermutlich genauso aussichtslos gewesen wäre, wie sich planlos allein auf den Weg zu machen. Er strich sich über die Haare und schnaufte entmutigt, dann drehte er sich um, um wieder zurück zum Auto zu laufen.

Seine Augen glitten über die weiß-gelblichen Rispen des Meeres aus Pampasgras zu seiner Rechten. Dann hielten sie plötzlich an. Er konnte nicht genau sagen, was es war, aber etwas an der Form der Rispen in der Mitte zog seine Aufmerksamkeit an. Es war derselbe gelblich weiße Farbton, aber die Rispen schienen sich vorwärtszubewegen. Dann bemerkte er einen völlig anderen Farbton darunter: Rot. Ein Rot, das sich deutlich von dem faden Gelb abhob.

Langsam und möglichst lautlos kehrte er zu seinem Wagen zurück, ohne dabei den Blick von dem Farbschauspiel zu nehmen. Farben fügten sich zu Formen und er erkannte die Umrisse zweier Menschen, die sich auf das Auto zubewegten – das Auto, hinter dessen anderer Seite er sich versteckte. Er griff mit seiner rechten Hand nach der Pistole in seiner Jeanstasche und versuchte ihm Geiste noch einmal durchzugehen, was der Junge, der ihm auf Colonel Burns' Geheiß die Waffe ausgehändigt hatte, dazu erklärt hatte. Er hatte sechs Schüsse. Nachladen würde er nicht können. Von sechs Schüssen würde sicher einer treffen, versuchte er sich Mut zuzureden.

Er hob den Kopf ganz leicht an und konnte durch die Reflexion im Spiegel des Autos sehen, dass es sich tatsächlich um Fera handelte, deren blonde Haare er im Gras entdeckt hatte. Sie sah furchtbar aus und schien nicht aufrecht stehen zu können. Das Rot, das ihm ins Auge gestochen war, waren Blutflecken. Ihre Kleidung war voll davon. Neben ihr stand der Kerl, der ihm das Messer über die Brust gezogen hatte. Seine stahlgrauen Augen würde er unter Hunderten wiedererkennen. Er fragte sich, wo die anderen beiden waren.

Der Ostmann sagte gerade irgendetwas auf Russisch zu Fera, was er nicht verstand. Es hörte sich jedoch nicht warnend an, eher als würde er sie aufziehen. Dann machte er Anstalten die Autotür auf der anderen Seite zu öffnen. Sollte er nur, dachte Max, er würde die Tür auf seiner Seite gleichzeitig öffnen und ihn frontal erschießen.

Doch es kam anders. Ein dumpfer Aufprall ließ sowohl ihn als auch seinen Widersacher den Kopf drehen. Es war Fera. Sie musste umgefallen sein. Max sah, wie der Kerl es sich anders überlegte und von dem Türgriff abließ, um sich ihr zuzuwenden. Was sollte er nur tun?

Er riskierte es und kam aus seiner Deckung, in der Hoffnung, er könnte ihm in den Rücken schießen, während dieser sich zu Fera hinunterbückte. Umso mehr erschrak er, als er nicht die Hinterseite des Mannes vor sich hatte, nachdem er um die Vorderseite des Autos gelaufen war. Der Kerl blickte ihm stattdessen direkt entgegen, ebenso Fera. Ihre Augen waren vor Schock geweitet. Er konnte nicht sagen, ob das an seinem Erscheinen lag oder an dem Messer, das ihr Angreifer ihr geistesgegenwärtig an die Kehle hielt.

Max hielt seinerseits die Pistole schussbereit in beiden Händen. Er zögerte. Er war kein Schütze. Wie konnte er sicher sein, dass die Kugel nicht aus Versehen Fera traf oder der Kerl ihr vor seinem Tod noch schnell die Kehle durchtrennte? Der Mann erfasste die Situation ebenso und verkündete spöttisch: „Na, wenn das nicht dein Retter in der Not ist, was Täubchen? Meinst du, er schießt sich aus Versehen selbst in den Fuß, so, wie die Knarre

in seiner Hand zittert?" Er sprach Englisch. Er wollte sicherge-
hen, dass Max ihn verstand. Es sollte ihn noch mehr verunsichern. „Hast du noch nicht genug gehabt bei unserem letzten
Treffen? Bist du hier, damit ich den Job beenden kann?"

Max ging nicht auf seine Provokationsversuche ein und bemühte sich um eine tonlose Stimme, als er sagte: „Lass sie gehen oder ich drücke ab."

Aus dem Augenwinkel konnte er sehen, wie Feras Augen flehend auf ihn gerichtet waren. Er wusste nicht, ob sie ihn anfleh-
te, abzudrücken oder die Waffe fallen zu lassen. Sie beantwortete diese Frage jedoch selbst, indem sie sich in das Gespräch
einmischte und auf Deutsch sagte: „Drück ab. Tu's einfach!" Ihr
Kidnapper stieß ihr den Ellbogen in die Seite – offenbar wütend,
dass er sie nicht verstand. Sie wehrte sich und stolperte zurück,
wobei die Klinge an ihrem Hals entlangrutschte und einen kleinen Schnitt verursachte.

Ohne nachzudenken, ließ Max die Waffe fallen und zog stattdessen sein Klappmesser aus der anderen Hosentasche. Er stürzte
sich auf seinen Widersacher, der für einige Sekunden durch Fera
abgelenkt gewesen war. Max hatte keine Zeit gehabt zu zielen oder
auch nur einen Plan zu ersinnen. Alles, was er spürte, war das Adrenalin, das durch seinen Körper rauschte, und eine unbändige
Wut – auf den Kerl; darauf, was Fera angetan worden war; auf
sich selbst, weil er sie in diese Situation gebracht hatte. Er spürte
einen scharfen Schmerz an seiner Schulter, als die Klinge seines
Gegners ihn streifte. Er ließ sich davon nicht abhalten. Ebenso
wenig von den dumpfen Schmerzen seiner alten Verletzungen.
Unablässig stach er nach ihm und boxte mit seiner anderen Hand
gegen sein Gesicht und seinen Oberkörper. Schließlich hörte er
ein klirrendes Geräusch. Es war das Messer seines Widersachers.
Er hatte es fallen gelassen, als Max seinen Arm getroffen hatte.
Fast schon gemächlich rammte Max ihm nun sein Klappmesser
in den Brustkorb. Er musste die richtige Stelle getroffen haben,
denn der Körper seines Gegners erschlaffte unmittelbar danach.

Das Adrenalin, das ihn angetrieben hatte, ließ ihn nun schwindlig werden. Max' Umgebung schien sich zu drehen. Er konnte nicht

sagen, wo der Boden aufhörte und der Himmel anfing. Schließlich sackte er zur Seite und hielt die Augen starr geradeaus gerichtet. Feras Gesicht kam in sein Blickfeld. Ihre blauen Meeresaugen und ihre blonden, langen Locken. Für einen Moment dachte er schon, er würde wieder halluzinieren. Aber er spürte deutlich ihre Hand auf seiner Schulter. „Bist du verletzt?", fragte sie ihn. „Hast du Schmerzen?" Er hatte den irrationalen Impuls, laut loszulachen. Wann hatte er denn bitte keine Schmerzen?

Statt einer Antwort packte er sie an beiden Oberarmen und sah sie eindringlich an, ehe er sagte: „Fera, es tut mir so leid. Es war meine Schuld. Ich hätte dich nicht alleine lassen dürfen."

Er hatte erwartet, dass sie ihm vielleicht zustimmen und wütend sein würde oder dass sie ihm sagen würde, dass er nichts dafür könne und die Gefahr ja jetzt vorbei sei. Stattdessen ließ sie ihren Blick über sein Gesicht schweifen und auf seinem geschwollenen Auge verweilen. Dann zog sie eine Augenbraue nach oben und sagte süffisant: „Na ja, wie es aussieht, hast du ja deine gerechte Strafe dafür schon erhalten." Er musste unwillkürlich lächeln. Offenbar hatte sein schwarzer Humor bereits auf sie abgefärbt. Dann ließ er seinen Blick über ihr erbärmliches Erscheinungsbild wandern und seine Augen blieben an ihren nackten Füßen hängen, von denen einer grotesk angeschwollen war. Er zog seinerseits die Augenbraue seines intakten Auges nach oben und bemerkte: „Und wie es aussieht, hast du immer noch Probleme, an deinem Schuhwerk festzuhalten."

Ihre Mundwinkel hoben sich an und sie lachte herzhaft, während ihre Augen eine andere Sprache sprachen und sich mit Tränen füllten. Waren es Tränen der Freude oder die Nachwehen dessen, was sie in den letzten 48 Stunden erlebt hatte? Er wusste es nicht. Er spürte jedoch, wie seine eigenen Augen ebenfalls feucht wurden.

Wie lange sie so dasaßen und einander einfach in die Augen sahen, konnte er nicht sagen.

Beiläufig bemerkte er, dass der kleine Schnitt an Feras Nacken immer noch blutete. Aus einem Impuls heraus streckte er die Hand nach ihr aus und legte seine Finger auf die Wunde. Sie zuckte zusammen. Er glaubte jedoch nicht, dass Schmerz der Grund für ihre Reaktion war. Sie schloss ihre Augen und drehte ihren Kopf zur Seite. Seine Finger glitten wie von selbst weiter ihren Nacken hinab und kamen auf ihrem Schlüsselbein zum Liegen. Er hörte, wie sie scharf den Atem einsog, und ihre Augen richteten sich plötzlich wieder auf seine. Ihr Blick war so durchdringend, dass er sich ertappt fühlte. Er zog seine Hand zurück, als hätte er sich die Finger an ihr verbrannt, und blieb genauso atemlos zurück wie sie einen Moment zuvor. Unwirsch schüttelte er den Kopf. Was ging hier vor sich? Was dachte er sich dabei, sie einfach so zu betatschen? Noch dazu in ihrem Zustand. Der Schock. Es war der Schock, sie wiederzusehen. Seine Verletzungen – sie vernebelten seine Sinne. Er war nicht Herr seiner Gefühle.

Geistesgegenwärtig brach Fera die aufgeladene Atmosphäre zwischen ihnen. „Das Auto. Es ist das Auto, in dem ich mit Lisa gefahren bin. Was ist mit ihr? Wusstest du von ihr, was passiert ist?“, fragte sie ihn und er begrüßte die Ablenkung.

„Ja. Und ja, sie ist okay. Im Westcamp gibt es einen Arzt, der sich um sie kümmert“, antwortete er ihr. Sein Mund war seltsam trocken und er musste sich räuspern, bevor er weitersprach: „Du solltest da auch dringend hin“, er deutete auf ihren geschwollenen Knöchel, „wie ist das passiert?“

Sie stöhnte auf und winkte ab: „Das ist eine lange Geschichte.“ Er versuchte es anders: „Es waren drei Kerle, die mich angegriffen haben. Lisa sprach auch von dreien. Was ist mit den anderen beiden passiert?“ Fera zuckte mit den Achseln und als sie nicht sofort antwortete, kam er ihr zuvor: „Lass mich raten, das ist auch eine lange Geschichte?“ Sie nickte und schenkte ihm ein halbes Lächeln.

Sie sah unheimlich erschöpft aus. Er hatte den plötzlichen Wunsch, sie vom Boden aufzuheben und zum Auto zu tragen. Natürlich war das ausgeschlossen. Er konnte froh sein, wenn er es schaffte, sich selbst vom Boden hochzuhieven und zum Auto zu schleppen. Also sagte er nur: „Nun, du kannst mir auf der Fahrt zum Camp alles erzählen. Wir sollten genug Benzin für die Rückfahrt haben. Schaffst du es ins Auto?“

KAPITEL 33

FERA

Max fuhr den Wagen in einem gleichmäßigen Tempo. Bäume und Sträucher glitten an ihrem Beifahrerfenster vorbei und Feras Körper, der die letzten Tage bis zum Anschlag angespannt gewesen war, entspannte sich langsam auf dem weichen Sitz.

Sie spürte seinen Blick hin und wieder auf ihr. Er redete nicht viel, hatte ihr stattdessen aufmerksam zugehört. Sie konnte nicht sagen, ob er schockiert war. Seine Miene ließ keine Emotionen erkennen. Fera hatte das Gefühl, er bemühe sich angestrengt, sein Innenleben vor ihr zu verbergen, seit sie aufgebrochen waren. Seit dem Moment, den sie geteilt hatten. Sie war sich nicht sicher, was sich genau zwischen ihnen abgespielt hatte. Eigentlich nichts und doch alles. Für diesen einen Moment hatte sie geglaubt, durch seine warmen, braunen Augen direkt in seine Seele blicken zu können, und sie hatte geglaubt, darin die gleichen Gefühle für sie zu erkennen, die auch sie für ihn empfand. Die Stille zwischen ihnen wurde unerträglich und Fera suchte nach einem unverfänglichen Thema, um das Schweigen zu brechen.

„Hast du dich im Camp umsehen können? Ich meine, was das Dome angeht." Noch während sie die Frage stellte, kam sie sich dämlich vor. Sie musste ihn nur anschauen, um festzustellen, dass er in seinem Zustand sicherlich nicht in der Lage gewesen war, irgendwelche Erkundungstouren im Camp durchzuführen. Umso überraschter war sie, als er erwiderte: „Ja, das habe ich. Aber die Sache ist nicht so geradlinig wie angenommen." Fera hörte ihm zu, als er ihr von seinem morgendlichen Ausflug mit Colonel Burns berichtete und dessen Einschätzung dazu wiedergab. „Stimmst du ihm zu?", wollte sie wissen, als er zu Ende gesprochen hatte.

„Ich weiß es nicht, Fera. Ich weiß nicht, was ich denken soll. Es ist klar, dass die Gerüchte sich nur auf Prahlereien stützen. Ich bin davon überzeugt, dass niemand den ganzen Tunnel durchquert hat. Das muss aber nicht heißen, dass das unmöglich ist. Ich hatte auf eine einfache Erklärung gehofft, auf eine Lücke im Netz irgendwo. Stattdessen wurde ich nur mit der Aussicht auf eine weitere unmögliche Odyssee konfrontiert. Wenn ich das versuche, dann sind die Chancen, dass ich es nicht mal bis zur Hälfte schaffe, gewaltig. Niemand weiß, in welchem Zustand sich dieser Tunnel befindet." Er sah sie hilflos an. „Wir", erwiderte Fera, „du meinst, wenn WIR das versuchen." Sie sprach bewusst dieses Detail seiner Ausführungen an. Sie würde sich von ihm nicht noch einmal ausschließen lassen. Nicht nach dem, was sie hinter sich hatte.

Fera erwartete, dass Max protestieren würde, dass er versuchen würde, sie umzustimmen. Doch er schluckte nur und nickte. Sie rechnete ihm das hoch an.

Sein Blick streifte ihren Fuß, den sie vor sich auf der Hutablage ausgestreckt hatte. „Wir werden einige Tage warten müssen, bis dein Fuß wieder belastbar ist", kommentierte er.

„Mein Fuß?", fragte sie in gespielter Empörung. „Was ist mit deinem Gesicht?"

„Ich muss nicht hübsch aussehen, um laufen zu können", konterte er.

Sie lachte und führte den Schlagabtausch fort: „Soso, dann denkst du also, du wärst ohne das blaue Auge und die Schrammen hübsch?"

Sie hatte es lapidar dahingesagt und erwartet, er würde mit einer Spitze zurückschießen. Als sie jedoch sah, wie sein Gesichtsausdruck sich versteinerte, wünschte sie sich, sie könnte die Worte zurücknehmen. „Ich weiß, dass ich nicht hübsch bin, Fera. Ich weiß, wer ich bin und was ich bin", sagte er tonlos. Sie wusste nicht, was sie darauf erwidern sollte. Ob er überhaupt eine Antwort erwartete. Hatte sie ihn mit ihrem unbedachten Kommentar verletzt?

Wieder einmal machte sich Schweigen zwischen ihnen breit. Fera gab es auf, sein Verhalten ergründen zu wollen.

Das Schweigen hielt an, bis das Camp in Sicht kam. Fera war erstaunt, wie groß und gut organisiert dieses Militärlager war.

Sie sah mehrere Gebäude, die in einem groß angelegten Geflecht aus Wegen miteinander verbunden waren. Größtenteils männliche Soldaten schwirrten in Gruppen umher. Etwas weiter abseits parkte sogar ein gut instand gehaltener Jeep.

Max steuerte zielstrebig das erste große Gebäude an und öffnete dessen Flügeltüren. Er streckte seinen Arm nach ihr aus, um ihr hineinzuhelfen. Fera ignorierte ihn jedoch und humpelte vor ihm in einen großen länglichen Raum, an dessen hinterer Seite sich eine weitere Tür befand.

Im Hauptraum standen mehrere schmale Betten auf Rollen und einige Regale mit Utensilien. Auf einem der Betten saß Lisa und sprach mit dem weiß gekleideten Mann, der vor ihr stand. Das musste der Arzt sein, den Max erwähnt hatte. Lisa erkannte sie über die Schulter des Arztes hinweg und versuchte, sich an ihm vorbeizuzwängen, um ihr entgegenzulaufen – das Protestieren des Mannes ignorierte sie geflissentlich. Fera konnte sehen, dass ihre Schulter dick verbunden war, aber ansonsten schien es ihr gut zu gehen.

„Fera, du lebst!", keuchte die kleine Frau und zog sie in eine kurze, barsche Umarmung. „Lara hätte es mir nie verziehen, wenn dir etwas zugestoßen wäre. Was ist mit deinem Fuß? Und das Blut? Geht es dir gut?" Fera war überfordert mit Lisas untypischen Redeschwall und nickte nur sprachlos. Hilfe suchend drehte sie sich zu Max um, nur um festzustellen, dass dieser bereits bei dem Arzt stand und ebenfalls in Richtung ihres Fußes gestikulierte.

Beschwichtigend verkündete sie, dass es ihr gut gehe und sie sich vermutlich nur den Knöchel verstaucht habe. Dennoch bestanden alle Anwesenden darauf, dass sie sich untersuchen ließ. Sie hatte keine Einwände dagegen und ließ sich dankend auf eines der Betten sinken. Während der Arzt, der sich ihr als Pierre vorstellte, ihren Knöchel abtastete und ihr dann einen behelfsmäßigen Stützverband anlegte, kam ihr ein noch viel dringenderes Bedürfnis in den Sinn. „Ich habe seit Tagen nichts gegessen. Gibt es hier vielleicht irgendetwas Essbares?" Ehe Pierre antworten konnte, meldete sich Max zu Wort: „Ich kümmere mich darum." Im Hinausgehen legte er Lisa eine Hand auf die gesunde Schulter und nickte ihr zu. Fera war, als könnte er gar nicht schnell genug aus ihrer Nähe verschwinden. Was stimmte nicht mit ihm? Erst war er ihr in seinem Zustand zu Hilfe geeilt und nun konnte er es kaum im selben Raum mit ihr aushalten.

„Wenn du möchtest, helfe ich dir ins Badezimmer. Wir haben Wasser und du kannst auch die Toilette benutzen", holte die Stimme des Arztes sie aus ihren Überlegungen. „Sehr gerne", erwiderte sie, „könnte ich vielleicht auch die Kleider wechseln?" Der Arzt überlegte und antwortete schließlich: „Ich muss sehen, was ich finde. Wir werden hier nicht viel haben, was dir passen könnte. In der Zwischenzeit kannst du dir gerne eines der Shirts von dort drüben nehmen." Er zeigte auf eines der Regale.

Während sie im Badezimmer zu Gange war, konnte sie hören, dass Max zurückgekommen war. Pierre schien ihn davon überzeugen zu wollen, sich selbst noch einmal für eine Untersuchung auf eines der Betten zu setzen. „Du scheinst da einen frischen Schnitt an der Schulter zu haben", sagte der Arzt gerade. Max blockte ihn jedoch ab, indem er erwiderte: „Das ist nichts. Ich kann das selbst auswaschen. Ich werde den Colonel bitten, mich für ein paar Tage bei den anderen unterzubringen, damit die Damen die Krankenstation für sich haben können."

Lisa schaltete sich in das Gespräch ein: „Ich habe nicht vor, länger hierzubleiben. Es geht mir gut genug und jetzt, da du mein Auto wieder heil zurückgebracht hast, möchte ich mich so früh wie möglich auf den Rückweg begeben. Ansonsten wird Lara ganz Wesel in Aufruhr versetzen, wenn ich nicht bald auftauche." Von Pierre war nur ein Stöhnen zu vernehmen. Offensichtlich hielt er beide nicht für fit genug, die Krankenstation zu verlassen. Er widersprach jedoch nicht. Fera hörte Schritte und war sich sicher, dass es sich um Max handelte, der den Raum verlassen wollte, ehe sie zurückkam.

Sie hatte sich inzwischen aus ihren blutbeschmierten und verdreckten Kleidungsstücken geschält und das viel zu große weiße T-Shirt des Doktors übergezogen. Es reichte ihr fast bis zu den Knien. Sie beließ es dabei. Es würde ihr ohnehin nicht möglich sein, eine Hose über den dicken Verband an ihrem Knöchel zu ziehen. Als Nächstes wollte sie sich Wasser über Gesicht und Haare laufen lassen, als ein Klopfen an der Tür sie innehalten ließ. Die Tür war nicht abgeschlossen. Es gab kein Schloss daran. „Ja?", fragte sie darum. „Ich bin's, Lisa, kann ich kurz reinkommen?", kam die Antwort von außen.

Fera öffnete die Tür und wurde sofort einer eindringlichen Musterung durch Lisas leicht schielende Augen unterzogen. „Bist du wirklich in Ordnung, Fera? Was soll ich Lara erzählen, wenn ich zurück in Wesel bin? Sie fühlt sich verantwortlich für dein Wohlergehen, das weißt du", erklärte sie.

Fera versuchte, so überzeugend wie möglich zu klingen, als sie antwortete: „Mir geht's gut, wirklich. Der Knöchel wird wieder abschwellen. Ich bin nur hungrig und müde."

Lisa zog ihre Stirn unter den wirren Haarsträhnen kraus und hielt ihre Augen zweifelnd auf sie gerichtet. „Ich frage nicht nur nach deinem physischen Befinden. Wie geht es dir generell?", forschte sie nach.

Lisa spezifizierte nicht, was sie mit „generell" meinte. Sollte sie ihr erzählen, dass sie auf einen am Boden liegenden Mann eingestochen hatte; dass ihre Jugendliebe vor ihren Augen erschossen wurde und in ihren Armen gestorben war; dass man sie tagelang vor und zurück in endlosen Kreisen durch einen kahlen Wald getrieben hatte und sie vermutlich nur knapp einer Vergewaltigung entkommen war?

Fera schwieg und zuckte mit den Schultern. Lisa schien genug an ihrem Gesichtsausdruck ablesen zu können, denn sie beließ es dabei und stellte fest: „Okay, du willst nicht darüber reden. Aber sag mir eins, was hast du jetzt vor? Was geht zwischen dir und diesem übel gelaunten Einzelgänger da draußen vor sich?" Sie meinte Max. Und Fera wollte ihr bereits zu dieser akkuraten Charakterbeschreibung gratulieren, als sie weitersprach: „Bist du sicher, dass ich dich nicht lieber mit zurück nach Wesel nehmen soll? Lara wird sicher eine Aufgabe für dich finden. Es ist dort sicher." Lisa sah sie eindringlich an und Fera musste den Blick abwenden.

„Sag Lara Danke für alles. Sie muss sich nicht mehr schlecht fühlen, mir geht es gut. Und was den übel gelaunten Einzelgänger angeht, ich weiß es selbst nicht, aber ich werde es herausfinden. Diesmal werde ich es definitiv herausfinden", sagte sie bestimmt und wandte sich der drahtigen Frau wieder zu. Sie bemühte sich um ein Lächeln, das Lisa erwiderte. „Danke auch dir für alles", fügte sie noch hinzu, bevor Lisa noch etwas sagen konnte. Ihr Blick musste Endgültigkeit ausgestrahlt haben, denn sie ließ es gut sein und verabschiedete sich.

Fera atmete kraftvoll aus und ließ sich endlich das erfrischende Wasser über den Kopf laufen. Als sie fertig war und mühsam zurück zu ihrem Bett humpelte, war sie erfreut, einen Teller mit undefinierbaren Speisen darauf vorzufinden. Es war ihr egal, was sie in sich hineinstopfte, solange es ihren Magen füllte. Sie krabbelte unter die dünne Bettdecke und legte den Kopf in den Nacken. Heute würde sie sich ausruhen und morgen würde sie einen Plan ersinnen.

KAPITEL 34

MAX

Der Colonel war nicht in seinem Arbeitszimmer, stattdessen fand Max ihn in der Küche, wo er dabei war, Essen an „seine Jungs" auszuteilen. Er stand mit zwei Frauen hinter einer Art Theke und löffelte eine kartoffelbreiähnliche Substanz auf Teller, als er Max erkannte und zu sich herüberwinkte.

„Kleiner, setz dich an einen der Tische. Heute gibt's das gute Kartoffelpüree, frisch angerührt mit keimfreiem Wasser!", lachte er. „Zeitweise haben wir Zahnpasta gegessen. Die haben wir in rauen Mengen und die ist wenigstens Jahrzehnte haltbar." Max wusste nicht, ob das der Wahrheit entsprach oder ob Burns nur einen seiner extravaganten Witze machte.

Er antwortete: „Nein danke, ich hab keinen Hunger. Kann ich vielleicht kurz mit dir sprechen?"

Der Colonel runzelte seine Stirn und wandte sich an die beiden Frauen neben ihm: „Ladys, ihr habt's gehört. Ihr müsst leider kurz ohne mich auskommen!" Er streifte sich seine Hände an einem Tuch ab und kam hinter der Theke hervor. Mit seinem verbliebenen Auge musterte er Max neugierig. „Na, dann komm, Kleiner, setzen wir uns hier hinten an den Tisch. Was brennt dir auf der Seele? Geht es deiner Freundin schlechter?"

Max räusperte sich. „Sie ist nicht meine Freundin", stellte er klar.

Colonel Burns hob vielsagend die Augenbraue, widersprach ihm aber nicht, also fuhr Max fort: „Ich wollte dich bitten, ob es möglich wäre, mich bei den anderen Soldaten unterzubringen, bis sie sich erholt hat und wir weiterziehen können. Ich muss beim besten Willen nicht mehr auf der Krankenstation überwacht werden und ich würde ihr gerne ihre Privatsphäre lassen." Der Colonel schwieg. Max glaubte lediglich seine Augenbraue noch eine Etage höher gleiten zu sehen.

Schließlich nickte er: „Lass mich das einmal zusammenfassen, Kleiner, nur um zu sehen, ob ich das auch richtig verstanden habe. Du fühlst dich für sie verantwortlich und willst persönlich sicherstellen, dass sie safe and sound ist. Also willst du an ihrer Seite bleiben, aber gleichzeitig willst du ihr nicht zu nahe treten?" Der Colonel hatte seine raue Stimme angehoben, was ihr einen seltsam krächzenden Anstrich verlieh.

Max erkannte den Widerspruch in seinem Verhalten selbst, als der Colonel es derart klar darlegte, aber was sollte er denn sonst tun? Also sagte er nur: „Ja", und senkte den Blick.

Burns verschränkte die Arme vor der Brust und ergriff erneut das Wort: „Lass mich dir einen Rat geben aus meiner langjährigen Lebenserfahrung. In den meisten solcher Fälle empfiehlt es sich, die Dame, um die es geht, selbst um ihre Meinung zu fragen. Frauen mögen es selten, wenn man über ihre Köpfe hinweg entscheidet." Er machte eine Pause und fuhr leiser fort: „Und noch eins, und das kommt von dem Mann, der praktisch das Image des mürrischen Einsiedlers erfunden hat: Frag meine Jungs – das Einzelgängerdasein kann verdammt ermüdend sein." Seine Stimme wurde wieder deutlich lauter, als er nun schloss: „Also geh zurück zu deiner Freundin und sprich mit ihr und während du dort bist, lass dir verdammt noch mal deine Schulter ordentlich verbinden – unter meiner Aufsicht stirbt hier niemand an Blutvergiftung. Und wenn du danach immer noch woanders untergebracht werden willst, werde ich sehen, was sich einrichten lässt."

Wie es Max schon aus vorangegangenen Gesprächen mit dem Colonel kannte, wartete er keine Erwiderung ab, sondern rückte den Stuhl nach hinten und begab sich wieder zurück hinter die Theke.

Max ließ seinen Kopf in die Hände sinken.

Als er die Krankenstation betrat, fand er Fera schlafend vor. Erleichtert ließ er den Atem, den er unwillkürlich angehalten hatte, entweichen. Pierre, der Arzt, stand vor einem der Regale und überprüfte offenbar seine Medikamentenbestände. Als er

Max' Schritte hörte, drehte er sich um und blickte ihn erfreut an. „Bist du also doch noch zur Besinnung gekommen? Setz dich hin, ich hole Verbandszeug."

Max tat wie geheißen. Wieder einmal bewunderte er die akkurate Arbeitsweise des Arztes, als er seinen Schnitt säuberte und mit zwei Stichen vernähte. Er fragte sich, wo Pierre vor dem „Ewigen Sonnenuntergang" seine Profession ausgeübt hatte. „Lass den Verband über Nacht dran. Ich schaue mir das morgen früh wieder an", kündigte er an. Er konnte an dem Gesichtsausdruck des Arztes erkennen, dass ihm noch etwas anderes auf der Seele brannte. Also sah er ihn ermutigend an, bis Pierre sich schließlich einen Ruck gab und ihn fragte: „Dein Rücken. Wie lange hast du schon diese Probleme?" Max atmete vielsagend aus und antwortete: „Seit ich mich erinnern kann. 10 Jahre, 15 Jahre?"

„Und es wird schlimmer, ja? Steifer, ja?", wollte er wissen. Max fragte sich allmählich, worauf der Mann hinauswollte. Natürlich wurde es schlimmer. Er verbiss sich jedoch einen Kommentar und nickte nur.

Pierre atmete aus und erläuterte: „Es gibt verschiedene Gelenk- und Skeletterkrankungen, die so progressiv sind, dass es irgendwann zu einer kompletten Versteifung der Wirbelsäule kommt. Es wird dann beinahe unmöglich sein, sich zu bewegen. Früher konnte man da mit Medikamenten entgegenwirken oder operieren, wenn nötig. Heute gibt es nichts", er machte eine kurze Pause und fuhr dann mit gesenktem Blick fort, „ich wollte dich nur darauf vorbereiten."

Max wusste nicht, was er antworten sollte. Es war ja nicht so, als hörte er hier etwas Neues. Er lebte lange genug in seinem Körper, um zu wissen, wie die Dinge lagen. Dennoch war es noch einmal etwas ganz anderes, dieses Wissen ausgesprochen zu hören. Es machte seine Situation endgültig und unausweichlich. Er nickte und Pierre beließ es dabei. Er klopfte ihm leicht auf die verbundene Schulter und ließ ihn dann auf der Krankenstation zurück.

Max ließ sich zurück auf das Bett sinken, auf dem er saß. Alle Gedanken an Fera waren in den Hintergrund getreten. Sein

Kopf drehte sich um den Tunnel und was an dessen Ende lag. Er hatte nichts zu verlieren, nichts. Mit diesem Wissen driftete er irgendwann in einen unruhigen, traumlosen Schlaf.

Als er erwachte, war es stockdunkel auf der Station. Er fühlte sich ruhelos und konnte nicht wieder einschlafen, also stand er auf, um in das Badezimmer zu gehen und sich etwas zu erfrischen. Sein vom Schlaf noch träges Gehirn registrierte den schwachen Lichtstrahl, der aus dem Waschraum herausschien, nicht und er öffnete die Tür, ohne zu zögern. Als er Fera am Waschbecken stehen sah, hätte er die Tür am liebsten sofort wieder geschlossen und die Flucht ergriffen. Sie hatte nur ein weißes T-Shirt an, das ihr gerade bis zu den Knien reichte und voller Wasserflecken war, was nicht dazu beitrug, den Rest ihres Körpers adäquat zu bedecken. Er erstarrte und konnte weder den Blick von ihr abwenden noch einen Schritt aus der Tür hinausmachen.

Ihre blauen Augen, die zunächst vor Schreck groß geworden waren, fokussierten nun seine und ihr Blick wurde entschlossen. Sie kam direkt auf ihn zu. Ihr verletzter Fuß, der in einem mächtigen Stützverband steckte, schien sie nicht daran hindern zu können. Sie kam eine Handbreit vor ihm zum Stillstand und stütze sich mit beiden Händen an dem Türrahmen ab, in dem er immer noch bewegungsunfähig stand. Eine weit entfernte Stimme in seinem Kopf flüsterte ihm zu: „Siehst du, eine neue Erfahrung, du kannst auch zu Stein erstarren, obwohl dein Rücken nichts abbekommen hat." Max musste sich zusammenreißen, um nicht kindisch loszulachen.

Dann konnte er gar nichts mehr denken. Feras Gesicht näherte sich seinem und ihre Lippen pressten sich ganz leicht auf seine. Ein Prickeln rann seine Wirbelsäule hinab. Er meinte zu spüren, wie alles Blut seinem Kopf entwich und sich in seiner Lendengegend sammelte. Sie musste es auch spüren und er wollte sich ihr entziehen, doch sein Körper schien sich nicht aus seiner Starre lösen zu wollen.

Fera nahm ihre Lippen von seinen und sah ihn abwartend an. Ihr Haar fiel ihr in weichen Wellen um die Schultern und er meinte, jeden Moment in ihren Augen zu versinken. Sie legte eine Hand an sein Schlüsselbein – dort, wo er sie zuvor angefasst hatte. Und diese Berührung war zu viel. Sie sendete Schockwellen durch seine Brust, geradewegs in sein Herz. Endlich konnte er sich aus seiner Starre lösen.

Er umfasste ihre Taille mit beiden Armen und zog sie an sich, um seine Lippen wieder auf ihre zu drücken. Er meinte zu spüren, wie sich ihr Körper erst versteifte, nur um dann in seinen Händen weich zu werden. Sie neigte ihren Kopf zur Seite und öffnete ihre Lippen. Er schmeckte das Salz der vielen Tränen, die sie vergossen hatte, auf ihren Lippen und dahinter süße Verheißung.

Ineinander verschlungen taumelten sie zurück in den Hauptraum. Dabei stießen sie gegen Regale und Betten gleichermaßen. Vage dachte er daran, auf ihren Fuß aufzupassen. Ihr schien das momentan völlig egal zu sein. Ohne es gezielt angesteuert zu haben, kam er auf einem der Betten zum Sitzen, mit ihr auf seinem Schoß.

Auf einmal überkam ihn Unsicherheit. Er musste seine gesamte Willenskraft aufbringen, um sein Gesicht von ihrem zu lösen. Er legte beide Hände an ihre Wangen und versuchte, im Halbdunkel ihre Augen zu finden. Sie sahen ihn verwundert an. Er schluckte und wusste nicht, wie er ihr erklären sollte, was in ihm vorging. „Fera ...", fing er an und seine Stimme zitterte, „ich habe das ... Ich meine, es ist Jahre her, dass ich ...", er verstummte, um es einen Moment darauf noch einmal zu versuchen. „Bist du dir sicher, dass du das wirklich willst? Denn wenn wir damit anfangen und du dann deine Meinung änderst, glaube ich nicht, dass ich dann noch aufhören kann – dass ich es stoppen kann."

Sie reagierte nicht und er meinte schon, sie hätte ihn nicht verstanden. Dann nahm sie ihrerseits sein Gesicht in ihre Hände und sagte: „Ich werde meine Meinung nicht ändern. Du weißt gar nicht, wie lange ich mir das hier gewünscht habe." Das war Einverständnis genug für ihn.

Er hob sie von seinem Schoß, um sie sanft auf dem Bett abzulegen. Sie fühlte sich so zerbrechlich in seinen Händen an. Als er sie mit seinem Körper bedeckte, um ihren Nacken zu küssen, zuckte sie unter ihm zusammen und er befürchtete schon, sie könnte unter seinem Gewicht nicht atmen. Er wollte sich gerade wieder aufrichten, als sie ihre Schenkel unter ihm öffnete und ihn fester an sich drückte. Er konnte nun mit Gewissheit sagen, dass sie nichts unter ihrem T-Shirt trug.

Danach gab er es auf, rationale Zusammenhänge herstellen zu wollen. Alles, was er spürte, war ihre Wärme, die ihn umfing, und ihr Herz, das unter seiner Brust genauso schnell hämmerte wie sein eigenes. Er konnte sich nicht daran erinnern, wann er sich zuletzt so losgelöst von allem gefühlt hatte. Er wünschte sich, dass er diesen Zustand für immer aufrechterhalten könnte.

Als Fera hinterher in seiner Armbeuge lag und mit ihren Fingern träge die Linie seiner Schnittwunde nachzeichnete, wartete er darauf, dass er sich schlecht fühlen würde, dass das schlechte Gewissen einsetzen würde. Er hatte nie eine andere Frau berühren wollen außer IHR und nun konnte er nicht einmal mehr ihr Gesicht heraufbeschwören.

„Du denkst an sie", hörte er Fera an seiner Brust. Sie hatte es nicht als Frage formuliert. Es war lediglich eine Feststellung. Er würde sie nicht anlügen, also schwieg er. Fera deutete sein Schweigen als Zustimmung. Er befürchtete, sie würde verletzt sein, ihn womöglich von sich stoßen.

Stattdessen sprach sie mit ruhiger Stimme weiter: „Weißt du, was ich glaube, Max? Ich glaube, du hast ein großes Herz. Ich glaube, es ist groß genug für uns beide. Ich glaube, da ist Platz sowohl für deine Vergangenheit als auch für deine Zukunft."

Sie verblüffte ihn mit ihrer Sichtweise und er war ihr unendlich dankbar. Vielleicht hatte sie recht, vielleicht musste er Marilyn nicht vergessen, um sich Fera zu öffnen. „Das ist aber nur die eine Seite der Medaille, nicht wahr?", flüsterte eine Stimme in den fernen Winkeln seines Geistes. Schließlich war da noch das Problem seiner Zukunft. Die Worte des Arztes klangen ihm noch allzu gut in den Ohren. Wie viel Zukunftszeit blieb ihm denn? Nein, es änderte nichts. Er würde immer noch durch den Tunnel gehen und wenn sie ihn begleiten wollte, konnte er sie vielleicht nicht daran hindern, aber er würde verdammt noch mal sicherstellen, dass sie es zurückschaffte, denn SIE hatte eine Zukunft.

KAPITEL 35

FERA

In vielerlei Hinsicht waren die darauffolgenden beiden Wochen die besten in Feras bis dato tragischem Leben.

Pierre, der Arzt, hatte nichts gesagt, als er Max und sie am nächsten Morgen eng umschlungen in einem Bett vorgefunden hatte. Er hatte keine Miene verzogen, aber sie glaubte ein Lächeln auf seinen Lippen erkannt zu haben, als er Max' Schulter und ihren Knöchel einer erneuten Untersuchung unterzogen und sich wieder verabschiedet hatte.

Sie verbrachte noch eine weitere Woche auf der Krankenstation, bis der Doktor es verantworten konnte, die Stütze abzunehmen, und sie die Erlaubnis hatte, den Fuß nach und nach wieder normal zu belasten.

Max verbrachte die Nächte bei ihr. Manchmal liebte er sie, manchmal hielt er sie nur in den Armen. Manchmal erzählte er ihr von seinem alten Leben, manchmal schwieg er und atmete leise in ihr Haar. Oft wachte er mitten in der Nacht aus unruhigen Träumen auf. Sie fragte ihn nicht, wovon sie handelten. Genauso oft wachte sie schweißgebadet auf, mit unliebsamen Bildern von Igor, Sergej oder Vlad im Kopf. Auch er fragte sie nicht, wovon sie geträumt hatte. Sie wussten beide von den Wunden, die der andere mit sich herumtrug.

Tagsüber verschwand er meist, um sich im Camp umzuschauen. Sie wusste, er suchte nach einem anderen Weg. Er begleitete die anderen Soldaten auf Patrouillen und streifte immer wieder am Rand des Dome umher.

Nachdem sie ihren Verband losgeworden war, wurde sie auch rastlos und versuchte sich im Camp nützlich zu machen. Sie half in der Küche und verrichtete Putzarbeiten. Sie mochte den exzentrischen Colonel Burns, der unter seiner harten Schale einen weichen Kern besaß und sich für SEIN Camp aufopferte. Er hatte es ihr und Max ermöglicht, einen Raum für sich allein zu beziehen, und sie war sich sicher, dass er nichts dagegen gehabt hätte, wenn sie beide permanent bleiben würden. Wäre es nach ihr gegangen, hätte sie darüber nachgedacht. Sie fühlte sich hier sicher.

Doch sie spürte in ihrem Herzen, wie Max ungeduldig wurde. Sein Gesicht war inzwischen verheilt, die Schnitte auf seiner Brust und Schulter waren zu zwei weiteren Narben von vielen verblichen und seine Prellungen und Blutergüsse kaum noch sichtbar. Er würde nicht mehr lange warten wollen.

Als sie die beiden älteren Frauen in der Küche über Vorbereitungen zu einer Feier anlässlich Colonel Burns' rundem Geburtstag schwatzen hörte, war sie dankbar für die Ablenkung. Sie stand über das behelfsmäßige Spülbecken gebeugt, das mehr einer kleinen Badewanne glich, und säuberte Teller mit Flüssigseife und Wasser, das extern geholt werden musste.

Louise, die größere der beiden blonden Frauen, sagte gerade: „Eigentlich ist es doch völliger Quatsch – er feiert bestimmt schon seit fünf Jahren jedes Jahr seinen 50. Geburtstag. Keine Ahnung, wie alt er wirklich ist."

Adrienne lachte und erwiderte: „Na und, ist doch egal. Hauptsache es gibt mal was zu feiern! Das Leben ist triste genug, warum also nicht das Beste draus machen?"

Louise nickte ihr eifrig zu und flüsterte, als verrate sie ihr ein gut gehütetes Geheimnis: „Und weißt du was? Jannick vom Block 6 drüben hat es geschafft, ein paar Fässer Bier von dem neuen Zeug, das sie weiter nördlich brauen, aufzutreiben!"

Die beiden Frauen brachen in kindisches Gelächter aus und Fera lächelte ihnen über die Schulter zu. Louise erwiderte das Lächeln und fragte sie: „Und kommst du auch? Und bringst deinen Schnuckel mit? Mir wäre er ja zu schweigsam, aber einen knackigen Hintern hat er, das muss ich dir lassen!" Fera lief schlagartig rot an, aber sie konnte nicht umhin, sich von dem Gelächter der Frauen anstecken zu lassen. „Ja, das hat er", schmunzelte sie vielsagend.

Zwei Tage später erkannte sie den großen Speisesaal, der an die offene Küche angrenzte, kaum wieder. Louise und Adrienne hatten sich alle Mühe gegeben. Sie hatten Banner aus Flicken von alten Kleidungsstücken aufgehängt und die Tische mit der Zahl 50 in verschiedenen Größen und Farben bemalt. Es hätte Fera nicht überrascht, hätten sie auch noch irgendwo Luftballons hergezaubert.

Sie fühlte sich zurückversetzt in längst vergangene Tage. Vielleicht war sie drei Jahre alt gewesen, vielleicht vier. Aber sie konnte förmlich das Material des Gummitiers, das sie damals in ihrer Hand gehalten hatte, spüren, so klar und plötzlich kam die Erinnerung zurück. Ihr Vater hatte ihre Mutter auf die Wange geküsst und sie hatten sie beide angelächelt und gerufen: „Sag Cheese!", bevor sie den Auslöser an der Kamera, die auf sie gerichtet gewesen war, gedrückt hatten. Fera fragte sich, ob sie das entstandene Foto jemals zu Gesicht bekommen hatte. Ihre Gedanken waren müßig. Sie trug ihre Erinnerungen in ihrem Herzen. Unwillkürlich fragte sie sich: Würde auch er irgendwann nur noch eine Erinnerung sein?

Ein völlig unbegründetes Gefühl von Verlustangst ergriff Besitz von ihr und sie zuckte zusammen, als sie plötzlich Max hinter sich spürte. Es war, als hätten ihre unzusammenhängenden Gedanken ihn herbeigehext. Er küsste sie auf den Nacken und bemerkte: „Sieht toll aus, oder? Ich glaube, der Colonel wird seinen Spaß daran haben." Sie drehte sich um und sah, wie er eine raumumfassende Geste machte. „Ja, Louise und Adrienne sind völlig aus dem Häuschen."

Max legte seine Arme um sie und sah sie eine Weile schweigend an. Sie konnte spüren, dass er im Geiste bereits bei einem anderen Thema als Colonel Burns' Feier angelangt war. Es war daher keine Überraschung für sie, als er schließlich sagte: „Ich denke, wir sollten nach der Feier heute Abend aufbrechen. Ich meine natürlich nicht direkt. Aber vielleicht morgen oder übermorgen. Was meinst du? Fühlst du dich fit genug?" Sie ließ seine Worte einen Moment lang sacken und er fuhr fort: „Ich gehe davon aus, dass es weiterhin zwecklos ist, dich zu bitten, mich alleine gehen zu lassen?" Er sah sie forschend an und sie hielt seinem Blick stand. „Natürlich ist das zwecklos. Außerdem brauchst du jemanden, der im Notfall deine Knochen einrenkt, alter Mann", antwortete sie ihm provokant. Er nahm es mit Humor und erwiderte: „Na, welcher Mann, wünscht sich denn keine persönliche Krankenschwester?" Dann wurde er wieder ernst: „Also morgen, ja?" Sie nickte und wandte sich ab, damit er nicht den Zweifel in ihren Augen sehen konnte.

So voll wie an diesem Abend hatte Fera den Speisesaal noch nie gesehen. Alle Tische waren besetzt und Menschen standen in Gruppen dazwischen. Einige hielten große Becher in der Hand, deren Inhalt verdächtig nach dem Hafergebräu aussah, auf das sich Louise und Adrienne so gefreut hatten. Colonel Burns saß in der Mitte und lachte sein raues, lautes Lachen, während er in Ekstase mit der Faust auf den Tisch vor sich schlug. Ein paar seiner Männer hatten ihm soeben ein Geschenk überreicht, das in eine Art Laken eingewickelt war. Er streifte die Ummantelung ab und brachte ein Musikinstrument zum Vorschein. Fera traute ihren Augen nicht, sie hatte noch nie ein echtes Instrument gesehen, ihr Wissen beschränkte sich einzig und allein auf Videos, die sie gesehen hatte. „Ist das eine Gitarre?", wandte sie sich an Max, der neben ihr stand und ebenso erstaunt wie sie zu sein schien. „Ja", bestätigte er, „und eine intakte noch dazu, wie es aussieht. In welchen abgelegenen Winkeln sie die gefunden haben – keine Ahnung!"

„Jungs, was soll ich denn damit anstellen? Sie mir über den Schreibtisch hängen? Ich hab so ein Ding noch nie im Leben gespielt!", wetterte der Colonel durch den Saal. Dann kratzte er sich unter seiner Augenklappe und seine Miene hellte sich auf, als hätte ihn soeben ein Geistesblitz getroffen. „Wo ist der Kleine? Max, komm her! Hast du nicht gesagt, du hast Musik studiert? Wie wär's? Spielst du mir ein ‚Happy Birthday' darauf vor?"

Fera konnte spüren, wie sich Max neben ihr versteifte. Er stand nicht gern im Mittelpunkt. Aber es war zu spät. Die merklich angeheiterte Menschenmenge fing an, mit den Füßen zu stampfen und mit den Händen auf den Tischen zu trommeln, um ihn zum Hinüberkommen zu animieren. Sie warfen ihm ein ermutigendes Lächeln zu und schließlich setzte er sich widerwillig in Bewegung.

Als er die Gitarre von Colonel Burns übernahm, brach Jubel aus und Fera merkte, dass sich auch in Max' Augen ein aufgeregtes Glitzern stahl. Er mochte sich vielleicht nichts aus der Aufmerksamkeit machen, die ihm nun zuteilwurde, aber er konnte es definitiv nicht erwarten, das Instrument zu spielen.

Der erste Ton, der zu hören war, war alles andere als angenehm und Max verzog das Gesicht. „Sorry, das Ding ist total verstimmt. Lasst mich schauen, was ich machen kann", kommentierte er entschuldigend.

Ein paar Handgriffe später ertönte die Melodie des bekannten Geburtstagsständchens. Bei der zweiten Wiederholung stimmte die Menge in den Text mit ein. Colonel Burns' Auge strahlte und Fera wünschte sich, das Spiel würde nie aufhören. Sie wünschte sich Max' Stimme zu hören. Aber sie sah, dass er seine Lippen nicht bewegte. Nach der zweiten Wiederholung wollte er die Gitarre wieder zurückgeben, doch der Colonel wollte nichts davon wissen. „Na komm schon, Kleiner, damit kannst du uns doch nicht abspeisen! Wann haben wir denn schon mal so ein Talent wie dich in unserer Mitte? Sicherlich hast du noch eine ganze Menge Lieder in deinem Repertoire!"

Die Menge grölte zustimmend und Fera sah, wie Max mit sich rang. Schließlich ließ er sich einen Becher reichen, den er in einem Zug leerte, dann streifte er die Gitarre wieder über und positionierte sich an der Theke an der Seite des Saals. Sie spürte, wie ihr Magen sich erwartungsvoll zusammenzog. Ihre Augen waren einzig und allein auf ihn gerichtet und sie nahm kaum wahr, wie Adrienne und Louise sich an ihr vorbeidrängten und ihr vielsagend zuzwinkerten. Sie kannte das Lied, das Max anstimmte, natürlich nicht. Aber als er die ersten Zeilen sang, sah sie, wie Colonel Burns ehrlich ergriffen innehielt, obwohl die Melodie nicht traurig war. „I was born in the U.S.A", wiederholte Max die Worte zur Melodie.

Seine Stimme hörte sich für Fera ganz anders an als sonst. Vielleicht lag es daran, dass er nie mit ihr Englisch sprach, obwohl sie wusste, dass das für ihn genauso eine Muttersprache war wie Deutsch. Sie hoffte, das Lied würde nie enden. Umso glücklicher war sie, dass Max sofort das nächste anstimmte. Er schien in seinem Element zu sein. Seine Finger bewegten sich wie von selbst, während sein Blick irgendwo im Horizont hing. Fera konnte ihre Augen immer noch nicht losreißen. Es war, als bekäme sie einen Einblick in Max' Vergangenheit. Sie konnte den jungen Mann sehen, der er einmal gewesen war, als er weder Sorgen noch Schmerzen hatte. Und das erste Mal, seit sie ihr Herz für ihn geöffnet hatte, spürte sie einen Stich der Eifersucht in sich. Sie beneidete sie. Sie beneidete Marilyn darum, dass sie Max so erlebt hatte – dass sie ihn ganz gehabt hatte.

Nachdem er einige temporeiche Stücke gespielt hatte, setzte er die Gitarre kurz ab. Er war deutlich gelöster und lachte über einen Witz, den der Colonel gemacht hatte, während er sich einen frischen Becher reichen ließ. Dann nahm er die Gitarre erneut zur Hand. Diesmal setzte er sich auf einen der Stühle und schloss die Augen für einen kurzen Moment, bevor er eine deutlich langsamere Melodie anstimmte. Als sich seine Augen wieder öffneten, waren sie genau auf ihre gerichtet. Eine Gänsehaut breitete sich auf ihren Oberarmen aus. Dann erklang seine Stimme: „Suddenly I can see the light, 23 was a lifetime ago. Oh how I've been lost since then ... until you entered my life." Fera kannte auch diesen Song nicht, aber ihr war, als hätte Max ihn speziell für sie ausgewählt und als würde er jedes Wort direkt an sie richten. In diesem Moment wurde ihr klar, dass das hier vermutlich die einzige Liebeserklärung war, die sie jemals von ihm bekommen würde. Und sie wusste, das hier würde die Erinnerung an ihn sein, die sie in ihrem Herzen einschließen musste.

KAPITEL 36

MAX

Max kämpfte darum, wieder zu Atem zu kommen, als Fera von seinem Schoß glitt und neben ihm zum Liegen kam. Sie hatte ihn mit einer solchen Inbrunst geliebt, dass er glaubte, er würde für den Rest seines Lebens Sterne sehen und Vögel zwitschern hören. „Wenn ich nur früher gewusst hätte, dass das diesen Effekt hat, wenn ich dir eine Serenade widme ... Ich hätte viel früher damit angefangen!", scherzte er und drehte sein Gesicht zu ihr hinüber.

Sie lächelte zwar, aber ihre Augen sprachen eine andere Sprache. Sie sah aus, als würde sie jeden Moment anfangen zu weinen. Er legte einen Arm um sie und zog sie an sich, ehe er fragte: „Was ist los? Hab ich was Falsches gesagt?"

Sie ignorierte seine Frage und sagte stattdessen in ernstem Ton: „Max, ich weiß, dass ich das nie von dir hören werde. Und ich erwarte das auch gar nicht. Aber ich will es wenigstens einmal ausgesprochen haben. Ich weiß nicht, was uns morgen erwartet, und ich will es dir wenigstens einmal vorher sagen." Sie hörte abrupt auf zu sprechen und legte ihre Hand an seine Wange, damit er sein Gesicht zu ihr drehte und sie ihm in die Augen sehen konnte. Dann flüsterte sie die drei Worte, nach denen sich Max einerseits sehnte und die ihm andererseits Furcht einflößten: „Ich liebe dich."

Ihr Geständnis hing schwer in der Luft zwischen ihnen. Sie hatte recht gehabt mit ihrer Annahme. Er konnte die Worte nicht erwidern. Er brannte für sie und dennoch hinderte ihn etwas daran, seine Gefühle für sie in Worte zu fassen. Es war, als hätte er Angst davor, dass es das, was zwischen ihnen war, angreifbar machen würde, wenn er ihm einen Namen gab.

Sie nickte nur, als hätte er ihr gerade bestätigt, was sie ohnehin schon erwartet hatte. Der Ausdruck in ihren Augen ließ sie dabei abgeklärt wirken und er fühlte sich miserabel.

Aus einem Impuls heraus packte er sie im Nacken und zog ihr Gesicht an seines heran. Der Kuss, den er ihr gab, war zu gleichen Teilen verzweifelt und stürmisch und ließ sie mit glühenden Wangen zurück. Sie lachte und ihr Lächeln erreichte diesmal auch ihre Augen, als sie sagte: „Schon gut, Max. Es ist in Ordnung, wirklich." Er konnte nichts anderes tun, als ihr zu glauben.

„Hast du Angst?", wechselte sie unvermittelt das Thema. Er wusste, sie sprach von ihrem Unterfangen, die Grenze des Dome zu überschreiten. Und ihm fehlte auch hier die Antwort. Hatte er Angst? Noch vor wenigen Wochen hätte er ohne Umschweife mit Nein geantwortet. Aber da hatte er auch noch nichts zu verlieren gehabt. „Reiß dich zusammen", meldete sich die verhasste Stimme in seinem Kopf wieder zurück, „das hier ändert nichts an deiner Entscheidung. Dein Entschluss ist schon lange gefasst und alternativlos!" Max ergab sich der Stimme und beantwortete Feras Frage: „Nein, habe ich nicht", sagte er.

Er konnte an ihrem Gesichtsausdruck erkennen, dass sie erwartet hatte, er würde ihr eine Erklärung bieten. Nun, vielleicht konnte er wenigstens das tun. „Es ist nicht nur Neugierde, Fera, oder meine Knochen, die unter mir zerfallen und mich wagemutig machen", er machte eine kurze Pause, weil er selbst nicht wusste, wie er die richtigen Worte finden sollte, „ich bin fast 40 Jahre alt, Fera, und ich frage mich oft, warum ich immer noch hier bin. Warum habe ich überlebt? Warum habe ich es rausgeschafft, während andere starben, die klüger waren, die ideenreicher waren, die mehr Wert gehabt hätten, diese neue Welt zu gestalten? Ich bin nur ein ganz normaler Durchschnittstyp, der noch nicht mal einen richtigen Job hatte. Und vielleicht kann das hier – diese eine Tat – doch noch meinen Wert zeigen. Vielleicht kann mein Dasein doch noch einen Sinn ergeben, indem ich entweder der Welt zeige, dass es keine Alternative zum Dome gibt und sie es nicht abschalten dürfen, oder indem ich beweise, dass es möglich ist." Max war selbst überrascht über seine

Worte, als er endete. Es war, als hätte er diesen Gedanken auch sich zum allerersten Mal offenbart. Und er erkannte die Wahrheit darin. Das war es, was er suchte: eine Bestimmung.

Fera sah ihn lange unverwandt an und studierte seine Gesichtszüge. Gerade als er glaubte, sie würde nichts erwidern, sagte sie: „Du bist vieles, Max, aber ganz sicher kein Durchschnittstyp."

Ihre Mundwinkel zogen sich nach oben und sie schenkte ihm ein schelmisches Grinsen. Er lächelte zurück und drückte ihr einen Kuss auf die Nase. Die Schwere und Ernsthaftigkeit, die sich über sie beide gelegt hatten, waren genauso so schnell verschwunden, wie sie sich eingestellt hatten. „Lass uns schlafen", bestimmte Max und zog sie an sich, „morgen wird ein langer Tag."

Sie verließen Colonel Burns' Camp am Vormittag des nächsten Tages. Max hatte dem alten Haudegen bereits am Abend seiner Geburtstagsfeier von ihren Plänen weiterzuziehen berichtet. Er hatte sich die ausgelassene Stimmung zum Vorteil machen wollen, damit der Colonel keine nachforschenden Fragen stellte. Natürlich wusste er, dass der Mann es nie gutgeheißen hätte, wenn er ihm klipp und klar gesagt hätte, WOHIN sie ziehen wollten, also blieb er so vage wie möglich. Max hatte in den letzten beiden Wochen die Routen der Patrouillen eingehend genug studiert, dass er wusste, welchen Weg sie zum Tunnel nehmen mussten, um einem direkten Zusammentreffen zu entgehen.

Sie standen am oberen Ende des Hanges, der hinunter zu den beiden Tunnelöffnungen abfiel. Max streifte die Kapuze seiner Softshelljacke zurück. Er hatte sie vor ein paar Tagen auf einem seiner Rundgänge wieder gefunden und war dankbar dafür gewesen, da es beinahe ihren gesamten Weg hierher leicht genieselt hatte. Fera hatte ihr langes Haar zurückgebunden und trug eine Art Cape aus einer alten Armeejacke, die sie von Colonel Burns Beständen erhalten und zurechtgeschnitten hatte. Die dazu passende Hose wehte lose um ihre Beine. Sie war viel zu groß und Fera hatte sie mit einem behelfsmäßigen Gürtel um ihre Taille fixieren müssen. Wenigstens hatte sie passende, feste Stiefel erhalten, dachte er. Seine eigenen Füße, die wie immer in seinen treuen Skechers steckten, waren allmählich völlig durchnässt.

„Sieht es immer so aus?", fragte Fera ihn. Sie musste das Farbenspiel des Dome meinen. Heute sah es fast so aus, als hätten sie das Ende eines Regenbogens erreicht oder würden mitten auf ihm stehen, so fluoreszierte alles in gebrochenen bunten Tönen. „Ja und nein", antwortete Max, „ich glaube, der Regen verstärkt den Effekt."

„Jetzt verstehe ich, was meine Eltern meinten. Als Kind habe ich sie oft gefragt, was es ist, das sie erfinden wollen. Sie haben immer gesagt, sie erschaffen einen Regenbogen, der die Welt beschützt. Sie hatten recht", bemerkte Fera.

„Was machen wir nun? Gehen wir sofort hinein?", fragte sie weiter. Max zuckte mit den Schultern. Sie hatten zwar ein paar Stunden gebraucht, um zu Fuß zu ihrem Ziel zu gelangen, aber es war immer noch taghell. Er ging jedoch nicht davon aus, dass das Licht auch nur annähernd in den Tunnel hineinreichen würde, also hatte er sicherheitshalber die Taschenlampenbestände des Camps dezimiert und zog nun zwei aus der Tasche, die er um seine Schulter getragen hatte, um Fera eine davon zu reichen. Die Augenbrauen immer noch fragend erhoben, nahm sie sie entgegen.

Er sagte: „Ja, warum warten? Vorausgesetzt ich schaffe es diesen verdammten Hang hinunter, ohne mir die Beine zu brechen." Es hatte ein Scherz sein sollen, aber sie sah ihn besorgt an und ergriff seine Hand, um ihn zu stützen.

„Werden wir etwas spüren?", wollte sie wissen, als sie sich direkt vor der linken Tunnelöffnung positioniert hatten. „Ich weiß es nicht", antwortete Max wahrheitsgemäß. Es war zwar nicht das erste Mal, dass er sich am äußeren Ende der Kuppelbegrenzung befand, aber er hatte noch nie versucht hindurchzugehen. Wenngleich er sagen musste, dass der dunkle Kreis, der den Eingang des Tunnels bildete, weniger von lumineszierenden Linien umgeben war als der Rest. „Anscheinend sind genug Menschen vor uns unbeschadet hinein- und wieder hinausgegangen", fügte er hinzu und bemühte sich um einen optimistischen Tonfall. „Ich glaube nicht, dass es irgendeinen negativen Effekt auf uns ausüben wird." Der negative Effekt würde sich erst einstellen, wenn sie den Tunnel auf der anderen Seite wieder verließen und nur eine zerstörte Atmosphäre vorfänden, dachte er, sprach seine Sorge aber nicht laut aus.

Die Schienen, die in den Tunnel hineinführten, sahen unbeschadet aus. Max wusste, dass in der Alten Welt Fracht-Shuttles die Fahrzeuge samt Insassen durch den Tunnel transportiert hatten. Er wusste jedoch nicht, wie häufig diese hin- und hergefahren waren und ob es noch Versuche gegeben hatte, die Insel auf diesem Weg zu verlassen, bevor die Flutwellen zugeschlagen hatten. Würden sie sich an Wrackteilen vorbeikämpfen müssen? Würden sie menschliche Überreste vorfinden? Er musste unwillkürlich schlucken, dann gab er sich einen Ruck und machte den ersten Schritt in Richtung der Öffnung. Fera trat an seine Seite und fasste seine Hand. Er drehte sich zu ihr und sah in ihren Augen die gleiche Beklommenheit, die auch er spürte. Er nickte ihr leicht zu und sie setzten sich gemeinsam in Bewegung, um in die Dunkelheit zu schreiten.

Max fühlte keinen Unterschied. Er war sich nicht sicher, worauf er achten sollte. Manche Menschen konnten schon kleinste elektromagnetische Felder spüren. Er erinnerte sich noch gut an das Zeitalter der Mobilfunkgeräte und die damit verbundenen Diskussionen über deren Schädlichkeit für den menschlichen Körper. Nun, was sollte er sich jetzt über ein erhöhtes Krebsrisiko sorgen? Er schüttelte den Kopf über seine diffusen Gedankengänge und fragte Fera stattdessen, ob sie etwas spürte. Sie schüttelte ebenfalls den Kopf und sie wagten sich ganz hinein.

Die Dunkelheit umfing sie. Sicherlich hatte es hier früher eine gute Beleuchtung gegeben, aber nun konnte Max nicht einmal die Hand vor Augen sehen. „Schalte die Lampe ein", wies er Fera an und tat es ihr gleich. Vor ihnen erstreckte sich ein endlos wirkender unterirdischer Gang, der einen Durchmesser von vielleicht sieben oder acht Metern hatte. Das Schienennetz verlief in der Mitte, während er an den Seiten unterschiedlich dicke Rohre mit kaputten Leuchtröhren darüber sah. In regelmäßigen Abständen schienen kleine Leitern zum oberen Sektor zu führen. Diese mussten den Zugang zu dem Rettungsstollen ermöglichen, der beide Tunnel quer miteinander verband. Das könnte hilfreich für sie sein, sollten sie wirklich mit Hindernissen zu kämpfen haben, dachte er. Zur Not könnten sie sich in den Paralleltunnel vorarbeiten. Allerdings wurde Max bei dem Gedanken, seinen Körper die schmale Leiter hinaufhieven zu müssen, jetzt schon ganz anders. Er erinnerte sich noch gut daran, was passiert war, als er versucht hatte, aus einem Zugfenster zu klettern ...

Beiläufig blickte er zu Fera hinüber. Ihr Gesicht schien noch viel sorgenvoller zu sein als sein eigenes. Ihre Augen waren starr geradeaus gerichtet auf den Gang vor ihnen, der in der Distanz rechts abknickte. Es schien, als würden ihr Schweißtropfen von der Stirn rinnen, obwohl es keineswegs heiß war. „Was ist los?", fragte Max besorgt. Sie antwortete nicht und Max packte sie an den Schultern und drehte sie zu sich, um in ihren Augen nach einer Reaktion zu forschen, die jedoch nicht einsetzte. „Fera!", brüllte er sie geradezu an. Er wusste sich nicht anders zu helfen, als sie zu rütteln. Schließlich schloss sie abrupt ihre Augen und schüttelte den Kopf, wie um wieder zu sich zu kommen. „Was ist los mit dir? Was war das?", wiederholte Max seine Frage.

Die Frage schien ihr unangenehm zu sein und sie entwand sich fast schon beschämt seinem Griff. Sie tat einen Schritt zurück, ehe sie mit von ihm abgewandtem Gesicht antwortete: „Ich habe Probleme mit engen, geschlossenen Räumen." Sie musste seinen verständnislosen Gesichtsausdruck bemerkt haben, denn sie räumte sofort ein: „Ich weiß, der Tunnel ist nicht eng, aber es ist die Tatsache, dass kein Ende in Sicht ist. Mein Puls steigt an, mein Herz fängt an zu rasen und je mehr ich versuche, den Gedanken an den Ausgang zu verdrängen, desto schlimmer wird es."

Platzangst. Max schluckte. Warum hatte sie das nicht vorher erwähnt? Ehe er etwas sagen konnte, kam sie ihm zuvor:

„Du brauchst gar nicht vorzuschlagen, dass ich wieder umkehre. Nicht in einer Million Jahren lass ich dich hier alleine herumwandern!" Der trotzige Ton in ihrer Stimme ließ ihn trotz der Ernsthaftigkeit der Situation schmunzeln. Er legte seine Arme um sie und antwortete: „Das habe ich auch nicht erwartet. Gibt es irgendetwas, was dich ablenkt? Zählen vielleicht? Manchen Menschen hilft das in Stresssituationen. Oder Dinge aufzählen, die du siehst?" Sie hob eine Augenbraue und erwiderte: „Aufzählen, was ich hier sehe? Einen verdammten, nicht enden wollenden, dunklen Tunnel! Wie zur Hölle soll mir das helfen, Max?" Vor den Kopf gestoßen, ließ er sie los. Sie machte eine entschuldigende Handbewegung und relativierte: „Es wird schon gehen. Ich bekomme das unter Kontrolle. Mach dir keine Sorgen um mich." Er nickte und beließ es dabei.

Sorgen machte er sich ohnehin schon genug. Eine Frage insbesondere machte ihm zu schaffen. Wenn die Beleuchtung nicht mehr funktionierte, was würde mit dem Belüftungssystem sein? Wenn sie tiefer vordrangen und sich unter dem Meeresboden befanden, würde ihnen dann die Luft ausgehen? Er hatte keine Ahnung von der technischen Beschaffenheit dieses monumentalen Bauwerkes, hoffte aber, man hätte für alle Notfälle vorgesorgt. Immerhin war er sich sicher, dass der Tunnel Explosionen und Flutwellen gleichermaßen unbeschadet überstanden haben würde. Er erinnerte sich gelesen zu haben, dass tief genug gegraben worden war, um das sicherzustellen. Aber was war mit dem Endstück? Die letzten paar Meilen auf der englischen Seite machten ihm Sorgen – dort, wo der Tunnel sich langsam wieder aus den tieferen Schichten hochwand.

„Max, was zur Hölle ist das?!", rief Fera neben ihm auf einmal aus. Sie deutete auf einen schwarzen Fleck in der Ferne, wo der Tunnel abknickte. Es war nicht einfach nur ein Fleck, sondern sah aus wie Schatten, die sich bewegten. Flügelschläge, wie in einem Schattentheater. „Bleib hier und halte den Lichtstrahl geradeaus. Ich seh mir das mal an", wies Max sie an. Fera schnaufte abfällig: „Ich bleib doch nicht hier und sehe zu, wie du in ein schwarzes Loch gesaugt wirst oder dir sonst was passiert!" Er wollte nicht mit ihr streiten und erwiderte: „Na gut, dann komm mit, aber du läufst hinter mir." Sie nickte. Immerhin schien sie nun von ihrer Platzangst abgelenkt worden zu sein.

Gemeinsam arbeiteten sie sich bis zu der Abbiegung vor, immer darauf bedacht, nicht über die Schienen zu stolpern. Max hielt seine Taschenlampe in den oberen Winkel und noch während er versuchte, Umrisse auszumachen, spürte er eine Vielzahl von kleinen Flügelschlägen in seinem Gesicht, an seinen Armen, überall. Er ließ die Taschenlampe fallen und versuchte die Arme schützend vor seine Augen zu heben. Dann hörte er Fera hinter sich aufschreien. Er drehte sich um und riskierte einen Blick. Sie hatte ihre Taschenlampe immer noch erhoben und nun konnte er auch erkennen, was es war, das sie hier attackierte. Fledermäuse. Zumindest nahm er an, dass es sich bei diesen Tieren um Fledermäuse handelte. Sie verhielten sich genau so wie die ihm bekannten Tiere, auch wenn ihr Körper anders aussah, größer. Max versuchte sich an seine Begegnung vor Anselms Hütte damals zu erinnern. Hatte das vermeintliche Lebewesen, das er damals erspäht, genau so ausgesehen? Er konnte es nicht mit Sicherheit sagen. „Was ist das?", hörte er Fera atemlos fragen.

„Es ist in Ordnung. Es sind nur Fledermäuse. Oder zumindest so etwas in der Art. Sie sind ungefährlich. Sie mögen dunkle, abgeschiedene Orte. Wir haben sie wohl nur mit dem Licht aufgeschreckt. Lass uns weitergehen, damit wir sie nicht noch mehr aufmischen", versuchte Max Fera zu beruhigen, während er seine Leuchte wieder vom Boden aufhob.

War das ein gutes Zeichen? Dass sie offensichtlich Leben in diesem Tunnel vorgefunden hatten? Wo kamen die Tiere her? Waren sie den ganzen Weg von der anderen Seite hereingekommen? Max hielt das für äußerst unwahrscheinlich. Aber war es nicht genauso unwahrscheinlich, hier überhaupt ein Lebewesen anzutreffen? Die Fledermäuse, oder was auch immer sie waren, schienen sich allmählich wieder beruhigt zu haben und er ergriff Feras Hand hinter sich, um sie zum Weitergehen zu bewegen. Sie sah merklich blasser aus, setzte sich aber in Bewegung.

Eine Weile liefen sie in einem gleichmäßigen Tempo schweigend nebeneinanderher – jeder seinen eigenen Gedanken oder Sorgen nachhängend. Fera hatte nichts mehr zu ihrer Platzangst gesagt. Aber er sah ihr an, dass es sie äußerst viel Kraft kostete, ruhig zu bleiben. Max konnte schlecht einschätzen, wie lange sie schon unterwegs waren. Vielleicht drei, vielleicht vier Stunden. Der Tunnel hatte eine Gesamtlänge von etwa 50 Kilometern. Sie hatten sicherlich noch mehr als die Hälfte vor sich. Allerdings vermutete er, dass sie sich mittlerweile tief unter dem Meeresboden befanden. Er konnte immer noch atmen. So weit, so gut. Dennoch machte der Gedanke, essenziell von Unmengen an Wasser umgeben zu sein, selbst ihn klaustrophobisch. Wie musste es sich dann erst für Fera anfühlen? Verzweifelt suchte er nach einem unverfänglichen Gesprächsthema, mit dem er sie ablenken könnte. Er musste daran denken, wie sie ihre Eltern vorhin erwähnt hatte. Also fragte er sie das Erste, was ihm in den Sinn kam: „Wo kamen deine Eltern her?"

Fera sah ihn verwundert von der Seite an. Offenbar überraschte sie sein plötzliches Interesse an ihrer Herkunft. Es überraschte ihn selbst. Aber es interessierte ihn. Er wollte wissen, wer sie war. „Sie kamen aus Finnland", antwortete sie schließlich und fügte gleich darauf hinzu: „Aber frag mich nicht, wie es da war. Ich habe keine Erinnerung daran. Ich glaube, wir sind schon nach Russland gezogen, als ich noch ein Kleinkind war. Ich erinnere mich nur daran, dass sie oft weg waren. Sie sind durch ganz Europa gereist und ich wurde mit anderen Kindern betreut. Bis sie eines Tages nicht wieder zurückkamen." Die letzten Worte waren ihr stockend über die Lippen gekommen und Max wollte nicht weiter nachbohren, was mit ihnen geschehen war. Er wusste, sie waren beide tot. Etwas, das er mit Fera gemeinsam hatte, wenngleich er natürlich wesentlich älter gewesen war, als er seine Eltern verloren hatte. Sie hatte niemanden gehabt. Beinahe ihr ganzes Leben war sie auf sich allein gestellt gewesen.

Auf einmal machte sich der irrationale Drang in ihm breit, das hier sein zu lassen. Er wollte sie bei den Schultern packen und umkehren. Er wollte zurück zum Camp gehen, dem Colonel sagen, er würde ein vollwertiges Mitglied der westlichen Union dort werden und für ihn patrouillieren. Er würde den Rest seines Lebens dort verbringen, mit Fera an seiner Seite. „Und was machst du, wenn du nicht mehr laufen kannst? Wenn du deinen eigenen Arsch nicht mehr aus dem Bett bekommst, weil deine Gelenke sich nicht mehr bewegen lassen? Willst du dann, dass sie dir die Bettpfanne reicht?", sagte die gnadenlose Stimme in seinem Kopf und Max kam zur Besinnung. Es gab kein Zurück. Er wollte gerade etwas Aufmunterndes zu ihr sagen, als er plötzlich einen lauten Schlag hörte. Irgendetwas traf ihn am Hinterkopf – mit einer solchen Wucht, dass es ihn von den Füßen fegte. Noch während er zu Boden ging, wurde ihm schwarz vor Augen und jegliche Worte oder Gedanken entflohen seinem Kopf.

KAPITEL 37

FERA

Panik breitete sich in Fera aus. Ihre Finger zitterten unkontrolliert und ihr wurde gleichzeitig heiß und kalt. Sie musste ihre ganze Willenskraft heraufbeschwören, um sich zu regelmäßigen Atemzügen zu zwingen. Sie hatte nicht genau gesehen, was es gewesen war, das Max mit einem Knall von den Füßen gerissen hatte. Vor Schreck hatte sie die Taschenlampe fallen gelassen. Max' Leuchte lag ebenfalls auf dem Boden und warf unkoordiniertes Licht an die Tunneldecke. Sein Gesicht lag im Halbschatten und Fera traute sich kaum hinzusehen, aus Furcht, sie könnte eine blutende Wunde oder dergleichen entdecken. „Max?", wimmerte sie so leise, dass er sie wohl nicht einmal gehört hätte, wenn er bei Bewusstsein gewesen wäre. Sie hasste sich für ihre irrationale Angst. Sie hatte genug Platz hier, sie hatte genug Luft zum Atmen. Warum registrierte ihr Gehirn das nicht? Jetzt, da Max' Präsenz sie nicht mehr ablenken konnte, brach die Beklemmung ungehemmt über sie herein. Hinzu kam die Sorge um ihn. Was, wenn er nicht zu sich kam? Wie sollte sie ihn allein hier herausschaffen? Sie hockte sich in den Zwischenraum der Schienen, zog ihre Knie eng an den Körper und schloss die Augen. Zählen. Zählen, hatte er gesagt. So lächerlich sie den Vorschlag zu dem Zeitpunkt gefunden hatte, so sehr klammerte sie sich jetzt an diese Idee. Leise murmelte sie eine Zahlenfolge von 1 bis 100 und wieder zurück vor sich hin. In ihrer Trance bemerkte sie zunächst nicht, dass sich Max zu ihren Füßen langsam rührte. Erst seine selbstgefällige Stimme drang zu ihr durch: „Soso, Zählen ist also eine blöde Idee, ja? Sieht aus, als würde es helfen!" Schlagartig hob Fera den Kopf und stürmte auf ihn zu, um ihn in eine ruckartige Umarmung zu ziehen. Sie zitterte wieder – diesmal vor

Erleichterung. „Hey, easy, ja? Oder willst du mich ersticken und den Job beenden, den die Leiter verfehlt hat?", lachte Max. Leiter? Fera verstand nicht. Dann sah sie sich um und erkannte die Leiter hinter Max, die sich vom oberen Drittel des Tunnels gelöst und ihn ausgeknockt hatte. „Es ist okay, mir geht's gut", sagte er, „wenn das das Schlimmste ist, was uns hier passieren kann, dann bin ich beruhigt."

Fera sah zu, wie Max sich langsam aufrappelte und wieder in eine stehende Position kam. Er lächelte sie zuversichtlich an. In dem Halblicht der Taschenlampen wirkten seine Gesichtszüge fast schon jungenhaft, die Linien um seine Augen und seinen Mund lagen im Schatten. Seine dunkelblonden Haare waren inzwischen so lang, dass sie ihm in die Stirn fielen und dadurch noch mehr Aufmerksamkeit auf seine warmen, braunen Augen zogen, hinter denen sich fast immer eine Prise Selbstironie versteckte. Sie liebte das an ihm. Sie liebte ihn. In diesem Moment fühlte sie deutlich, wie dieses warme Gefühl in ihrer Brust den letzten Rest Panik, die sich an ihr festgefressen hatte, vertrieb. Vielleicht würde es doch einfach werden. Vielleicht würden sie es unbeschadet zum anderen Ende schaffen und wieder zurück mit guten Neuigkeiten.

Voller Optimismus ergriff sie Max' Hand und ging neben ihm weiter auf den Gleisen entlang. Den Blick geradeaus gerichtet, fiel ihr nicht auf, wie Max sein rechtes Bein schleppend nach sich zog. Oder vielleicht wollte sie es nicht bemerken? Er sagte nichts, schaute sie nur hin und wieder unverwandt von der Seite an, als würde er sich ihre Gesichtszüge einprägen wollen. Sie hinterfragte auch das nicht.

Wie lange sie so weitergingen, konnte sie nicht sagen. Sie stoppten nur gelegentlich, um einen Schluck zu trinken. Keinem von ihnen schien nach einer richtigen Pause zumute zu sein. Das bedrückende Gefühl, das sich anfänglich in ihrem Magen festgesetzt hatte, war durch Aufregung und Erwartung ersetzt worden.

Sie fanden keine Hindernisse, Trümmer oder gar Leichen, die ihnen den Weg versperrten. Es schien, als sei das Schicksal auf ihrer Seite, als sei ihnen das Universum gnädig gestimmt. Sie meinte wahrzunehmen, wie sich die Luftverhältnisse änderten. Als wehte eine leichte Brise in den Tunnel hinein. Befanden sie sich inzwischen wieder über dem Meeresboden? Es musste so sein. Und sie konnten immer noch atmen. Das musste ein gutes Zeichen sein. Vor lauter Euphorie bemerkte sie gar nicht, wie Max neben ihr noch langsamer wurde, wie seine Schritte stetig schwerer wurden. „Siehst du das auch?", rief sie aufgeregt. „Das ist Licht, das hineinscheint, oder? Das ist Tageslicht!" Er lächelte ihr von der Seite zu. Die Anstrengung, die dabei in seinen Augen lag, wollte sie nicht wahrnehmen.

Einige Minuten später sahen sie die Tunnelöffnung deutlich vor sich. Das Licht, das zu ihnen drang, war heller, als Fera es gewohnt war. Wenn sie zu lange hinsah, brannten ihre Augen und sie musste sie gegen ihren Willen zudrücken. War das die Sonne? Die Sonne, die sie zuletzt gesehen hatte, als sie ein kleines Kind war? Sie hatte vergessen, wie stark ihre Strahlung sein konnte.

Max schien, ebenso wie sie, seine Vorbehalte über Bord geworfen zu haben. Sie zögerten nicht, durch die Tunnelöffnung zu schreiten.

Die Aussicht, die sich ihnen darbot, war gigantisch. Dunkelblaue Wellen umspielten sachte den Flecken Land, auf dem sie standen, so weit das Auge reichte. Es war schwer zu sagen, wo sie aufhörten und wo der eine minimale Schattierung hellere Himmel anfing. Die Sonne stand tief, als würde sie sich jeden Moment selbst den Flutwellen hingeben. Und auf der anderen Seite war bereits die Silhouette eines Halbmondes zu erkennen. Sonne und Mond – sie hatten sich wieder voneinander gelöst. Aus dem Augenwinkel sah Fera Max' Hand, die auf eine bestimmte Stelle hoch oben über ihnen deutete. Vögel. Eine Gruppe von Vögeln zog an ihnen vorbei. Zu weit weg, um sie genau zu erkennen, und doch nah genug, um sich sicher zu sein, worum es sich hier handelte. Fera versuchte, ihrer Flugbahn mit den Augen zu folgen, so weit sie konnte. Ihr schien es, als würden sie einen ganz bestimmten Fleck am Horizont ansteuern. Land? Gab es hier doch noch irgendwo Reste von Land?

Sie wollte sich gerade zu Max umdrehen, um ihn nach seiner Meinung zu fragen, als sie erstarrte. Das Blut gefror ihr augenblicklich in den Adern. Er stand nicht mehr neben ihr, sondern hatte sich an den Tunneleingang gelehnt. Sein Blick war unscharf und er war blasser, als sie es jemals gewesen war. Eine Hand hatte er hinter sich an seinen Rücken gelegt. Als er die Hand vorzog, sah sie Blut daran kleben. Er lächelte sie schwach an. Er schien nicht besorgt zu sein. „Es ist wunderschön, nicht wahr? Das Meer. Ich habe es vermisst." Fera ignorierte ihn. „Max, was ist? Das Blut. Was ist mit dir?", fragte sie mit zitternder Stimme, obwohl sie bereits Verdacht schöpfte und spüren konnte, wie ihr ein kalter Schauer die Wirbelsäule hinaufkroch. Sie ließ ihm keine Zeit zu antworten. „Dein Unfall. Die Leiter. Worauf bist du gestürzt?" Er bedachte sie nur mit einem milden Blick und schüttelte seinen Kopf, ehe er sagte: „Fera, es ist in Ordnung. Ich bin genau da, wo ich sein soll, genau zum richtigen Zeitpunkt."

KAPITEL 38

MAX

Er konnte sehen, wie sie sich sorgte. Wie konnte er ihr nur begreiflich machen, dass er endlich Frieden gefunden hatte? Er spürte keinen Schmerz. Sein Körper war von der Lendenwirbelsäule abwärts taub. Er hatte sofort gewusst, dass etwas nicht stimmte, als er nach seinem Sturz wieder aufgestanden war. Erst war nur sein Fuß taub gewesen, dann sein ganzes Bein und schließlich beide. Er hatte gemerkt, dass er blutete, obgleich er wusste, dass nicht die Wunde das Problem war. Bandscheiben, Kreuzbeingelenke, was auch immer – Pierre hätte es vielleicht sagen können. Letztendlich war es egal. Er würde keine 50 Kilometer zurücklaufen können. Er glaubte nicht einmal, dass er überhaupt noch irgendwohin laufen konnte.

Während er aus dem Augenwinkel wahrnahm, wie Feras Gesicht sich mit Tränen füllte, beugte er sich, so gut er konnte zu seinen Füßen und öffnete die Klammern an seinen durchnässten, verdreckten, geliebten Skechers. Er würde sie nun nicht mehr brauchen. Langsam zog er einen nach dem anderen von seinen Füßen und stellte sie neben sich ab. Fera sah ihn verzweifelt an. Er bedeutete ihr, sich zu ihm zu setzen.

Wieder lächelte er sie an und sie versuchte es durch ihre Tränen hindurch zu erwidern. Sie wusste es. Sie wusste, was er vorhatte. Tief in ihrem Inneren hatte sie es den ganzen Weg zum Ausgang über geahnt, sie hatte nur die Augen davor verschlossen. Sie würde ihn nicht umstimmen können. Sie versuchte es auch nicht.

Er nahm ihr Gesicht in beide Hände und versank für einen kurzen Moment in ihren Augen. „Ich hatte recht. Sie sehen aus wie das Meer. Deine Augen", sagte er leise, um dann mit festerer Stimme fortzufahren: „Fera, versprich mir, dass du es zurückschaffst. Du musst es ihnen sagen. Du musst ihnen sagen, dass die Atmosphäre existiert, dass die Welt sich erholt hat, dass sie neu geformt werden kann." Sie nickte und blinzelte ihre Tränen mit schierer Willenskraft beiseite. Da war sie wieder, die Kämpferin, die trotz ihrer augenscheinlichen Zerbrechlichkeit stärker war als jeder gestandene Mann. Sein Herz füllte sich mit Wärme für sie und er lehnte sich leicht nach vorn, um seine Lippen auf ihre zu senken. Es war der leichteste aller Küsse und doch der gefühlvollste. Er konnte immer noch das Salz ihrer Tränen auf seiner Zunge schmecken, als er sie bat, ihm zum äußersten Rand ihres kleinen Landflecks zu helfen.

Halb kriechend, halb gezogen kam er schließlich direkt an den friedlichen Wellen zum Sitzen. Seine Beine baumelten bereits im Wasser. Er spürte die Kälte nicht. Fera legte eine Hand auf seine Schulter. Ihr Blick lag im Horizont. Vielleicht versuchte sie, die Vögel wiederzufinden. Sein Blick war ebenfalls im Horizont, doch er sah etwas anderes. Er sah das Gesicht einer jungen Frau mit auffallenden Grübchen, hellbraunen Augen voller Lebensfreude und dunklen Haaren, die an den Spitzen feuerrot leuchteten. Sie hatte die Lippen zu einem Lächeln hochgezogen und ihre Augen waren auf ihn gerichtet. „Ich komme nach Hause, Marilyn. Finally, I'm coming home, dear", flüsterte er und dann ließ er sich vom Rand in die Wellen gleiten. Seine Arme bewegten sich leicht, doch seine nutzlosen Beine zogen ihn nach unten wie ein Stein. Das kalte Wasser raubte ihm den Atem und zog ihn in eine tiefe, tödliche Umarmung. Als seine Seele sich endlich von seinem geschundenen Körper trennte, spürte er keinen Schmerz, sondern nur Frieden und Erlösung. Er hatte es geschafft.

EPILOG
FERA – FÜNF JAHRE SPÄTER

Die Frühlingssonne wärmte Feras Rücken angenehm. Sie musste sich immer noch daran gewöhnen, dass es nun wieder klare
Jahreszeiten gab.

Juri hatte seine große Hand beruhigend auf ihre Schulter
gelegt. Sie war dankbar für seine Anwesenheit. Er war einer
der Ersten gewesen, der nach dem Zusammenbruch des Dome
in den Westen gekommen war. Nachdem die Verantwortlichen
im Westen sich einig gewesen waren, die Kuppel auf ihrer Seite abzuschalten, konnte auch die östliche Seite nicht mehr aufrechterhalten werden. Beide Seiten waren wie Yin und Yang –
sie konnten nur als Einheit existieren. Und sobald das Dome als
Druckmittel nicht mehr vorhanden war, verschwand auch die
Macht der Fürsten. Das Volk ließ sich nicht länger unterdrücken. Fera hatte nie erfahren, was mit Jaroslaw geschehen war.
Sie wusste nur, er würde nie wieder eine Bedrohung für sie sein.

„Willst du die Blumen darauf legen oder soll ich es machen?",
fragte Juri sie.

„Ich will es machen, ich will es machen!", mischte sich das
kleine Mädchen auf Feras anderer Seite ein. Ihre langen hellblonden Locken wehten im Wind und ihre warmen braunen Augen
sahen erwartungsfroh zu Fera hinauf. „Ist schon gut, Marilyn,
du darfst es ja machen!", erlaubte Fera mit einem Lächeln auf
den Lippen. Sie nahm Juri den Wildblumenstrauß ab und legte
ihn in die kleinen Hände ihrer Tochter. Fast schon ehrfürchtig
ergriff die Kleine den Strauß und legte ihn vorsichtig auf dem
Grab zu ihren Füßen ab.

Natürlich hatte sie Max nicht begraben können. Sie hatte
lediglich seine Schuhe mitnehmen können. Sie glaubte, er hätte seinen Spaß daran gehabt, dass sie seine Skechers begraben

hatte und jedes Jahr Blumen darauf niederlegte. Was hatte er ihr gesagt? „Gutes Schuhwerk ist schließlich unabdingbar." Sie musste unwillkürlich lachen.

„Sollen wir dann zurückgehen?", fragte Juri. „Ja, gerne", antwortete sie.

Als sie Wesels Marktplatz erreichten, war das Frühlingsfest bereits in vollem Gange. Die Stadt war in den vergangenen fünf Jahren stetig gewachsen, was natürlich auch an ihrer Bürgermeisterin lag, die nach wie vor nur das Beste für ihre Gemeinde im Sinne hatte. Als Lara sie kommen sah, ließ sie Lisa neben sich mit einem kurzen Kuss auf die Wange stehen, um zu Fera zu gehen und sie spontan in die Arme zu nehmen. „Und, wie war es? Keine Tränen heute?", fragte sie Fera. „Die habe ich schon davor vergossen", gab diese zu.

Im Hintergrund sah sie Paula winken, die auf dem Weg zu ihnen war. Ihre Zähne hatten sich begradigt, das Lächeln war jedoch so breit wie eh und je und ihre Sommersprossen verliehen ihr nach wie vor einen kecken Ausdruck. An ihrer Hand hatte sie ihren Freund, Felix. Der traurige Junge war vor ein paar Jahren von der Ostgrenze herübergekommen, da eine Grenzsicherung nunmehr obsolet geworden war. Und seit er mit Paula zusammen war, war er wesentlich weniger trübselig. Paula hatte diesen Einfluss auf Menschen, wusste Fera nur allzu gut. Auch sie umarmte Fera kurz und zwinkerte ihr zu. Dann wandte sie sich an Marilyn: „Magst du mitkommen? Wir haben da drüben eine riesige Rutsche aufgebaut!" Das Mädchen schaute Fera mit einem Leuchten in den Augen fragend an. Fera nickte nur. Ihren braunen Augen konnte sie selten etwas abschlagen. Es war, als würde ihr Max daraus entgegenblicken.

Ob er gewusst hatte, dass sie nicht allein zurückbleiben würde? Sie wünschte sich, dass er sie sehen könnte. Später, wenn es dunkel wurde, würde sie wie jeden Abend barfuß vor ihrem Haus stehen und zu den Sternen hinaufschauen, die so lange unsichtbar gewesen waren. Sie würde sich ausmalen, dass er aus einem dieser Sterne zu ihr zurückschaute. Dann würde der

Schalk in seine Augen treten. Seine Mundwinkel würden sich nach oben ziehen und über sein Gesicht würde sich ein breites Grinsen ausbreiten. Und dann würde er sie fragen, ob sie mal wieder ihre Schuhe verloren hatte.

Die Autorin

Judith Flemming, geboren 1982 in Coburg, studierte
Germanistik und Geschichte und verbrachte danach
sieben Jahre in England, wo sie als Deutschlehrerin
arbeitete. Ihre Liebe zu Sprache und Literatur
begleitete sie von Kindesbeinen an und so stellte
sie mit diesem ihrem Erstlingswerk fest, dass es nur
eines gibt, was noch schöner ist als das Lesen: das
Schreiben! Die engagierte Autorin ist verheiratet und
hat eine Tochter. Neben dem Lesen und Schreiben
erfreut sie sich am Kochen und Backen, hört gerne
Musik und macht Fitness und Yoga.

Der Verlag

Wer aufhört besser zu werden, hat aufgehört gut zu sein!

Basierend auf diesem Motto ist es dem novum Verlag ein Anliegen, neue Manuskripte aufzuspüren, zu veröffentlichen und deren Autoren langfristig zu fördern. Mittlerweile gilt der 1997 gegründete und mehrfach prämierte Verlag als Spezialist für Neuautoren in Deutschland, Österreich und der Schweiz.

Für jedes neue Manuskript wird innerhalb weniger Wochen eine kostenfreie, unverbindliche Lektorats-Prüfung erstellt.

Weitere Informationen zum Verlag und seinen Büchern finden Sie im Internet unter:

www.novumverlag.com